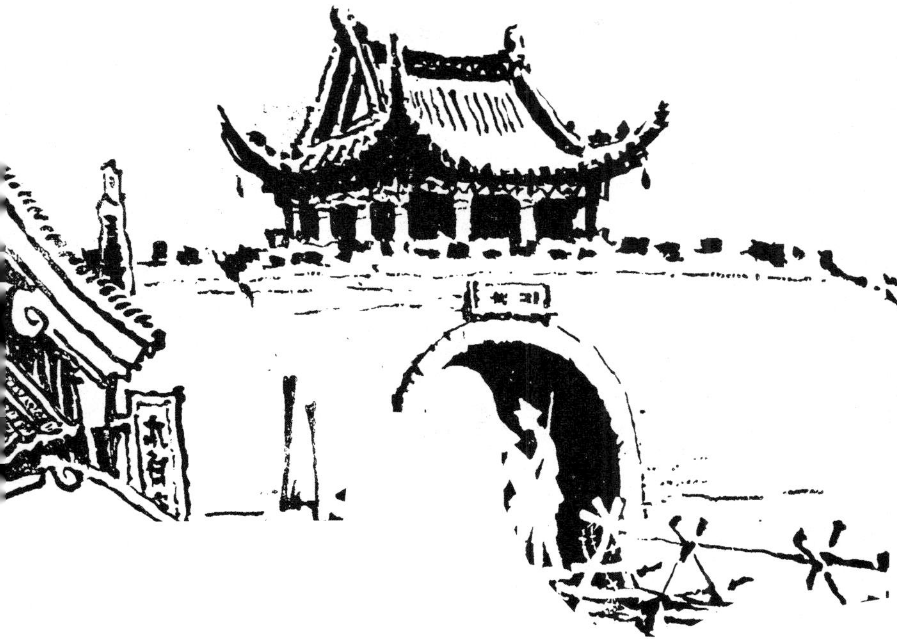

三进山城

赛时礼 著

江西人民出版社
Jiangxi People's Publishing House
全国百佳出版社

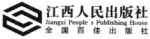

图书在版编目（CIP）数据

三进山城 / 赛时礼著. -- 南昌：江西人民出版社，2021.12
ISBN 978-7-210-13238-7

Ⅰ.①三… Ⅱ.①赛… Ⅲ.①长篇小说－小说集－中国－当代 Ⅳ.①I247.5

中国版本图书馆CIP数据核字(2021)第194283号

三进山城

赛时礼 / 著

责任编辑 / 冯雪松

出版发行 / 江西人民出版社

印刷 / 三河市金泰源印务有限公司

版次 / 2021年12月第1版

2021年12月第1次印刷

开本 / 880毫米×1230毫米　1/32　印张 / 11.75

印数 / 1—8,000　字数 / 305千字

书号 / ISBN 978-7-210-13238-7

定价 / 39.80元

赣版权登字-01-2021-511

版权所有　侵权必究

如有质量问题，请寄回印厂调换。联系电话：18033633987

目 录

代序（迟浩田）………………… 001

三进山城………………………… 003

智闯威海卫……………………… 055

黄金计…………………………… 073

陆军海战队……………………… 165

代序[①]

迟浩田

《赛时礼作品选》即将出版，我由衷地为赛时礼同志感到高兴。

我和赛时礼同志是在解放战争初期认识的，当时就听说他的腿被打断了，仍挂着拐杖指挥打仗。见到他时，看他走路一瘸一拐的，很艰难。后来得知他又身负重伤，成了特等残废。

1966年我看了赛时礼写的电影《三进山城》，感到这样一个严重伤残的人，能写出这样优秀的作品，实在太不容易了。后来我到济南军区工作时，和赛时礼同志有了较多的来往，亲眼目睹了他写作的艰难和乐观精神。

赛时礼是一位多产的军队作家。和一般作家不同的是，他本人就是一位身经百战、九死一生的英雄，他亲身经历的那些可歌可泣的战斗生活，为他提供了取之不尽、用之不竭的创作源泉。他的作品极为生动和真实地展示了我军指战员的英勇果敢、大智大勇，作品中洋溢着一股令人荡气回肠的英雄气概。

赛时礼是个乐观豁达的人。尽管身体严重伤残，但他总是保持着一种军人不断冲锋向前的精神，以顽强的毅力攻克了创作中

[①] 此文是中央军委原副主席迟浩田上将为《赛时礼作品选》撰写的序言。

的一个个"碉堡"。有人说，赛时礼是凭着"一口英雄气"才活到今天，并成为一个有成就的作家的。我认为这话很有道理。

赛时礼说他搞文学创作的目的，一是为了缅怀先烈，二是为了教育后代。这种对先烈的回报感和历史责任感是很可贵的。

赛时礼在战场上是一个打不倒的英雄好汉，在文学创作上也是一个百折不挠的英雄好汉，可以说，他本人就是一个光彩夺目的典型艺术形象。前几年，我专门书写了条幅"峥嵘岁月汗马功，身残志坚绘新风"赠给他。

我衷心祝愿赛老健康长寿，在加强社会主义精神文明建设中，为后代留下更多的宝贵精神财富。

一九九七年一月八日

三进山城

一

1943年春天,我在胶东登海县独立营一连一排当排长。那时候,敌伪军正疯狂地向我抗日根据地进行"蚕食"活动。敌人企图用"蚕食"政策,达到它建立确保治安区和扩大占领区的目的。当时,我们连分成以排为单位,活动在边沿区,打击敌人的"蚕食"活动。

一天晚上,大概八点钟吧,连长正召集我们班以上的干部,部署袭击庙前镇据点的时候,营部便衣班长大老李,突然送来了一封急信。连长急忙将信拆开,借着昏暗的灯光,仔细地看着信件。突然间我看见连长紧锁眉头,脸色显得阴沉下来。

连长看完了信,轻轻地把信纸向桌子上一放,说:"张德阴你们都认识吧?"

"听说过,没见过面。"我说,"他怎么啦?"

"张德阴叛变投敌了,"连长闪着愤怒的目光,声音非常低沉地说,"没想到他竟是一个隐藏在部队内部的阶级异己分子。"

啊!这个突然的消息,使我们几个人都气得半天说不出话来。张德阴是大山区中队的副队长,这个叛徒伪装进步混入我军。他不但熟悉当地的地理环境,而且,对我军的内部情况和活动规律也知道得比较清楚。在日寇疯狂"蚕食"的严重形势下,他叛变投敌,对我们的威胁太大了。

"这是队伍不纯的教训!"连长把两道又粗又黑的浓眉一扬,愤愤地说,"昨天夜里,张德阴带着鬼子宪兵队,把大山公所包围了,打了半宿……分区委周书记和王区长都牺牲了,还有五名区干部被捕……"连长说到这里,突然停止了,脸上显出痛苦的神情,攥着拳头狠狠砸了一下桌子,高声说:"营首长命令我们,深入敌人的心脏,迅速除掉张德阴,救出被捕的干部。并命令我们今夜十二点钟之前,赶到青石村,找军分区司令部情报站的陈站长,联系城里的情况。"连长说完,随即命令出发。

这是三月中旬的一个夜晚,天空阴沉沉的,没有星星,也没有月亮,四野一片黑暗,一切似乎都沉沉入睡了。我们飞快地走着,不但没有咳嗽声,连武器的摩擦声也听不到,只有老山鞋踏着满是石头的羊肠小道发出的低微的沙沙声。

当翻过乱石山,步步接近县城的时候,立即就有一种不安宁的感觉袭了上来。四周村落里,不断传来慌乱的狗叫声;周围的碉堡里,也不时响着凄厉的枪声。我们不管这些,继续前进!

半夜时分,我们到达青石村。这是一个只有十几户人家的小山村,三面环山,一面靠河,便于隐蔽,也便于应付突然情况。这里虽然离城只有十几华里,又靠近据点,可是党的工作很强,有党的支部,有群众组织,军分区司令部的情报站就设在这里,县区干部也经常住在这个堡垒村,向敌占区开展工作。

部队刚住下,连长就带着我到了情报站,请陈站长介绍情况。

陈站长告诉我们,张德阴投敌以后,敌人如获珍宝,马上让他当了侦缉队长。这个叛徒为了效忠敌人,除向敌人告密外,还亲自带着特务,有时伪装我地方干部,有时伪装我军战士,有时伪装我军便衣,不分昼夜窜入根据地内,捕抓我区、村干部和抗日军人家属,杀人放火,无恶不作,群众恨之入骨。这一来,闹得很多群众真假难分,昼夜提心吊胆。

最近这个叛徒越发嚣张起来。他仗着熟悉当地的情况和我军活动的规律,这几天竟领着鬼子,不是包围我们的区公所,就是袭击我们的县政府。他投敌这一周的时间,敌人简直像瞎子生眼、聋子添耳一样,猖狂到了极点!

叛徒活动诡诈,变化多端。我方情报站虽然下了很多工夫,但一时还搞不到他外出的确实情报,就连他在老城的住址,由于他三天两头移动,也很难摸清规律。所以,日本宪兵队长小野,竟洋洋得意地宣布:"'大皇军'得了八路干部来降,消灭这地区的共产党、八路军,指日可待……"

连长和我从情报站回来,已是深夜三点钟了。连长把从陈站长那里得来的情报,详细地向各班长作了传达,并且要求大家出主意,想办法。

大家一听,简直气炸了肺!屋里顿时充满了愤怒的气氛,同志们争先恐后地说:"连长,赶快干吧!明天城里赶大集,咱们去十来个人,化装成便衣,腰里掖上手榴弹,夹在赶集的老乡当中,混进城去。快刀斩乱麻,一拥打进侦缉队的老窝,杀死张德阴,救出被捕的同志。杀他个措手不及,叫敌人尝尝咱们八路军的厉害!"

"对!"我也接上去说,"连长,明天是个好机会……救人如救火,越快越好。常言道,不入虎穴,焉得虎子!"

连长这时倒很冷静。他看大家怒气冲冲的样子,似乎有意要缓和一下气氛,于是微微一笑,说:"同志们,冷静点!对付这样狡猾的叛徒,不是轻而易举的事。大家多动动脑筋,想想点子……"

"你说怎么办呢?"我们把目光都集中到连长身上。

"我们还需要进一步了解情况,"连长说,"现在,不只对叛徒活动的情况不熟悉,就连城里和城关的大街小巷,哪里能进,哪里能出,也还得进一步搞清楚。我看明天先派两三个同志进趟城,千方百计把叛徒的住址和被捕的同志们关押的地方查清楚。若是遇上张德阴出来,就相机干掉他!大家看看这个任务谁去合适呢?"

其实,叫谁去连长心里早有了数,但是,为了了解下级的信心、劲头,他部署战斗时,常常这样询问。一班长于青山、二班长周二虎、三班长肖云增,都争先恐后地要求任务。

"连长,叫我去吧,"通讯员小毕提着一罐子开水,匆匆走了进来,"我城里城外都熟悉,在参军前,我经常到城东关俺姑夫家去。我看在必要时,还可以找俺姑夫帮助咱们侦察情况。"说完,他两眼看看连长的面孔,见连长不吱声,又转过脸来求援似的看了看我，接着凑到连长跟前，闪着一双机灵的眼睛说："连长，你大概忘了吧！今年正月俺姑夫来看过我，你找他谈过话，还请他吃过饭，临走时，还送了他三十斤小米。"

"忘是没有忘，"连长摇了摇头说，"可这事不行啊！小毕，咱们不能叫六十多岁的老人去冒险哪！"

"你别看俺姑夫老了，他眼不花，耳不聋。顶要紧的，他受了一辈子苦，跟咱们一条心。他这人恨鬼子、汉奸恨得牙痒痒，别说帮助咱们侦察点情况，叫我看就是豁上命他也不怕。连长，你这种说法，真是小看了人呢。"

当连长征求我的意见时，我也说小毕比较合适。

这样，连长终于答应了，他笑着点了点头，接着做了一个坚决的手势，说："好吧，明天就进城侦察。我和张排长先出台，小毕当向导，以后的压轴戏留着大家去唱。好，大家睡觉去吧！"我抬起头来看看窗外，东方已经泛白，天快亮了。

进城侦察，这话说来容易，做起来困难还是不少的。根据刚才陈站长讲的情况：新城有二百多鬼子，老城有一千多伪军。特务汉奸满街窜，碉堡靠着碉堡，三步一岗，五步一哨，我们怎么进城呢？进去又怎么侦察呢？若被狡猾的特务看出破绽，打了起来，又怎么往外撤呢？……我正思虑这些问题，连长似乎已看出来了，于是他带着鼓励的口吻说："化装侦察，在我们来说，虽然是头一次，但只要化好装，装什么像什么，卖什么吆喝什么，胆大心细，遇事随机应变，敌兵特务虽多，也能混进城去。……当前的任务非常清楚地摆在我们的面前：叛徒和特务要消灭，被捕的同志要营救。党把这样一个既艰巨而又光荣的任务放在我们一排的肩上，对我们是多么大的信任啊！为了报答党对我们的信任，为了给人民除害，就是刀山火海，我们也应该挺身而出，决不退缩！"

连长这一番话，像一把火似的把我的心烧得热腾腾的，我恨不得立刻插翅飞进城去……

第二天，吃过早饭以后，我和小毕脱下军装，化装成老乡的样子。我身穿蓝布棉袄，青棉裤，腰扎灰腰带，头戴狗皮帽，脚穿双脸鞋；小毕身穿破蓝大褂，青棉裤，腰扎青腰带，脚穿打了补丁的力士鞋。我们俩互相一看，确乎像青年庄户人。穿戴好了，我俩正在院子里捆柴火，连长从村长家里回来了。只见他头戴青锻子瓜皮帽，身穿半新的蓝大褂，脚登小圆口布鞋，手提小竹篮，竹篮里面放着他那支二把匣子枪，上面盖着一个钱褡子，活像一个教小学的先生。他走进门来，面带笑容地说："张排长，你们准备每人挑多少斤柴火？"

"挑得不多，连长，"我一边捆着柴火一边说，"小毕六十来斤，我八十来斤。"

"挑多了净格外挨压，每担五十斤就行了。"连长说着递给我和小毕每人一个"良民证"。这"良民证"是过去营部通过敌军关系搞到的，准备在敌占区侦察时使用。

小毕接过"良民证"，瞥了一眼，笑嘻嘻地说："我看，'良民证'没有啥用！还不如支手枪好哪！连长，你看看，我和张排长都是赤手空拳，若是遇上张德阴出来，叫俺俩拳打还是脚踢？"

连长看着小毕既天真又机灵的样子，禁不住哈哈地笑了起来："'良民证'和手枪是僧道两门，各有各的用处。'良民证'是进城的护身符；想要手枪，这个不难办，今天进城，瞅机会去夺嘛！"他说到这里，拍着小毕的肩膀，"你不是整天价唱'没有枪，没有炮，敌人给我们造'吗？我看你手里这根扁担，像武松打虎的哨棒一样，和敌人面对面地干起来，比手枪还顺手哪！"说完，他拿过扁担一抢，拉了个武松打虎的姿势，引得我和小毕"扑哧"一声笑起来。

小毕是一个十七岁的小伙子，矮墩墩的个儿，黑黝黝的脸膛，漆黑的眉毛下，闪着一双机灵的眼睛。他父亲给地主当了一辈子长工，三年前累死了。他母亲打熬成了痨病，三分病、七分饿,也在去年死了。当时正巧我们连插到敌占区活动,连部就住在小毕家中。连长发现小毕没饭吃,就把连队节约下来的口粮送了他一些。这孩子不接,却泡在连部里不走了。就这样他怀着对地主和鬼子的仇恨,参加了革命部队,当了人民子弟兵。

我们出发了,天空万里无云,通城里的大小路上,赶集的老乡和肩挑小贩,有的挑着大白菜,有的挑着柴火,有的拐着小篓,一帮一帮的,不断线儿。

连长挎着小竹篮,我和小毕挑着柴火,走在赶集的老乡当中,一边走一边和老乡拉着家常话儿。

当路过东陈村的时候,我们心里都憋了口气。过去我们经常在这里坚持边缘斗争,自从敌人向我们根据地"蚕食"以来,北山上安了据点,这里变成了敌占区。村子里过去那种生气蓬勃的景象消失了。村头没有了民兵岗哨,听不见孩子们的歌声,房屋烧的烧,拆的拆,街上没有人走动,看去一片凄凉。从赶集的老乡口中得知:昨天半夜里,有十几个冒充八路的特务闯进村来,把东陈村的村长捉到城里去了。

"这又是叛徒搞的鬼!"小毕骂了一句。

连长马上向小毕递了个眼色,恐怕他再说下去,被老乡们看出我们的身份来。

走上了城东塝,我们在路旁的一座坟地边上,坐了下来。一则看看周围的地形,二则歇歇腿好进城。这里是城东第一个小高地,一座大坟地横跨公路两侧。站在这个高地上,举目眺望:西面是阴森森的县城,东面是一片碉堡林立的据点,北靠凤山,南临大河。不管是城里的敌人向东出动,还是城外据点的敌人进城,都必打此处经过。看来这里是夜间打埋伏最理想的地方。连长看了一阵,高兴地说:"真是'两脚踏高地,举目观全城'啊!来,咱们装着小便的样子,到坟地里仔细看一下,瞅机会在这里打个埋伏!"

小毕对这里的地形确乎很熟,他说:这里是军阀毕万全的老祖茔，过去松柏参天，石人石马，石碑石桌，遍地都是。现在树木被鬼子砍伐了，只剩下人多高的木桩，碑倒马歪，横三竖四地躺在地上。若是一个营夜间悄悄埋伏在这里，白天在外面，根本看不出来。

天东南晌，我们来到了东关。虽然通过两道岗哨，但伪军没看出我们什么破绽来，就放我们进了东关。

一进东关，就看见大街小巷摆满了货摊，歪鼻斜眼的伪军走来走去，到处是叫卖的、要饭的、砸牛骨头要钱的。闹闹嚷嚷，乱七八糟。连长命令我和小毕先到草市去，他要到猪肉市溜达溜达，看看风声。

来到草市西头，我和小毕放下柴火，一面掏出毛巾擦着脸上的汗珠，一面和买柴火的老乡争论着价钱。但我们的眼睛总是警惕地注视着周围。远远看见，连长到这小货摊看看，到那个小货摊搭讪几句，又到猪肉市买了一斤猪肉，就慢慢地向我们这边走来。

"啊！卖柴火啦，卖了没卖？"连长走到我们跟前装作熟人和我们打着招呼。

我们正寒暄着的时候，从猪肉市走来一个扁头大脑，浑身油漉漉的家伙。他手提竹篮，嘴里叼着烟卷，一看就知道是个伙夫。

"多少钱一担？"那家伙用脚踢着柴火问道。

"先生，一元二角钱一担。"我和小毕赶忙面带笑容地说。

"一元钱一担，卖不卖？"那家伙晃着大脑袋说，"老子买柴火，老者不欺，少者不压，只能给多，不会给少。要卖，挑着送到侦缉队去；不卖就脖颈子套绳，拉倒！"

"再添一角吧，先生！"小毕说。

"一元钱一担，多一个铜板老子也不要。"那个家伙不耐烦地说着，气呼呼地转身就走。

一看这个家伙要走，我着急了，心想：来早了，不如碰巧了，这样的好机会，打着灯笼也难找，岂能轻易放过？于是我急忙向前用手挡着他，假意笑着说："先生，你别走，咱们商议商议嘛。常言道，要价无多，还价无少，买卖不成仁义在嘛，块把钱的东西，好商量。"我一边说，一边轻轻地把他又拉了回来。

这时候，从猪肉市又来了一个人。这人右胳膊拐着小篓，篓里盛着猪肉、大白菜，还有新上市的韭菜；左手提着两条黄花鱼。他三十多岁，中等身材，黄干瘦脸，右耳下边有一块黑痣。看此人的面貌，我有点面熟，仓促之间就是想不起在哪里见过。我正思索着，小毕却眼快而机警地上前一把拉住那个人的手，装作很亲热的样子说："周大哥，你赶集买什么呀？"

小毕这一说，我突然想起来了。原来，此人名叫周锁林，城东五里疃人。去年冬季，我们解决伪一区队的时候，曾经俘虏过他。经过教育后，他对我军优待俘虏的政策，深受感动，并向我们表示：自己是劳动人民，就算生活再困难，也不干汉奸了。可是今天，看他这个样子，好像又在伪军当中混事似的，不然，哪有钱买那么多鱼肉啊？

当小毕叫他周大哥的时候，他不由得一愣，脸色由黄变白，嘴唇抖颤着动了两动，到了嘴边的话又咽了回去。他毕竟是在外面跑跳惯了，头脑到底活动些。他看我们的打扮，也许猜到了一些眉目，就镇静了一下，笑着对小毕说道："老弟，你来赶集卖柴火啦。卖了没卖？"

小毕说："还没有卖呀。"

"那好。"周锁林说，"我今天到草市上来，就是要给王翻译官买担柴火。老弟，你的柴火没卖，正好给我送去吧。"这个家伙倒也聪明，来了个老母猪吃瓜，顺着蔓爬了上来。我看周锁林的脸色和言语举动，并不带半点歹意，心里不禁一阵欣喜，暗暗打着主意，心里想：抓住这条线，逼上一步，看看风头再说。于是，我指着那个扁头的家伙，插上嘴来："刚才侦缉队这位先生，给一元钱一担没卖，周先生要买的话，看着给吧，反正你不会叫我们庄户人吃亏嘛！"说完，我装着很大方的样子，哈哈地笑了起来。

周锁林也顺势转过头去，对着扁头的家伙故意装腔作势地说："你看，我光顾得和俺老乡说话，没看到李老兄在此，对不起，别惹你老生气，哈！"他说完哈了哈腰。

"没有什么！"扁头的家伙也笑着说，"你今儿买了好鱼好肉，怕我吃，不敢认人啦，是吧？"

周锁林赔笑说："你说的哪里话？侦缉队还能吃这么些破菜烂叶子！"又回头朝小毕说，"你们真是没出过门子，不认人。这是侦缉队有头有脸的李师傅，还跟你们争这一毛两毛的？给李师傅送去吧，钱不钱的不要紧，我包下啦！"

扁头的家伙嘴里骂骂唧唧地说："真他妈没见过世面的庄户小子，一分钱看得比磨盘还大！"

我看，到了这个火候，再也不能拖了，又见连长在一旁暗使眼色，于是我假意满脸赔笑地说："好！我豁上少卖一角钱，也卖给二位先生。咱们一遭生、两遭熟，等下一集不用二位先生来买，我把柴火给送到门上。"

那个扁头的家伙，被我们张口"先生"闭口"先生"地叫着，美得他没法。他不再骂人了，咧着大嘴笑得像驴叫一样难听。

连长这时又向我使了一下眼色，就朝旁边一个厕所走去。我会意连长一定有事嘱咐，就对那个扁头家伙和周锁林说："请二位先生稍等一下，我们解个手就走。"在厕所里，连长嘱咐我和小毕要警惕，并规定了集合地点，我们就出发了。

小毕挑着柴火，跟着周锁林向东往新城而去。我挑着柴火向西往老城而去。

这座县城，自日寇侵占后，就分为新、老两城。新城在老城东南，是原来军阀毕万全的官宅子。鬼子驻在里边，周围修上了碉堡围墙，十分严密。老城是原来的旧城，伪政府和伪军驻在里头。两城相距二华里,中间碉堡相连,好像长蛇大阵一样。

我挑着柴火,紧跟在扁头伙夫后头,一边走,一边两眼留神去看东关的大街小巷。当走过骆驼桥,就看见城东门外,站着有一小队伪军,还有两个女警察,对进城的人,不管男人女人,又看"良民证",又全身搜查。看样子,可能因为今天逢大集,敌人怕八路便衣混进城去,特别加强了警戒。我和伙夫走到城门口,有两个伪军,亮着刺刀拦住我,要"良民证",扁头伙夫神气十足地说:"这是到侦缉队送柴火的,怎么,也要搜一搜吗?"

伪军一听"侦缉队"三个字,二话没说,就一摆手:"走吧!"

进了城,我就紧走了几步,靠近他的身旁,假意恭维地说:"先生,你们侦缉队的势力真大呀!警备队的弟兄一听侦缉队三个字,就像老鼠见了猫一样!"

"那还用说嘛,牛皮不是吹的,泰山不是垒的,不是我在你眼前夸海口,我们侦缉队的张队长,在日本宪兵队长跟前,说啥是啥。在这城里头,除了日本人外,谁也比我们下三辈!"这个汉奸美得像喝了三杯驴尿,晕腾腾的不知道他祖宗姓啥啦!

侦缉队的大门口站着一个便衣门岗,我走上大门的台阶,抬头向大门顶上一瞧,有一块漆黑的大横匾,上面镌着"周家祠堂"四个大金字。大门的迎面是一个大照壁,上写着"中日亲善"四个大蓝字。我按着扁头伙夫的指点,把柴火刚放在东厢伙房门旁,就从正厅里,出来一个身穿青大袍,头戴青缎子红顶瓜皮帽,瘦干干的满脸大烟灰的小矮个子。他迈着四方步,慢腾腾地走到扁头伙夫跟前,一咧嘴,露出满口金牙说:"张队长到宪兵队去了,叫我告诉你,晚上王翻译官请客,不要做他的饭啦!"

扁头的伙夫,晃荡着大驴脑袋,惊奇地说:"王翻译官请客?这真出了怪事啦!他从来单日子不请客,双日子吃别人的,我在他家当了一年多厨子，还没见他请过客呢。人家整天价不是这个请他吃酒，就是那个请他抽大烟。请客的帖子和名片，比他妈擦腚纸还多，看都顾不上看。今天他能腾出工夫请咱们张队长的客，真是太阳从西出，少见啊！"

"人走时运，马走膘！"那个特务眨巴着一双小眼，说，"李老兄，你想想，张队长现在是'红萝卜刻人——红人一个'，谁不想抱抱粗腿啊！"

这时，从南侧厅里传出推牌九的嘈杂声，扁头的伙夫对那个特务说："走，伙计，财神叫门啦，咱们再去推两把吧！"他们两个正要走的时候，忽然从西厢里，传出尖厉的拷打声和怒骂声："住嘴，不许唱，再唱，我剥了你的皮……！"

这尖嗓子的咆哮，皮鞭子的呼啸，冲击着我的心。我竭力控制着激动和愤怒，好容易才慢慢平静下来。在这里关押的也许正是我们要救的同志们。我觉得鞭子不只打在同志们的身上，也是打在我的心上。

这时候，扁头伙夫又朝那家伙说："他妈的，这些穷八路，真是些硬骨头，昨天下午打得死了多少个，可倒好，还有心唱他娘的歌呢，闹得老子白黑睡不好觉。你快和张队长说说，干脆赏他个'黑枣'，找阎王爷享福去吧！"

"你当这跟你煎鱼炖肉那么容易呵！"那家伙竖竖鼻子，露出看不起的样子说，"这里面才有真奥妙哪。张队长说了也不算，宪兵队长得把他们肚子里那情报都掏出来，掏得干干净净，再抹他的脖子也不晚。你留着你那聪明，多去捣点鬼赢几块钱吧！"

这时候，我已把捆柴火的绳子解了下来，一面装作对他们的讲话毫不在意似的，低下头把绳子挽成一个疙瘩，挂在扁担上，一面走过去笑着说："先生，草钱你还没给哩！庄户人买点洋火，打点灯油，就指着卖担柴火……"

"嘿！一块臭钱，老子还能敲你的竹杠不成！"扁头伙夫从腰里掏出一元伪钞,往我眼前一摔,"快滚吧!"

我不动声色地拾起那元伪钞,扫眼把院子内外的地形又仔细看了看,就扛着扁担,走出了大门。在大门口,我一边走,一边又把周围的情况瞥了一眼。这里离城西门有三百米,四周都驻着伪军,把这窝特务,紧紧包围在中间。看来,警戒十分森严。

二

我从侦缉队回来,天已快晌了。按照规定的集合地点,在东关十字街口的牌坊下,找到了连长。十字街口赶集的人十分拥挤,说话不便,我们便装着赶集的样子,一边说着话,一边并肩向街北一条行人稀少的小胡同走去。

在小胡同里,我压低声音,把侦察到的情况,向连长作了汇报。然后又回到牌坊下去等小毕。

当我们走出小胡同口的时候,迎面来了三个身穿大袍、头戴礼帽的家伙。一个是瘦脸膛细高个子,嘴里唱着下流的小调;另外两个肥头大耳,口里斜叼着烟卷,摇晃着脑袋。他们走进一幢四合院。

这四合院左边墙上,有一块二尺长,半尺宽的蓝色牌子,上面写着"芙蓉乐巷"四个字。原来这里是大烟馆和妓女院。

我们在十字街口,朝着通往新城的大道,看一眼又一眼,就是不见小毕回来。连长和我都渐渐焦急起来。小毕年纪轻,可千万不要出了问题呀!忽然,我看见赶集的人群,慌乱地四下奔跑躲避,一会儿就让出一丈多宽的路来。只见两个气势汹汹的特务,手提张着大机头的匣子枪,从东关街口向西走来。连长和我急忙隐蔽在人群当中,仔细一瞧,不禁大吃一惊。只见后面跟着两个特务,押着小毕,又打又骂,朝这边走来。

糟糕!小毕被捕了!连长扯着我的衣襟说:"准备!"说完,他从竹篮里掏出匣子枪,随手把竹篮往我手里一递,就向牌坊跟前挤去。我一边接过小竹篮,一边习惯地顺手朝腰里一摸,啊!腰里空空的,一没有枪,二没有手榴弹!于是我只好扛着扁担往前挤去。

这时候,只见连长一步窜上牌坊座子,把胸脯一挺,眼睛里射出火光,简直就像古代的英雄好汉劫法场一样,高高地站在那里,脸上显出威严的神色!

与此同时,特务押着小毕已走到牌坊跟前。小毕瞪着一双大而黑的眼睛,骨碌骨碌地向街两旁张望。那两个特务,又打又拥,催促着快走,可是小毕走两步停一步,不肯快走,显然是拖延时间,等我们搭救。就在这时,只听"唰啦"一声,连长亮出匣子枪,照准特务,"当!当"两枪,两个特务应声倒在地上。前面那两个开路的特务,被突然的枪声惊得蒙了头,撒腿往老城逃去。那赶集的人群惊炸了,像黄河决口一样,乱哄哄地往街两旁商店里乱钻。

我几步跑到小毕跟前,风快地撕开绑在小毕身上的绳子,紧接着就去捡特务扔在地上的匣子枪。可是一看,还有一个特务没死,正想挣扎爬起来拿枪,我恨得一咬牙,抡起扁担打去,只听"噗"的一声,那狗头就开了花。我们拾起枪,夹在混乱的人群当中,跑到东街口一看,不好!有大约一个小队的伪军封锁了街口,不准一个赶集的人外出。

"怎么办,连长?"我压低声音焦急地说。

"冲出去,拼啦!"小毕说。

"不能冲!"连长却异常沉着,"快把枪藏在腰里,咱们从南街口转出去。"

说罢,连长就带着我们又折回东关十字街口,跷脚朝南一瞧,啊!从新城出来一百多鬼子,端着明晃晃的刺刀,堵住了南街口。一刹那间,四面八方的街口,都被敌人把守住了……

"糟啦!"小毕沉不住气了。

"慌什么!"连长两眼迅速地向周围环视了一下,冷静地说,"慌则有失。走,到大烟馆先隐蔽一下,伺机找个空子,好混出东关。"

我们走到"芙蓉乐巷"的小胡同口,正好又遇上刚才那三个穿大袍戴礼帽的家伙。他们慌里慌张地从大烟馆里跑出来。连长一看,就高兴地向我和小毕丢了个眼色,示意我们准备。我立刻把右手插在腰里,紧紧握着枪柄,准备随时动手。

那三个家伙脸上带着惊慌的样子跑到我们跟前,喘吁吁地问道:"刚才哪里打枪?"

"不好了,先生!八路军的便衣进城啦!"连长假装害怕的样子说。

那三个家伙一听,吓得扭头又钻进大烟馆,末尾那个家伙转身刚要关门,我们就"嗖"地冲了进去。"咣当"一声,小毕关上了大门。那三个家伙惊魂未定,三个黑洞洞的枪口就对准了他们的胸口。连长喝道:"不准动!谁动,就打死谁!"

那三个家伙吓得面色苍白,目瞪口呆,浑身战栗地举起了双手。我们夺下那瘦子手里的手枪,把三个人的长袍、礼帽扒了下来,穿在我们的身上。因情况紧急,顾不得问他们是干什么的,就逼着大烟馆的老板找了一把大锁,把他们锁在屋里,然后我们立刻出门向东街口奔去。

东街口的伪军,正在逐个搜查赶集的人,挤得黑压压一片。连长来到伪军跟前,怒冲冲地骂道:"他妈的!八路的便衣早跑了,你们真是贼跑抡担杖,在这里搜个屁!快追。"

一个伪军小队长歪着头,斜溜着一对三角眼,毫不示弱地瞅着连长问道:"你是哪一部分的?狗咬耗子,跑到这里多管闲事!"

连长把胸脯一拍,骂道:"你他妈的,有眼无珠,想要干涉侦缉队的行动吗?简直是小叭狗咬月亮,不知天有多高啦!"

"老兄,好说好说,侦缉队的兄弟们,小弟哪敢多问?不过,这也是上司的命令,要我们在这里搜查,对不起,要追你们去追，小弟不陪啦！"伪军小队长满脸赔笑地说。

连长斜了他一眼，冷冷地说："好，你们在这里要严格搜查！可能还有没跑出的八路，可不能把他们给漏了！"

当我们混出东关街口不远，后面就传来了枪声。我们一面跑，一面回头一看，只见后面十几个特务，尾追上来。直追到城东墙顶上，眼看追不上了，才夹着尾巴回城去了。

我们顺着小路向前走着。路上，小毕红着脸难过地向连长汇报了被捕的经过。

原来，小毕挑着柴火，跟着周锁林，走在通往新城的路上，他按照连长指示的精神，单刀直入地问周锁林："去年你被俘的时候，曾再三说过，以后决不当汉奸，回家搂草拾粪种庄稼。怎么，释放了你才两个月，就又干起汉奸来了？"

周锁林被小毕问得张口结舌，半天才说，八路军优待俘虏的政策，使他深受感动……但是，因为他从小就在城里饭馆干厨子，敌人都知道他做饭炒菜的技术好，所以回家不久，王翻译官就派特务把他捉去，非逼着他再干不行。末了他说，现在他干归干，但他决不当死心塌地的汉奸……八路军有用他的地方，一定尽力而为……

小毕立刻逼上一步，说："我们今天就是特地来找你啦啦鬼子和王翻译官的情况，你不会推脱吧？"

周锁林一听，面带为难的神色，抓耳挠腮地说："哪敢，哪敢，不过，咱当个伙夫，办不了大事。鬼子的事是一点也不知道，王翻译官的情况，我反正知道多少说多少就是了。"接着他就把王翻译官的情况一五一十地说了一遍。

本来我们早就清楚，王翻译官是一个贪财好色、胆小如鼠的汉奸。每次我们扰袭新城，他都吓得一两天吃不下饭。现在周锁林又告诉小毕：他家里有一部电话，直通鬼子的大队部和宪兵队长小野，还有两支短枪和一把战刀。门口昼夜无岗，因为东院是日本随军妓女，西院是日本商店。在他的院子里大声说话，城门上的鬼子岗哨就能听见。

小毕挑着柴火,刚走进王翻译官的院子里,就听到北屋里传出女人尖声细气唱小曲的声音。

周锁林指着北屋对小毕说:"你听,王翻译官又到'芙蓉乐巷'抽大烟、玩女人去了,他老婆闷得在屋里唱小曲哪……"他怕王翻译官回家碰上小毕,就催小毕快走,并说,鬼子和汉奸经常到王翻译官家来,万一碰上盘问出破绽,那就糟了。

小毕往回走的时候,在新城通往东关的一条大路上,突然碰上了一伙特务。他也是一时心慌,就转身躲进了一条小胡同,这就引起了特务的注意,于是有四个特务随他身后跟来。他看事不好,想赶快从胡同里溜掉,可是没想到这是一条死胡同。一个穿呢子大衣的家伙从背后赶了上来,用枪指着小毕问道:"你是干什么的?"

"到王翻译官家送柴火的。"小毕说。

"有'良民证'吗?"

"有。"小毕掏出"良民证",特务伸手一把抓去,瞪着一双贼眼看了一下,又上下打量他一阵,就在小毕身上搜了起来。当搜到小毕的腿肚上的时候,忽然把贼眼一瞪,指着腿肚子上的红痕问:"这是什么?"

小毕支吾着说:"抓痒抓的嘛。"

那家伙冷笑了一声说:"当然是抓痒抓的啦!若是不解下绑腿,就没法抓吧!"

小毕沉着地说:"痒痒就得抓嘛,不懂得什么叫绑腿。"

那家伙哈哈一笑说:"别他妈的在我面前耍滑头啦。告诉你说吧,别说你还是才出门的小八路,就是再老一点的,也别想瞒过我姓张的。"

小毕一听那个家伙说话的口气,又看他那神情,猜出来他就是叛徒张德阴。他心里恨得一阵狂跳,立刻举起扁担,朝着叛徒头上狠狠打去。可是小毕的扁担刚刚举起来,四个特务就一拥而上,把他捆绑起来。张德阴吩咐四个特务,把小毕先押回队部……

连长听完小毕的汇报,不但没批评他,而且还安慰了一番,又鼓励了几句,然后回头问我:"张排长,你看看,根据今天侦察和发生的情况,咱们下一步棋该怎么走?"

我知道连长这是在测验我对敌情的分析能力,又是用实战方法,培养我的指挥本领。于是我想了想说:"连长,我们利用周锁林,把叛徒行动的规律搞清,单等他们再出来,一网打尽;再用俘虏的特务,换回被捕的同志,怎样?"

连长点了点头说:"这条办法可以考虑。不过,还应当考虑到周锁林只是一个伙夫,要想搞到叛徒和特务活动的确实情报,那是有困难的。"说到这里,他搔了搔头,接着果断地说:"我看,我们可以从王翻译官身上下手……"接着,连长便根据小毕谈的情况,对王翻译官作了仔细的分析。结论是:要把刀按在王翻译官的脖子上,逼着他给我们做事。我和小毕都拍手赞成。于是,确定要趁热打铁,今晚到东关小毕他姑夫家中隐蔽,等明日白天,伺机而动。连长看了看怀表,正是下午四点半钟。马上命令我赶回青石村。一来命令部队今夜十二点钟扰袭县城,二来拿乔装改扮的衣服和匕首,并限七点半钟赶回。他和小毕在山下小村等我。

三

天一断黑,我们就出发了。小毕在前头领路,连长和我跟在后头,悄悄地从碉堡空隙里爬了过去,沿着一条小路,直奔城东关而去。

夜里的县城,更显得阴森黑暗。无数的碉堡上,不时地闪着一点点亮光,好像毒蛇的眼睛似的窥视着四方。我们顺着东关耶稣教堂的门前,向南一拐,就进入一条东西小胡同。在一个敞口碾棚门口，停下了脚步。小毕指着街北一个小草门楼悄声道："连长，这就是俺姑夫的家，墙不高，一跨就迈进去了。"

可是连长没吱声，马上用手势制止了小毕的说话。跟着就两眼迅速地向胡同两头搜视着，看他的举动，似乎发现了什么可疑的情况。他警惕地看着，看着，忽然，伸手把我和小毕拉进了碾棚。紧接着，就听到胡同西头有人走路的声音。我们悄悄探出头向胡同西头一望，隐隐约约看出走来两个人，他们越走越近，在碾棚门口停了下来。

连长用胳膊肘触了我和小毕一下，我们一同蹑手蹑脚地钻到碾盘底下，小心翼翼地两眼盯着碾棚门口，屏住气，纹丝不动地蹲着，看看这两个家伙究竟要搞什么名堂。

那两个家伙在碾棚门口嘀咕了一阵，就转身进了碾棚。一个像猴子似的跳上了碾盘，坐在碾砣上，一个坐在碾盘上，两脚不断地来回甩荡，他的鞋后跟，差一指就碰到我的鼻尖上。恨得我真想一把将他拖下来，可是想到我们的任务……费了好大劲才控制住自己。

这时候，坐在碾砣上的那个家伙说话了："刘老兄，我看张队长要想自找倒霉。你想想，他自从打八路那边投降过来后，成天价带着弟兄们，不分黑白地插进共区，不是抓，就是杀……我早说过，八路军不是好惹的，早晚要吃大亏。果不然，今天集上人家就找上门来了。咱们费了九牛二虎之力，才抓住一个八路便衣。没想到往回解的时候，又中了人家的暗枪，真是鸡也飞了，蛋也打了，倒赔上了周张二位老兄的性命。咱俩若不是跑得快，恐怕也得见阎王了。"

坐在碾盘上的那个家伙接着说："王老弟，你说得对呀！听说人家八路军，才来了三个便衣，咱们那么多部队，把东关包围得严丝合缝，又抓又搜，闹了半天，人家还不是一样溜之大吉。今天夜里贼走了打墙，又放这么多暗哨，叫我看简直是他妈的瞎子点灯，白费蜡！咱们不用管他那一套，走，到'芙蓉乐巷'抽大烟去，我请客。"

坐在碾砣上的那个特务这时又说："刘老兄，不能走，咱们是奉命差遣，身不由己啊。今夜遇不上八路倒还罢了，若遇上八路，能打就打，不能打就跑，反正光棍不吃眼前亏。先在这个碾棚里待一宿，顺便睡点觉歇歇乏吧。"

"坏了，特务夜间不走了。"我心里发急了。

正在这时，忽然新城响起一阵枪声。紧接着，机关枪、手榴弹响成了一片。整个县城人喊马嘶，曳光弹像流星一样在天空飞过。那两个特务像触电似的，"咕噜"一声，滚下了碾盘，窜到街上。这时，从胡同西头传来一阵像打破锣一样的喊叫声："他妈的，八路的大部队来了，快跑！"

随着喊声，一阵混乱的脚步声，由东向西跑去了。

特务夹着尾巴滚蛋了。我们从碾盘底下爬了出来。遭了两个多钟头的罪，差一点把腰都给折断了。连长一面活动着蹲麻了的腰腿，一面气愤地小声说："这个叛徒确乎棘手，用放暗哨的办法来抓咱们。好吧！我们站在河岸观蟹走，看它横行到几时！"说着，连长就带我们悄悄翻墙跳到小毕他姑夫院里。跳进院子一看，三间小草房的东间窗户上，还透着一丝灯光，看样子老人还没睡觉。小毕蹑手蹑脚上前叫门去了。连长踏着我的肩膀把东邻西舍的地形都看了一下。

不大的工夫，屋里传出老人的咳嗽声，接着"吱呀"一声门开了，小毕轻轻一步跨了进去。过了一会儿，他出来朝我们招招手，我和连长也一步走进门来。

进屋一看，老人披着棉袄，正在炕前穿鞋。他瞪着一双深陷的眼睛，先看了看连长，又看了看我，压低了声音，欢喜地说："大稀客！快请炕上坐。"他一边说着，一边往炕上直让我们。

他的女儿春花一声不响，从炕上抱起一床棉被，敏捷地挡在窗子上。老人用火柴杆挑了挑灯芯，屋里显得亮了一些。

这时候，外面的枪声响得十分激烈，街上的狗也狂吠不止，老人侧耳听了听，惊疑地问："刘连长，外面是咱们部队来打县城吧？"

连长笑着点了点头。春花接着说："爹，刚才小毕哥进门就告诉我，白天集上，他被特务抓了，多亏刘连长和张排长打死了两个特务，才救了他的性命！"

老人一听，惊喜地一手抓住连长的手，一手抓住我的手，激动得浑身颤抖着说："原来白天集上是你们打死了两个汉奸，大闹了县城啊！"

我点了点头说："是我们，老大爷。"

老人又问："你们来了多少人？"

"就是我们三个。"连长说。

"好样的！好样的……"老人伸着大拇指头，连声称赞。春花高兴得微微笑着。看来，我们在他父女眼中，都好像是拳打南山豹，足踢北海蚊的英雄好汉一样。

接着连长把我们的来意，向老人说了说。老人一边点着头，一边斩钉截铁地说："你只管放心！我老头子扛枪打仗不行，可是掩护你们，通个风、报个信，都能办到！只要能帮助咱八路军，我这条老命豁上啦！"

连长站起来，紧紧握住大爷的手。

这时，外面的枪声已经停了，又恢复了深夜的平静。连长估计我们扰袭的部队一撤退，敌人还可能出来活动，于是命令小毕到院子里站岗，有动静随时报告。接着，连长便和我来到了西房间一看，只见里边乱七八糟，屋角放着两个半人高的小囤，空空的半点粮食也没有，旁边堆着一小堆柴草。我们看了看，连长并且摸索了一阵，就退了出来。

天亮以前，连长又仔细地检查了化装用的伪军服装。他发现有一个领章钉得向下了一点，马上叫春花帮助拆了另钉。这点小事，在我看来没有关系，但连长却半点也不马虎，钉好以后又检查了一遍才算完。

这一夜，敌人再没有别的活动。天亮以后，老大爷出去侦察回来告诉连长，说新城的鬼子和老城的伪军都没有出动。连长断定：王翻译官一定在家里睡懒觉。于是我们穿上伪军服，把匣子枪装进明枪套里，左肩右斜一挎，连长模仿着伪军官的样子，嘴里叼着香烟，趁着街上没有人的时候，我们飞快冲到街上，大摇大摆地向新城走去。

我们已有两夜一天没有好好睡觉了，只不过有时闭闭眼，打个盹而已。当我们一走出老大爷的门口，被早晨的凉风一吹，头脑立刻清爽起来。这时候，晨雾和炊烟混成一团，显得整个的县城雾气腾腾。无数高大的碉堡，只能看出模糊的轮廓。在通往新城的大路上，行人寥寥。只听见老城方向，不时地传来小贩叫卖的声音。

当我们快走到新城的时候，突然，从城北门出来十几匹大洋马，"咣咣咣咣"地迎面跑来。我们以为是鬼子的骑兵，到眼前一看，原来是马夫遛马。城西北角的大操场上，一群群鬼子兵，有的吆喝着对劈刺，有的亮着明晃晃的刺刀，呜哩哇啦叫着朝草人靶上乱捅。还有三五成群的大狼狗，瞪着血红的眼睛，嗅嗅这边，闻闻那边，不时露出锋利的牙齿来。再向东一拐，走过一道街，见城门两旁站着四个鬼子兵。他们头戴钢盔，肩荷三八式大盖枪，横眉竖眼，活像阎王殿里的牛头马面一样。连长模仿着伪军官对鬼子恭敬的样子，一边走，一边向门岗行了举手礼。可是，鬼子连睬也不睬，只听像狼狗一样"哇啦"一声喊叫……

顺着城门外的大街，往东走了不远，我们就进了王翻译官家的大门。周锁林正在东厢房门口劈木柴。他一见我们，吓得打了一个冷战。略停一阵，他几步赶过来，嘴唇颤抖着小声问："你们来找王翻译官吗？"

连长悄声说："他在家吗？"

"在。"周锁林说，"刚起床。"

连长命令小毕在院子里监视外面。接着，连长在前，我在后,直奔北屋。

这王翻译官有三十多岁,瘦骨嶙嶙的小脸,肿眼皮,大嘴巴。这时他斜叼着香烟,趿拉着鞋,没精打采地从东房间里走了出来。

我一看,这位王翻译官,原来是昨天在大烟馆里遇到的那个家伙。我们曾扒下他的大袍和礼帽,还从他腰间搜出来一支手枪。

连长一双严峻的眼睛,直逼着王翻译官。王翻译官看到我们,那干黄的瘦脸上,马上露出惊疑的神色。他右手拿掉嘴角上的香烟,问道:"你们来找谁?"看来,他还没有认出我们,我们化装的本事还真不错呢!

连长哈哈一笑说:"咱们昨天还在'芙蓉乐巷'会过面,怎么,一夜之间,就不认识了吗?……走,到里边谈谈!"

他一听,身不由己地向后倒退了两步,那张瘦脸显得更难看了。他看着连长和我都瞪着眼睛,手提张着大机头的大肚匣子枪,吓得腿软筋酥,手抖舌结,"啪嗒"一声,烟卷从手里掉在地上,两只小老鼠眼睛一眨,假装镇静地点头哈腰,很不自然地一笑,说:"二位先生,请里边坐。"接着他转身想抢步先进。连长防备他进屋拿枪,就在他刚转身的时候,一把抓住他的右手,像捏小鸡似的走进房里。

王翻译官呆呆地站在床前,指着墙上挂的那支大肚匣子枪,一把战刀,嘴唇颤抖着说:"我就这些刀枪,请你们自己拿吧!"

连长摇摇手说:"枪刀一概不要,有件要事和你商量。"说罢,连长"嗖"地一声从腰间抽出寒光逼人的匕首,"叭"地一声插在写字台上。

王翻译官吓得面如土色,浑身像筛糠似的乱哆嗦,"扑通"一声跪在地上,磕头求饶。

连长瞪着一双锐利的眼睛:"翻译官先生,昨天在大烟馆里,多亏了你,还有两个胖子,送给我们大袍、礼帽、手枪,才使我们乔装改扮出了东关。当时走得仓促,没来得及谢谢你的厚意。今天我们特来登门道谢。还有,昨天那两个胖头大耳的家伙是什么人?"

连长这一说,王翻译官的脸色,由蜡黄变成煞白,嘴唇由青变乌,看来他意识到了连长的话,像刀子一样厉害……要是传到日本宪兵队长耳朵里,岂不落个私通八路之罪?他胆战心惊地说:"那两个,一个是商会会长郭金文,另一个是维持会长蒋玉石。"

连长冷笑着说:"原来是这两个无恶不作的汉奸,过去只知其名,未见其面。你转告他们,我们暂把他们的脑袋寄放在他们脖子上,从今往后不许他们再为非作歹,敲诈勒索……否则,我们决不客气。至于你,翻译官先生,你没想到咱们昨天刚见过面,今天又会相逢吧?是的,我们大摇大摆地来了。你别以为城里驻着那么多的鬼子和伪军,特务满街窜,就是鬼子的天下了。你想错了,看,我们随时都可以来。日本鬼子到处吹嘘,说什么八路军被'皇军''扫荡'垮了,消灭光了。真是白天做梦,胡说八道!我们八路军是'扫荡'不垮的,是消灭不了的。有些事实,大概你亲眼看见了吧!一个月前,你们到我们根据地里抢粮的时候,在石头河村扔下的尸首,连鬼子加汉奸有百十个吧。当时,你和宪兵队长小野,连滚加爬,好容易捡了两条性命。恐怕那个惊险情景,你不会忘记吧!抗战必胜,鬼子必败。翻译官先生,你不想给自己留条后路吗?"

王翻译官跪在地上,听着连长的话,脸色黄一阵,白一阵,浑身哆嗦不止,嘴里不住地说着:"是,是!"他那两只小老鼠眼,不断地瞅着桌子上那把寒光逼人的匕首,显然,他害怕胸膛穿上一个窟窿!

连长接着说:"后路怎么留呢?就是不当死心塌地的汉奸,不做坏事,不糟蹋老百姓;还要帮助八路军做有利于打鬼子的事。如果你不留后路,一味执迷不悟,继续作恶的话,那么,我们随时都能把你除掉！"

王翻译官磕了一个头说："八路长官，我一定痛改前非，决不当死心塌地的汉奸，一定要给自己留条后路……"

连长接着又说："这很好。起来，起来！现在就试验一下你说的是真话还是撒谎。你说说新城住着多少鬼子？有些什么武器？除了碉堡以外，城墙上还有什么工事？"

翻译官坐在凳子上结结巴巴地说了老半天。连长听了以后，觉得跟我们掌握的情况一致，就说："你的悔过还是刚刚开始，今后我们要你做两件事情：第一，要你提供侦缉队活动的确实情报；第二，侦缉队抓来的我们所有的人，要你保证不杀不打。"说到这里，连长停了一下，威严地瞪了他一眼又说："你过去的罪恶大小，你自己心里有数。现在只要你能做到以上两条，可以将功折罪，既往不咎。你若是想要花招，那我们随时都能来取你的脑袋！"

王翻译官连声称"是"，满口答应。

连长说："王翻译官这么痛快，这很好。现在请你把刚才说的情况写出来，签上你的名字，以表示你的诚心。"

王翻译官一听要他写下刚才说的鬼子的情况，马上哭丧着脸说："八路长官，我说了就算，决不反悔。咱们一次生，两次熟，你说的那两条，我一定尽力想法办就是了。"

连长早知道他害怕白纸写上黑字，被我们抓住把柄，因而不逼着他是不会写的。连长微微笑着，右手握起匕首的把子，说道："你要真不写，就别埋怨我们对不起了。"那家伙一听这话，身子早软了，一腚坐在凳子上，头上冒出豆大的汗珠，哆哆嗦嗦地说："写，写，我写。"说着他从笔筒里拿出一支毛笔，打开墨盒子，右手拿着毛笔，在墨盒子里蘸了墨汁，然后颤抖着在一张信纸上，把鬼子的情况，一一写了出来，末尾写了他自己的名字。

他刚写完，就见外面进来一个二十四五岁的女人，小毕跟在她的身后。这女人长着一双风流眼睛,梳着亮光光的油头,满脸白粉,嘴上抹得血红,活像一个女妖精。她掀开门帘一看,吓得目瞪口呆,一时成了个石头人。

王翻译官颤声说:"这,这是小人的贱内。"说着向他老婆瞪了一眼,"还不赶快去端茶拿烟,招待客人。"

他老婆刚要转身外出,我用手一挡,说:"不用烟茶。"那女人吓得立即停了下来。

连长接过情报,严厉地说:"你若不照着刚才说的去做,我就把你写的这份情报向宪兵队长公布。"说罢,将情报装进口袋里。

"小人一定照办,不过,小人没有可靠的人往外送情报……"

"这个好办,"连长指着她老婆说,"叫她往外送嘛!"

"她人生地不熟,从来也未出过城……再说,她若经常出城,叫鬼子和侦缉队的人看出破绽,那就坏了大事……"

连长打断他的话,说:"我就不信,你手下连一个可靠的人都没有吗?"

王翻译官抓耳挠腮想了半天说:"我手下有个厨师,名叫周锁林,这人倒还能听我的话……"

连长点了点头:"叫他进来!"

周锁林畏畏缩缩走进来,王翻译官朝他说:"周厨师,你来我家三个月了,我待你不错吧?"

"你待我不错呀。"周锁林假装不懂地说,"王翻译官,怎么惹您生气了?是不是嫌我这两天做的饭菜不好呀?"

"不是,不是!"王翻译官说,"现在我有件为难的事情,想求你帮帮忙。"

他老婆在旁边也着急地插嘴说:"快救救命吧,周厨师!"说完她就抽泣起来。

"王翻译官,你有什么为难的事,只要我能办到的,一定帮忙就是。"周锁林说。

王翻译官就把要他送情报的事,说了一遍。

周锁林一听,把头摇得像货郎鼓一样:"这个我可不敢答应,我家里有老婆孩子呀……"

王翻译哀求地说:"周厨师,我求求你!再说这也是给咱们自己留点后路呀!"

翻译官又求告了一阵,周锁林才答应下来。我们命令他三天之内必须把情报送到。送到城东堽山神庙的香炉底下。说罢,连长从桌子上拔出匕首,然后说:"王翻译官,劳驾送送我们!"

我们脱下了伪军装,又穿上长袍,戴上礼帽,连长还戴上一副墨光眼镜,和王翻译官并肩走出了东关街口。这场斗智斗勇的紧张战斗,前后不到半点钟,就胜利地结束了。

四

我们的侦察意图,由于小毕被捕以及抢救小毕等情况,看起来是暴露了。这一来,敌人越发警觉起来。他们一面加强了城防戒备,一面出动大批人马,在城东一带敌占区疯狂地进行"清剿扫荡"。他们用放火杀人等等毒辣手段威胁群众,不许接近八路军,妄想破坏我们的堡垒村,使我们无立足之地。很明显,这又是叛徒的"功劳"。不然,敌人怎么会知道我们常住过的堡垒村呢?但是,敌人这是瞎了狗眼,别说什么"清剿",就是拉网"大扫荡",我们还不是一样冲了出去?这一次,我们根据上级党和营首长的指示,跟敌人采取了推磨战术,终于在兄弟部队的配合下,在人民群众的支援下,很快摆脱了敌人的"清剿"。

敌人回了城,连长便带着我们全排,在半夜时分,又悄悄转回青石村。我们在这里隐蔽下来,一来休息,二来等王翻译官的情报,争取不打则已,一打就把叛徒和侦缉队全部消灭,救出被捕的同志。但没想到就在第二天拂晓,我们还未起床的时候,突然从村西头传来"叭叭"两声清脆的枪声。在敌占区活动,我们最怕拂晓发生敌情。因为枪一响，四外据点的敌人，就闻风而来。枪声越响越近，村落上空，响着刺耳的子弹呼啸声。连长从炕上"呼啦"一声爬了起来，一面命令一班长把全排集中在院子里待命，一面带着我奔到街上，正遇上放游动哨的三班长跑回来报告说："村西头发现敌人，散开战斗队形，直扑村庄而来！"连长马上命令三班长回村西头抵抗，一面对我说：

"根据三班长报告的情况判断，敌人是有计划地来包围我们！你看呢？"

我着急地说："连长，咱们赶快抢占东山头，等天亮了，看看敌人少了就打，多了就向东撤退！"

"不能抢占东山头。"连长分析着说，"估计敌人的重兵是放在东山上，悄悄张开罗网。村西面可能是一小部分兵力，他们要赶着我们向东山上撤退，然后用火力把我们压在山谷里，聚而歼之！我们要趁天色尚未大明的时机，赶快从村西南角突围！"

"对！"我同意地说，"坚决突围！"

这时候，天已放亮了。这几天早晨，不是浓雾弥漫，就是阴天，而今天天空特别晴朗，连一点薄雾也没有。真是天也找起别扭来了！连长带着我们悄悄摸到村西南角，在一道半人高的院墙后面，定睛仔细一看，只见眼前影影绰绰一片敌人，都弯着腰，提着枪，像一群黄狗似的包围上来了。我们向敌人投了一排手榴弹，顿时，手榴弹的爆炸声响成一片，硝烟腾空，一眨眼的工夫，天也遮暗了。一班长把轻机枪斜背在肩上，照准敌人"吼叫"起来。连长喊了一声："冲啊！"紧接着，战士们像猛虎一样，端着刺刀，直向敌群冲去。杀得敌人前倒后仰，爬的爬，滚的滚，鬼哭狼嚎，乱成一团。我们踏着敌人的尸体，"呼呼呼"突围而出。

突出去了，可是敌人像一窝蜂似的随后紧紧追赶，机关枪、掷弹筒追着打。打得泥土飞扬，子弹像蝗虫似的"扑哧""扑哧"，在我们身旁乱飞。

当通过一块开阔地时，不幸，一班副班长林大川同志，头部中弹牺牲了，另有三个同志负了伤。连长命三班架着伤员，背着林大川同志的尸体，先行撤退。连长带着一班，命令我带着二班交替着且战且退。瞧，敌人疯狂极了，个个直挺着腰，一面跑步追击，一面喊着："抓活的，抓活的！"在敌人眼中，似乎我们只能挨打，没有还击之力了。

班长和战士们，眼看着敌人这种疯狂的劲头，简直把眼都气红了，纷纷要求连长下命令跟敌人拼个死活，为牺牲和负伤的同志报仇。但连长坚决不准，要我们不要感情冲动和敌人硬拼，要加快速度，迅速摆脱敌人的追击。

当我们退到棋盘山底下，忽然发现有人控制了山口，切断了我们的退路。我们都吃惊地想：莫非是九龙山据点的伪军前来截击？这真是前有截击，后有追兵。我和三个班长都把焦急的目光射到连长脸上。只见连长这时也急得两眼冒火，用手打着凉棚，一边看着山口，一边对我说："张排长，如果前面是敌人，我们就动员战士们，拿出前仆后继的精神，夺下山口。"

连长的话音刚落，突然山口上的军队，朝着追击我们的敌人，展开了猛烈的射击。大家狂喜地跳着喊道："连长，自己人，自己人啊！"

我们风快地爬上山口一看，原来是六区中队的同志们。他们听见枪声，从十五里地以外，跑步赶来支援我们……他们这种主动配合战斗的精神，使我们全排的同志都非常感动。

下得山来，我们就驻在山前于家村。这里是边沿区，我们经常在这里坚持边沿斗争。村里的老乡一看我们来了，都拥到街上，有的摘下自己的门板，扎好了担架，把负伤的同志送往后方分所。有的帮助收拾房，背草打铺。一位七十多岁的老大娘，听说我们牺牲了同志非把自己的寿材献出来，给牺牲的同志使用不可。连长再三向老大娘婉言谢绝，但她非献不可。经过村干部动员半天，老大娘才含着眼泪勉强收了钱。群众对我们的关怀和爱戴,胜过了自己的父母和兄弟姐妹。全排同志,感激得不知对老乡说什么才好!连长把善后工作,一件一件处理完毕之后,还亲自把林大川同志的尸体盛殓起来。然后,他和班以上的干部一起挖土埋葬。

在盛殓和埋葬林大川同志的时候,我看见连长不时掉着眼泪,显得十分沉痛。

埋葬了大川同志以后,连长痛悔地对我说:"这次遭到敌人的袭击,我心里难过极了。我明明知道叛徒熟悉我们活动的规律,但在判断和分析敌情上,却犯了麻痹大意的错误,使部队遭到不应有的损失。我对不起牺牲和负伤的同志,也辜负了党对我的信任……我准备在支部委员会上,进行严格的检讨,请同志们提出批评。"

接着,连长命令我派三班副班长王大田再到青石村。一来找情报站了解敌情;二是通知联络站,等小毕和小周取情报回来,到沟头村来找部队。连长又把几天来活动的情况和今天被敌人包围的经过,向营首长写了一份详细的报告。当连长把一切事情处理完以后,天已晌午了。炊事员为我们准备了一顿丰盛的午饭,有焦黄的玉米饼,还有杂面条。但大家心里都被战友牺牲和负伤这种难言的悲痛纠缠着,谁也吃不下去。

天黑以前,我和连长正站在村头,研究战士们的思想情况,王大田回来了。他喘吁吁地跑到连长跟前,从口袋里掏出一块折叠的三角纸来,往连长手里一递说:"连长,这是陈站长写的情况报告。"

连长接过了信,关怀地说:"大田同志,你跑了一天了,恐怕累得够呛。快回排里歇歇,吃完晚饭,还要执行新的任务!"

在回连部的路上,连长拆开信,一边走一边看。我看他越看越气愤,额头上青筋在跳动,从牙缝里迸出了一句:"无耻的叛徒,竟向敌人献出这样毒辣的诡计!"他说着把情报递给我,道:"张排长,这份情报,正好敲了我们的麻痹思想。你好好看一下，再向各班长进行传达。准备晚饭后，召集班以上的干部，开个军事民主会议，集中大家的智慧，研究下一步的战斗计划。"

这份情报告诉我们：

昨天下午"清剿"的敌人虽然形式上撤回城去，但都人不卸甲、马不离鞍，全部集结在新城的大操场上待命。黄昏，张德阴带着十几个特务，悄悄来到青石村，在村西头的坟地里，进行严密监视。就在我们重返青石村的时候，张德阴一面派特务回城报告，一面继续监视我们的活动。

天亮以前，敌人分两路包围了青石村。一路约有一百多鬼子，拂晓前占领了村东头，张开罗网；一路有一百多伪军从村西头包围，妄想把我们赶上东山，围而歼之。日本宪兵队长小野，今天上午回到城里，就吹嘘什么"大皇军""清剿"的胜利，说这一地区的八路军被打得死的死，伤的伤，剩下寥寥无几，都跑到棋盘山以南去了。还说，这一两天要开庆祝大会，祝贺"清剿"的大胜利。

吃过晚饭以后，班以上的干部都聚集在连长住的小屋里开会。桌子上，放着一盏很小的豆油灯。连长坐在桌子后边一条破凳子上。这条凳子，若用力一坐，就会发出"吱吱"的叫声。班长们有的坐在炕沿上，有的坐在地铺上。连长首先让我把进城侦察的情况和威逼王翻译官送情报的情况，向大家说了一遍之后，他便站起身来，微笑着说："同志们！我们开这个军事民主会议的目的，就是集中大家的智慧，制定除掉叛徒、救出同志的切实可行的战斗方案。有关敌情方面的问题，就是张排长刚才说的那些。要求大家充分发表意见，展开辩论，八仙过海，各显神通！"

二班长周二虎首先发言。他说："干脆干个痛快！咱们夜间用软梯登城，悄悄摸进去，救出被捕的同志，把叛徒和特务堵在窝里干掉就完了。别从翻译官那里想点子啦！他是敌人，刀按在脖子上,他什么都能答应;刀从他脖子上拿下来,他蹲在鳖窝里,咱们蹲在山沟里,他会听咱们这一套,那才见鬼哩!看吧!从威逼王翻译官起,敌人不是清剿我们,就是包围我们,他连一次情报都没送出来,难道他当鬼子的翻译官,就不知道情况吗?这里边一定有鬼!说不定是他和叛徒共谋的诡计!别说限他三天送出情报,就是三十天也白搭。"

一班长于青山站起身来,不慌不忙地一字一板地说:"我不完全赞成二班长的意见。威逼王翻译官给我们送情报,我看这是取得情报的一种手段,至于他能不能按时送出情报,现在还不能断定。对于猛打猛冲,用软梯悄悄登城,没有确实的情报,掌握不住叛徒的来龙去脉,等于瞎子摸鱼。我们还是坚决按照连长的办法干吧!保证没有错。"

连长打断了一班长的话,笑着说:"大家充分发表意见,不要拘束在我的意见上。对我的意见,同意或不同意,都可以展开辩论。咱们多动脑子,要想出更多的点子来!"

讨论了一阵,只剩三班长肖云增没有发言。这是我们排有名的"智多星"。他识字不多,但脑子很灵。听人家讲过一遍《三国演义》和《水浒传》,他就一点不差地记住了,并能在闲着的时候,原原本本讲给同志们听。今天他坐在靠墙根的一条小凳上,嘴里叼着小烟袋,眯缝着眼睛,默不作声。于是我开玩笑地说:"肖班长,你这个百事通,怎么哑巴啦?"

他听我这一说,便笑着磕掉烟灰,慢慢腾腾地说:"连长,我考虑了两个办法,大伙掂量掂量。第一个办法:借刀之计,借鬼子的手,杀叛徒的头!第二个办法:挑两三个同志,腰里插家伙,化装成农民的样子,每天到城附近瞄着,等单个的鬼子出来溜达的时候,抓上一两个,用鬼子交换我们被捕的同志。这两个意见,都算是智取。"

当他说"智取"的时候,大家都笑了。嘀,少不了这又是从《三国演义》里搬来的。有人笑着说:"在'群英会'那出戏里，曹操中了周瑜借刀之计，杀了降将蔡瑁、张允，那是一千多年以前的事，而我们今天和日本强盗打交道，还能用这个陈旧的办法乱套吗？反正叛徒和特务，不打是消灭不了的，光想歪点子是不行的。"

大家七嘴八舌，说了肖云增一顿。他只是低着头吸烟，不表示同意，也不反驳。

大家发完言之后，连长从凳子上站起身来，面带笑容地说："今天这军事民主会议开得很好，大家既藐视敌人，又重视困难，提出了一些积极的意见。是的！一个叛徒和三十几个特务，是起不了多大风浪的。他们不过是一时的猖獗，就好像下了霜的蚂蚱一样，没有几天蹦跶头了。至于敌翻译官能否给我们送情报呢？有的同志对这一点怀疑，这种对敌人的高度警惕精神，是完全正确的。这个问题，我们再作进一步研究。咱们双管齐下，既斗智，又斗勇，这叫满江撒网鱼不漏。叛徒是逃不出我们手心的！"

突然，小毕喘吁吁闯进屋来。他从口袋里掏出一张白纸，往桌子上一摆，说："我把眼都熬红了，整整等了三天两夜，才等到这张白纸。我看王翻译官这小子成心搞鬼，不想活了。"说完，他拿起碗来，"咕咚咕咚"喝了两碗凉开水，就一腚坐在炕沿上。

连长拿起这张白纸，一边看一边问："这张白纸是谁送的？"

"周锁林！"

连长点了点头，吩咐一班长打来一铜盆清水，放在桌子当中。他将白纸放在铜盆内，纸上立刻清楚地显出字来。这份情报原来是用碱水写的，不放在清水里，根本看不出字来。小毕一看，高兴地跳了起来。

大家围了过来。只见上面写道："前两天清剿的情况，千方百计都未得隙送去。万请恕罪。今晚十一时，张德阴带领侦缉队,去城东大头庄,袭击贵方区公所,请严加提防……"

连长根据这份情报,进行了仔细的判断和分析,觉得是可靠的。于是决定在城东塆打下埋伏,把叛徒和侦缉队全部歼灭。连长看了看怀表,接着命令我集合全排,马上出发。

五

漆黑的夜晚,刮着凉飕飕的小西北风。全排集合在村外的一块空地上,连长向同志们简单说明了今天的战斗任务,就出发了。一路上,不走村,不走大路,我们绕过敌人的据点,爬山越岭,向城东塆前进。

紧张了五天五夜,觉没睡好,饭没吃饱,经历了许多危险,才搞到今天这份情报。连长命令我们,坚决打死叛徒。把侦缉队全部消灭,用俘虏的特务交换被捕的同志。同时也作了退一步的打算:假如抓不着叛徒,只俘虏一部分特务,那就利用叛徒中伏击这件事作"借刀计"的文章。

全排的干部和战士,听了连长的战斗动员,个个情绪高涨,人人勇气倍增。前后不到两小时,就走了三十里路,到达了城东塆。

为了防止敌人反伏击,连长首先命令一班把伏击地带,进行了全面的搜索,然后迅速将部队部署在公路两侧的坟地里。连长的预见性真好。那天进城侦察时,他就把这里的地形看得清清楚楚了。他平时常说:"闲里准备,忙里用。"果不然今天就用上了。

部队布置好了,连长命令我监视公路的情况,他把耳朵贴着地皮,听着动静。不大一会儿,他抬起头来,向我耳语道:"敌人来了,准备!"

连长的话音刚落,公路上就传来沙沙的脚步声。我们隐蔽在一块石碑后面,举目向公路上仔细一瞧,只见敌人走过来了。看看越走越近，人影清清楚楚，三个一组，四个一伙，组与组之间拉开约有二十米的距离。这和我们部署的四十米的伏击圈一对照，根本达不到全部歼灭敌人的目的。看叛徒的狡猾行动，就像猜透我们今夜要打他的伏击似的。我低声说："连长，你看，怎么办？"

连长说："这个叛徒狡猾到极点了，用的羊拉屎的队形，来防止中伏击……张排长，你看准了，叛徒走过来就打，先把他干掉再说。"

我们站起身来，只见前头那组敌人已走出了伏击圈。天黑地暗，看不见哪是叛徒，若再拖延不打，恐怕连两组敌人也消灭不了啦。我急得头上冒火星，扯着连长的衣襟道："连长！快打吧。"

"打！"连长想了想，随手举起大肚匣子枪，照准一组敌人就扫射了一梭子子弹。紧接着伏兵四起，枪声、手榴弹声，一齐大作。随着枪声，战士们一拥而上，喊杀、喊抓之声，响成一片。

这场战斗，简直像刮了一阵旋风一样，转眼的工夫，就结束了。打死打伤特务三名，俘虏四名。从审问俘虏得知：共出来二十名特务，叛徒在最末尾，没有抓住。连长一边命令二班长带着部队迅速打扫战场，一边命令小毕把一班长和三班长叫了来。他坐在一个歪倒的石碑上，我们都围在他的跟前。连长把用"借刀计"的办法，向我们说了说，末了，他说："按计划进行吧！"

我们都点头赞成。立刻，小毕带着事先写好的给王翻译官的信，出发了。

这时候，部队已打扫完了战场，战士们押着俘虏，整整齐齐站在坟地里。连长踏着坟前的石桌，向我们说道："今天抓的这四个俘虏，都是罪恶滔天的特务！张排长，你押着这四个俘虏先走，哪个想跑，就地枪毙！"

"是！"我高声说，"跑不了他们！"说完，我带着一个班，押着吓得胆战心惊的俘虏，顺着公路向东走去。

一路上，我故意用埋怨连长的口吻对一班长说："不知连长眼花，还是看错了人？"

"排长，怎么一回事儿？"一班长佯作惊愕地问。

"别提啦！等回去再说吧！"我装作不耐烦的样子说。

"排长，到底是怎么一回事儿？"一班长追问着。

"唉！不提便罢，若提起来，我真后悔死啦。"我说，"在敌人最末尾那组，我一把抓住一个手拿大肚匣子枪的特务，但他一不说话，二不打枪，老是一个劲地用左手拿着白手帕擦脸，好像叫我放他似的。我正想夺枪，连长跑来喊道：张排长，你瞎眼啦？我回头一看的工夫，那个特务撒腿向新城跑去了。就这样抓到手的特务，白白跑掉了。"

一班长佯作生气地说："若是我呀！可不听连长那一套，反正先抓住再说。"

我和一班长，像唱戏一样，又拉又唱地说着。当我们正走到东山坡的时候，三班长按计划在扰袭敌人了。引得新城的鬼子，又打机枪、又放炮，炮弹落在公路上，轰轰爆炸着，就像敌人出来追击我们一样。这时，连长带着二班在公路北边的山头上，也一个劲地喊："张排长，鬼子出来追击啦，要押好俘虏，别跑了！"

我带着一班，故作惊慌失措的样子，有的急急忙忙卧倒在路旁的小沟里，有的扔了俘虏，就往路旁柳树林里钻。四个俘虏一看我们都东藏西躲，马上撒腿就往路旁树林里跑去。有两个俘虏被我和一班长抓了回来。另外两个不要命地跑了。于是，我指挥着一班，一边打枪，一边喊抓，假意尾追了一阵。

六

营部便衣班长送来一封信，信上写道：

刘连长：

　　送来的报告阅悉。你们进城侦察、威逼敌翻译官提供情报等措施，对除叛徒，营救被捕的同志，创造了有利的条件。至于行动不慎，遭受敌人袭击问题，应该从中吸取教训……今后战斗要注意两点：一是暂时不要零敲碎打，使敌人麻痹下来，创造完成任务的有利条件；二是要抓住准确的情报，争取不打则已，一打就彻底成功……

连长高兴地反复看了好几遍，然后笑着对我说："张排长，营首长的指示太好啦！咱们坚决按照首长的指示精神去干！"

这时候，肖班长一脚门里一脚门外，喊道："连长，鬼子上钩啦！"

连长一听，高兴地赶忙问："快说说，鬼子怎么上钩的？"

肖班长擦着额上的汗珠，一口气把他送信的情况，说了个清清楚楚。

原来，昨天夜里，肖班长按照连长的指示，隐蔽在城东墒地里歪倒的石马后边，把一封给张德阴的信放到了石马嘴里。信是这样写的：

张：

　　……咱们做买卖，不求急于挣钱，只求放长线、钓大鱼。单等把各处的行情摸透，再大搞不迟……

一直等到今天东南晌①的时候，他远远望见，从新城出来三十多个鬼子，还有一个穿大袍的汉奸，直奔城东垆而来。鬼子离坟地还有二百米左右的距离的时候，他朝着鬼子暴露了一下目标，撒腿就跑。只见那个穿大袍的汉奸，一边朝着他头顶上空打了一枪，一边裂开嗓子喊道："八路，快抓八路啊！"

接着，鬼子像一群饿狼一样，一边打枪一边向他追来。他顺坟地北边的一条小沟，一口气跑到东山松树林里。举目一看，鬼子围着坟地满处搜索了一阵，才跑步回城而去。

当肖班长说完，连长高兴地拍着他的肩膀，笑着说："肖班长，看样子，这次敌人把信搜去了。他们要是中了计，先给你记上一功！"

肖班长被说得红了脸。我一抬头，看见他帽子顶上好像有个眼似的。我把他的帽子摘下来一瞧，不禁惊愕道："你这趟差事好险哪，差点把头钻上个眼啊！"

连长也看了看，接着打趣地说："险中有喜呀！哈哈！"我们都一齐笑了。

太阳偏西的时候，小毕从山神庙拿回来周锁林送来的一份情报。情报是这样写的：

……小人一切遵照指示办理。小野接到逃回的侦缉队员之密报后，半信半疑，确定秘密监视张德阴的活动。今天上午，小野去张德阴中伏击的地点亲自察看，小人遵照信示：从石马嘴里搜出信件。小野勃然大怒，马上带着宪兵队跑步回城，把张德阴捆绑起来……

"小野上钩了。"连长笑着点了点头。

班长们知道这个好消息以后，一个个高兴得没法。都说这个

---

① 东南晌：胶辽官话。太阳升到东南天的时辰，即临近中午的时间。

"借刀计"想得真妙，不用枪，不用弹，借鬼子的手除掉了心腹之患。

大家越说越高兴，情不自禁地又跳又唱起来。

我们正在拍掌歌唱的时候，在山神庙等取情报的小周，又跑了回来。大家心里不禁惊愕地一跳："又出事了吧？"

小周胸脯一起一伏地向连长报告了情况。

原来，小毕把情报取走，不到半小时，周锁林又急促地走了回来。他这次没进山神庙，顺着公路，一边走一边两眼不住地向小周隐蔽的松树林里搜视着。小周一看，就知道他是想找人报告情况，于是，就顺着一条小沟转到周锁林的前面等候。周锁林走到小周面前，一看周围没有人，就急忙说："因为情况变化突然，王翻译官来不及写情报，他叫我前来口头报告：小野觉得案情重大，不敢擅自处理，打电报给威海宪兵队长施田，请求指示。施田回电：命小野明天派一小队鬼子兵，乘两辆大卡车，把张德阴押送威海审问。"

连长听完小周的报告，眉头一皱，计上心来，笑了笑说："好哇！咱们再给张德阴下一道催命符。明天早晨，我们悄悄地把部队埋伏在公路上，等押解张德阴的汽车一到，就摇旗呐喊，摆出打汽车、抢救张德阴的阵势，打一个假埋伏。这叫：棺材盖上钉钉子，防止死尸还阳！"

大家高兴地拍掌大笑起来。

七

在叛徒押往威海的第二天晚上，连长带着我们全排，由城东插到城南陈家村。准备利用王翻译官，向小野假报情况，把宪兵队调出鳖窝，用地雷战和伏击战把宪兵围而歼之，抓上几个鬼子，好交换出被捕的同志。谁知，当我们刚一进村，男女老少一齐拥到街上，拉着我们诉苦，要求八路军搭救他们的亲人，为老百姓报仇。

经了解,原来前几天夜里,叛徒带着特务,伪装成八路军闯进村来。抓去两个村干部,还打死了四名抗属。昨天,鬼子又送来条子,要十口大肥猪,五千斤小麦,限三天送到城里,不然就枪毙村干部。

敌人这些令人发指的罪行,激怒了全排同志。战士们个个按不住心头怒火,摩拳擦掌,坚决要和敌人拼个你死我活。

部队刚驻下,班长们就到我面前咕噜开了:"排长,快要求要求连长,痛痛快快干一下吧!不能光依靠用计呀、想点子啊……排长,你想一想,咱们接受除掉叛徒和营救被捕同志的任务,已经过了八天了,现在叛徒虽然被押解到了威海,但鬼子杀不杀他,还说不准。再说被捕的同志,还遭受着敌人的酷刑拷打,大家都实在忍不住了。"

是的!班长们急于完成任务的心情,是完全可以理解的。其实,我深深地知道连长的焦急心情和他们完全是一样的。当叛徒押往威海以后,连长一直担心被敌人识破计策,把叛徒再放回来。他一夜一夜不睡觉,小烟袋不离嘴。我心里明白:连长天天绞尽脑汁,是在思考消灭侦缉队、营救被捕同志的战斗方案呵……

半夜,我刚刚睡着,连长把我和各班长叫醒了。睁开眼睛一看,原来是小毕领着周锁林来了。

周锁林带来了一个紧急情报:

> 威海宪兵队长打电报斥责小野,说逮捕张德阴是中了八路军借刀之计,命令张德阴即回,仍任侦缉队长。
>
> 张德阴从威海返回的日期,定于三月二十四日,小野准备在当天下午两点钟,在老城侦缉队部设宴欢迎……

周锁林还说,王翻译官听到张德阴从威海返回的消息,吓得魂飞胆丧。他向小野递了请假条子,假装心痛旧病复发,请一个月的假,到天津治疗。准备在张德阴返回前,离开县城。

连长听完报告,马上叫周锁林速回县城,告诉他情况若有变化,随时报告。

今天是三月二十二日,还有一天两夜的时间,叛徒才能回来。于是我向连长建议:赶快请示营首长,把全连集中起来,埋伏在公路上,把叛徒和护送的鬼子,一块干掉……

连长听了我的建议,连忙摆手说:"不能那样干!现在二、三排正在城东南坚持反'蚕食'斗争,怎么集中呢?再说,根据鬼子押解叛徒去威海的情况来看,敌人十分狡猾,不但公路上各据点的伪军出来搜索,而且汽车上的鬼子有时还下车步行巡视,防止中伏击。我看这样打伏击是没有把握的。"

"那怎么办呢?若是把叛徒放回鳖窝,咱们岂不前功尽弃吗?"我两眼看着连长,心里急得狂跳不止。

可是连长一声不响。他眯缝着眼,皱着眉头,一边来回踱着步子,一边自言自语地咕噜着什么。因他的声音太小,我听不清说的什么。不过,连长的特点,我是深深知道的。他不论指挥打仗,还是对待工作,都是干脆果断,说干就干,从不拖泥带水,犹豫不决。但在战前部署战斗的时候,却像绣花一样细致。只要时间允许的话,总是仔细地考虑来,考虑去。有时,还反复征求干部的意见,尽量把大家的智慧集中起来,他才下最后的决心。

他踱着步子,突然停了下来,扬着眉梢,瞪着一双锐利的眼睛,冷笑着说:"好哇!既然敌人识破我们借刀之计,又把这条毒蛇放回来咬人,那我们就利用小野宴请叛徒的机会,到鳖窝里去,一网把敌人打尽!"说到这里,连长笑了笑,又接着说:"咱们和小野、叛徒唱的戏,整整八昼夜了。王翻译官这个胆小鬼在这出戏里所演的报子角色,没等最后的武戏开打,就吓得滚蛋了。看来,这出收场戏是顶热闹的!"

"来,咱们马上开支委会,仔细研究研究。"

支委会一直开到深夜两点钟。结束以后，连长立刻把会议研究的奇袭计划，向营首长写了一份报告。命令二班长周二虎，带着半个班，一来到营部送报告，二来拿战斗中需要的东西。又命令小毕今夜出发，到东关他姑夫家中和他姑夫商量，选择一个敌人不查户口的地方，准备明天夜间部队插在那里。当我们把战前的准备工作一件件忙完了，东方已经放亮了。一阵阵雄鸡的叫声，像嘹亮的军号声一样，赶走了我们一夜的疲累。

八

半夜，繁星满天。青石村，家家关门闭户。大地沉睡着，只有几条讨厌的狗，在不断地狂吠，听来格外清晰。

全排挑选了十一名精明强悍又有战斗经验的战士，外加五名正副班长，再加上连长和我，共十八个人，组成一支队伍。每人都换上不久以前我们打汽车缴获的崭新的鬼子军装。

我身穿黄呢子军服，带着少尉的肩章，背着鳖盖匣子枪，化装成鬼子小队长的样子。连长身穿海蓝色夹袍，头戴青色礼帽，戴着墨光眼镜，腰里挎着马牌手枪，手拄"二人夺"的手杖（手杖里下半截是刀，若抓着下头一夺，即露出一尺多长的尖刀），化装成翻译官的样子。连长把这次伪装奇袭，简单地作了战斗动员，队伍就出发了。

天黑地暗，微风吹到脸上，显得格外清爽。我们越过公路，从碉堡空隙穿过，一直向城东关奔去。在三横桥底下爬过铁丝网，轻步如飞，向东关疾进。这深夜的县城，像一座阴森的阎王殿一样，碉堡炮楼数不清。碉堡顶上，有时打惊慌枪，有时发出虚惊嗥叫声。我们摸过东关耶稣教堂，按照原定计划，无声无息直扑关帝庙。

来到庙门前，只见一个老人——正是小毕的姑夫从庙门口闪了出来，悄声地问："都来了吗？"

连长上前一把拉着老人的手。队伍一眨眼就进了庙门。

这座关帝庙正坐落在新城和老城之间，一出庙门很快就进入东关大街，真是一个好地势。看来，老人费了很多心思才选择了这么个好地方！他为了防止敌人放暗哨，已经在庙前庙后监视了半天啦！

大家坐在大殿门前的台阶上休息，连长带着我和小毕，跟着老人先察看了一下四处的情况，选择部队隐蔽的地点。走到大殿门口，只见两扇破烂大门虚掩着。推开大门一看，里边黑洞洞，阴森森，一股死尸的臭味扑鼻而来。定睛一瞧，原来有两口棺材，停在周仓的塑像面前。连长指着棺材问道："老大爷，这是谁家的棺材停在这里？"

老人愤怒地说："就是那天集上你们打死的那两个特务！"

"这两个特务死了八九天啦，敌人为什么还不埋呢？死尸停放在庙里干什么呢？连长又问。

老人说："听汉奸说，宪兵队长小野，要准备给这两个汉奸出大殡，摆个样子，给活着的汉奸看，好叫汉奸给鬼子卖命啊！"

连长点了点头。

我们走出大殿，经过一个小圆门，就到了东院。这里原是道士住的房子，三间正房，两间东厢房，门窗歪倒，破烂不堪。屋里满是乱草，一股青苔味直扑鼻子。连长把正房和厢房还有院子周围都仔细看了一下，然后说："咱们就隐蔽在东厢房里。这里院墙矮，能观察庙周围的情况。倘若敌人发觉了，我们可以不走庙门，从院子西北角跳出院墙，通过北关的复杂地形，从敌人最薄弱的城北面冲出去！"说罢，连长就和老人研究了报告情况的暗号，连长紧紧地握握老人的手，老人走了。

这一夜，我们都隐蔽在东厢房里，有的抱着枪坐在乱草上，有的靠墙角蹲着，都安安静静，没有一个乱说乱动的。屋子里显得异常沉闷。连长一夜没有休息，他一直把着门口，侧耳听着庙外的动静。天快亮了,窗跟前,目光透过院子里的松柏树上的干枝,看到天空一块块乌云,像破棉絮似的,被西北风卷着向南移动。我有些担心地暗想:"老天爷也黑心啦,若是下起雨来,叛徒推迟返回的日期,整个奇袭计划,岂不半途而废吗?可千万别下雨呵!"

这时,在院子里放暗岗的小周,忽然急促地走到门口,向连长低声道:"有两个全身穿白的女人,手里提着小篓,后面还跟着两个穿青大袍的男人,进了庙门,直奔大殿。"

连长一面命令小周严格监视庙外的情况,一面嘱咐我们好好隐蔽,不许闹出半点声音。霎时,屋里的气氛紧张起来。大家都瞪着眼睛,握着枪,准备应付万一。

呆了不大的工夫,从大殿里冒出烟来,随着白烟缭绕,传过来烧香纸的气味。接着又听到女人那尖声尖气的哭声。过了十几分钟,听到一个粗哑嗓子的男人声音:"周太太,张太太,不要过于悲伤啦,还是保重身体要紧。下午小野队长设宴欢迎张队长,听说还请你二位作陪哪!"

接着又有一个公鸭嗓子的声音:"宪兵队长说,宴会以后,就要枪毙两个共匪干部,扒心给周、张二位老兄祭灵。一来安慰死者的灵魂,二来给二位报仇雪恨。小野队长还说,明天出殡的时候,县长和警备大队长都来参加公祭呀!"

听这两个家伙说话的声音,我已辨出是那天在碾棚遇到的那两个特务。连长眼睛望着我,看来他也早已听出来了。

特务磨蹭了半个多钟头,才滚蛋了。大家这才松了一口气。连长到庙院子里看了看,回来自己责备自己说:"进庙的时候,虽然看见了两口棺材,也知道是打死的特务装在里头,可是,只想躲过敌人查户口,并未想到今天是'清明'节。特务可能来祭奠死人。这点小事不慎,差点暴露了目标。不过,从特务的说话当中,更证实了情报的准确性,对完成任务,是有好处的。"连长正说着,"咕通"一声,一块拳头大的石头落在院子当中。这是叛徒从威海已回到城里的暗号。我们心里都高兴起来。等着吧，这条毒蛇，快要落网了。

中午时分，天空阴云密布，狂风吼叫，只刮得天昏地暗，院子里松柏树上的干枝，"喀嚓喀嚓"往下直落，好像大风要把树顶抓去似的。

连长脸上带着焦急的神色，一会儿看看怀表，一会儿又侧耳听听屋外的动静。我们大家的心，也像拉紧弦的弓一样，既紧张又着急地等待预定时刻的到来。

忽然听到厢房后墙"咚咚咚"响了三声。这是小野已经从新城到了侦缉队的暗号。连长焦急的脸色，马上堆下了笑容，他看了看表，说："现在正是下午一点过四十分钟，小野对时间的遵守，分毫不差呀！"说罢，连长命令大家准备出发！

在院子里，大家互相整理了一下服装。接着连长和我在前，带着这队假"皇军"，迅速走出庙门。

这时候，西北风越刮越大，还飘着片片雪花。真是"清明断雪不断雪，谷雨断霜不断霜"呵！东关大街上，冷冷清清，很多商店关门闭户，街上行人稀少。只有三三两两的伪军，在街上溜达。他们一见我们这队气势汹汹的"皇军"，吓得像老鼠看见猫一样，有的钻进商店躲避，有的躲不及就站在一旁敬礼。我们对这些狗奴才，连睬也不睬地沙沙走过。

走过东关的骆驼桥，一眼看到东门外站着十几个骨瘦如柴的伪军，歪头歪脑地站在城门两旁，活像看门守院的懒狗一样。

连长模仿着敌翻译官的样子，一边和我并肩走着，一边低声地向后传：要大家更显出威武的精神，大胆闯进城门！

我们离城门还有十几步远，一个佩戴少尉肩章的伪军，手忙脚乱，又喊立正，又喊敬礼，奴才相百出地把我们迎进城去。

进得城来，我搭眼一看，这敌人践踏下的县城，比东关大街，更显得冷清萧条。大街两旁的商店，十有九家住着伪军，只有一些肩挑小贩，不顾风雪寒天，在背风的地方，招徕着顾客。

大街上的来往行人不多。正在走着的市民和伪军，一看到我们这队杀气腾腾的"皇军"，都怀着惊惧的样子马上让路。小毕的姑夫也夹在行人当中，自西边迎面而来，他边走，边用手挠着右边的耳朵，在我们身边一闪走过。

连长和我一看老大爷用暗号报告："由西街来了大队伪军！"不由得心里顿时紧张起来。说实在话，这种情况下，我们最担心和大队敌人相遇。这时我看大街两旁也没有小巷可以转道，只得冒险迎着敌人前进了。

我们走在伪县政府的大门前，远远望见迎面来了一队伪军，伪军都冻得紧缩着脖子，挓挲着棉帽耳朵，被大风吹得乱忽闪，活像一群黄狗似的。

这时候，我回头一看，只见每个同志都挺胸瞪眼，昂首阔步，雄赳赳地前进。

当离伪军只有五十米远的时候，伪军却向南进了药王庙街。看样子，是向伪警备大队部而去。我们便加快了步伐，向前走了一百余米，就进了古铜大街。只见侦缉队的大门口，停着一辆三轮摩托车，一个便衣门岗，把脖子缩到青大衣领里，挟着大枪，身子倚在门旁一根电线杆子上，一动不动，就像吊死的死尸一样。我高兴地说："到了！"

连长马上带着我们快步如飞地前进。因为风雪交加，站岗的特务还没等看见我们，我们就来到了跟前。他正想敬礼，我一把夺过他的大枪，接着一班长和小周一拥而上，把他拖到大门旁边的岗楼里。小周扒下他身上的大衣，穿在自己身上，接了门岗。我们像闪电似的分头出发：一班长带着小周把守大门口，并负责张贴宣传品；二班长和二班副带着六个战士，直扑南侧厅，去解决正在喝酒的特务；三班长三班副带着三个战士，直扑西厢房，去解决看押所的特务，并负责打开镣铐，救出被捕同志；连长带着我和小毕，直奔北大厅，去消灭叛徒和小野。

这时候，风吼雪飘，院内无人，门窗关闭，只能隐隐约约地听见猜拳声、碰杯声，和一阵阵狂笑声。

我们走到院子中间，只见那天买柴火的伙夫，提着盛饭菜的木头盒子，低着头，从东厢房走出来，摇摇晃晃走进正厅。我们借着伙夫开门的空隙，向正厅里一瞧，只见小野和叛徒，还有四个穿红挂绿的女人，正围坐在一张圆桌周围。

根据看到的情况，连长命小毕掐电话、对付伙夫，他自己对付小野，我对付叛徒。那四个女人不要管。连长一边盼咐着，一边带着我和小毕快步走到门前。"咕通"一声，两扇门被连长和我踢开了。我们一个箭步窜到屋里。

这时候，叛徒和小野一看我们来势不对，马上一手向腰里掏枪，一手抓起桌子上的盘碗，朝着我们头上打来。我挥舞着明亮的战刀，把叛徒摔过的盛鱼的大菜盘，"啪"的一声，在空中打得粉碎。随着盘碎的响声，我一刀将叛徒砍为两半，鲜血四处飞溅。

与此同时，小野抓起一把太师椅子，照着连长头上打来。连长一弯腰，椅子从头顶上飞了过去，正好打在门上，"哗啦"一声，把门上的玻璃打得粉碎。小野一看没有打中，就慌了手脚，顾不得掏枪，转身要到衣架上去拿战刀。连长猛虎扑食似的窜了上去，亮起手杖，照着小野的脑袋就打。小野一见拿刀不及，回身一把抓住手杖就夺，连长使劲把手杖往后一抽，"唰啦"一声，露出一尺多长、寒光逼人的尖刀。小野一看尖刀，吓得吼叫了一声，向后倒退了一步，正好盛菜的木头盒子绊在脚上，"咕咚"一下，跌了个仰面朝天。连长乘机一刀，刺进了他的胸膛，结果了小野的狗命。那个扁头伙夫，在我们进屋的时候，见事不好，打开窗户跳了出去，小毕追到院子当中，才抓了回来。

再说那四个穿红挂绿的女人，在我们和叛徒、小野进行激烈的搏斗时，她们吓得尖叫了一声，连人带椅子，一齐向后跌倒在地上，浑身打着哆嗦，苦苦求饶。这里面有两个是日本随军妓女，另外两个脚上还穿着白鞋，一看就知道，是上午到关帝庙去的那两个女人。

小毕摘下小野和叛徒身上的短枪。我用战刀指着那个伙夫的脑袋说:"你睁开狗眼看看我这个卖柴的庄户孙,你这个汉奸,我砍了你的狗头!"我说着就亮起了战刀。连长制止我说:"留他一条狗命吧。"接着把那扁头伙夫还有四个女人,一齐赶到西间房里,"咣当"一声,锁了房门。

我们走出正厅一看,二班长周二虎,三班长肖云增,已按照连长的命令,一弹未发,把南侧厅和西厢房里的特务都解决了。只听得"哗啦啦啦"一阵响声,被捕同志所戴的手铐脚镣也打开了。他们像猛虎出笼一样,从西厢房冲了出来,不顾遍体鳞伤的疼痛,有的紧紧握着我们的手,有的和我们拥抱,感激得简直不知说什么才好!

这是在敌人心脏里,不能耽误时间,不能往外带俘虏,而且也来不及向俘虏宣传,只好把军分区政治部印刷的告伪军书发给他们。我们把三十多个俘虏,都赶到西厢房押犯所里,用手铐把他们铐了起来,又用毛巾破布塞进他们嘴里。然后"咣当"一声,锁上了铁门。

我们将十二名被捕的同志,用绳子假绑着,准备走在街上,遮遮敌人的眼目。把缴来的短枪,发给他们每人一支,掖在腰里。大枪只带枪栓。

我们正要往外走,把守大门口的一班长,急促地跑进来向连长报告:"有一中队伪军,荷枪跑步从古铜大街南头,直奔这里而来。队伍的后尾,还有两辆人力车,拉着两个穿便衣的家伙!"

我们不禁大吃一惊。数十只眼睛,一齐集中到连长身上。连长却异常沉着地问:"伪军后头,再有没有部队?"

"没有。"一班长回答。

"侦缉队驻地周围的伪军,有没有活动的征候?"

"没有。"

"看情况，敌人并未发觉我们，但要作应付万一的准备。"连长急忙说，"一班长，你要装好鬼子门岗这个角色，只要敌人没有发觉我们，不管来的是伪军，还是鬼子，一律放进来。若是敌人来头不对，就下手干！"

"是。"一班长答应一声，转身向大门口跑去。

接着连长命令大家到正厅隐蔽起来，把后窗打开一点小缝，监视屋后的情况。倘若敌人发觉了，就从后窗出去，采取猛冲猛打的战术，杀条血路，从西城门突围出去。然后他又叫我和小毕，跟着他大摇大摆，朝大门口走去。

这时候，一阵阵风雪，吞没了视线，看不清大门外的情况。我们隐蔽在照壁后面，探着头向大门外一瞧，只见那队伪军，已排成横队，规规矩矩站在大门东边。两辆人力车已停在大门口，两个像肥猪一样的胖家伙，慢腾腾地下了车，朝这里走来。因风雪遮目，看不清这两个家伙的面貌。连长一面两眼盯着大门外的情况，一面对我和小毕说："看敌人的举动，不是来搞我们。看我的眼色行事！"

连长刚说完，就见一个身背匣子枪的伪军官，还有两个穿便衣的家伙，并着肩又说又笑地走进了大门。那伪军官可能是中队长。那两个胖家伙，那天在大烟馆里曾经见过，一个是维持会长蒋玉石，一个是伪商会会长郭金文。

我紧握着战刀，小毕端着刺刀，准备随时动手。连长把礼帽往下一拉，遮住大半个脸面。伪军官来到跟前，立正敬礼以后，向我报告说："四中队长李伯林，奉警备队杨大队长的命令，前来押解犯人，到西门外枪毙。部队已集结在大门外边，特来向'皇军'队长报告！"

那两个胖家伙，也点头哈腰，咧着大嘴，向我笑着说："'皇军'队长，听说侦缉队的张队长，又从威海回来荣任队长，我们俩代表地方商会和维持会，前来给张队长祝贺。哈哈哈哈……"

我压住满腔怒火，假意哈哈笑着说："好的，好的……你们快快到北屋去。"谁知我这一"呜啦",却被汉奸看破了。伪军官吓得往后倒退了两步,嘴里像驴叫似的喊道:"八路!"右手就要掏枪,小毕眼明手快,一刺刀穿进他的胸膛,"扑哧"一声,结果了这个汉奸的狗命。郭金文像触电一样瘫痪在地上,磕头求饶。那蒋玉石非常狡猾,一躬到地,哆哆嗦嗦地说:"原来是八路军弟兄来了。好说好说……"

小毕没等他讲完,上去一把反剪起他的双臂,这家伙也跪下了。

"糟啦!"我焦急地说,"大门外的伪军怎么办?"

"不要紧!"连长朝正厅一摆手,二班长就带着四个战士跑了出来。连长命他把打死的和吓瘫的两个汉奸拖到正厅,然后回头对蒋玉石说:"你到大门口去,命令伪军全部撤回去。如果做得好,算你一功。如有半点差错,我立刻就要你的狗命!"

那汉奸连连答应。我用枪紧紧瞄住他的后背。他歪歪斜斜地走到大门口,扶着门框,跟伪军排头的一个小队长结结巴巴地说:"……今天雪大,不枪毙共匪啦。……小野队长要请你们中队长在此喝酒、赏雪,命令你把部队马上带回……"

天冷雪大,那些汉奸正巴不得赶快回去休息呢。等那胖家伙说完,那个小队长听了很高兴,答应一声,就向伪军喊道:"肩枪,向右转,跑步走……"

伪军走了,我们紧张的心情才略微平静下来。大家顾不得多说什么。连长命令带着两个汉奸。三班长马上抓来一把锅底灰,把两个家伙的脸抹得活像两个黑鬼。接着我们每人"押"着一个被捕的同志,带着两个汉奸,嘴里呜哩哇啦地吆喝着日本语,假装着到西门外枪毙犯人的样子,簇拥着直奔城西门。

当我们顺利地出了城门,走到城西南山的时候,城里的敌人才发觉了。只听得枪炮乱响,敌人像热锅上的蚂蚁似的乱成一团。我们心里真是说不出的愉快,个个面带笑容,冒着风雪,爬山越岭,向根据地奔去。

智闯威海卫

1942年农历九月的一天。

在烟台通往威海的公路上，尘土冲天，蹄声阵阵。大队大队的鬼子兵、汉奸队，来往不断；运送枪支、军火、给养的鬼子汽车队，络绎不绝——种种迹像表明，敌人的秋季"大扫荡"即将开始。

排长带领我们侦察班的三名同志，化装埋伏在公路左边岭坡上的荆棘丛里，等候着一伙从烟台赶来的"客人"。我们手握大肚匣子枪，眼睛透过密密的荆条缝，注视着公路上的每一辆车，每一个人。一队队敌人从我们身旁走过，一辆辆军车从我们面前闪去，从早晨直等到半头午，却始终没等着我们要接的那位"客人"。排长可能看出我的急躁情绪，两只明亮的大眼朝我射来，好像在说："一班长，要沉着冷静，耐心等待。"我悄悄换了个姿势，继续监视着公路上的一切……

事情是这样的：据可靠情报，敌人最近对我胶东抗日根据地，将进行一次空前残酷的拉网"大扫荡"。就在我抗日军民积极准备反"扫荡"的关键时刻，我军打入威海敌海军司令部唯一的一个地下工作人员，被敌人海军司令部谍报科长赵得贵盯上了。万一该同志出了问题，我军在威海敌伪军当中的情报来源，就得被迫中断，这对即将进行的反"扫荡"斗争十分不利。为此，团首长命令团部侦察排李排长，带领我们侦察一班，插入敌心脏，把赵得贵活捉出来。这既可以保证我地下人员继续工作，又可以从赵得贵的嘴里得到敌人"扫荡"的准确情报。

那时候，我在侦察排一班当班长。为了准时捉到赵得贵，行动前军分区政治部敌工科向我们详细介绍了赵得贵的情况，接着我们又做了详细侦察。原来，赵是日本东京特务教导队精心培养的高级汉奸特务。这个诡计多端的家伙，从不轻易外出，有时非出来不可了，也是选在白天，用大群特务将其夹在中间；他夜间住的地方，更是时东时西，变化无常，事先谁都不知；他办公的地方，门口有持枪哨兵，院内有巡逻卫队，四周高墙厚垣，墙上设有电网，真是比藏在鳖窝里都严实。我们的敌工人员，轮番盯梢一个星期之久，也没搞清他的活动规律。

正在我们焦急万分的时刻，敌工科通过内线关系，突然了解到赵得贵的磕头把兄弟杜有福，现在烟台海军司令部当高级翻译，是日本人的贴身心腹。在当年赵得贵落魄的时候，杜有福曾多方周济，也算得上"患难之交"。最近，杜有福在日本留学的三儿子，已毕业回国，正在烟台，准备三两天内坐英国式的四轮马车回威海一趟。杜有福电告赵得贵"多多关照"，赵得贵满口应承。而赵和这位杜少爷又从未见过面。

这情报太可贵了，团首长决定：就在这位杜少爷身上做文章！

"一马离了西凉界……"猛然岭顶上我们的暗哨唱起京戏西皮调。排长一个鲤鱼打挺坐起来，小声命令道："准备！"我们一下爬起来，两眼透过集密的荆条向北面一望，见一辆英国式的四轮大马车翻过岭顶（这种英国式的四轮马车，是英国租借威海卫以后，由英国传到威海卫的，成了官僚和商人的交通工具），顺坡向我们驰来。逐渐看清，在大大的彩色车篷下，端坐着一位西装打扮的青年人，不用说，这就是我们要等的那位杜三少爷。他的脚下坐着两个便衣保镖，在车辕后边的高坐上，坐着一个赶车的把式。车后还紧跟着一个班的汉奸队。

我的心不由得"咯噔"一震：糟啦，原先只料到这位杜少爷有几个随身卫兵，谁知后面竟跟着这么一串持枪的大活人，这可怎么下手？我心里一阵发急，额头上冒出一层汗珠。我身旁的那两个战士，也不由自主地倒吸了一口凉气。我本能地瞅瞅排长，只见排长眉头紧皱，凝神略一思索，唰地从腰里拔出大肚匣子枪，把快慢机拨在快机上，低声而果断地向我们下了命令……我们遵照排长的命令准备着、等待着。近了，更近了，杜三公子那装饰阔绰的马车，眼看和我们走平头了。这时，排长对我们喊了一声"干！"接着嗖嗖一阵风响，排长、我、小周、小李像四支利箭，从岭坡射向敌群。

"把枪举起来！"

"缴枪不杀！"

"……"

我和小周、小李的二十响，枪口愤怒地在伪军们的胸口上、脑门前移动着，那惊慌失措的十几个可怜虫，纷纷把枪举上头顶，有的则乖乖跪在地上。这时，我转眼看排长，排长不知什么时候早已把那个杜三公子从车篷里"掏"了出来。这个胆小如鼠的家伙，吓得小脸焦黄，神经失常地喊着："啊！啊！缴枪不杀！缴枪不杀！……"那两个保镖想拔枪反抗，排长飞起一脚，踢在那大个儿的手腕上，手枪飞出两丈多远，疼得那小子抱着手腕呼爹又喊娘。与此同时，我一个箭步窜到那个瘦子跟前，把他刚掏出的匣子枪夺了下来。

我们把马车押到一个预先选好的公路南边的一条大沟里。军分区政治部敌工科的刘科长，带着六个侦察员，早已等候在那里。排长向刘科长作了简单的汇报，刘科长满意地说："很好。把俘虏交给我们，你们去大胆地干吧！"

我们审问了杜三公子，他说的和我们掌握的情况完全一致。接着我们扒下他们四个人的衣服，穿在我们身上，做了简单的化装，又把一口特制的大木箱子搬到四轮车上，便握别刘科长，跳上车去，排长坐中间，我和小周坐两边。这时你再看我们的排长，嚄！身穿海蓝色呢子学生服，头戴圆形大檐礼帽，外披古铜色毛料风衣，脚蹬米黄色火箭鞋，配上排长那年青英俊的外表，真活像某高级官员的阔少爷。我和小周都头戴缎子红顶瓜皮帽，身穿藏青色"仁丹"士林布大褂，足穿皮底礼服呢便鞋，一看就知道是这位少爷的随从人员；小李则一身短衣车夫打扮。此外，那口大箱子就安放在排长的脚下……

小李拿出当年给地主赶车的全副本领，摇鞭喝马，十分内行。马车顺着蜿蜒的烟威公路，越过一队队日伪军，直向威海驰去。

当车子拐过一个三岔路口的时候，忽然从车后赶来一支鬼子步兵队。鬼子队长骑着高高的大洋马，望着我们的马车，和身边一个便衣打扮的油头汉奸嘀咕了几句，那汉奸拔出手枪，招呼上几个便衣，气势汹汹朝我们扑来。我立即向排长使了个眼色，排长扭头一看，低声命令道："放慢速度，做好战斗准备！"

小李将马缰轻轻一提，车速减慢了。油头汉奸和他的同伙赶上前来，直盯着我们的排长。

我的心一下提起来，那只握枪的手，握得更紧了，密切监视着这帮凶恶的敌人。

谁知，我们排长却洋洋不睬，根本没把油头汉奸放在眼里，而是伸了伸懒腰，打了个呵欠，又从大衣口袋里掏出一盒精装"白锡包"香烟，抽出一支叼在嘴上，"嚓"地划着火柴，慢慢点上，喷出一口浓浓的烟团；随即把手里正在燃烧的火柴杆朝车旁的油头汉奸扔去。那油头汉奸一来怕烧了衣服，二来竟想不到面前的阔少爷如此傲慢，一趄身子，火柴杆落在他的脚下。

排长的这一举动，给了油头汉奸一个下马威。他望着排长，眨巴了几下眼睛，想说什么又没说出来，只是跟着我们的马车猛跑。

你再看我们排长，嘴里叼着香烟，悠闲自得地观赏着路旁的青山绿水，不断发出"啧啧"的称赞声。

我乘机赔笑着大声说道："杜少爷，这次您从'皇军'士官学校留学归来，烟台'皇军'司令官要大大重用，这下可要光宗耀祖，福洒乡里了。"

排长吐出一口青烟，微微一笑，慢慢陈词道："本人在东京苦读三载，博览兵书，饱学军机，深悉近代战争之奥妙。以兄弟之见，山东共党，胶东八路，土枪土炮，不足为虑；只要略施小计，即可一举歼灭。故次郎司令官在兄弟赴任之前，特命去威海走走，一则观观威海'环翠'风光，二则摸摸八路活动情况，以便聚而歼之。"

排长一番话，说得油头汉奸更加摸不清我们的底细。又不敢贸然造次，脚步渐渐慢了下来，手里的枪也插进腰里。小李乘机扬鞭催马。马车又急驰起来。

就这样，我们策马驱车，时而急奔，时而漫步，在下午三点多钟的时候，赶到了威海西门。

太阳斜射在威海西门的城楼上。城门两边站岗的伪军，端着明亮的刺刀，拦住了我们的马车。我急忙跳下车来，掏出从杜三公子身上搜来的证件，高高举起，在伪军眼前一晃，傲慢地说："烟台海军总司令之翻译官杜大人的三少爷，来此地探望海军司令部谍报科长赵得贵，耽误了公事，你担当得起吗？"

伪军一见我这气粗势大的派头和我手中举着的、盖有大红印章的证件，再看看车上制服革履，仪表堂堂的"杜少爷"，吓得一吐舌头，点头哈腰地把我们让进城去。

一进威海城，我立时感到一种杀气腾腾的紧张气氛。市区里碉堡林立，人心惶惶；街市上三步一岗，五步一哨，三三两两的持枪日伪军满街乱窜；有几个便衣特务竟盯着我们的马车直嘀咕。

我的心有些紧张，觉得这阵势很像对着我们来的！我看看排长，排长脸上显出轻松的样子，慢慢吸着烟，若无其事地观看街上的一切。然后小声对我和小周、小李说："放自然些，这是敌人'扫荡'前的假威风。"

噢，是这么回事！我的心一下平静下来。当走到十字路口的时候，我亮开嗓门问排长："杜少爷，那就直抵赵科长官邸吧？"

排长推了推鼻梁上的墨光眼镜，用东洋留学生的特有措辞说："不不不，远程访友，宜先住下。海岸宾馆的休息，赵科长的电告。懂吗？"

一听排长这话，我心里嘀咕起来：谁不知这海岸宾馆是威海海军司令部谍报科官办的"黑店"，从经理到跑堂的，都是谍报科专门训练的特务。许多海外归来或各地过往的高级特务，还有伪高级军政官员，大都在这里落脚。这里外松内紧，发现客人有什么疑问，立即向谍报科报告。因此，不少无故客人竟遭杀害。今天，我们远途而来，又没内线，竟住这个"黑店"，岂不是自投罗网？我下意识地看看排长，排长脸色坚毅，胸有成竹。我思索了一下，忽然明白过来：探望赵科长的杜少爷，不住"黑店"，难道住"红店"不成？我抬高嗓门，向小李吆喝着："喂，把少爷拉到海岸宾馆，快！快！"

原来这座威海城，是个古老的小城。威海繁华的商业区，是在东海和东门外一带；日本海军司令部驻在北仓，原英国总督府的房子；日本陆军司令部驻在北大营；伪专员公署和伪军大队部也驻在北大营；海岸宾馆在东门外大操场东南的海边上。车子出了东门，很快来到海岸宾馆的门口。宾馆的总管、账房驱使着大小堂倌，满面笑容，前来迎接。小周扶着排长下得车来，我接过排长脱下的风衣，很文雅地搭在胳膊上，然后问账房："楼上有上等房间吗？"

"有有！"账房先生毕恭毕敬地回答着，把我们让进了客厅。

这客厅与账房隔着一层玻璃屏扇。我们刚刚坐定，我猛然发现，账房里有一个人老是探头探脑地往这边观望。这引起了我的注意。仔细一瞧，此人五十多岁，瘦小的个子，一身考究的中式打扮，正坐在账房里吸闲烟。他那深陷的眼窝里，有一双闪着寒光的小眼睛，那目光毫不回避地直朝排长和我身上闪动。我警觉起来，排长也发现了这个不寻常的"吸烟人"，示意我们注意。他自己摆出一副豪门纨绔子弟的高傲神态，正襟危坐，目不旁视，待答不理地听着账房先生介绍宾馆的膳宿情况。账房先生恭敬地说："先生，不是我夸口，这里是威海第一家上等宾馆，楼上设有东洋式上等雅间，还可包办酒席，代客买卖，如果您喜欢的话，可有少女陪酒。先生从何处来？是在敝馆下榻，还是临时会客？"

我一听谈到了正题，急忙迎上前去，道："我家三少爷趁从大日本留学归来的空闲时间,特从烟台来贵地逗留几天。一是到海军司令部看看朋友,二是观观威海风光,如果少爷兴浓的话,还想到刘公岛浏览一番当年清朝北洋水师被大日本海军击溃的遗迹……"

"啊?……"账房先生惊喜地望着排长说,"您就是杜公子?赵科长等您多时了……"

"不不不,赵科长公务在身,正在开会,暂不能前来会客。"忽然一个声音打断了账房先生的话,说道,"赵科长早有交代,一切由敝宾馆代办。"

我抬眼一看,嘿,那位闲坐的"吸烟人"竟悄悄溜进来,搭上了话。

排长端坐不动,闪了账房先生一眼,问道:"这位是……"

"啊,啊,啊,"账房先生哈腰答道,"这位是我海岸宾馆总经理张乐天先生。"

这位张经理乘机入座,笑着介绍道:"鄙人与赵科长得贵先生乃莫逆之交,关于杜公子光临威海一事,赵科长早有交代,只是苦于公事,暂不能来,一切由鄙人办理。"说着,他向账房先生吩咐道:"快,把杜公子一行接上楼去。酒席准备。"

这一来,众跑堂的一拥而上,有的抬大箱子(因为箱子里装着一块用棉被包着的一百多斤重的大石头,得两个人才能抬动),有的拎皮包,有的扶,有的架,簇拥着排长来到楼上。

这是一个极端阔绰的东洋式的里外套间,里面卧具高级,摆设不俗,除各种用具外,还有一部电话。我和小周、小李被安排在另一个劣等房间里。一切事项安排就绪,跑堂的送来热毛巾请排长擦过脸,端上了烟茶、瓜子。我和小周坐在排长身旁,小李推说马不老实,喂马去了。张乐天便嗑着瓜子和排长攀谈起来。

"三公子,这次出洋留学,修业几年?学何科目?"张乐天面带笑容,内藏奸诈,显出很随便的样子问着。

排长微微一笑,说:"兄弟这次留洋,就学于东京西南富士山士官学校，苦读三年，业已期满。特回国为'皇军大东亚共荣圈'效劳。"

张乐天圆睁着一双夜猫子眼，微侧着耳朵，注视着排长的每一个神态，谛听着排长的每一句话，仿佛要从里面找到什么东西——看得出，他是在考察排长，以鉴别是不是真正的杜三少爷。这么说，这家伙是赵得贵揳在这里的一颗钉子。

忽然，张乐天转动着夜猫子眼往前凑了凑身子，又问道："三公子在'皇军'福地深造三载，感触颇多吧？"

"一言难尽！"排长无限感慨地说，"大日本帝国自明治维新以来，治国有方，工业发达，短短三十余年，国富民强，堪列世界前茅。想我中华古国，自开天辟地，距今已数千年矣，然闭关自守，无所作为。今后以'皇军'为师，方有出路。"

"公子高见。"一番话，说得张乐天咧开了嘴，竖起拇指，由衷地说，"此论正合吾意，公子远洋留学，功业非浅，实为救国良才，前途不可限量。"

排长两眼一合，对张乐天的话未置可否。看得出，排长并没有因为初战得胜而放松警惕。

忽然，张乐天脸色一沉，眼珠急遽地转了几圈，转了话题："三公子，听说令堂大人欠安，不知患何病症？病情如何？"说罢，他那两只夜猫子眼，闪射出逼人的寒光，直向排长脸上刺去。

"哈哈哈……"排长猛然笑了起来，然后收敛笑容，用手指轻轻叩敲着茶几，说："听家父言知，月前家母脾胃不舒，风寒入里，多亏赵科长多方推荐名医，精心诊治，方转危为安。张经理既然与赵科长是莫逆之交，想此事不能不晓吧！"

我真佩服排长这随机应变、半文半白的应付才能。关于杜有福老婆生病之事，敌工科刘科长介绍杜有福情况时曾说过，排长在审问杜三公子时，又仔细询问过，当时我还埋怨他婆婆妈妈的呢，想不到在此处竟有大用。经排长这一问，张乐天十分窘迫，脸色微红，装出恍然大悟的神态，说："对对对，听赵科长说过，听赵科长说过。看我这脑子……"

到此为止，张乐天对"杜公子"相信的成分增加了，脸上的笑容也自然了，并主动给排长递烟递茶，介绍些威海的风土人情。少顷，他站起来说："杜公子请稍坐，我去看看酒席准备得怎样了。按照赵科长的吩咐，今晚要在此给您接风洗尘。"说着，略一点头，出门而去。

我望着张乐天走下楼梯，急忙抽身关上房门，高兴地说："排长，你这三寸不烂之舌，赛过一挺歪把机枪，把这小子打了个落花流水。我们光等着酒席宴上抓赵得贵了！"

"不对！"排长止住了我的话，闪动着一双聪慧的大眼睛，说，"这位张经理不是一般人物，究竟是干什么的我们还不知道。光凭刚才那番对话，并没完全打消他的疑虑，我估计他还要考察我们好多问题，要处处谨慎小心。告诉小李，看好车马，随时准备出威海市。"

排长的情绪一下感染了我，我那刚刚松弛下来的神经长弦，又忽地拧紧了。我太麻痹啦，把这场刀枪相对的敌我斗争看得太简单了。排长说得对，万一露出丁点儿破绽，后果将不可收拾。这时，我再看看排长，他是那么沉着机智。我应该好好地向排长学习。小周留在房间里和排长说话，我走下楼去，找到正在喂马的小李，把排长的话悄悄告诉给他。当我再上楼时，排长的房间里，不时爆发出阵阵笑声。我推门一看，排长和那位张乐天又攀谈起来。这回，张乐天一反常态，脸上的杀气没有了，而是态度热情，招待殷勤。他们在老朋友谈天似的气氛中，仍然互相侦察着自己所需要的东西。张乐天先是谈到了杜有福的赫赫家世和万贯宦囊，继而说到杜氏故乡的幽雅山水。这些，排长了如指掌，完全用杜公子宣扬家世、夸颂祖宗的口吻，对答如流，毫无破绽。说得张乐天频频点头，句句称是。

就在张乐天准备提问新的内容时，排长开始主动进攻了。他微微一笑，显得很随意的样子，问道："张经理，贵宾馆地处海滨，气候宜人，风景优美，想是贵客盈门，红利滚滚吧！"

张乐天思索一会，答道："不瞒公子说，迎宾接客之业，犹如针尖削铁，本小而利微；何况如今兵荒马乱，商旅断行。谈到红利，更是微乎其微喽！"这话语，完全是一套生意经。

这就怪了，这家伙究竟是特务，还是买卖人？我望望排长，排长正在思索着什么。

排长正要再问，忽然楼外传来"叭！叭！"两声枪响，接着是敲门声，叫骂声，咚咚的上楼声，吆三喝四的"抓八路"声，声音由远而近，渐渐逼近房门。

这时，张乐天脸色阴沉，面露杀机，两眼一眨不眨直逼排长的脸。那空气像要即刻撕破脸皮，刀斧相见。情况异常紧张。

我和小周一看事情不妙，心忽地提了起来，正要抽枪自卫，排长却宛然一笑，打破了这死一般的沉寂，接着上面的话题对张乐天说："既然此业乃'针尖削铁'，如今又门庭冷落，张经理商业纯熟，就应另寻出路，经营他业，方能生意兴隆，财源茂盛。"听排长这话语，看排长的神态，外面的枪声和捉拿声，好像与他完全无关。

排长的举动和神态，似一道紧急命令，使我们变得沉着多了，那只摸枪的手，紧了紧腰带，又抽了出来。但精神却高度集中，密切注视着事态的发展。

只见张乐天尴尬地笑了笑，气氛随着缓和下来。他说："公子所言极当，张某正要另选他业，只是苦于……"

这时，房门"哗啦"开了，几个手提大肚匣子枪的便衣特务一拥而进，二话没说，直逼排长而去："拿出证件来看看。"

我正要往外掏证件，排长一摆手制止住我，双手把腰一抔，显得威风凛凛。他面对群敌，怒目而视，喝道："简直无礼！你们是哪儿来的？"

"这你问不着！"便衣特务又臭又硬，把匣子枪在排长脸前一晃,说:"本人奉上司命令,特来擒拿冒充杜三公子的八路!"

我和小周有些发毛,是我们露了馅,还是敌人有意讹诈?我看看排长,排长犀利的眼睛在屋里扫了一圈,当他的目光与躲在角落里观景的张乐天的目光相遇时,不知为什么,张乐天有意避开了。排长两道威武的剑眉往上一挑,明亮的大眼里迸射出逼人的锐光,怒不可遏地说:"尔等鲁莽放肆,真伪不分。把我堂堂日本士官学校留学生杜某,当做赤匪八路。真是咄咄怪事!我要与家父通话,请他老人家专奏烟台'皇军'总司令,就说赵得贵忘恩负义,十分无礼,该当严办!"

说着,排长从腰里掏出匣枪,往桌上"叭"地一摔,气呼呼地就要去抓桌子上的电话。

排长这一招把特务们搞得呆若木鸡,不知所措,眼睛直往墙角张乐天的脸上翻。

张乐天两眼眨巴了几眨巴,脸上忽然露出笑容,一步窜上前来,拉住排长,说:"三公子息怒,三公子息怒,一切看在赵科长和乐天的面上。"又转过脸去,向特务们说,"诸位玩笑开得过火,杜公子光临威海,赵科长只命小弟一人迎接。诸位虽为防备万一,却不该如此唐突,若赵科长怪罪下来,你我面上皆不好看。就请诸位先回吧。"说着连推带拥,把特务们赶出房门,送下楼去。

一场虚惊过去了。排长掩上房门,果断地分析道:"看到了吧,这出戏暴露出一个问题:是张乐天在指挥着特务们活动。张乐天和赵得贵究竟是什么关系,现在还看不出来,赵得贵为什么迟迟不露面,也大有文章。现在更应提高警惕,勇敢机智。"

排长的分析,打开了我们的心扉,是呀,我早看着这张乐天不像商人,是个狡猾的特务……

当张乐天第三次来到排长房间的时候,这家伙从外部神态到内心气质,都变得软弱了许多,总是赔着笑脸解释,什么"便衣队乱闯乱窜是老毛病"呀,"杜公子宽宏大量不把小人怪"呀,

"此事定让赵科长严加追查"呀……看得出,这个张乐天还真害怕得罪了杜少爷。排长抓住这一点,从上衣兜里掏出金链怀表一看,说:"张经理,杜某来到贵馆,已经两个小时,赵科长之公事想已忙完。这样吧,我亲赴谍报科,面会赵科长……"

"不不不……"张乐天没等排长把话讲完,赶忙把排长按在座位上,说:"方才我已给赵科长打了电话,赵科长说,即刻就到。"

"即刻就到?"排长有意反问了一句,可能要进一步探探这话的真伪,说道:"我乃晚辈,理应前往看望科长。"

"不,公子不远千里而来,赵科长约好今晚在敝馆为公子洗尘。请公子稍坐,赵科长眨眼就到。"

话音刚落,忽然传来楼下跑堂的叫喊声:"赵科长驾到——"

谢天谢地,这个"宝贝"终于来了。我宽心地吐了口气,随即又紧张起来:这赵某人一到,斗争将更加尖锐、激烈。而且我们的任务是要把这个狡猾的家伙活捉出去。我和小周、小李一定要密切配合,当好排长的助手。

排长和张乐天站起身来,正要迎客,就见几个便衣特务簇拥着一个胖胖的家伙走进屋来。张乐天跃上一步,握住胖家伙的手,笑着说:"赵科长,杜三公子在此等候多时了……"

望着这个胖家伙,我心里直嘀咕:根据地下人员的情报,赵得贵是个瘦小个子,没有这么胖呀?我抬眼看看排长,排长的脸上也浮现出一片疑云。正在这时,那胖家伙满脸堆笑,热情地走上前来,握住排长的手,说:"赵某一步来迟,让三公子久等了,实在过意不去……"

说着,宾主落了座。

这一来,胖家伙成了屋里的中心人物。他先是以主人的姿态,向排长客套了一番,继而又以长辈的口吻,询问了排长的一路风寒,中间还殷勤地劝茶递烟……让人觉得,还真有点老关系的热乎味道呢。

可是，我渐渐发现，每当胖家伙要讲话的时候，老是先看着张乐天的脸色；每当他讲完一段话以后，也要向张乐天脸上去寻找反应。从气质上看，他好像比张乐天矮一头，是在一个从属的地位上。这是怎么回事？按理说，在这个屋里的敌人，要属赵得贵官大了，联系刚才对他体胖的怀疑，我心中那个隐隐约约的问号，更清晰了。

这事当然瞒不住排长。排长一面谨慎应付，一面闪动着锐利的目光，注视着胖家伙的每一个神态，注视着他与张之间的微妙关系。仿佛要透过他们的面皮，看透他们的心肝。

我有些担心。俗话说，虎口掏心，贵在神速。到现在为止，连这胖家伙是不是赵得贵，还处于疑问状态，更何谈生擒赵得贵了。我有些着急，习惯地看看排长。

此刻，排长的脸上没有丝毫难色。他稍一思索，脸色骤然严肃起来，抓住胖家伙的手，神秘地说："赵科长，此次晚生来威，家父委以重要使命。"说着，他横扫了屋里的便衣特务们一眼，最后，将目光停在了张乐天的脸上。

张乐天正认真地听着，屋里一片寂静。

只见排长轻轻拍着胖家伙的胳膊，小声地但十分清晰地说："请弟兄们暂时回避一下，我要与赵科长单独面谈！"

一听这话，我心里有些紧张：和他单独谈些什么？关于杜、赵最近的往来，我们除掌握一点"私贩军火"的情况外，别的一概不知。话多易失呀……

谁知排长的话竟像一股强劲的台风，一家伙把屋里的阵线吹乱了。便衣特务们圆睁着一双双"请示"的眼睛，越过胖家伙，直瞅张乐天，仿佛在等候着他下"回避"的命令。胖家伙一时难以答话，抓耳挠腮地急了一阵，最后也向张乐天瞅去……

一时间，屋里的中心人物变成了张乐天。

而张乐天，则双手倒背，面窗而立，遥望着西边的天际，一句话也不说。那神态，活像屋里的事与他根本无关。实际上他是在抓紧时间思考对策……

沉默，沉默，这沉默的空气实在使人难以忍受！

然而，最难受的还是胖家伙。他见张乐天迟迟不表态，更加手忙脚乱起来，竟不敢正视排长了。只是嘟嘟囔囔地说："这事……你看……唉！……"

看来这里是他们的致命弱点，排长就抓住这个弱点，进一步攻道："既然如此，我将立即给家父拍电，就说关于赵科长那批货，可以暂不出手。"说着，排长忽地站起，向门外走去，我也紧紧跟在后面。

"且慢！"在这关键时刻，张乐天开口了。

排长慢慢转过身来，显出对张乐天的举动十分不理解的样子，说："此事系家父与赵科长私人之事，张经理乃局外之人，怕不好参加意见吧！"说罢，抬腿又走。

"公子请留步！"张乐天赶上一步，无可奈何地说，"公子有所不知，他……他……不是赵科长……"

"啊？……"排长像蒙受了很大屈辱一样，"啪"地一拍桌子，怒不可遏地喝道："简直欺人太甚！本人抵威不过短短两个小时，你们耍尽花招，左右试探，粗鲁无礼，令人难忍。而今又以假充真，肆意戏弄。这是对本人的污辱！既然如此，本人即刻告退烟台！"

排长说着，站起身来就走。

张乐天一步抢上前来，握住排长的手，脸上现出愧色，说："杜贤侄不要见怪，并非我赵某心胸狭窄，实因威海一城，极不太平，八路神出鬼没。目前正值'皇军扫荡'前夕，八路活动频繁，贤侄于此时光临，而且你我过去并未见过一面，生怕八路乘机作祟。再说，昨天令尊大人在电话上亲口对我讲，已派一个班的保安队护送公子。今天，只见公子来，不见护送兵，我赵某疑心未释，出于无奈，不得不如此一试。"

"啊？闹了半天，他就是赵得贵！真他妈的狡猾！"我差点骂了出来。

这时，排长并没露出笑容，而是装出余怒未消的样子，说："科长此举，实在过分了些。至于那一个班的保安队，科长想得太多了。试问，远程访友，带那么多从人卫兵，将给主人增添多少麻烦？所以，当我行至下庄镇之时，令他们原路返回了。不想此举反使科长见疑，误会呀……"

直到这时，排长脸上方露出笑意。

戏演至此处，赵得贵已完全洗去疑心。他高兴地朝胖家伙和便衣特务们挥挥手："你们回去吧，一切说开就好了。公子是真公子，今日初次相见，正要叙谈叙谈。今晚，我将大摆宴席，为杜公子接风洗尘。"说着，他掏出金壳怀表一看，又对胖家伙说："现在是五点半钟，六点钟入席。"

等特务们走后，我把房门一关，掏出手枪顶住了赵得贵。赵得贵一阵愕然，正不知所措，排长一个扫堂腿，把他扫倒在地，我和小周乘机将他的两只胳膊一拧，捆绑起来，在他刚张开想喊的嘴巴里塞上棉团，把他装进那口大箱子里，"咔吧"上了铁锁。这时，小李推开门走了进来，转身又关上了门。因时间紧迫，排长一面化装，一面根据宾馆里满是特务的情况，把他想的混出宾馆的办法，向我们说了一遍。接着，我开了门，走在前头，小李和小周抬着大木箱紧跟在后。排长化装成伪军官的样子，在房间里等我们下楼以后再走，这是为了转移特务的注意力才这样安排的。这时候，太阳已落西山，宾馆里电灯明亮。我们转过走廊东头，只见两个堂倌，站在楼梯口两边，迎接上楼吃饭和住宿的伪军官。这些伪军官当中，有的带着花枝招展的女人，有的带着护兵，又说又笑地朝我们走来。我们对这些汉奸连看也不看，就贴着他们的身边向楼下走去。

下得楼来，我两眼向楼门口一扫，只见大门口外边停着很多人力车和马车，赶车的车夫和拉人力车的，正在喊着招揽生意。进出宾馆的伪军政人员，还有穿长袍的商人，来往不断。当我的视线扫到账房的时候,刚才伪装赵得贵的那个胖家伙,笑嘻嘻地从账房里跑了出来,朝着我点头哈腰地问道:"老弟,你们抬着箱柜要到哪去呀?"

我装着亲热的样子,一边拍着他的肩膀,一边笑着说:"老兄,我家少爷和赵科长正在楼上叙谈。少爷叫我们去请赵科长的三姨太来喝酒,顺便把这箱礼物送给三姨太。"

"你认识三姨太太?"

"三姨太是烟台张华南市长的干闺女,是我家杜老爷给赵科长保的媒,我当然认识。"

"你知道她住在什么地方?"

"住在电灯公司后身、诸城巷里,门牌八号。"

"老弟,你初来威海,街道不熟,我领你去吧!"

"我们的车夫经常来威海,他知道三姨太住的地方,就不用老兄跑腿了!"说着,我又拍了拍他的肩膀:"老兄,咱们回头见。"

我把这个胖家伙应付完了,转身向大门口一看,排长已借着我和胖家伙说话的机会,夹在进出宾馆的伪军官当中,大模大样地走出了大门。

我们出了宾馆就装箱上车,小李扬鞭催马,顺着海滨大街,飞快地出了南大桥卡子门,沿着威海通往文登城的公路驰去。

当马车跑到南竹岛村南头时,我们弃了马车,打开箱子拖出赵得贵。小周和小李架着他走在前头,排长和我在后,爬上了望海山顶。举目向威海一望,隐隐约约看见海岸宾馆大楼门前,汽车射出一道一道的灯光,显然敌人已发现我们把赵得贵捉了出来。

这时,汹涌的大海托出一轮明亮的圆月,皎洁的月光照亮了我们凯旋的归程,排长和我们都高兴地笑了……

黄金计

一

1947年农历九月下旬的一天。已是半夜时分了,青岛海滨一幢小洋楼里仍然灯光明亮。楼上德国式的套间里,摆设阔绰,一位三十岁左右的女人坐在沙发上。她白净的瓜子脸,细长的柳叶眉,一双杏眼左顾右盼,带着几分媚态,也露出几分傲气。此人就是青岛市市长兼国民党鲁东行署主任李贤良的随身秘书吴雪梅。她依仗李贤良的权势,当上了鲁东保安司令部政训处的上校主任,专管特务工作。这时,她望了一眼墙上的挂钟,心神不安地从沙发上站了起来,自言自语地说:"快下一点了,怎么还不回来?"

吴雪梅闷闷地打开美式收音机:"……昌邑胶河东岸的共匪野战兵团,已被包围在三户山一带,国军正在聚歼……"

楼外传来汽车喇叭声,吴雪梅关上收音机,用梳子向后拢了拢披在肩上的乌黑长发,又整理了一下枣红色的紧身毛衣,再向脸上略施脂粉,然后匆匆向楼下跑去。

她刚下楼梯,一个姑娘从厨房里走出来。这姑娘是吴雪梅的使女,名叫于春燕。她二十岁出头,圆圆的脸庞白里透红,长睫毛下一双深潭般明亮的大眼睛,流露出机灵和聪明。于春燕问:"主任,李市长回来啦?"

"回来啦!"吴雪梅满面春风,"春燕,你把菜端到楼上我的房间里,我要请市长喝杯夜酒。"

于春燕答应着,马上走进了厨房。

李贤良这时已走进大门。吴雪梅上前拉着李贤良的手,故作娇嗔地说:"老师,你怎么才回来呀?把人都急死了!"

李贤良笑着说:"这伤脑筋的会老是开不完,实在无法脱身。雪梅,叫你久等了。"

吴雪梅亲热地挽着李贤良,说笑着向楼上走去。

于春燕用木盘子端着四碟凉菜,一大锡壶即墨老酒,轻轻地走进房间。她将酒菜放好,然后悄悄地退了出来。

吴雪梅把李贤良让到太师椅上,自己坐在他身旁。"老师,我明天一早就要走啦!"吴雪梅一边倒酒,一边深情地看着李贤良说,"我跟着你快十年啦,抗战时,你指挥鲁东二十多个司令剿共,我一直陪伴着你;抗战胜利后,你当了市长,我又一直跟着你。你我算是形影不离啊!"

"是啊,是啊,"李贤良把吴雪梅的一只手握在自己手里,抚摸着,动情地说,"何止十年,从你在烽台八中念书,我介绍你加入国民党开始,咱俩就再没分开过啊!"

吴雪梅见李贤良对自己也是一往情深,撒娇地说:"这次在炮火连天的时候离开你,到烽台那个危险的地方去,我心里真不好受呀!"说着,她双手端起酒杯,递到李贤良的唇边,"老师,我敬你这第一杯酒,祝你福星高照,指日高升!"

李贤良一仰头,吴雪梅把酒灌进他的嘴里。接着,她又倒了第二杯酒,含情脉脉地说:"我敬你这第二杯酒,愿你贵体安康!"

李贤良接过酒杯,一饮而尽。吴雪梅又倒了第三杯酒,递送秋波:"我敬老师这第三杯酒,祝国军早日得胜,胶东早日成为咱们的天下!"

李贤良慢慢地把这杯酒饮下。他抹了抹嘴,心情沉重地说:"雪梅,党国的命运,令人担忧啊!去年蒋老头吹嘘半年之内消灭共军,可打了快两年了,共军反而越打越多啦。"李贤良用筷子点着桌子,"就拿山东战场来说吧,什么鲁南大会战,还有孟良崮大会战,不都是国军损兵折将,被共军整师整旅地消灭吗?"

吴雪梅的心情也忧郁了起来。是啊,这些日子喜讯听不到,噩耗频频传!这次集中二十多万部队向胶东共区进攻,刚占领了烽台、威海,共军主力就跳出了包围圈,在昌邑胶河东岸反而包围了国军的一个整编师和两个旅,消灭了三万五千多人。看来占领全胶东的计划，只怕是水中月，镜中花，可望不可得啦！吴雪梅想到这里，忙问："今天晚上又有什么坏消息吗？"

"噢，没有什么坏消息，可也没有什么好消息。"李贤良咽下一口菜，皱着眉头说，"今晚十点多钟，王耀武和范汉杰给我来了急电，限在两天内准备好十万斤大锅饼，五万斤饼干，还得收容两万伤兵。别说大饼得用面烙，就是用泥捏还得太阳晒呢！为此我和刘司令一直研究到十二点多，才算布置了下去，能不能完成任务，天晓得。"说完，他闷头喝酒吃菜，好像豁上去了似的。

吴雪梅呷了一口酒，又拿起筷子夹了菜，慢慢地嚼着，半晌没有说话。过了一会儿，她抬起头来："老师，据你对当前战局的推测，共军打完胶河这一仗，下一步的目标是哪里？"

"我看下一个目标十有八九是鲁阳城。"李贤良说，"鲁阳是胶东的中心，过去共党共军的首脑机关都驻在那里。若是鲁阳城失守，其他县城就有被共军各个击破的危险。"

一听这话，吴雪梅吃了一惊："如果共军攻克了鲁阳城，再向烽台进攻，那此次去烽台不就是等着当俘虏吗？"她摇了摇头，看着李贤良，征询地说，"我想明天先不走，等看看战局如何，再决定去或不去，你觉得怎么样？"

"雪梅，你叫共军吓破胆了。"李贤良笑了笑，"我估计共军就是攻下了鲁阳城，下一步也不敢向烽台进攻。别忘了国军驻守烽台的是一个美械装备的精锐军，再加上烽台三面环山，一面靠海，是个易守不易攻的地方。我看共军是不会轻易向烽台进攻的。"李贤良端起酒杯，拍着吴雪梅的肩膀，用鼓励的口吻说，"雪梅，我看既然决定了，还是去好，把那笔黄金拿到手，就马上回来。要是被李雄抢去了，后悔可就晚了！"

"砰"，他俩碰了杯，将酒一饮而尽。

吴雪梅借着酒劲，壮了壮胆，说："一不做，二不休，为了三千两黄金这笔大财，我豁出去啦！"她想了一下，发狠地说，

"丁玉先这个忘恩负义的恶棍，你保荐他当了司令，可他在青岛住了两年多，没向你吐露半点受贿黄金的事。这次我到烽台，非逼着他把黄金拿出来不可。"

"现在党国的军政官员，哪一个不是见财眼红？蒋老头颁布追查贪污受贿的命令，李雄利用它来追查丁玉先，还不是想把这笔黄金装进自己的腰包里！我们这次就借丁玉先求你在李雄面前替他说情之机，把黄金搞到咱们手中。这叫鹬蚌相争，渔翁得利！"李贤良得意地笑了起来。

"这次去就利用丁玉先有求于我的心情，叫他乖乖听我的调遣。"吴雪梅也得意起来。

"好，你不愧是女中豪杰，我在这里坐等你的好消息。"李贤良搂住吴雪梅亲昵地说，"黄金到手，我就派船去接你回来。那部美式收发报机你带去，有紧急事，随时跟我联系。"

门外响起了轻轻的敲门声，吴雪梅推开李贤良，说了声："进来。"

于春燕端着一盘拌海蜇皮走了进来。她放下盘子，微笑着问："周师傅叫我问问市长和主任，还要不要别的菜？"

李贤良抬头看了一眼墙上的挂钟："已经下两点了，不用炒菜了。"

"那再温一壶老黄酒吧。"吴雪梅吩咐。

于春燕温顺地点了点头，轻盈地走出门去，回转身又关上了房门。

李贤良看着于春燕的背影，赞许地说："雪梅，你的眼力不错呀。你挑的这个姑娘，长相好，干活也麻利，又有眼色，能把一个乡下姑娘训练成这个样子，你可真有两下子。"

"她很听话，对我侍候得也很周到，"吴雪梅洋洋自得地说，"我已经教会她使用发报机和手枪，将来准是我的一个好帮手。你看她多有眼色，只要你一来，她端了茶、饭，就躲在自己的房间里，不叫她从不出来，我看比你那个男卫士强多了！"吴雪梅像夸奖一件顺手的工具那样夸奖着于春燕，她瞟了一眼李贤良，挑逗地说："将来我把她许配给哪个大官当姨太太，还不弄几百两黄金？若是你看中了，把她给你，还不美死啦！"

李贤良淫笑着："我若真收她当姨太太，你就好吃醋喽！"

"我不过是说几句笑话，要是你拿着当真话听，我叫你肠子里生疥疮，干痒痒捞不着挠啊！"吴雪梅用手指一捅李贤良的脑袋，"咯咯咯"地笑了起来。

他俩的笑声被敲门声打断了。于春燕提着酒壶走了进来。她给李吴二人的杯里倒满了酒，然后笑着问："主任，什么时候下面条？"

"再等半个小时。"

"哎。"于春燕大大方方地答应了一声，便退出房间，关上房门。

李贤良呷了一口刚温好的热酒，有点担心地说："这次你带春燕到烽台去，就怕她离家近，共军特工人员在她身上打主意。常言道，暗箭难防呀，你别忘了她是抓来的！"

"我留神就是了。"吴雪梅喝了两口酒，又夹了一大块海蜇皮，"咯吱咯吱"地嚼了一会儿，放下筷子说，"抓来的也有抓来的好处。你不是说，山东的大土匪头子刘黑七，十八个姨太太没有一个明媒正娶的，都是抓来的吗！人家就是对抓来的才放心，明媒正娶的还怕是共党的美人计呢！我看在这点上刘黑七的见解有高人之处。于春燕是丁玉先抓来的，我把她要来当使女，等于救了她的命。她多次向我表示要报答救命之恩，对我的话，她从来没打过半点折扣。"

"人心隔肚皮，她心里想什么，我们是看不出来的。"李贤良叮嘱道，"现在正是国共决战之际，共军的特工人员无孔不入，万万不能大意呀！"

吴雪梅笑着点了点头："老师，你就放心吧，我做过多年的特务，还受过美国盟邦的训练，难道能叫这个毛丫头骗了！"

已是四更天了，二人酒足饭饱，李贤良忽然又想起一桩事来："雪梅，你男人周国华不是有个舅舅在上海金华楼首饰店当二掌柜吗？"

"是呀，国华死后再没联系。你问这个干什么？"吴雪梅感到很惊奇。

"昨天中午，金银楼首饰店的马掌柜请我去喝酒，他说这青岛的'金银楼'和烽台的'金和楼'都是上海'金华楼'的分店。金华楼一个跑外柜的现正在他柜上查看生意情况，那人还要到烽台的金和楼去呢。这话提醒了我，我想咱们是不是把存的黄金托这人带到上海，叫国华的舅舅给换成美元，存到美国花旗银行里，以备将来下野时好用。"

"只是这事得慎重，咱们摸清底细才敢托他。"吴雪梅沉吟了一下，说，"老师，你马上打个电话，问问马掌柜，那个跑外柜的什么时候去烽台。我想法见见他，摸摸他的底细。"

二

青岛港码头，来往旅客熙熙攘攘。耀武扬威的蒋军军官、盛气凌人的便衣特务、气度不凡的阔商、雍容华贵的太太、浓妆艳抹的小姐以及破衣烂衫的穷人，都在铁栅栏门外边，等候剪票上船。

一只大客轮停靠在码头上，喇叭里反复广播着："诸位旅客，诸位先生，由青岛开往烽台的'美岛'号客船，八点钟准时开船，现在开始剪票……"

手拿剪票钳子的剪票员，边剪票边向军官、阔商、太太、小姐献媚。小商贩拥挤在人群两边，大声吆喝着："油炸透肥的烧鸡——""钢炉火烧——""青岛名吃水晶包——"。一些穷苦孩子伸着瘦如干柴的小手，"爷爷""奶奶""先生"地叫着，可怜巴巴地等候施舍。

一位提前上了船的旅客，站在特等舱外的甲板上，手扶栏杆，注视着上船的每一个人。此人二十七八岁，细高个头，面貌英俊。他身穿咖啡色西服，头戴礼帽，脚穿尖头黑皮鞋，风度翩翩。他就是我军的侦察参谋谭平。

就在国民党李雄的第八军和丁玉先的保安队占领烽台的前几天，谭平奉警备旅首长的命令，带着十几个侦察员，在市区里隐蔽下来，担负保护我地下党员和敌工干部的任务。

烽台市仅有十五万人口，却驻守着五万多敌人。从对我地下党员和敌工干部的威胁来看，李雄的第八军大都是南方人，他们人生地不熟，两眼墨黑，威胁不大。丁玉先的保安队就不同了，他们都是些地头蛇，熟悉市里的大街小巷，还有地痞流氓给他们当"眼睛"。敌人占领烽台仅一个来月，丁玉先的保安队就逮捕了我们十多个党员，还抓去了给人民政府当过街道干部的三十多人，使烽台的地下党组织受到严重破坏。为此，上级命令谭平，想方设法打击丁玉先的保安队，营救被捕的同志。

要从敌人戒备森严的保安司令部里面把被捕的同志救出来，这实在困难，不用说我们很难进去，就是进去了，这么多人又怎么跑得出来呢？谭平他们设想了许多方案，但都不理想，大家为此十分着急。

就在这时，我军敌工部门得知，国民党八军军长李雄正在追查丁玉先在日伪军投降时受贿三千两黄金的事，丁玉先为了搪塞过去，派他的副官黄斌到青岛去接与李雄交往甚密的吴雪梅。

"三千两黄金……李雄……吴雪梅……丁玉先……"，谭平心中豁然开朗。如今国民党已处在风雨飘摇之中，大小官员都在拼命搜刮钱财，为后路打算。三千两黄金，这是个不小的数目，它足以使丁玉先、吴雪梅、李雄相互倾轧，拼命争夺。"对，就在这三千两黄金上作文章！"谭平与侦察排长孙明、班长小郑等人反复研究，定出了一条"黄金计"。接着，他将行动计划报告了上级。很快，上级便批准了这一计划，并向各有关的敌工部门作了周密的部署。谭平为此专门来到了青岛,"陪同"吴雪梅到烽台去。

此时,谭平见旅客几乎都上了船,唯独不见吴雪梅,不免有些担心起来:"是内线关系把情况弄错了,还是吴雪梅突然变了卦,不坐这一趟船了?"

正当谭平十分着急之时,四辆黄包车拉着两女两男跑到剪票口停了下来。谭平定睛一看,正是吴雪梅他们来了,不由得松了一口气。

吴雪梅四人下了车,丁玉先的副官黄斌和勤务兵许田每人提着一个大皮箱先到剪票口剪了票,于春燕手提旅行包和吴雪梅跟随其后,四人向特等舱的舷梯走来。

"于春燕!"谭平在心中叫着。他望着那双黑亮的大眼睛,心情十分激动,"春燕啊春燕,你受苦啦!这次咱们将并肩战斗了!"

于春燕原是团山口的小学教员。两年前,临海县抗日人民政府利用敌占区小学放暑假的机会,秘密地把小学教员集合起来,进行抗日救国政治教育。当时,军区司令部派谭平到小学教员训练班中发展秘密情报员。谭平了解到于春燕思想进步,对抗日工作热情,便与她谈过几次话,后来又把她发展为秘密情报员。尽管接触不太多,但这个聪慧俊美,浑身洋溢着青春活力的姑娘,给谭平留下了深刻的印像。于春燕被丁玉先抓到青岛后,我们的内线关系想方设法与她取得了联系。两年来,她利用给吴雪梅当使女的方便条件,向我军提供了许多重要情报。这次吴雪梅带她到烽台去,对谭平来说,真好比行船遇上顺风顺浪——太有利了!

吴雪梅、于春燕和黄斌他们上了舷梯。吴雪梅身穿海蓝色小旗袍,脚穿黑色布鞋,披肩的头发向后拢着。于春燕穿着绿色格子布褂,蓝色裤子,两人完全是一副城市小职员的打扮。黄斌和许田则身背匣子枪,全副武装。

吴雪梅他们就要走上甲板了,谭平急忙回到自己的舱间。他打开旅行皮箱,正往外拿茶杯,一位女招待手提铜水壶走了进来,笑着问:"先生,你用什么茶叶?"

谭平一听她说的是联络暗号,明白了她就是内线关系介绍的二号敌工员。于是,他回答:"我喝庐山出的云雾茶。"

"要大叶的?"

"要茶沫。"

暗号对上了。谭平从皮箱中把装左轮手枪的小提包拿了出来,交给女招待,小声说:"同志,你先替我保存一下,防备特务搜查。"

"我在尽头上那个舱间,你要有事找我,就敲两下我的舱门。这船上有老鼠,你得留点神。"说着,女招待把嘴向靠床铺的壁板努了努。

谭平向她努嘴的地方看了一眼,会意地点了点头。女招待向茶杯里倒满了水,便提起小提包,退出了舱间。

谭平敞开舱门,仰卧在床铺上闭目养神。他那半睁半闭的眼睛不时地向外望着,注视着吴雪梅的一举一动。

"哞,哞——"客船拉着汽笛,徐徐离开了码头。喇叭里响起爵士音乐。

谭平打开舷窗,见吴雪梅、于春燕正站在甲板上。吴雪梅手扶栏杆,于春燕紧靠在她身边,用手扶着她,像怕她掉到海里似的。

吴雪梅从于春燕拿着的手提包里取出望远镜,举在眼上,向她的小洋楼阳台上望去。阳台上,李贤良也正举着望远镜向这儿观望。吴雪梅拿下望远镜,轻轻地叹了口气,一种悲凉之感涌上心头:"他若不是市长,我若不是他的秘书,而是一对恩爱夫妻,他能不到码头来送我吗!在这战局吃紧之际,我俩分别,以后能不能再见面,难以预料啊!"吴雪梅想着想着,禁不住潸然泪下。

聪明伶俐的于春燕，见吴雪梅悲悲切切，流下眼泪，便掏出雪白的手帕递过去，小声说："主任，甲板上风大，吹得你的眼都流泪了。"

吴雪梅接过手帕，擦了擦眼角的泪水，没有吱声。

船不断地拉着哞，开出港口，向东北方向驶去。

尖溜溜的小北风掠过海面，卷起丈高的浪花，扑向船舷，发出"轰轰"的响声。

三

于春燕跟着吴雪梅走下甲板，准备回舱。刚到门口，谭平便从隔壁舱间里走了出来，与她俩打了个照面。谭平向于春燕看了一眼，便向厕所方向走去。

"这不是谭参谋吗？"于春燕心里暗暗吃了一惊，"他怎么也在船上？莫非他就是那个来与我联系的人？"于春燕又惊又喜，心怦怦地跳了起来，但马上就意识到自己的处境，脸上很快恢复了以往的平静。她偷偷向吴雪梅看了一眼，见吴雪梅低着头，好像还沉浸在刚才的伤心事里，没有注意自己，于是便放下心来。

吴雪梅和于春燕的舱间就在谭平舱间的左边。舱内有两个床铺，铺着地毯，摆着写字台、沙发，这是一个专供军政官员和阔商乘坐的特等大号舱间。

回到舱里，于春燕打开皮箱，拿出美式探测器，按照吴雪梅每到一个新地方的习惯，把舱内仔仔细细地探测了一遍，没有发现什么可疑的地方。她收起探测器，又从皮箱里拿出装有美造压缩电池的小收音机，放在写字台上，打开了开关。

吴雪梅心神不宁地躺在床铺上，眯缝着眼睛听广播：

"中央社胶东前线十月二十六日七时消息：国军继胶河一战歼敌三万余人之后，又以排山倒海之势，向胶东腹地进攻……

"胶东前线十月二十六日八时消息：国军已占领临海县城，歼灭守城共军两千余人。目前国军正挥师东下，直向团山口挺进……"

吴雪梅听到这里，从床上爬了起来。于春燕端起写字台上的暖瓶，倒了一杯咖啡，递到她手里。吴雪梅喝了一口，咂巴咂巴嘴，精神好多了，她拉着于春燕的手，亲热地说："春燕，你听见了吧，国军已向团山口进攻了。等国军占领了团山口，我和你坐小吉普到你家去看你母亲，以后就把老人家接到烟台去享福。"

于春燕感激地说："主任，你对我太好了，我只有一心一意侍候你，报答你对我的大恩大德！"

"只要听我的话，亏待不了你。"吴雪梅眼珠一转，突然问道："刚才从隔壁舱里出来的那个年轻人，你看他像干什么的？"

于春燕的心一下子收紧了："吴雪梅是在试探我的眼力，还是发现了谭平有什么可疑的地方？"她摸不清吴雪梅的用意，便模棱两可地说："我只看了一眼，还不能断定他是干什么的。反正不是个商人，就是国军的特工人员。"

"你就没想到他是共军的特工人员？"吴雪梅两眼紧盯着于春燕，狡黠地说，"在眼下国军和共军激烈交战的当口，我们必须首先想到他可能是共军的特工人员，来侦察我们的行动。宁可信其有，不可信其无，这样才不至于受骗啊！"

"主任，你真有超人的见解，"于春燕佩服地说，"我一定处处留神，有可疑之处，马上向主任报告。"

吴雪梅叫于春燕打开舱门，她向外望了一下，见过道里没有人，就走出舱来，向黄斌的舱间走去。

于春燕兴奋极了。她多么盼望着有这么个机会，与谭平说几句话啊！她刚要转身看看谭平的舱门是否开着，只见许田出舱，在过道里来回溜达。于春燕只好关上舱门，与谭平隔着一道壁板,胸中犹如奔腾的大海,掀起了阵阵狂澜。她的眼前浮现出谭平在小学教员训练班讲课、教歌时的潇洒身影和谭平与她交谈时的庄重、亲切的神情。她的耳边又响起了谭平临走时的叮咛:"无论在什么情况下都不要暴露自己的身份,无论在什么环境中都要想办法为革命做工作。"两年多了,于春燕一直深深地怀念着这个把自己引上革命道路的人,一刻也没有忘记谭平的嘱咐。她含悲忍辱,不就是为了隐蔽身份,取得信任,在敌人的心脏里为革命做点工作吗!今天,于春燕见到了谭平,就好像受了委屈,需要亲人安慰的孩子一样,她多么想把自己的一肚子苦水向谭平倾吐啊!此时,当年被捕的情景,丁玉先逼她成亲的痛苦往事,一幕幕出现在于春燕的脑海里。

那是一九四五年日本刚宣布投降,团山口的日伪军坐船逃走后的第四天。于春燕下午上完课回家,刚走到家门口,就见前两天才选举的新村长走了过来。他高兴地告诉于春燕,海口上来了八路军的便衣大队,今晚要坐船到青岛去侦察,叫于春燕家管两个人的饭,赶紧做好。

于春燕一听八路军来了,兴奋地跑进家门,叫她妈赶快做饭。她自己走进里间屋,梳洗起来,准备去给同志们送饭。于春燕一面哼着谭平教的歌曲:"你是灯塔,照耀着黎明前的海洋;你是舵手,指引着航行的方向……"一面照着镜子,把油黑发亮的头发梳理得整整齐齐。然后,她又从箱子里找出一件红花布褂,一条蓝色士林布裤子换上,穿上一双圆口布底的新鞋,这才容光焕发地走出里屋。母亲把烙好的油饼和炒鸡蛋装进小竹篓,又把小米稀饭盛到小泥罐里,对春燕说:"看你高兴的,到了那里可得劝同志们多吃点,吃饱了坐船不晕哪。"

"我知道。"于春燕欢天喜地地拎着小篓,提着小罐,燕子似的向村公所跑去。

到了村公所,村长说部队有紧急任务,马上要走,叫大家把饭送到船上。于是,于春燕和一伙送饭的妇女,又说说笑笑来到海边上。

其实，这根本不是什么八路军，而是国民党投降派丁玉先的匪兵伪装的。黄斌指挥着匪兵，把前来欢送的村干部和于春燕等四五个年轻姑娘抓上了船。在一片叫骂、哭泣声中，汽船向青岛驶去。

丁玉先这伙匪兵逃到青岛后，就把于春燕单独关在一幢有院墙的小屋里，门口日夜有岗哨把守着。于春燕想起家中孤身一人的老母，整日流泪，不思茶饭。

第三天晚上，黄斌嬉皮笑脸地走进屋来，他对于春燕恭维说："于姑娘，你的福气来了。丁司令看你长得漂亮，要娶你作他的太太，你可是一步登天啊！"

于春燕气得浑身颤抖，她拿起桌上盛鱼的大宾盘，使劲向黄斌身上砸去。黄斌躲闪不及，连盘带鱼打在身上，鱼汤鱼肉洒了一身，宾盘掉在地上打得粉碎。

"好个不识抬举的臭娘们，你敢打老子！告诉你，你是笼中小鸟，飞不出丁司令的手心。"黄斌边骂边逃出屋去。

于春燕见黄斌走了，身子一软，跌倒在床上，她思前想后，现在只有一死才能保住自己的清白。于是，她流着眼泪，把衬衣撕成了条条，搓成布绳，等夜里上吊自尽。

夜深了，于春燕听听门外没有动静，便踏着凳子，把绳子搭到了梁上。她把头伸进绳扣里，一咬牙，踢倒了凳子。这时，站岗的那个人踢门闯了进来，他抱住于春燕，割断绳子，将她救了下来。那人小声告诉于春燕："我听做饭的师傅说，李市长的女秘书已经把你要去当使女了，丁玉先不敢再逼你，你放心吧。"

于春燕绝处逢生，热泪滚滚，感激地望着搭救她的那个人。

痛苦的往事在眼前一一闪过。于春燕望着壁板，心里说："谭参谋，你知道俺的悲惨遭遇吗？"

四

　　谭平也想乘吴雪梅不在舱里的机会，与于春燕取得联系。可是许田老在舱门前溜达，使他无法与于春燕接近。他望着将两个舱间隔开的壁板，真恨不得用刀子挖个窟窿。忽然他想起女招待曾向床铺靠壁板处暗示了一下，于是他立即挪开铺盖把壁板上上下下看了个遍，但什么也没有发现。这时隔壁舱间传来开门的声音，谭平估计吴雪梅回来了，他想了一下，便出了舱间，向甲板上走去。

　　谭平上了甲板先向周围环视了一下，只见三三两两的旅客，都在凭栏观赏山景。他向远处望去，海岸上重重叠叠的山峰，在白云的笼罩下，如同飘浮在空中一般。

　　谭平慢慢移到吴雪梅舱间的舷窗前，先向北岸观看了一阵，然后转过头来，向舷窗内望去。但见舷窗微微开着一条缝，吴雪梅和于春燕正站在窗前，向甲板这边观望。

　　谭平的目光与吴雪梅、于春燕的目光相遇了，吴雪梅看了谭平两眼，便侧过脸和于春燕说起话来。

　　这时，黄斌和许田上了甲板，黄斌嘴里哼着小调，慢悠悠地走到谭平身边。

　　谭平两眼望着船舷边飞溅的浪花，嘴里唱道："鲁子敬在舟中浑身颤抖，拿性命当玩耍浪里来游……"

　　黄斌向谭平身边靠了靠，上下打量了一阵子，嘴唇动了两下没说出话来。许田站在黄斌身后，指着前边的山影说开了："瞧，那是大鹰山，那是卧虎山，那是大炮台……"

　　谭平头也不抬，继续唱道："这时候我哪有闲心饮酒……"

　　"唱得好！"许田亮开大嗓门一边夸奖，一边接着唱了起来："鲁大夫放宽心大胆饮酒，我保你到曹营去把箭收。"

　　黄斌白了许田一眼，骂道："他妈的，人家老客唱《草船借箭》，你插的什么嘴？唱得比驴叫还难听！"

"我一听别人唱，嗓子就痒痒，黄副官，别见怪。"许田嘻嘻笑着。

黄斌见谭平仍不吱声，把他"干"在一边，于是便悻悻地掏出一包金鼠牌烟卷，抽出一支叼在嘴上。许田忙擦着火柴给他点烟，但由于甲板上风大，一连划了几根火柴，都被风吹灭了。

黄斌夺过火柴自己点烟，但他划了四五根，也都被风吹灭了，气得他把一盒火柴连同嘴上叼的烟卷，一起扔到了海里。

这时，谭平抬起头来。他从口袋里掏出一包美国骆驼牌香烟，抽出一支叼在嘴上，又掏出一个金光闪闪带防风罩的美国打火机，"叭"的一声，火苗蹿出老高。谭平点着烟，美滋滋地吸了两口，然后慢悠悠地从嘴里吐出白色的烟雾。

淡淡的烟雾被海风刮到黄斌、许田的脸上，许田吸了吸鼻子，眼馋地说："这美国烟的味道可真香啊！"

黄斌瞪了许田一眼："你就会低三下四，好像这辈子没抽过美国烟，真讨厌！"

谭平看了看黄斌和许田，微微一笑，抽出两支烟卷递过去，彬彬有礼地说："二位老兄，请吸烟。"

黄斌和许田嘴里连说"不要，不要"，可手早已把烟卷接了过去。谭平把亮闪闪的打火机在黄斌眼前一亮，"叭"一声打着了火，边给他俩点烟，边豪爽地说："五湖四海皆兄弟，见面抽支烟，说说话，这是我们买卖人的习惯。"

"谢谢老客。"黄斌使劲吸了一口，两股白烟从他的鼻孔里冒了出来，"好烟，好烟，这美国烟卷里有鸦片，抽起来又香又提精神！"他看着谭平，搭讪着问："老客，你是做什么买卖的？"

谭平回头望了一眼吴雪梅的舷窗，见先前那条小缝已经变大了，于是他大声说："敝人是上海金华楼首饰店跑外柜的。前两天去青岛的分店金银楼查看生意情况，今天再到烽台的分店金和楼去看看。"

许田一听，伸出大拇指羡慕地说："哎呀，你们上海金华楼可是中国有名的大买卖呀，听说还是孔祥熙开的哪！"

"就你知道！"黄斌白了许田一眼，满脸赔笑地对谭平说，"你们金华楼光作金银首饰买卖吗？"

谭平摆摆手说："光指着卖首饰，那不得喝西北风！现在主要靠着贩卖黄金和美元过日子啊。"

"你们这样的大买卖，一定是生意兴隆通四海，财源茂盛达三江喽。"黄斌半恭维半探询地说。

谭平故作感慨地说："唉，一家不知一家难，大买卖有大买卖的难处啊！现在正是多事之秋，兵荒马乱，官太太和阔小姐，哪个有心思去买贵重的首饰。人家有了黄金和国币，都换成美元，存到美国、英国开的银行里。这年头，别提什么生意兴隆，财源茂盛了！"

黄斌同情地点了点头，刚想再问什么，谭平把话题一转，问道："长官，你在哪里居官，贵姓大名？"

没等黄斌开口，许田就迫不及待地说开了："老客，他是鲁东保安司令兼烽台市保安大队长丁玉先的副官，姓黄，单名文武斌的斌。"

"啊，黄副官！"谭平故作惊讶而又敬佩地上前握着黄斌的手，"我一个买卖人，得以结识黄副官，真是三生有幸啊！"

这时，船上的喇叭响了起来："现在是十一点半，请诸位先生，诸位旅客，到餐厅里用午饭。本次客船备有各种饭菜，各种名酒，包办酒席，欢迎点菜、点饭……"

谭平一听，马上拉着黄斌，说："黄副官，你我今天初次见面，一起喝几盅怎么样？"

谭平的邀请正合黄斌的心意。他按照吴雪梅的吩咐前来试探谭平，才刚开了个头，很想在饭桌上再继续试探一番，于是黄斌虚情假意地推辞了一阵，就答应下来。

谭平又指着许田说："黄副官，请这位长官也一块去喝酒吧。"

"他是我的勤务兵,还得到舱里看东西,他就不要去了。"黄斌向许田挥了挥手,许田十分丧气地走了。

餐厅里,旅客来来往往,拥挤不堪。吆三喝六的划拳声,要饭菜的喊叫声,喇叭里播放京戏的锣鼓声,响成一片。

谭平手提两瓶茅台酒,和黄斌热情地说着话,走进了餐厅。他警惕地向餐厅里扫视了一遍,未发现可疑之处,便和黄斌找了个靠舷窗的桌子坐了下来。

他俩一坐下,餐厅女招待就拿着菜单走了过来。谭平指指黄斌,说:"黄副官,请你点菜吧。"

黄斌咧嘴笑着说:"你点吧,我是客随主便哪。"

谭平拿过菜单,要了一盘红烧海参、一盘对虾以及四五盘鸡鸭鱼肉和一碗干贝汤。末了,他又要了两盘菜、一碗米饭和一瓶白干,叫女招待送到许田舱里。

就在谭平点菜时,吴雪梅提着小手提包,走进了餐厅。她在靠近谭平和黄斌桌子的地方,找了个空位子坐了下来,向女招待要了一份饭菜和一瓶葡萄酒,自斟自饮起来。

谭平用眼角扫了一下吴雪梅,然后站起身来,打开了茅台酒,给黄斌杯里斟满了,笑着说:"买卖人常说,在家靠父母,出门靠朋友。"谭平又给自己杯里倒满酒,举起杯来,"黄副官,今天你得把酒喝足,以表咱俩一见如故之情。来,干杯!"

黄斌把一杯酒灌入肚内。他咂嘴品了品滋味,连连称赞:"真香,真香,这茅台酒我还是头一次喝呢!"他夹了一个大海参填到嘴里,边嚼边说,"你到了烟台,我一定到大馆子请你的客。"

"那我先谢谢黄副官啦,"谭平又拿起酒瓶给黄斌斟满了杯,"今天咱们来个一醉方休!"

"好!"黄斌又一饮而尽。

谭平再向黄斌杯里倒酒时,他发现黄斌那双滴溜溜转的小眼睛,使劲地盯着他拿酒瓶子的手,眼中流露出贪婪的目光。谭平明白了,他撸下戴在无名指上的金戒指,递给黄斌说:"黄副官,你看这个金戒指的成色怎么样?"

黄斌接过金戒指,爱不释手地左看右看,在自己手指上试了又试,然后笑嘻嘻地问:"这个金戒指的成色真好,是纯金的吧?"

"那还用说!这个成色在国际上也是够标准的。"谭平一本正经,像个做黄金交易的行家。他看了一眼黄斌那垂涎三尺的丑态,投其所好地说:"黄副官喜欢的话,就送给你,也算个见面礼。"

"这怎么能行?这么贵重的东西,我怎么好意思收啊!"黄斌把金戒指还给了谭平,假意推辞起来。

"不用客气,友情值千金嘛!"谭平一副慷慨的样子,把金戒指又递给了黄斌。

"那我就愧受了。"黄斌把金戒指戴在手指上,喜得合不拢嘴。他把一杯酒又灌进肚里,然后斜眼向吴雪梅看了一下,一边啃着鸡腿,一边说:"你看我光顾喝酒,连你贵姓大名,哪里人氏还没问呢。"

谭平心里暗暗骂道:"这小子真是属猴的,我敲了这半天锣,他才开始爬杆。"谭平见黄斌总算问到正题上,心里很高兴,他说:"免贵姓周,名兴国,是文登第四区高泊镇人。"说完,他瞟了吴雪梅一眼,只见她身子微微一震,露出了惊愕的神情。

黄斌一听,喜出望外:"周先生,原来咱俩是老乡呀!这真是人亲土又近,从今往后,你就是我的知心朋友啦!"接着,他又问,"你怎么能到上海去混了这么个阔差使?"

谭平摆了摆手:"这事说起来话就长了,等到了烽台,我再慢慢跟你啦。"

"周先生,我是个直性子人,话说不透,心里老是犯嘀咕。"黄斌催促着。

谭平无限感慨地说:"好,今天我就给你说说,你我虽是初次见面,但如今已成至交,我就把老底给你抖擞抖擞。"于是谭平边喝酒吃菜,边慢慢地说了起来。

他告诉黄斌:他家是文登县有名的书香门第,也是数得上的富户。父亲周家福,在家守着祖传家业过日子。哥哥周国华,在烽台第八中学还没毕业,就赶上"七七"事变,和一位姓王的女同学结了婚,两人一块参加抗战去了。他自己高小毕业到韩复榘办的乡农学校受过训,以后便到济南府被编在韩的八十一师,当书记官。韩复榘被蒋介石枪毙后,八十一师就被战区司令汤恩伯整编了,他到副官处当了上尉副官,后来又当了汤的少校卫士长。日本投降,他跟着汤恩伯到了上海,接收敌伪财产。因为大汉奸周佛海是金华楼的股东,因此汤恩伯没收了金华楼的全部财产。那时因他舅舅在金华楼当二掌柜,汤恩伯就叫他脱了军装,去金华楼当跑外柜的,替汤和一些军政要员做些黄金和美元的交易。

谭平这一番话把黄斌说得目瞪口呆,半天他才恭维说:"原来周先生是个有大根子的阔商人,我有眼不识泰山,万望莫怪。"说着,他站起来,向谭平深深鞠了一躬,"你这次到烽台,不要住金和楼,就住我们保安司令部吧,我陪你逛逛烽台山,再到'四道弯'耍耍,那里的姑娘,也不比上海的差呀!"

"黄副官,我如今弃军经商,专心做买卖,对烟花柳巷毫无兴趣。到烽台我还是住金和楼吧,那里谈生意方便。你的好意我领了。"谭平喝了一口酒,又难过地说,"我哥自打离开烽台,至今没有一点音信,如今父母都已过世,我只剩下我哥这一个亲人了。这次到烽台,一来是看看生意情况,二来也是想打听我哥嫂的下落,如能找着他们,那比得个金山还高兴啊!"

"周先生,我到了烽台,也想法帮你打听。同胞兄弟,哪有不想之理呀!"黄斌深表同情。

谭平和黄斌边说边喝,两瓶茅台酒,大部分灌进了黄斌的肚子里。黄斌一副醉醺醺的样子,嘴里胡言乱语起来。

谭平向吴雪梅坐的地方看了一眼,发现座位上已经空了,忽然他看到一个白色手提包搁在旁边的椅子上。"这不是吴雪梅的吗,为什么撂在这里?"谭平略一思索,"噢,她是想借故来与我搭话,看样子是打算亲自出马了。这个女特务,背着鼓来就锤,我正好相机行事。"于是,谭平走了过去,把手提包拿了过来。

"黄副官,你看这是谁的手提包?丢在那边椅子上了。"谭平问。

黄斌眯缝着醉眼,指着吴雪梅坐的椅子,晃晃荡荡地说:"好……好像是刚……刚才坐在那边吃饭的娘们的。周……周先生,你该发财啦。"

"别人的钱财,我姓周的分文不贪。"

谭平的话音刚落,就见吴雪梅匆匆走进餐厅。她一脸焦急的神情,急急来到刚才吃饭的地方,前前后后转了一圈,然后她走到谭平和黄斌的桌子前,用手指着她吃饭的那张桌子,着急地问:"二位先生,看没看见我的手提包?"

谭平把手提包提得老高,两眼看着吴雪梅,问:"小姐,是不是这个?"

"哎呀,就是它。"吴雪梅一脸喜色说,"谢谢先生。"

"既然是你的,就拿去吧",谭平把手提包递给吴雪梅,关心地说,"小姐,以后可得把东西带好,常言道,有钱难买回头看哪!"

"太谢谢先生啦!"吴雪梅装作感激不尽的样子,说:"我叫王素秋,这次回烽台看望我姨妈,准备送给她老人家的钱都装在这个小手提包里,若是丢了,可就抓瞎了,这可多亏了你呀!我在八号舱间,不知先生在哪个舱间,待会我好去道谢。"

"区区小事,谈何道谢",谭平笑着说,"我叫周兴国,在六号舱间，等会我到小姐那里聊聊去。"

"欢迎你来呀，周先生。"吴雪梅向谭平鞠了一躬，便袅袅婷婷踏着碎步走出了餐厅。

谭平见黄斌醉如烂泥趴在桌子上，便扶起他来向餐厅门口走去。这时，他突然感到黄斌的手在他腰间摸了一下。"好小子，装醉呀，想摸摸我腰间有没有枪。"谭平故意向旁边闪了一下，黄斌一下子失去了依托，摔了个嘴啃地板，疼得哎呀直叫。

五

吴雪梅从餐厅回到舱里，心烦意乱，什么也没说就躺到铺上，于春燕给她端上咖啡，她一口也没喝。

"我叫周兴国……我哥叫周国华……"，"我哥和一个姓王的女同学结了婚……打听我哥嫂的下落……"，谭平的这些话像走马灯似的在吴雪梅脑子里旋转。吴雪梅已经有很长时间不想她的亡夫了，周国华的身影像一张照片底片那样在她的记忆中已经模糊不清了。今天谭平的话犹如一颗石子投入平静的湖水，激起了吴雪梅心底的漩涡，霎时周国华的音容笑貌像刚冲洗出来的照片变得清晰起来。她仿佛看到周国华向自己走来，青春年少的热恋，新婚宴尔的甜蜜，生离死别的悲哀，一齐涌上了心头，真好似打翻了五味瓶，酸甜苦辣咸样样滋味都有。吴雪梅紧紧闭住眼睛，把涌上来的泪水挡了回去。吴雪梅难受了一阵，思路又回到了金华楼的这个周兴国身上。"难道会这么巧，他就是国华的弟弟，那可就好了！不仅把黄金带到上海万无一失，就是这次到烽台把三千两黄金弄到手，说不定他也能助我一臂之力呀！"吴雪梅打起了如意算盘。

"真会是这么巧？可别中了共军的冒充之计啊！"吴雪梅转念一想，感到脊背上透过了一股冷气，"我没见过国华的弟弟，此事绝不能轻信、冒失。"

谭平回到舱里，仔细回想了自己与黄斌、吴雪梅刚才唱的这场戏，没有出现什么破绽。他知道吴雪梅待会儿一定要亲自来试探的，看得出她在餐厅里听到周兴国这个名字已经动了心。谭平决定借吴雪梅前来试探之机，千方百计使吴打消疑虑，确信他就是周国华的亲弟弟。只要能做到这一点，引吴雪梅上钩就容易了。谭平在这次行动之前，曾对吴雪梅进行了详细了解，他对吴长期替李贤良掌握胶东国民党的特务工作，又受过美国的特务训练这一段历史是十分清楚的，他暗暗告诫自己："吴雪梅是一只非常狡猾的狐狸，她比黄斌难对付得多，我必须察言观色，随机应变，谨慎小心才是。"

想好下一步的行动，谭平感到心里轻松了许多。他站起来活动了一下身体，两眼把舱间又仔仔细细地看了一遍。这时，他发现靠床铺的壁板上，稍稍露出一个纸头，急忙抽出来一看，是一张二指宽的小纸条，纸条上写着：

一上船我就认出了你，你的嘱咐我都记在心里。吴此次去烽的目的，是把丁的三千两黄金弄到手。吴对你有疑心，千万小心。

于春燕

看罢纸条，谭平高兴极了，终于和于春燕联系上了！他打着打火机，把纸条烧掉，又看了看壁板上的小缝隙，心想："我怎么刚才就没有发现呢，春燕可真是个细心的姑娘。"他满意地点了点头，便走出了舱间。

船在海上摇摇晃晃地航行着。太阳偏西了，夕阳把余晖撒向大海，海面被抹上了一层暗红色。

谭平站在甲板上，出神地望着这幅残阳如血的图画，不由地回想起自己小时候放牛晚归的情景。

"周先生。"黄斌的叫声打断了谭平的回忆。

"噢，黄副官，你真好酒量啊！"谭平把头转向黄斌，挑着大拇指佩服地说。

"哪里，哪里，我叫你灌了个仰面朝天，一觉睡到日头偏西。"黄斌伸了个懒腰，又连着打了两个哈欠，作出刚睡醒的样子。

谭平递了一支烟给黄斌，刚要打火点烟，黄斌赶忙拿过打火机："我来，我来！"他打着了火，先给谭平点了烟，然后再给自己点上。黄斌吸了两口，便指着北岸的一座大山说："周先生，你在观山景吗？你瞧瞧，那座高山就是团山，山下那个海口，就是团山口。"

谭平顺手看去，见一座形如乳房的大山屹立在海口左边，雄伟壮观。海口右边是崇山峻岭，莽莽苍苍。

"前年，我们丁司令就是从这里冲出了八路的包围圈，跑到青岛去的。"黄斌指着团山口，神气地说。

"怎么回事？能不能讲给我听听。"谭平十分感兴趣地问。

黄斌夸耀地讲起来："日本刚投降，八路的反攻军就把烟台围成了铁桶，把我们也围在当中。多亏丁司令计谋高，把三百多个弟兄化装成八路的便衣大队，从共区大摇大摆地来到了团山口。共党的干部和老百姓，对我们就像孝敬祖宗一样，又是送饭又是送茶，临上船还送给我们五六个大姑娘、小媳妇呢！这不，没费吹灰之力，我们就从八路的层层包围中跑了出来，坐船到了青岛。"

"不简单，不简单！丁司令真好比当年长坂坡的赵子龙！"

黄斌见谭平连连称赞，更加得意起来："这算什么，丁司令还代表国军到烟台向日伪军受过降呢！"

"啊！丁司令还去受过降？"谭平故作惊奇地说，"这可是个发大财的美差。据我所知，党国派到上海去受降的接受大员，都发了大洋财，光到金华楼去检验黄金成色的，就不下四五万两。恐怕丁司令也发了大财吧。"

"没有，没有"，黄斌连忙摇头否认，"我们丁司令是公事公办，丝毫不贪啊。"

"丁司令可算是廉洁奉公的党国忠良啊！"谭平讥讽地说。

黄斌将谭平的反话当真话听，咧着嘴笑了起来。

天暗下来了。谭平从甲板上回到了舱间。他躺在铺上，心想：黄斌是真不知道丁玉先受贿黄金之事，还是有意替他隐瞒？

正想着，忽听敲门声。谭平打开舱门一看，见吴雪梅笑容可掬地站在门外。"请，请。"谭平说着，急忙把她让进舱内，一边让座，一边拿出上海康泰食品公司出的巧克力糖、瓜子和美国烟来招待。吴雪梅落落大方地坐在椅子上，边嗑瓜子边和谭平攀谈起来。

吴雪梅首先说了些感激谭平的话，然后自我介绍起来。她说她原在烽台第八中学上学，毕业后正赶上抗战开始，她不愿在城里当亡国奴，就到乡下当了小学教员。抗战胜利后，她才到青岛第一中学当了教员。接着，她就问谭平姓甚名谁，家住哪里，家中都有何人等等。

谭平一听，知道她这是在对口径，于是就把中午在餐厅里对黄斌说的一番话，又一字一句地重说了一遍。末了，他加重语气说："这次我来山东，如能找到我哥嫂，那可真是我周家积的阴功阳德呀！"

"周先生，我虽是八中的学生，可比你哥嫂高一年级，这两个人我不记得了。不过，到了烽台，我帮你打听打听。"

"那太好了，我就拜托你了，王老师。"谭平嘴上说着感激的话，心里却暗暗骂道："好个狡猾的东西，还跟我兜圈子呢！"

这时，舱门"呼啦"一声被推开了，两个提着手枪的船上警察闯进舱来。他们二话没说，直逼着谭平吼道："你是干什么的？叫什么名字？"

谭平掏出身份证，往桌子上一摔：

"证件上都写着,自己看吧!"

"哼!架子还不小呢!"一个脸上长满麻子的船警拿起身份证看着,另一个船警逼着谭平把皮箱打开检查。谭平一脸怒气,提起皮箱,"哗啦"一声把箱子里的东西全倒在铺上,大声说道:"检查吧!"

那船警扒翻了一阵,发现有一封给驻守烽台的八军宪兵队的信,便像抓住了什么,厉声问谭平:"你是买卖人,怎么还带着给八军宪兵队的信?"

"你问这封信嘛,"谭平冷冷一笑,"我们金华楼会计室主任卢淑芳小姐的哥哥卢凤武,在八军宪兵队当队副,她托我给她哥哥捎封信,这也犯法吗?不信你们到了烽台,亲自去问问宪兵队。"大麻子船警一听,赶忙把身份证和信都还给了谭平,连连赔着不是:"周先生,请别生气,我们是奉命检查,身不由己,请原谅,请原谅。"

谭平哼了一声,没有理他。

大麻子船警又向吴雪梅看了一眼,问:"你是干什么的?"

吴雪梅和和气气地回答:"我是八号舱间的,来这里和周先生聊聊天。"

"哦,刚才我们到你舱间检查过,你的校友把身份证都拿给我们看了,你叫王素秋,在青岛一中当教员,对吧?"

吴雪梅点了点头,没吱声。

两个船警,点头哈腰地退出了舱间。

谭平边骂边把东西收拾进皮箱,重新放在行李架上,然后坐下来,向着吴雪梅余怒未息地说:

"过去是秀才见了兵,有理说不清。现在是商人见了兵,有理说不清,轻则挨顿骂,重则扣上个共匪名,花点钱不要紧,有时还有送命的危险哪!"

"周先生,别生气啦。反正身正不怕影斜,你又不是共军,他们也不能把干屎抹到你身上。"吴雪梅旁敲侧击地说。

"若不是为了寻找哥嫂,我才不到烟台那个鬼地方去!说不定共军攻下烟台,还拿我当国军的特务治罪呢。我到烟台看看,时局不好的话,马上就回上海,我可不在那里等着挨炮弹!"

"我在青岛听说,国军一个美械精锐军镇守烟台,周先生,你看共军敢进攻烟台吗?"吴雪梅试探地问。

"这可难说呀,天有不测风云,人有旦夕祸福。共军敢不敢进攻烟台我不知道,可多长两个心眼没有错。"

"周先生说得有理。"吴雪梅想了一下,又问,"你在上海听得多,见得广,有没有听到青岛方面的什么消息?"

"青岛的消息嘛……",谭平吸着烟,想了好大一阵子,说出了一个令吴雪梅心惊肉跳的消息:

"我这次动身到山东的前两天,国防部孙怀纯次长的副官到柜上来找我,叫我给孙换一千两黄金的美元。我问他一次换这么多美元干什么,他告诉我孙怀纯近日就要到青岛当市长。"说到这里,谭平故意凑近吴雪梅,小声说,"他还告诉我,你们青岛现在的市长李贤良,在接收敌伪财产时有严重的贪污受贿行为,现在正在调查中。"

这番话对吴雪梅真好似五雷轰顶,晴天霹雳,打得她身发颤,眼发直,暗暗叫苦不迭。但吴雪梅毕竟是个老练的特务,她发现谭平正在注意地看着她,便马上定了定神,作出一副不屑理睬的样子。

"这是当官的事,与俺这个教员没啥关系。现在官场的事都是尔虞我诈,有钱有势就当官,没钱没势就为民,咱不去操那份闲心。反正谁来当市长咱都是教书。"吴雪梅说完,抬起手腕看了看表,"现在已经快七点钟了,我耽误你休息了。"说着,她站了起来,向谭平道了声晚安,就退出了舱间。

谭平见吴雪梅听到李贤良将被罢官的消息再也坐不住了,估计她回舱后一定要把这事电告李贤良。于是谭平把耳朵紧贴在壁板的小缝隙上,仔细地倾听着隔壁舱里的动静。只听吴雪梅舱里响着收音机广播的音乐声,隐隐约约可以听出有嘀嘀哒哒发电报的声音。

过了约有半个小时,发报声和收音机声都不响了。谭平听到有开门和关门的声音。他躺在床上,思索了一阵,便爬了起来,把于春燕这次到烽台的任务、联络暗号和暗语,写在纸条上,等有机会好交给于春燕。谭平刚写完,就见壁板缝里塞过一张纸条,于春燕在纸条上写着:"吴到黄的舱里去了。刚才李回电,说不知孙来青之事,但不可不防,叫吴到烽后立即行事,得手即回。"

谭平得知这个在吴雪梅屁股上点火的计谋生了效,非常高兴,他马上把写好的纸条从壁板缝里塞了过去。见于春燕抽走了纸条,他才放心地长长嘘了一口气,躺在床铺上,想争取时间早些睡上一觉。

六

天亮了,火红的太阳升了起来,朝霞映照在甲板上,给甲板镀上了一层金光。

谭平一直到下半夜两点多钟才睡着。一觉醒来,太阳已照到舷窗上,红光刺得人睁不开眼。他一看手表,已是七点多钟,很快就到烽台了。他一个骨碌下了床铺,出舱来到甲板上。

晨风带着海腥味迎面扑来,谭平深深地吸了一口气,感到全身轻松,耳目清新。此时海上风平浪静,波光粼粼的水面上,闪烁着一个个红色的小亮环,好似一匹华美的锦缎。天空清澈如洗,一群海鸥鸣叫着在空中盘旋。谭平向远处望去,烽台四周的养牛岛、崆山岛、芝山岛等大小岛屿一一映入眼帘。

谭平回头向吴雪梅、于春燕的舷窗望去,见于春燕正站在打开的舷窗前向他微笑,朝霞辉映在她那俊美的脸庞上,好似一朵出水芙蓉,楚楚动人。此时谭平和于春燕的目光交织在一起,千言万语从眼睛这扇心灵的窗户里倾泻出来。

船拉着哞,减速向港口行进。

这时,黄斌睡眼蒙眬地跑到甲板上,他一见谭平,就嘻嘻笑着说:"周先生,可到烟台啦。这次在海上没遇上共军的炮艇,真是万幸啊!"

"怎么,共军还有炮艇?"谭平惊愕地睁大了眼睛。

"没有真炮艇,可他们在汽船上架上机枪、大炮,打起来比真炮艇还厉害哪!前几天,在威海北面的海上,共军就是用这样的土炮艇,打沉了国军一只运军火的船。"黄斌像个百事通。

"听黄副官这么一说,共军的土炮艇,还真赛过国军的真炮艇呢!"谭平话中有刺。

黄斌眨巴着两只小眼,"啊"了一声,没说出话来。

船慢慢地开进了港口,三角形的港湾里,停泊着三艘国民党的兵舰和两只巡逻艇。打鱼的汽船和风船,在卸鱼的小码头两边停了一片。

谭平拍拍黄斌的肩膀:"黄副官,小弟这次到烟台,若有为难之处,我可得找你帮忙喽。"

"有事尽管找我",黄斌拍着胸膛,"谁要欺负你,想敲你的竹杠,有我给你撑腰!"

吴雪梅这时也来到了甲板上,她脸色发白,眼圈发乌,一看便知昨晚没睡好觉。她走到谭平跟前,掩饰地说:

"周先生,我晕船晕得一宿没睡好,直到船进港口时,才爬起来。"接着她又亲热地说,"昨晚忘了告诉你,明天我请你到'一顺天'去吃饭,到时候你可一定赏脸呀。"说完,她抿嘴一笑。

"王老师,那我就感谢你的盛情啦。"谭平笑着说。

船靠岸了。就要准备下船的吴雪梅又向谭平叮嘱了一遍:"明天咱们'一顺天'见。"

谭平微笑着点了点头。

烟台不大的商业码头上，前来接亲戚、朋友的人挤得满满的。船上的旅客也都拥挤在甲板上，向自己的亲友招手、呼喊。

谭平举目向码头上的人群望去，寻觅着前来接他的人。那不是吗？比别人高出半个头的金和楼掌柜金玉山的目标大，很快就被谭平发现了。

谭平又把目光投向吴雪梅、于春燕，见她们正踏着舷梯下船。于春燕下了舷梯，向着谭平回眸一笑。谭平微笑地望着她，目光中饱含着信任和期待。

等人们都已下了舷梯，谭平才回到自己的舱间。这时二号敌工员把他存放的小手提包送了过来，谭平向她握手致谢后，就把手提包装进皮箱，然后提着皮箱，从过道尽头下到第一层的甲板上，夹杂在旅客当中，踏着桥板下了船。

谭平一踏上码头，金玉山就迎上前来，上手接过皮箱，大声地说："周先生，你来啦，昨天上午才接到你乘这趟船来的电报。"

"哎呀，金掌柜，麻烦你亲自来接，这太客气了！"谭平也大声地说。

谭平一边和金玉山寒暄，一边用眼角留意着吴雪梅，他发现吴雪梅不时地往后看，显然是在注意自己。

谭平和金玉山来到码头门口，只见大门外停着十多部小吉普车，几十辆黄包车排成一排，车夫在门外吆喝着招徕顾客。大门里边站着四个国民党水上警察局的警察，正在挨个检查旅客的身份证。谭平和金玉山把身份证主动递了过去，那警察看了一眼，便十分客气地让他俩出了大门。

出了码头，谭平和金玉山各上了一辆黄包车，车夫一溜小跑，向北大街的金和楼跑去。

吴雪梅、于春燕出码头之后，便坐上丁玉先的护兵早已为她们雇好的黄包车，向丁玉先公馆后面的胡同而去。黄斌、许田二人则步行回保安司令部了。

七

国民党鲁东保安司令兼烽台保安大队长丁玉先的公馆,就设在原来日本驻烽台的海军司令住过的一幢小洋楼里。这天,丁玉先一起床,便坐在楼上会客室里,等候吴雪梅的到来。他按照李贤良电报上说的,没有亲自坐小吉普车去码头迎接,只是叫护兵早早到码头上雇了两辆黄包车,把吴雪梅悄悄从后门拉进公馆来。丁玉先正在抽烟、喝茶,传达长送进来一卷报纸。丁玉先懒洋洋地拿起一张《中央日报》,一行醒目的大字标题映入眼帘:《蒋委员长发布重要命令》。丁玉先两眼瞪得溜圆,急急往下看去:"……负责向日伪军受降和接收敌伪财产的军政官员,凡贪污、受贿的金银、珠宝、美钞、国币以及股票等,均要一律上缴给当地驻军的最高司令长官,以充作军饷。如有抗拒不交者,按军法论处。"

丁玉先倒吸了一口冷气,心剧烈地跳了起来:"蒋老头公开发布命令了,看样子追查黄金的风头越来越大啦!"他稳了稳神,又打开《山东日报》和《天津日报》,见每张报纸的头条消息,都是处置贪污受贿官员的新闻,不是某某司令受贿黄金一千两,现已逮捕法办;就是某某市长,贪污没收的敌伪财产,正在追查之中。

丁玉先把报纸摔在桌子上,担心地想:"李雄早就在秘密追查我受贿黄金的事了,如今蒋老头的公开命令又给他火上加了油,看来很快李雄就要和我摊牌了。"但他又一想,自己安慰自己,"李雄没有抓到我的真凭实据,谅他也不敢把我怎么样。"于是心里又轻松了些。

丁玉先慢慢收拾起桌子上的报纸,忽然在《天津日报》的右上角看到这样一条新闻:"关押在天津监狱里的大汉奸犯供出,日本投降时,他贿赂鲁东×××司令黄金三千两……"

丁玉先不由自主地"呼"一下站了起来,浑身如筛糠般抖动着，接着他又跌坐在沙发上，全身瘫软。

"完了，完了，我的三千两黄金保不住了！"此刻丁玉先好像看到李雄的大手正向他伸了过来，抓走了一大块一大块黄澄澄的金子。这对他真如摘心掏肺一般，他把头倚在沙发上，捂着脸哭了起来。围绕着这笔黄金的往事，在丁玉先的脑海里闪现出来：

日本宣布投降的第二天，驻扎在烽台市南郊的丁玉先奉李贤良之命，要前往市里受降。部队还没出发，烽台伪市政府的张秘书长就乘坐一辆小轿车前来劳军，他带来了两大卡车烟卷和白兰地酒。

丁玉先肩佩少将军衔，腰挂"中正剑"，耀武扬威地坐在客厅里。伪秘书长递上了伪市长和伪警备司令请他去市里受降的信，又递上了犒赏抗日有功将士的大红纸礼单。丁玉先看过信和礼单，满心高兴。他命人把烟、酒分给各大队的官兵，又命他的小舅子——卫队连长秦武带人把小轿车里的六个铁箱子搬到他的卧室里。

丁玉先支开了身边所有的人，单独和伪秘书长走进了卧室。当伪秘书长用钥匙打开六个铁箱上的小锁，掀开箱盖时，丁玉先一下子呆住了，那大大小小长长方方的金元宝、金砖和金条，金光四射，耀得人两眼发花。丁玉先有生以来第一次见到这么多金子，他被吸引住了。

伪秘书长指着箱子，悄声对丁玉先说："这是张道尹、白市长、牛司令和我这几个罪人凑的三千两黄金，奉献给丁司令，略表一点心意。丁司令进市里受降，万望高抬贵手……"

丁玉先早已被三千两黄金迷住了心，他拍着伪秘书长的肩膀哈哈一笑："你回去向白市长、张道尹和牛司令转达我的谢意，请他们大放宽心，全包在我丁某的身上了！"

伪秘书长深深鞠了一躬："丁司令的恩德罪人永志不忘。"然后他望了一眼黄金，"此事万万不可叫别人知道啊！"

丁玉先点了点头，亲自把伪秘书长送出了大门。

后来，由于八路军的反攻部队来得迅速，丁玉先没有来得及进市里受降。他在逃离烽台时，把这笔黄金藏了起来。

一想到这笔黄金藏得那样巧妙，不留一点痕迹，丁玉先就十分得意。当时，他命搜捕队长侯金和副官黄斌，把三百多匪兵伪装成八路军，先到宁平县西的十里河集结待命，自己以安置怀孕的老婆为名，带着三个焊死的盛黄金的煤油桶，由他小舅子秦武和五个护兵护送，趁黑夜坐一条小船来到他早已想好的一处海岸上。

小船靠岸，丁玉先在秦武耳根上小声嘀咕了一阵。接着秦武和五个护兵便抬着三个大铁桶，顺着退大潮的脚印，消失在墨黑的夜色中。丁玉先手握大肚匣子枪，和他老婆站在海边上观察情况。

大约过了半个小时，秦武和五个护兵回来了。秦武对丁玉先悄声说："姐夫，东西按你说的地方藏好了。"

丁玉先这时突然睁大双眼，向秦武身后一指，喊道："不好，八路来啦！"

秦武和几个护兵惊愕地转身向后望去，就在这一刹那，丁玉先一甩匣子枪，"嘟嘟嘟"就是一梭子，把秦武和几个护兵都打死在沙滩上。他老婆"啊"了一声："你……你……"下面的话还没说出来，丁玉先就朝她脑袋上打了两枪。他又在每具尸体上补了一枪，在夜色的掩护下，他把尸体逐个抛入了海中。

丁玉先想到这里，心情逐渐平静了下来。他自言自语地说："这些黄金我不说，神仙也找不到！我就给李雄来个死不认账。实在不行，老子拿着黄金到国外去，这三千两黄金也够享一辈子福的了。"

丁玉先想到蒋介石"军法惩处"的命令，心又紧缩起来："李雄是蒋介石的嫡系，有权有势，我要是不交出黄金，他能饶了我吗？"想到此，他好像觉得自己已被押上了军事法庭的被告席，额头上禁不住渗出了冷汗。

丁玉先像发疟疾似的，热一阵冷一阵，想了半天，心思又转到了即将到来的吴雪梅身上："吴雪梅是青岛有名的交际花，李贤良就靠她跟一些上层军政官员打交道。我这次派黄斌去接她，名义上是请她来整顿政训处的特务工作，实际上是搬她来替我在李雄面前说说话，求得大事化了，实在不行，化小也可以。我从三千两黄金里拿出五百两，混过去算了。"

丁玉先把希望寄托在吴雪梅身上，他在房间里踱着步，思考着待一会儿如何跟吴雪梅把事情摊开。

八

丁玉先在公馆的后便门迎接吴雪梅。可他一见吴雪梅身后的于春燕，就把吴雪梅给忘了，一双淫荡的眼睛老在于春燕的身上来回乱转。他心中暗暗高兴："于春燕呀，你这次可是大姑娘捧着西瓜拜庙，给老和尚解渴了。"

于春燕一见丁玉先，心中"咯噔"一下，像见了毒蛇一般。她厌恶地转过头去，避开了丁玉先那邪恶的目光。她暗暗骂道："丁玉先呀，你是秋后的蚂蚱，蹦跶不了几天啦！"

吴雪梅把这二人的表情都看在眼里，她狠狠瞅了丁玉先一眼，主动走上前去，伸出手来说："丁司令，你好啊！"

"唔……唔……我好，"丁玉先赶快从于春燕身上收回了目光，握着吴雪梅的手说，"吴主任，你好啊，我等候你多时啦。"

丁玉先陪着吴雪梅吃了一顿丰盛的早餐。在餐桌上，丁玉先叹了口气，说："吴主任，最近烽台谣言很多，说我在日本投降时受贿了一笔黄金。据说军座还拿着当真事调查。其实这都是潜伏共军造的谣言，我绝无此事。你这次来，千万在军座面前替我美言几句，请他勿信谣言。"

丁玉先的请求，正中吴雪梅的下怀，她满口答应了下来。

吃过早饭，丁玉先和吴雪梅来到会客室里。他们边喝茶，边谈着市里潜伏共军的活动情况。正说着，黄斌走了进来。吴雪梅便叫黄斌打开窗户，她走到窗前，举着望远镜把公馆周围的大街小巷以及公馆斜对门的保安司令部周围，都仔细地观看了一遍。她边看边说："丁司令，我到烽台，可能会引起潜伏共军的注意。"

这时，正巧有一个年轻人拉着水车进了公馆的大门。吴雪梅马上问："这个青年人，你们了解他的根底吗？过去我在这里上学时，拉水的都是些五六十岁的老头儿，哪有青年人干拉水的活的？"

黄斌赶快解释说："吴主任，这个拉水的小伙子，是海泊村大财主于富万的侄子，名叫于有山。过去丁司令和我在他家躲藏过。这次乡下搞土改，他伯父因为藏过丁司令被穷小子打死了。他到烽台来找我，我就叫他干了拉水的活。这个人是可靠的。"

"可靠也不能叫他进大院。以后叫他把水车拉到大门口，再由弟兄们拉进来。"吴雪梅停了一下，又问，"现在还是每天晚上来人掏大粪吗？"

"是的。"黄斌说。

"从今天起，掏粪的也不准进来，由弟兄们把粪便掏好了挑出去，交给掏大粪的。"说完，吴雪梅又走到后窗跟前，指着窗外问道，"公馆后边那条胡同，有暗岗吗？"

"白天有两个弟兄化装成卖烟卷和钉鞋的，在胡同两头监视行人；夜间有半个班的弟兄来回巡逻。"黄斌刚说完，丁玉先就不耐烦地接上了一句："吴主任，你就放心吧，我这个公馆周围戒备森严，共军要想混进来，我看比登天还难啊！"

"丁司令，你可别大意啊！"吴雪梅抓住了这个话茬，不管丁玉先高兴不高兴，"凡事不怕一万，就怕万一。你看看，从南面的玉皇顶到这公馆的大门前，大街少，小巷多，国军就是在每个胡同口都放上岗，也无法完全防止共军特工人员的活动。"

丁玉先赶快陪着笑脸点头说："吴主任说得很对，潜伏的共军在暗处，我们在明处，是不好防备。今后我们要多放暗哨，叫潜伏的共军无法提防。"接着，丁玉先又讨好地问："吴主任，你出去活动时，需要有人暗中保护，你看派谁好？"

吴雪梅想了想，说："特务班的邢延林班长办事挺机灵，我也熟悉他，就叫他来吧。"

"邢延林正好前两天刚从青岛押船回来，我叫他来听你使用。"丁玉先满口答应，"就叫他住在楼下的门房里吧。"

黄斌这时也凑上来说："吴主任，你这次来只带了一个使女，没有随身副官。丁司令叫我兼你的副官，用我办什么事，你只管吩咐。"

"哼，想给我屁股上安个尾巴。"吴雪梅心里有数，她斜眼瞟了丁玉先一眼，嘴上却说："感谢丁司令的关照。"

"关照不周，还望包涵。"丁玉先呲着抽大烟熏得黑黄的大牙，笑了起来。

到此为止，吴雪梅到烽台来的公事就算办完了。装点了一番门面之后，吴雪梅便开始办她要办的事。

吴雪梅叫黄斌要通了李雄的电话。她听出是李雄的副官的声音，便问道："张副官，你好啊，我是雪梅，李军座在吗？"

"哦，是吴秘书呀，你什么时候到烽台来的？"电话里传出张副官的声音，"军座正在开会……"

"我今天八点多钟才下船。请你转报军座一声，他什么时候有空，我想去拜见他。李市长让我向他问候。"

"吴秘书，你稍等，我请示一下军座，马上告诉你。"

等了约三四分钟，张副官在电话中说："吴秘书，军座正在召开紧急会议，恐怕今天抽不出时间给你接风洗尘了，请你原谅。军座叫我代他向你问好。"接着，张副官问："丁司令在吗？"

"在……好，我请他接电话。"吴雪梅说着，把电话递给了丁玉先。

丁玉先接过电话，嘴里直说："是……是……是，我马上就去。"他挂上电话，对吴雪梅说："有紧急军情，军座令我十一点以前到军部开会。"

吴雪梅看看表，十点多了。等丁玉先一走，她马上叫过黄斌："黄副官，你换上便衣，立即到金和楼去看看，周兴国在不在那里。"

九

金和楼首饰店坐落在烽台市最繁华的北大街上，是这个城市数得上的大商号。它是一座两层楼的旧式楼房，楼下买卖金银珠宝以及各种首饰；楼上是掌柜的办事室和储藏室以及招待高级客人的房间；楼房后面是一个小院，店员宿舍、伙房、仓库都在院内。金和楼西边紧挨着万国服装店，这个店也是一座二层楼房，布局与金和楼完全一样。

金和楼首饰店和万国服装店，在抗战时期就是我军的秘密情报联络点。这两个店的掌柜金玉山和万成章，都是共产党员。秘密电台就设在万国服装店内。在我军占领烽台市的两年多时间里，借挖防空洞的机会，秘密地在两个店后院的店员宿舍里挖了一条地道，一个出口在金和楼的伙房里，一个出口通到小胡同北边一家地下党员家的炕洞里。由于这两个店都是烽台的大买卖家，经常与国民党的军政官员，特别是他们的太太小姐来往，所以不容易引起敌人的怀疑，因此这里就成为侦察员的主要活动场所。

谭平和金玉山坐着黄包车直接到了金和楼。一走进楼上金玉山的办事室，孙明就跟了进来。

孙明是旅部的侦察排长，这次和谭平一起留在市里，他现在的公开身份是金和楼的首饰匠。孙明二十四岁，浓眉大眼，五大三粗，是个十分魁梧的汉子。他与谭平是老搭档了，二人多次一起执行任务，在战斗中结下了深厚的友情。

孙明一见谭平平安归来，十分高兴，上去捶了谭平一拳，问道："怎么样，路上顺当吧？"

"你这个急性子，先叫谭参谋喝口水。"金玉山边倒水边笑着对孙明说。

孙明不好意思地挠了挠脑袋，笑了。

谭平喝了一口水，把一路上与吴雪梅打交道的情况对金玉山和孙明说了一遍，笑着说："老金，我在船上已经放了线，黄斌和吴雪梅肯定要到金和楼来打听我，这场戏该你上场了。"

三人商量完了对策，谭平就和孙明顺着便梯下了楼，从后院的便门出去，又迅速进了西院，来到侦察员们聚集的地方——万国服装店的店员宿舍里。

刚才拉谭平和金玉山的两个黄包车夫，一个叫连大喜，一个叫高成安，都是我军隐藏在市里的侦察员。此时，连大喜正拉着车到一顺天饭馆去找女招待沈秀文，交代谭平布置的几件事情。高成安则把车停在万国服装店旁边的胡同口上，警惕地监视着周围的情况。

谭平和孙明进了万国服装店的店员宿舍后，当裁缝的小于、做饭的小郑、小丛等七八个隐藏下来的侦察员就跟了进来。大家一见谭平，就围着他七嘴八舌地问起了青岛之行的情况。

谭平吃着早饭问："这几天市里的情况怎么样？"谭平离开烽台已有五六天了，他无时无刻不在挂念着这里的情况。

孙明气愤地说："丁玉先这家伙真歹毒，你走了这才几天，他就进行了三次夜间大搜捕，我们又有五个地下党员被捕了。听说这两天，敌人就要下毒手了，我们营救被捕同志的行动得赶紧干了。"

小郑高兴地告诉谭平，昨天晚上他们把出卖地下党员的叛徒孔永顺干掉了，尸体装在大粪车里拉出去了，没留一点痕迹。"

谭平拍着小郑的肩膀，赞扬道："干得好，你们为人民除了一害！"

这时，万国服装店的掌柜万成章走了进来。他紧紧握住谭平的手，兴冲冲地说：

"谭参谋，我给你们带来一个好消息。"

"什么好消息？"大家都围了上来。

"别着急，听我慢慢说，"万成章故意卖了个关子，"刚才秘密联络员报告，我军昨天晚上打响了鲁阳战役，准备先攻克鲁阳城，再消灭从青岛和烽台两个方向去增援的敌人。上级命令你们乘李雄带部队去增援鲁阳，烽台空虚的机会，消灭丁玉先这帮保安队，救出被捕的同志。"

谭平听到这一消息，脸上放出了兴奋的红光，他站起来，望着同志们，目光炯炯："我们一定完成上级交给的任务！李雄不在烽台，这对我们实现'黄金计'，就更有利了！"

谭平、孙明和几个侦察员围坐在一起，仔细地研究着准备采取的行动。这时，拉水的小毕轻手轻脚地走了进来。

"快来，快来，就等着你啦。"谭平一见小毕，高兴地招呼他到自己身边来坐。

小毕擦着满脸的汗水，说："王厨师说，青岛的政训处吴主任早上八点多钟来了，还带来个使女。那使女不能下来吃饭，每顿饭都派人来拿。"

"我正要把这事告诉你，"谭平说，"这个使女叫于春燕，是我们的秘密情报员。你中午给丁公馆拉水时，通知王厨师尽快与于春燕联系，将吴雪梅的活动情况及时报告我们。"

十

黄斌奉吴雪梅之命，带着许田来到了金和楼首饰店。黄斌叫许田在门口监视来往的人,自己走进店内,径直向楼上掌柜的办事室走去。

金玉山坐在桌前正在查看账目,一见有人进来,忙站起来问:"先生找谁?"

"上海金华楼的周先生在这里吗?"黄斌摘下头上的礼帽,哈了哈腰,问道。

"哦,你找周兴国先生,他今天早上刚到,出去吃早饭了。"金玉山回答。

"我是周先生的好友",黄斌自我介绍,"他叫我今天到柜上来找他,你看他一会儿能回来吗?"

"能回来,你看东西还放在这里呢。"金玉山指指桌上的皮箱。

"好,我就在这里等他一会儿吧。"黄斌坐了下来。

金玉山递上茶水、烟卷,又埋头看起账本来。

"掌柜的,周先生常来这里吗?他是哪个地方的人?"黄斌搭讪着问。

"周先生头一次来,"金玉山头也不抬地说,"他是文登县第四区高泊镇人,我和他是一个镇子,他舅在金华楼当二掌柜的,我到这个店当掌柜,还是他舅推荐的。"说到这里,金玉山抬起头来,惊奇地望着黄斌,"怎么,你们是好友,你连他是哪里人都不知道?"

黄斌自知说漏了嘴,十分尴尬,再也不吭声了。

等了好大一会儿,黄斌看了看表,说:"都快十一点了,怎么还不回来?掌柜的,你知道他到哪个饭馆吃饭去了?"

"大概到一顺天饭馆去了。他问我烽台哪家饭馆最好,我说是一顺天。"金玉山说。

黄斌站起身来,对金玉山说:"我就不等了,他回来后请你转告一声,就说他的好友黄斌来找过他。"说完,黄斌就要走。

突然,孙明、小郑和小于手持美国左轮手枪闯了进来。他们半句话没说，就用枪指着黄斌，操着八军官兵的南方口音喝道："不许动！举起手来！"

黄斌一见这凶劲，哆哆嗦嗦地举起了双手。金玉山也装着害怕的样子，低着头默默不语。

小郑上前掏出了黄斌腰里的匣子枪，"叭"的一声摔在桌子上。

孙明一口江浙腔，问道："你是干什么的？"

"我……我……我是保安司令部的副官，名叫黄斌。"

"胡说！"小郑指着桌子上的枪，"保安司令部的副官，还用这样的破匣子枪？我看准是潜伏的共军！"

"不、不、不，我不是潜伏的共军。你们不信的话，可以打电话问问保安司令部。"黄斌辩解道。

"啪、啪、啪！"孙明上手使劲扇了黄斌几个耳光，立刻，鲜血从黄斌的嘴角流出来。孙明又揪住黄斌的脖领子，凶狠地骂道："问个屁！给我绑起来，送宪兵队审问。"

一听到宪兵队，黄斌吓得面如土灰，一个劲地说好话。

就在这时，谭平头戴礼帽，身穿大袍走了进来。他看了看被打得鼻青脸肿的黄斌，又看了看孙明和金玉山，故作吃惊地问："各位，这是怎么回事？"

"你是干什么的？"孙明蛮横地问。

"上海金华搂首饰店跑外柜的。"谭平掏出名片递给了孙明。

黄斌在一旁拉了拉谭平的衣襟，小声说："这是八军宪兵队的，他们说我是潜伏的共军，你替我……"

"哦，宪兵队的？我正要去宪兵队找个人。"谭平打开皮箱拿出一封信，递给孙明，"这是我们会计室主任卢小姐捎给他哥哥卢凤武的信，我还没来得及去送给他呢。"

孙明脸上顿时出现了笑容："你找我们卢队副呀，他到天津办事去了，这一两天就回来。我叫张仁，在宪兵队当排长，这封信我给你代交吧。"

"那就麻烦张排长啦。"谭平向孙明鞠了一躬。接着他指着嘴角流血的黄斌，不解地问："张排长，你们这到底是怎么回事啊？"

孙明一指黄斌："我们在街上看这小子不地道，就跟到这里，果然他腰上还别着这么个破匣子枪，八成是共军潜伏的特务，我们准备带回宪兵队审问。"

"误会呀，误会。"谭平拍着黄斌的肩膀，向孙明介绍，"张排长，这位是我的好朋友，保安司令部的黄斌副官。"

"周先生，你是上海金华楼的，怎么会认识他呢？"孙明故作惊异。

"我和他一道从青岛坐船来的，"谭平亲热地拉着黄斌的手，"黄副官可是个很够交情的人哪！"

"周先生，你既然这么说，那我就不带他了。等卢队副从天津一回来，我就和他一同来看你。"孙明说罢，向谭平点了点头，带着小郑和小于，扬长而去。

谭平望着孙明他们的背影，脸上掠过一丝不易觉察的笑意。

十一

黄斌一进自己的房间，就把腰里的匣子枪狠狠摔在桌子上，骂道："他妈的，这支破匣子枪，倒成了说老子是共军的证据，真是倒霉倒出花来，窝囊透啦！"

许田忙给黄斌倒了一杯茶，不知趣地问："黄副官，你的脸怎么啦，血乌血乌的？"

"滚，给我滚出去！"黄斌不耐烦地骂起来，许田吓得赶忙退了出去。

黄斌躺在床上，脸火辣辣地疼："宪兵队这些狗娘养的，仗势欺人。我长这么大还没吃过这样的亏呢！"骂完宪兵队，又在心里埋怨起吴雪梅来,"怪不得人家都说女人的心眼没有针鼻大,吴雪梅真是没事找事。自打上船,就对人家周兴国左试探右试探。给这号女人办事,倒八辈子霉了!"

这时,黄斌才想起还没有向吴雪梅汇报去金和楼的情况,他只好强打精神,站起来向丁玉先的公馆走去。

吴雪梅正在公馆的院子里散步。已是深秋了,秋风抽打着零零星星挂在树枝上的几片黄叶。地上满是枯叶,走在上面,发出沙沙的响声,给人一种静谧的感觉。

"看来又要来一次大的军事行动。那三千两黄金的事,丁玉先还一点儿没对我说呢,要是他也参加,还不知回不回得来,那可就不好办了……时间紧迫,我得赶快想办法把黄金拿到手……"

吴雪梅一个心思在考虑黄金的事,没有注意黄斌已来到身旁。

"吴主任,我回来啦。"黄斌恭敬地向吴雪梅敬了一个礼。

"啊,黄副官。"吴雪梅的思路被黄斌打断了,她抬起头来,吃了一惊,"哟,你的脸怎么了?"

"甭提了,窝囊透了!"黄斌硬着头皮把去金和楼的情况一五一十地说了一遍。

听完黄斌的话,一丝笑容出现在吴雪梅的脸上。她拍拍黄斌的肩膀,安慰说:"黄副官受惊了,你摸清了情况,这顿打也算没白挨,回去休息吧。"

黄斌答应了一声,便向大门口走去,可吴雪梅又叫住了他:"黄副官,你不是说周兴国到一顺天饭馆去了吗?打个电话问问,他是不是去了那里。"

黄斌来到办公室,拨了一顺天饭馆楼上特等房间招待台的号码,听筒里很快传出一个女人清脆悦耳的声音。

"我是'一顺天'楼上招待台,你找谁呀?"

"哦,沈小姐,我是黄斌,你好啊。"

"有什么事,黄副官?"沈秀文问。

"今天上午有没有一个从青岛来的年轻阔商在你们二楼吃饭？"

"年轻阔商？噢，你说的是不是上海金华楼的周先生？他在这里吃过早饭。黄副官，你打听他干什么？是不是想抱这个财神爷的粗腿呀？发洋财了吧？"沈秀文清脆的笑声从话筒里传了出来。

"沈小姐，你开什么玩笑。我发什么财？我他妈的发棺材！"黄斌摸不清对方的意思。

"哟，还怕别人知道啊。早上周先生来吃饭，我说金华楼的金戒指成色好，托他给捎一个。他说这次来只带了一个，在船上送给你了，有没有这事啊，黄副官？"听筒里又传出沈秀文咯咯的笑声。

黄斌窘迫地干笑了两声："沈小姐，别说了，以后我送你一个金戒指就是了。等周先生再到你们那里去时，你给我打个电话，我要宴请他。"

黄斌挂上电话，一回头，见吴雪梅正站在他身后，把他吓了一跳。他刚想说话，吴雪梅摆了摆手，说："我都听见了，你回去休息吧。"

吴雪梅回到丁玉先为她准备的房间里，刚进门，于春燕就把一份电报递过来，上面写道："昨夜零时，共军包围了鲁阳城，王耀武、范汉杰命李雄率部前去增援，你乘李外出之机，将东西搞到手，速返回。"

吴雪梅看完李贤良打来的电报，两道柳叶眉一扬，高兴地想："这正是诱逼丁玉先拿出黄金的好机会，等他开会回来，我就下手。"

她从于春燕手里拿过电报稿纸，写了起来："丁现正在李雄处开会，我按原计划诱丁就范，东西一到手，马上电告。梅。"写完，她向于春燕吩咐说："速速发出去。"

于春燕脑子灵，手脚麻利，收、发、译电报都比吴雪梅快，这几个字的电报,不过三分钟就发完了。

吴雪梅看着于春燕迅速地发完了电报,十分赞赏:"你没有辜负我对你的信任,你已经是个合格的电报员了。从现在起,有很多事我要亲自去办,你就在房间里守着电报机随时准备收青岛的电报。"

"吴主任,你放心吧。"于春燕恭顺地说。

"我这次到烽台,就你是我的心腹。"吴雪梅拉着于春燕的手,十分亲昵地说,"我的事情都不瞒你,你一定要守口如瓶,替我保密。我出去后,你就锁上门在屋里守着,防备丁玉先不死心,再来纠缠。"她见于春燕连连点头,又搂住于春燕的肩膀,甜言蜜语地说:"我一直拿你当亲妹妹看待,跟着我将来有你的福享!"突然,吴雪梅话锋一转,把脸沉了下来,"不过,你要是背着我接近公馆里的人,叫我知道了,我可饶不了你!你在我身边两年多了,我这个人你是知道的,人家敬我一尺,我敬人家一丈。谁要想在我身上找便宜,那我可也不是好惹的!"

于春燕正为无法与同志们取得联系而焦急万分,现在吴雪梅又不让她离开房间一步,于春燕越想越着急,眼泪夺眶而出。她为了掩饰自己,装出对吴雪梅感激不尽的样子,哽咽着说:"主任,你对我比亲生父母都好,没有你搭救,我早就不在人世了。你有大事在身,尽管放心去办,电报我耽误不了。你的事情,我就当什么也不知道,对谁也不说。"

吴雪梅十分满意,她一边用手帕给于春燕擦着眼泪,一边抚慰地说:

"春燕,你不用怕丁玉先。他知道你是我的心腹人,欺负你就等于欺负我。我一句话就叫他这个司令当不成……"

这时,桌上的电话铃响了,于春燕把话筒递给吴雪梅:"军座请你说话。"

吴雪梅接过话筒,娇滴滴、酸溜溜地说:"……我是雪梅,军座你好啊!……李市长叫我代问你好……哎呀,麻烦军座啦……那我就谢谢你了……"

放下话筒,吴雪梅乐滋滋地对于春燕说:"军座请我到他官邸去吃午饭。"说罢,她精心打扮了一番,提着小手提包,满面春风地下楼去了。

不一会儿,李雄的副官就坐着小轿车,把吴雪梅接走了。

十二

丁玉先从军部开完会回来,已经是十二点多钟了。他一下车,黄斌就把李雄来车接吴雪梅去吃午饭的事告诉了他。丁玉先没有吭声,没精打采地走进了餐厅。他喝了杯闷酒,又胡乱吃了些东西,就回到楼上卧室去了。

丁玉先躺在床上,吸了一阵白面,过足了烟瘾,然后坐在沙发上,闷闷不乐地唱了起来:"得势的狸猫如猛虎,落毛的凤凰不如鸡……"

正唱着,吴雪梅容光焕发地推门走了进来:"哟,丁司令好悠闲自在呀。战局这么紧急,你还有心思唱戏!"吴雪梅戏谑地说。

丁玉先一见吴雪梅那副妖艳的打扮,心里暗想:"这个骚娘们,又到李雄跟前去卖俏了!"他站起身来,让吴雪梅坐下,不满地说:"唱几句戏解解闷,我这个保安司令,就像推磨的驴,只有听呵的份,还有啥当头!"

"什么事惹你生这么大的气呀?"吴雪梅试探地问。

"李军座在酒席上,把情况都对你说了,还问我干什么?"丁玉先故意刺了吴雪梅一句。

吴雪梅好像没听出丁玉先话中的刺,她笑着靠近丁玉先,用眼瞟着他说:"是不是为军座叫你带人去袭击共军的政府机关、兵工厂的事?这还用发那么大的火!我在军座面前说你身体不好,他答应叫别人带队去也行。"

"我的姑奶奶,你可真有两下子,我算服你了!"丁玉先一听他可以不去共区了,高兴得一拍大腿,忘情地搂住了吴雪梅的腰。接着,他又小声地问:"你没跟军座说说黄金的事?"

"那还能不说?"吴雪梅站起来,在屋里来回走着,显出忧心忡忡的样子,"军座对这事抓得很紧。现在军饷奇缺,他命令你赶快把三千两黄金交出来,以作军饷之用。我嘴皮都快磨破了,军座就是不松口。我看你若是真受贿了这笔黄金,还是交出来的好,免得受军法惩处。"

"交个屁!"丁玉先火冒三丈,"李雄说我受贿了三千两黄金,他有什么证据?简直是血口喷人!"

"押在天津监狱里的大汉奸犯、烽台的伪市长白华南自己供出来的。"吴雪梅两眼紧逼着丁玉先,一字一顿地说。

"白华南想逃脱死罪,乱咬好人,我到天津当面和他对证。"丁玉先来个打肿脸充胖子。

"你别着急。军座对我说,为了慎重起见,他已经派宪兵队的卢队副到天津调查去了,三两天内就能回来,到时候就清楚了。"吴雪梅丢给丁玉先几句不冷不热的话。

丁玉先一听卢队副到天津调查他受贿黄金的事,好似迎头挨了一棒,跌坐在沙发上。

吴雪梅见丁玉先已到了进退维谷的地步,便逼问道:"丁司令,这受贿黄金的事,到底有还是没有,听军座的口气,等将来调查属实,非对你严惩不可。"

"这件事嘛……"丁玉先犹豫了一下,"我对你不敢说假话,确实我手里没有黄金。"

吴雪梅听出他已经开始松口了,心中暗喜,说:"丁司令,抗战时,胶东二十多个司令中,只剩下你没有被共军消灭。你是党国的有功之臣,就是受贿了几千两黄金,又有什么了不起!负责向日伪受降的官员,哪有一个不受贿的?只要上头有根子,受贿再多也没事。蒋委员长靠着他的嫡系部队打共军,哪把地方保安队放在眼里？我一看中央军拿着咱地方部队不当人，心里就难受。现在咱们是站在矮檐下，怎敢不低头啊！"

吴雪梅这一席话，说得丁玉先舒服极了。他心中暗想："受贿黄金的事也瞒不住了，干脆告诉她，看她有什么主意，反正我不说藏黄金的地方，谁也拿不去。"于是，丁玉先十分感激地拉着吴雪梅的手说："吴主任，你这些话可说到我的心眼里了。我丁某能有今天，全靠李市长和你的栽培。我对你说实话，鬼子投降时，我是收了白华南三千两黄金。现在军座追得这么急，你看在咱们多年交情的份上，帮我拿个主意吧。"

吴雪梅见丁玉先承认了，心中暗暗欢喜。她怕操之过急引起丁玉先对她的疑心，便故意沉吟了半晌，郑重其事地说："三千两黄金，事关重大呀。我一下子也拿不出个主意，回去好好想想，晚上咱们再商量。"

"好。"丁玉先表示同意，"我也要去开会，布置今晚去共区的行动。"

十三

谭平把黄斌送下楼以后，就回到了西院的宿舍里。下船后，他还没捞着休息片刻呢。谭平斜倚在床上，想到刚才把黄斌狠狠揍了一顿，心中有说不出的痛快。从他下船才一个多小时，黄斌就跟腚来探听虚实这点看，谭平感到要使吴雪梅对自己深信不疑，还须下很大工夫。谭平又想到了于春燕，想掌握吴雪梅的行动，还要靠她。不知她现在的情况如何？与王厨师联系上没有？小毕有没有把跟于春燕联系的事转告王厨师……

谭平正想着小毕，小毕就来了。没等谭平问，小毕就着急地说："事情麻烦了！我没和王厨师接上头。"

谭平一惊，忙问："怎么回事？"

小毕告诉谭平，今天中午他往丁公馆拉水，刚走到大门口就被站岗的特务拦住了。说从现在起，不准水车进院，而由他们自己把水一桶一桶抬进去。还听说以后掏粪也由他们自己干，不让外人再进公馆的大院。

谭平感到原来的设想被打乱，一时不知怎么办才好。他在地上来回走着，紧张地思索着应付这一突然变化的对策："看来眼下不能指望于春燕的情报了，现在只有尽快使吴雪梅相信我，才能掌握住吴的行动。"谭平停住脚步，对小毕说："你立即通知各秘密情报员，加强侦察，密切监视保安队的活动和公馆周围的情况，及时向我报告。"

"是。"小毕转身走了出去。

小毕走后，谭平考虑今天突然不让拉水的、掏粪的进丁公馆的大院，这肯定与吴雪梅的到来有关系。吴雪梅既然加强了公馆内的警卫，会不会在公馆外也加强戒备？于是，他决定自己亲自到保安司令部和丁玉先公馆附近去侦察一下，不摸清情况，行动起来就会吃大亏的。

谭平走出宿舍，到金和楼对金玉山说，有人找他，就说到八中去了。然后出了店门，连大喜拉着黄包车满头大汗地跑了过来。

连大喜拉着黄包车在去八中的路上走着，来到一处僻静的地方，见四周无人，便小声对谭平说："我刚从沈秀文那里回来。她告诉我，今天中午八军的参谋长请了三个师长去那里喝酒，听他们说今晚李雄要率一个师和一个团去鲁阳增援，丁玉先也要带保安队到解放区去骚扰破坏。"

谭平一听丁玉先今晚要带人去解放区，心想："吴雪梅为黄金而来，丁去生死难卜，吴雪梅绝不会坐等他回来后再下手的。她必定阻止丁前去，如阻止不住，她就必须在丁玉先走前把黄金弄到手。"想到此，一种紧迫感袭上心头，"一定要通过各种渠道严密监视丁玉先、吴雪梅的行动，千万不可贻误战机啊！"

黄包车来到了保安司令部门前的马路上。谭平见门口的岗哨增多了，往日保安队特务进进出出的大门，今日异常冷清，显出一种紧张的气氛。黄包车穿过丁玉先公馆后面的胡同，谭平发现新增加了好几个钉鞋的。他明白这是敌人增加了暗哨，加强了警戒。

连大喜拉着谭平在保安司令部和丁公馆前前后后转了一圈，四点多钟，二人才回到了金和楼。谭平经过一番思考，决定傍晚就把隐蔽的侦察员们集合起来，作好随时行动的准备。

谭平回到万国服装店的店员宿舍，见万成章和一个工人打扮的人坐在床沿上说话。那工人见谭平进了屋，马上站起来。万成章忙指着那人向谭平介绍说："这位是邢德清同志，在码头上出大力。他是我们的老情报员了，也是个老党员。"

谭平热情地握着邢德清的手："听老万说过，只是没见过面。你找我有事吗？"

"你不是叫我找人监视丁玉先的汽船吗？"万成章没等邢德清开口，就说，"我下午去找德清，跟他一说，太巧了，原来他侄子邢延林就在这条船上当班长，今天中午还来找过他，说要投解放军，叫德清帮他们拉拉线。这个情报很重要，我就叫他自己来好好跟你扯扯。"

"那就请你详细给我说说，好吗？"

谭平兴奋地问邢德清。

于是，邢德清便说了以下的情况：

邢延林四三年被丁玉先抓去当了兵。日本投降，丁玉先跑到青岛后，自己住在市里，部队却住在灵山岛上。邢延林便带一个班在汽船上管运输，来回接送丁玉先。前些天，邢延林从青岛押船到烽台，回家看了看。他听老婆说，人民政府和村干部对他家不仅不歧视，还非常关怀，老婆的病治好了，孩子也上了学。邢延林打心眼里感激共产党，加上他早就对丁玉先一伙祸害老百姓看不惯，因此想带领全班弟兄投奔解放军。今中午他去找邢德清，专门为这个事。

"你侄子这会儿在船上吗?"谭平问。

"今天早上丁玉先叫他给青岛来的吴雪梅当护兵,近几天不在船上。"邢德清说,"延林告诉我,丁玉先在青岛时常叫他给吴雪梅送鱼送虾。吴爱吃海蜇皮,延林常给她捞点,吴雪梅慢慢对延林有了好感。他说,这次是吴点名叫他去当护兵的。"

"这么说,你侄子还是吴雪梅的心腹人呢!"谭平有些失望。

"这你可说错了。"邢德清见谭平误解了自己的侄子,于是便叙说起邢延林的身世来:

邢延林家住烽台市郊的邢家庄,从小父母双亡,跟着邢德清长大。他在家时很有正义感,见穷人受欺负,总是愤愤不平。他被丁玉先抓走后,多次向邢德清透露过自己想投八路军的念头。当时邢德清已是地下党员,他见延林可靠,便动员他留在丁玉先那里,叫他搜集敌人的活动情况。从那以后,邢延林给邢德清送过好几次情报。日本投降时,由于丁玉先跑得急,邢延林没来得及说一声就跟着到了青岛,这个关系也就断了。

"这么说邢延林是身在曹营心在汉喽!"谭平兴奋起来,但又有些不放心地说,"这两年的情况你也不了解,他既然能得到吴雪梅的赏识,会不会是变了?"

邢德清一听,笑了:"你和我想的一样。我仔细问过他,他常捞海蜇皮去送,是吴雪梅的使女春燕姑娘叫他干的。"

"于春燕叫他干的,他们之间很熟悉吗?"谭平越听越高兴。

"据延林说,当年春燕姑娘被丁玉先抓去成亲,春燕宁死不从悬梁自尽,那晚正是延林站岗,把她给救了下来,还把吴雪梅要她去当使女的消息告诉了她,使春燕打消了寻死的念头。春燕感激延林的救命之恩,延林每次去吴雪梅那里,春燕都跟他亲热地说几句话。春燕叫延林常给吴雪梅送些海味,特别是多送点海蜇皮来,延林就照着办了。他说春燕是个有心计的姑娘,她这么做准有她的用意,只是人家没说,延林也不便打听。"

邢德清这一番话,好似一阵清风,吹散了谭平心头的疑云。

邢延林是可以信任的，有了他，我们与于春燕和王厨师联系的渠道就可以接通了。真是踏破铁鞋无觅处，得来全不费功夫！谭平紧紧握着邢德清的手，感激地说："你来得太及时了！今晚你一定想办法告诉延林班长，叫他按照联络暗语和于春燕、王厨师接头。现在情况紧迫，有情况叫他直接到金和楼来找我。等消灭了丁玉先这帮匪徒，他和全班的弟兄都将成为光荣的解放军战士！"说着，谭平把联络暗语告诉了邢德清。

十四

天黑下来，吴雪梅和丁玉先在会客室里，嘀嘀咕咕研究对黄金的处理办法。最后决定，明晚他俩一块坐船去取暗藏的黄金，然后将船直接开到青岛，让丁玉先先在李贤良处躲藏一阵，避避风头再作打算。

这事商量定后，吴雪梅心头的一块大石头落了地。她乐悠悠地回到了自己的房间，于春燕赶快端上一盆洗脚水，吴雪梅边洗脚边对于春燕说："你给李市长发个电报，就说东西明晚到手，后天即可返回。"

于春燕迅速地把电报发了出去。

吴雪梅上了床，合着两手，把头搁在手上。"好好睡一觉吧，丁玉先已经上了圈套，明晚三千两黄金就到手了。"她这样对自己说着，闭上了眼睛。也许是太兴奋，过了许久，她也没睡着。

吴雪梅和李贤良在青岛定计，打算借李雄向丁玉先追逼黄金之机，以帮助丁玉先把黄金换成美元存到青岛的美国银行里为诱饵，哄骗丁玉先把黄金拿出来交给吴雪梅带回青岛，李雄那边由吴雪梅搪塞过去。但是中午的酒席上，吴雪梅得知李雄派丁玉先去共区，便立即改变了主意，决定诱逼丁玉先带着黄金跟她一起到青岛去。只要到了青岛，处置丁玉先一个光杆司令还不是轻而易举。吴雪梅对自己随机应变的手腕十分满意，简直自我陶醉起来了："丁玉先呀丁玉先，你再奸猾，也不是老娘我的对手！"

这时，吴雪梅又想起了金华楼的周兴国，无论如何走以前得把他是真是假搞个明白。吴雪梅决定，若明天一顺天请客再查不出可疑之处，那就认了这个兄弟。三千两黄金到手后叫他带到上海去，反正李贤良这个市长也当不长了，得把后路早点安排好。吴雪梅就这么一会儿想东，一会儿想西，折腾到半夜才睡着。

于春燕躺在床上也翻来覆去睡不着。吴雪梅明晚就要去取黄金了，可到现在还没有和谭平取得联系，情报再送不出去，就要耽误大事了！于春燕心急如焚。她想来想去，在这里能接近的人除吴雪梅外，就只有黄斌和邢延林了。想到邢延林，于春燕心里一亮，能不能叫他把情报送出去呢？从两年多来与邢延林的接触中，感到他是个可以信赖的好人，但他并不是地下党组织介绍的关系，所以于春燕从未向他透露自己的身份。

"实在没有办法，只好叫邢延林把情报送出去了，可他敢不敢送呢？"于春燕心想，但她马上又否定了自己的这个想法，"不行，邢延林即使敢送，他也不知道送到哪里呀！"于春燕辗转反侧，想不出一个好办法，急得出了一头汗。她忽然想起吴雪梅在下船时，说过明天要请谭平到一顺天饭馆吃饭，"有办法啦，叫邢延林利用给吴雪梅当警卫的机会，把情报交给谭平！"于春燕反复考虑了两遍，感到这样做是有点冒险，但事到如今，也只有这么办了。于是，她装作上厕所，披衣下了床。到厕所后，她迅速写好了情报，准备明天早上邢延林来送饭时，把情报交给他。

天一黑，侦察员们就乔装成国民党的士兵，分头到八军和保安队驻地周围，监视敌人的行动。

阴历九月下旬的夜晚，上半夜没有月亮，天阴沉沉的。市内的路灯半明半暗，胡同小巷一片黑。

孙明和小毕隐蔽在丁玉先公馆右面的一条小巷里。他们一边注视着丁公馆的大门,一边观察斜对面保安司令部门前的动静。

待了不大工夫,孙明和小毕看见三辆大卡车开到了保安司令部门口。接着,一队保安队匪兵从大门里走出来,乱纷纷地上了车。只听一个人对司机吩咐道:"车开到第一道防线金山寨。"又听司机对那人说:"侯队长,怎么今天你也坐大车啦?"

"丁司令不去,老子不坐大车坐什么!"那人没好气地说,接着便钻进了驾驶室。

三辆卡车响着喇叭,亮着大灯。借着灯光,小毕暗暗数着车上的人数,每辆三十多人。

汽车开走了。孙明和小毕全神贯注地盯着丁公馆的大门口,过了半个来小时,也没见吉普车出来。

他俩回到万国服装店的店员宿舍。一进门,谭平就迫不及待地问:"丁玉先走没走?"

"你估计得对,没走。"孙明把刚才侦察的情况对谭平说了一遍。

谭平把敌人今晚的行动情况拟成一份电报稿命小毕马上送给成万章发往旅部。然后他和孙明坐在灯下,仔细分析面前的情况。他俩都认为,丁玉先不去参加这次行动,很可能是要乘李雄不在烽台的时机,去取出那三千两黄金。看来,吴雪梅、丁玉先围绕着这笔黄金的行动即将开始。

当谭平、孙明研究完第二天的行动计划时,已是深夜了。两人上床没有五分钟,孙明就打起了呼噜。谭平和衣躺在床上,他头发沉,两眼发涩,真想美美地睡上一觉。但情况紧急,一种高度的责任感使他怎么也睡不着。他在心中默默地对自己说:"明天演好'一顺天'饭馆这场'戏',是实现黄金计的关键,千万不可出纰漏啊!"

谭平反复设想着明天可能出现的种种情况,以及吴雪梅可能玩什么鬼花招。当他想到明天有沈秀文协助来"演"这出"戏"时,心逐渐踏实下来。"小沈胆大心细,有她在,假的就和真的一样了。"谭平想着,眼前就出现了沈秀文那张眉清目秀、一笑两个酒窝的鹅蛋形脸庞。

谭平是1943年与沈秀文认识的。当时他在东海军分区司令部侦察队当排长,沈秀文就是他带着一个班护送到烽台情报站去的。这次我军撤出烽台,谭平留下领导行动组在敌人心脏里的战斗。沈秀文就在谭平的直接领导下,利用饭馆女招待的身份,为我军搜集情报。别看沈秀文在人前整天笑盈盈的,她可是个苦大仇深的姑娘呢!

沈秀文是文登昆嵛山人,她父母都是参加胶东1935年"一·一四"暴动的老党员。暴动失败后,党组织为了保存革命力量,派她父母到大连北面的瓦房店镇开了个小店,作为我们的联络点。那年沈秀文才十岁,在镇子里上小学。由于当时东北在日本人的统治下,学校里念日文书,因此她学会了日语。1942年旧历除夕,由于叛徒的告密,沈秀文的父亲被日本警察抓去,活活地打死了。她母女二人在地下党组织的帮助下,好不容易才回到了胶东老家。这时,正巧东海军分区政治部敌工科要物色一个成分好、长相漂亮、会说日本话的年轻姑娘,打入烽台大饭馆当女招待,县委敌工部就把沈秀文介绍了去。经过半年的训练和政治教育,她成为一个合格的秘密情报员,并加入了中国共产党。1943年她被地下党组织介绍到烽台最大的饭馆——"一顺天"当招待。她怀着满腔仇恨,与敌人巧妙周旋,搜集了大量重要情报,工作得十分出色。日本投降我军占领烽台后,党组织为掩人耳目,以她为日本人办事,实行劳改教育为名,将她调到渔行腌鱼。而这次国民党占领了烽台,组织上又派她回到"一顺天"工作。

沈秀文整日在形形色色的敌人面前逢场作戏,强作欢颜。为了党的工作,她忍受着"汉奸""骚娘们"的骂名,从不向别人诉说自己心中的委屈,只有那条白手帕上绣着的"向日荷花",表白了她的心迹。

想到这些,谭平敬佩地自言自语说:"一个姑娘家能这样,实在是不简单啊!"想着想着,谭平蒙蒙眬眬地睡着了。

"还不快点起来,太阳晒到屁股了。"孙明掀开谭平的被子,大声说。

谭平一看表,六点多钟了。他赶忙翻身下地,然后就按照昨晚的计划,和孙明、小郑一起准备"化装"。谭平见小郑皮鞋擦得不亮,就叫他重擦。对这些小事,谭平从不马虎。他深知一个侦察员在与敌人打交道时,稍有疏忽,就会带来意想不到的严重后果。

吃过早饭,孙明和小郑就到一顺天饭馆去了。谭平站在金和楼的大门口,看到往日那些在街上逛荡的国民党军官、士兵,来回乱窜的背短枪的特务,几乎都不见了。只见装满弹药的大卡车,不断地向市外开去。谭平回身上楼,走进金玉山的办事室,在窗前坐了下来,等候吴雪梅的到来。

十五

十点多钟,金玉山领着吴雪梅走上楼来。金玉山推开办事室的门,对谭平说:"周先生,这位小姐在楼下打听你,我把她领上来了。你们认识吧?"

"认识,认识。"谭平急忙站起身来,点头笑着说,"这是昨天和我坐一趟船来的王老师。"

"那你们说话吧,我楼下还有事情。"说完,金玉山退了出去。

吴雪梅仍是船上那副打扮,只是换了一件阴丹士林布的小旗袍。谭平把她让到沙发上,关心地问:"你姨妈可好啊?"

"谢谢周先生的关心,我姨妈听我说了船上的事,对你可感激啦,一定要我代她向你道谢。"吴雪梅看着谭平,微笑着说,"周先生,下船时咱们就说好了,今天我请你到一顺天饭馆去吃饭，你没忘吧？"

"王老师真是言而有信啊。"谭平客气地推辞说，"船上那点小事，不足挂齿。王老师的盛情我领了，这顿饭我看就免了吧。"

吴雪梅抿嘴一笑："周先生，今天这个客我是请定了，你若不去，就是看不起我。"

"好，好，恭敬不如从命，那我就听你安排啦！"

"只要周先生赏脸，我就高兴了。"吴雪梅看了看手表，"快十一点了，咱们走吧。"说着，她站起身来。

谭平笑着点了点头，便和吴雪梅一同走下楼去。

二人一出金和楼的门，连大喜和高成安就拉着黄包车跑了过来。谭平让吴雪梅上了高成安的车，自己上了连大喜的车，然后说了声"到一顺天"，两个"车夫"便抬起车杆，跑了起来。后面，特务班长邢延林带着两个士兵，远远地跟踪着。

今天，谭平身穿淡米色西服，头戴银灰色礼帽，脚穿明光锃亮的尖头皮鞋，还戴着墨晶眼镜，显得既阔气，又潇洒。他坐在黄包车上，悠然自得地望着来往行人，"车夫"不断地按着"哇——哇——哇"的喇叭，穿过行人，向"一顺天"跑去。

一顺天饭馆，是烽台第一家大饭馆。据说它是民国初年一个资助过辛亥革命的华侨富商创办的，已经有三十多年的历史了。烽台市的头面人物，来烽台的军政官员，都爱到这里吃吃喝喝。饭馆大门里边悬挂的那块"一顺天"大匾，就是当年冯玉祥来烽台到这里吃饭时亲笔书写的。这饭馆是一座两层的古楼式建筑，楼下是一般客人吃饭的大餐厅，楼上全是单个房间，专供有钱人使用。

黄包车来到了"一顺天"饭馆的大门口，谭平和吴雪梅下了车。谭平对两个"车夫"说："你俩在门口等着，我们吃完饭还坐你们的车回去，车钱回去付。"说罢，他掏出两包美国红圈烟扔给连大喜和高成安。

"谢谢先生。"连大喜和高成安同声说。

谭平和吴雪梅走进了"一顺天"的大门,站在门里边专门迎接客人的二掌柜,点头哈腰地把他俩让上楼去。

沈秀文见谭平和吴雪梅上了楼,急忙从招待台后面走了出来。她满脸带笑,迎上前来:"周先生,今天你请客吗?"沈秀文主动向谭平问道。

吴雪梅急忙上前说:"不,今天是我请周先生。"

谭平指着吴雪梅向沈秀文介绍:"这位是青岛一中的王老师,昨天我们一趟船来的。"接着,他又指着沈秀文对吴雪梅说:"这是沈小姐,昨天早上我来吃饭认识的。"

沈秀文热情地和吴雪梅握手,二人互相问好。

吴雪梅问:"沈小姐,有上等房间吗?"

"往日这个时间,好房间早叫大官们占满了,今天不知怎么回事,他们一个也没来。就这个房间有两个八军的弟兄。"说着,沈秀文撩起一个房间的门帘,谭平看见孙明和小郑坐在里面。沈秀文放下门帘,把二人领进尽东头的一个房间。

沈秀文送上菜单,边擦桌子边对谭平说:"周先生,你可真有口福,昨天晚上商会的隋会长请你,今天王老师又请你。"

吴雪梅把菜单摊给谭平,叫谭平点菜。谭平笑着对吴雪梅说:"我看就叫沈小姐把烟台的名菜端几样来尝尝吧。"

"也好,那就有劳沈小姐啦!"吴雪梅看着沈秀文,客气地说。

"不必客气。"沈秀文爽快地答应着,风快地走出了房间。

接着,另一个女招待走进来,摆好了餐具,拿来了两瓶烟台名酒"白兰地"和"味美思",又端上一盘热毛巾,请谭平、吴雪梅擦擦手。

不大工夫,沈秀文就端上了姜汁螃蟹、红烧干贝和一个海味俱全的大拼盘。吴雪梅给谭平和自己杯里斟满了酒,举起酒杯道:"周先生,你今天可要多喝几杯呀。我们女人不会喝酒,请你谅解。"

谭平端起酒杯:"王老师,我的酒量也不佳,我尽量喝就是了。"

吴雪梅呷了一口酒,吃了几口菜,说:"周先生,你在船上说的找你哥嫂的事,我昨天问了姨妈。她说是有这么两个人,抗战开始时就走了,现在在哪里不知道。"吴雪梅停了一下,看着谭平问,"周先生,你哥嫂从八中走的时候,就没给家里写封信说说?"

谭平想了一会儿,慢慢地说:"我被征富户兵离家的前几天,好像记得我哥嫂来过一封信。信上说他们要到山东省政府沈主席那里去参加抗战。"

吴雪梅点了点头,刚要再问什么,沈秀文端着一个盛鱼的大宾盘走了进来。她一边往桌子上放,一边笑盈盈地说:"这是我们饭馆的拿手名菜——清蒸加吉鱼。吃的时候还有个讲究呢。"

谭平忙问:"沈小姐,吃个鱼还有什么讲究?"

"加鱼头,鲅鱼尾嘛。吃加吉鱼时把鱼头和鱼刺先拣出来,留着余个汤喝,比吃鱼肉还鲜呢!"沈秀文十分殷勤地介绍着。

谭平很感兴趣,马上夹下了鱼头,吴雪梅也把大鱼刺挑了出来。谭平把一大块鱼肉放进嘴里,边嚼边称赞:"真鲜,名不虚传。"

沈秀文接住话茬:"周先生觉着好吃,那就多来照顾我们吧。"

"以后有机会再来吧,我明天就走喽。"

吴雪梅吃惊地问:"怎么这么快就走,不多住几天啦?"

"在这待着干什么?今天早晨市南面枪炮直响……"谭平叹了一口气,"唉,还是早点离开这里为妙。"

沈秀文在旁边有些不好意思地插嘴说:"周先生,我昨天托你买个金戒指的事,你可别忘了啊!"然后,她看了吴雪梅一眼,"对了,钱我已经凑好了,我这就去拿给你。"说完,她便急急走出了房间。

吴雪梅看着沈秀文的背影,不满地嘟囔了一句:"这些女招待净给客人找麻烦。"

没过两分钟,沈秀文就轻盈地走了进来,她把一叠关金券递给谭平,甜甜地笑着说:"你数数,够不够?"

"沈小姐,你急什么,等捎来再给钱也不晚嘛!"谭平推辞着。

"你拿着吧,省得我再捎呀寄的。"沈秀文把钱硬往谭平手里塞。

"哦,你是怕我不给你买呀,好,钱我先收下。"说着,谭平掏出钱夹子,一打开,十几张美元和一张照片掉了出来。

沈秀文赶快弯下腰把美元和照片拾了起来。她拿着照片看了看:"哟,周先生,这是你和太太的照片吧?你太太长得可真俊哪!"她清脆地笑了起来,脸上那对好看的小酒窝也盛满了笑意。

"不是,不是。"谭平连忙摆了摆手,"这是我哥嫂的结婚照。"

吴雪梅的目光立刻投向了照片。

"周先生,你可真像你哥,我还当这是你呢。"沈秀文微笑着,有些不解地问,"你怎么不带自己的照片,而带着你哥嫂的呢?"

谭平脸色忧郁,难过地说:"沈小姐,你有所不知。我就兄弟俩,哥嫂刚结婚就参加抗战去了,以后音信全无。我不管到哪儿,身上都带着这张照片,为的是好打听他俩呀。"谭平看着沈秀文,像突然想起了什么,"对了,沈小姐,你在这大饭馆里见的人多,你帮我留心看着,见了和照片上模样差不多的人,替我打听打听。"

"行啊",沈秀文热情地答应着,"那我再仔细看看照片。"她拿着照片,横看竖看了一阵,突然把眼光射向吴雪梅,惊讶地叫了起来:"我怎么看王老师和你嫂子长得一样?"

"是吗?"谭平也把目光投向吴雪梅,见她脸色发红,肌肉微微颤动,在两双眼睛的探询下,如坐针毡。

吴雪梅避开沈秀文和谭平惊异的目光,勉强笑着说:"天下还有这样的巧事,拿来我看看。"

沈秀文把照片递给吴雪梅。吴雪梅两眼紧盯着照片看了一会儿,淡淡地说:"还真是有点像。"接着她把照片还给谭平,岔开话题,"吃饭吧,找你哥嫂的事,咱们以后再谈。"

二人默默地吃了饭,吴雪梅付了钱。她凑近谭平,说:"我还有点事想和你谈谈,到我姨妈家坐坐好吗?"

"别打扰你姨妈了,你要有事,咱们就到金和楼谈吧。"谭平心里高兴,嘴里却平淡地说。

"那也好。"吴雪梅装作要上厕所,"周先生,你稍坐一会儿,我去去就回。"然后就下了楼。

谭平从窗上看见,吴雪梅在院子里跟一个高个子的人说了几句话,那人点了点头,便向大门口走去。

"他就是邢延林吧。"谭平望着那人心想,"不知他叔叔昨晚跟他说了没有?得赶快和他取得联系,于春燕那里的情报太重要了。"

这时,吴雪梅回来了。谭平和吴雪梅一起出了饭馆,沈秀文一直把他俩送到了大门口。

十六

谭平和吴雪梅回到金和楼,金玉山把二人领到楼上的一个房间里。这个房间布置得十分豪华,显然是专为来柜上的高级客人准备的。

金玉山给谭平和吴雪梅每人泡了一杯龙井茶,又从大柜里拿出糖块、烟卷和一盘五香瓜子,然后对谭平说:"周先生,上午你和这位小姐刚走,商会的隋会长就来了电话,说今天晚上还要请你吃饭,顺便再商量一下随你到上海去的事情。"

"这个隋会长,一天到晚缠着我。"谭平不耐烦地对金玉山说,"你给他回个电话,就说我今晚不去打扰了,感谢他的盛情。至于去上海的事,等我有时间请他到这里商谈。"

金玉山向二人点了点头,便退了出去。

吴雪梅等金玉山出了房间,便立即走到房门口,手扶门框,探头向走廊两头看了看,然后关上房门,小声问谭平:"周先生,这楼上清静吗?"

"怎么,王老师对这个地方不放心?有人来的话,金掌柜会来告诉的。"

"那就好。"吴雪梅坐了下来,端起茶碗,喝了一口茶,解释道,"我不是不放心,是不愿有人来打扰。"她眼珠转了两下,笑着对谭平说:"真有意思,刚才一顺天那个女招待说我长得像你嫂子。叫她这么一说,我对那张相片很感兴趣,你能不能把相片再给我看看?"

"那有什么不能的,我带着这张相片就是给人看的。"谭平掏出钱夹子,抽出照片,双手递给吴雪梅,"你长得可真像我嫂子。要是你真是我嫂子,那该多好啊!"谭平的话语里充满了感情。

吴雪梅接过照片,反复看了半天,好像不在意地问:"你哥嫂这张相片是什么时候的?是寄给你的吗?""民国二十六年秋天,他们结婚时照的。"谭平张口就来,"当时我还在家,相片是寄给家里的。抗战胜利后,我哥一直没音信,父亲急得要命,就把相片寄给了我。他说我一年到头在外边跑,兴许能找到我哥嫂。这几年,我是走到哪儿问到哪儿。"谭平说完,见吴雪梅默不作声了,于是决定主动进攻,不容吴雪梅再耍新的花招。

谭平作出迟疑的样子,吞吞吐吐地说:"王老师,我有句话,不知当说不当说。"

吴雪梅把目光从照片移到谭平脸上："你有什么话就尽管说嘛。"

谭平单刀直入："我冒昧地问一句，你是不是我嫂子王素春？"

吴雪梅浑身一震，嘴唇动了两下："我，我……"

谭平乘吴雪梅犹豫之机，走上前去，叫了一声："嫂子！我认准了！"

吴雪梅的疑虑随着这一声亲切的呼唤飞到九霄云外去了。她怔了一下，上前拉住谭平的手，激动地说："兴国，我的兄弟！"说完，眼圈红了。

谭平暗暗松了一口气："吴雪梅呀吴雪梅，你到底上钩啦！"他十分尊敬地扶吴雪梅坐下，着急地问道："嫂子，我哥呢？他现在干什么？"

"你哥……你哥他早就不在人世啦！"吴雪梅的眼泪流了出来。

"什么，我哥……嫂子，你快说，我哥怎么回事？"谭平装作十分震惊的样子。

"我不愿提你哥的事，一想起这些心里就难受。"吴雪梅拿起茶几上的烟卷，抽出一支叼在嘴上，谭平打着火，给她点上了烟，吴雪梅抽了两口，振作了一下精神，便说起了这段往事：

吴雪梅，也就是当时的王素春，与她的丈夫周国华都是烽台第八中学的学生。他俩在学校时就由经常来给他们上党务课的烽台市党部的书记长李贤良介绍，加入国民党。抗战开始，王素春和周国华结了婚，二人随着李贤良到了国民党山东省政府，当上了特务。后来国民党掀起反共高潮，李贤良又到胶东当了鲁东行署主任兼保安司令。王素春给他当随身秘书，从此改名吴雪梅。周国华则给李贤良当了卫队营的营长。1941年春，周国华带着一个卫队连保护李贤良到鲁阳万地去开"反八（八路军）联军会议"，中途中了八路军的埋伏，中弹身亡。

吴雪梅叙述完这段往事，悲痛地说："你哥死得真惨哪！连尸首也没找回来。我从那天起，一刻也没有忘记给你哥报仇。等消灭了共军，我一定给你哥出个像样的大殡！"

谭平咬着牙说："我们周家与共产党有不共戴天之仇。去年共产党搞土改，说咱爹当乡长，有血债，把爹枪毙了。我哥又死在共军手里，我不报此仇，誓不为人。"

吴雪梅撸下手指上的金戒指，递给谭平："兄弟，你看看这个戒指上的戳记。"

谭平接过金戒指，只见上面印着"民国二十六年，烽台金和楼制"。

"这是我和你哥在结婚的前一天，从这柜上买的，当时买了两个，你哥戴一个，我戴一个。"吴雪梅叹息地说，"俺俩山盟海誓，夫死妻不嫁，妻死夫不娶，我到今天一直信守着那些誓言！"说着，她又抽抽搭搭地哭了起来。

谭平心里骂道："这个破娘们，又当婊子，又想树牌坊。"但嘴里却说："有你这样贞节的嫂子，是俺周家的荣耀。我哥在九泉之下，也感你的恩德！"

谭平见吴雪梅还在哭鼻子抹泪，便劝慰道："嫂子，你也别难过了。常言说，人死如灯灭，过去的事咱就不提它了。"接着，谭平便把话题一转，"嫂子，我问你，我在船上就告诉你了我找哥嫂的事，你怎么一直不认我这个兄弟？你对我试探来试探去，是不是把我当成共军了？"

吴雪梅脸一红，神情十分窘迫："兄弟，你千万别多心，因我从来没有见过你，怕中了共军的冒充之计。你嫂子干的这行买卖，就是针鼻大小的事，一不谨慎，就有掉脑袋的危险啊！"

"嫂子说的也是。"谭平关心地问，"眼下烽台时局不稳，人家跑都跑不及，你这个时候来干什么？"

"我这次是应丁司令的邀请，来整顿政训处的特务工作。你嫂子如今还当着政训处主任这么个官呢！"吴雪梅自命不凡地说。

"嫂子,你还真有本事,我哥眼力不差啊!"谭平给吴雪梅戴了顶高帽,然后他神秘地说:"昨晚隋会长请客,我听有人说丁司令在向日伪军受降时,受贿了三千两黄金,你说这是真的吗?"

吴雪梅咬着下嘴唇迟疑了一下,说:"兄弟,不瞒你说,我这次到烽台,就是为了这三千两黄金,要不我何苦在这炮火连天的时候来冒这个风险!"吴雪梅决定把底亮给"周兴国"。

"这么说,丁司令还真有受贿黄金这码事了。哎呀,现在蒋委员长对这种事可追查得紧呀。"

"要不是追查得紧,丁玉先还不告诉我呢!"吴雪梅说到这里,气愤起来,"这个老滑头,过去一直对我守口如瓶,这次叫李军座追逼得走投无路,才不得不把我搬来,叫我给他拿主意。"

"嫂子深谋远虑,定有高见。"谭平恭维道。

"丁玉先把黄金藏在海里,我们准备坐船去取出来,然后运到青岛。丁玉先在我那里避避风,他答应金子与我平分。"

"平分?那不是太便宜丁玉先了!嫂子,这事你可得好好思量思量。"谭平既亲切又懂行地说,"三千两黄金,这可是一笔大财呀!按上海现在的价格,能换四五十万美元。如今在上海,花两万美元就能买一座小洋楼,五千美元就能买一辆美国高级小轿车。这笔黄金若是全部归了你,就是打着滚花,一辈子也花不了呀!"

"兄弟,你说到嫂子的心眼里去了。"吴雪梅得意地瞟了谭平一眼,"嫂子就那么傻,到了青岛就由不得丁玉先了。"

"丁玉先就能乖乖听你摆布吗?"谭平在吴雪梅的兴头上泼了一瓢冷水,"丁玉先要是拿了黄金,不到青岛,而逃到别处,你一个女人家能把他怎么样?到那时别说黄金得不到,就是你的性命我看也难保啊!"

"这……"吴雪梅打了个寒战，醒悟过来，"你这一说，倒真是提醒了嫂子，丁玉先一肚子坏水，我不能不防啊！"

吴雪梅有些着急起来，她望着谭平，目光中有乞求，有信赖："兄弟，你不是当过军人吗？你看怎么办好？"

谭平站起身来，从烟盒里抽出一支烟卷，吴雪梅赶忙拿过打火机，给谭平点着了烟。谭平在房间里踱来踱去，大约有吸半支烟的工夫，他停下脚步，望着吴雪梅缓缓地说："有备才能无患，你得作两手打算，我看……"

这时，有人轻轻敲了两下房门。谭平打开门，见金玉山站在门口，便问："金掌柜，有事吗？"

"隋会长来找你，我叫他在楼下会客室里等着。"

"真讨厌！"谭平装出无可奈何的样子，对金玉山说，"金掌柜，你陪王老师坐坐。"

谭平下了楼，一进会客室，就见孙明和一位穿大袍的高个陌生人坐在沙发上。他一看这人正是上午跟吴雪梅到一顺天去的那个护兵，心里便明白了。没等那人开口，谭平就上前握着那人的手，笑着说："如果我没猜错的话，你就是邢延林先生吧。"

"你怎么知道？"邢延林吃惊地问。

"你叔昨天晚上来找我，把你的情况都说了。怎么，他没去找你吗？"谭平问。

"从昨天开始，公馆里不准任何外人进去。"邢延林想了一下，"怪不得我从一顺天回公馆时，门岗说我叔来找了我两趟呢。"

"那你怎么知道到这里来找我？"谭平疑惑起来。

"于春燕叫我来的。这两天可把她急坏了！"邢延林把一个小纸卷掏了出来，"叫我单独交给跟吴雪梅一起吃饭的周先生。在一顺天，我一直没找着机会。后来吴雪梅叫我回去告诉春燕，有电报送到金和楼来。我回去一说，春燕就叫我到这里来找你。"

"好个机灵的姑娘!"谭平心里暗暗赞叹。他打开纸条,见上面写着:"吴已电告李,今晚黄金即可到手,明日返青。燕。"

"原来今天晚上丁玉先、吴雪梅就要去取黄金。吴雪梅这个狡猾的狐狸,到现在还不说行动时间。"谭平想着,感激地握着邢延林的手说:"你送的情报太重要了!对我们的帮助太大了!"

邢延林眼含热泪,激动万分:"你们需要我干什么,尽管盼咐,就是掉脑袋我也不怕。"接着,他又想起了一件事,"听说到解放区去的一百多保安队员都被解放军收拾了。李雄的增援部队也伤亡很大,中午就运回了两千多伤兵。"

谭平拍了拍邢延林的肩膀:"欢迎你和我们一起消灭丁玉先、吴雪梅。"然后,谭平向邢延林询问了班上士兵和船上的情况,又迅速拟好一份电报稿,叫邢延林回去交给于春燕抄写出来,再送到这里直接交给吴雪梅。

邢延林点了点头,便从后院的便门急匆匆地走了。

邢延林走后,谭平对孙明说:"今晚敌人就要行动了。你快去问问老万,到临海县委敌工部去的同志回来了没有?丁玉先的汽船是从团山口抓去的,我昨天叫他派人去了解船上有没有我们的同志。"谭平又和孙明简单地商量了下一步的行动,然后急忙回到了楼上。

十七

谭平回到楼上房间,金玉山便退了出去。吴雪梅迫不及待地问:"隋会长来干什么?"

"还不是为他那笔黄金的事,这些人消息可真灵通!"谭平还告诉吴雪梅,隋会长听说八军的增援部队伤亡惨重,丁玉先派到共区的一百多人也都被消灭了,因此不想近日去上海,求他把五百两黄金先带到上海去，以备烟台不保时，隋会长带着全家到上海避难时用。

"嫂子，你看现在不管是大小官员，都在为后路打算呀。"谭平说完，观察着吴雪梅的神色。

这句话正触到吴雪梅的痛处。党国的江山已支离破碎，李贤良这个靠山也朝不保夕。她叹了口气："是呀，我也得打算打算退路了。识时务者为俊杰嘛！"

"要退也得把这三千两黄金先弄到手。有了钱，不当官也照样享清福。"谭平给吴雪梅打气，"嫂子，咱还是商量去取黄金的事吧。"

"对，对，都是那个该死的隋会长给打断了。兄弟，你赶快接着说。"吴雪梅精神头又上来了。

谭平咬咬牙，发狠地说："我看只有一个办法：先下手为强！黄金一到手，就把丁玉先干掉！"

"把他干掉？"吴雪梅大吃一惊，"兄弟，他有那么多护兵保着，我怎么能把他干掉？"

谭平摆出一副军人的派头，一本正经地问吴雪梅："嫂子，你在保安司令部里有多少心腹人？丁玉先手里还有多少部队？"

吴雪梅在心里量量这个，掂掂那个，想了半天，丧气地说："我看只有于春燕是我的心腹人。另外，特务班的邢延林班长很听我的话。"

谭平在心中暗暗发笑，他接着问："邢延林这个班现在干什么？"

"他们刚从青岛押船回来，现在在码头上看船。"这时，吴雪梅眼睛一亮，"对了，今晚就是坐这个班管的那条船去取黄金。"吴雪梅有些高兴起来。

"怎么，你今天晚上就和丁玉先一块去取黄金？"谭平问。

吴雪梅自知说漏了嘴，但她此时已不想再向这个"兄弟"隐瞒了。她敲了敲脑门："对，就在今天晚上。刚才我忘了告诉你。"

"哎呀，你不早说，时间很紧了！你赶快再算算丁玉先还有多少部队。"谭平催促着。

吴雪梅扳着手指头，嘴里小声嘀咕着：

"丁玉先往上报的是五百，实际上也就有三百来人。这次随八军进攻烽台，伤亡五十多。烽台东西南北四个岗卡，每个岗卡一个班；看船的又一个班，这又得去五十多个兵。昨晚给八军增援部队当向导的四个班，再去掉这次被共军消灭的那一百多……"吴雪梅算着算着，高兴地一拍大腿，"丁玉先就剩下七八十个兵啦！再去掉伙夫、病号和岗哨，能打仗的顶多三十来个。"

"你这一算，丁玉先不就快成了光杆司令啦！"谭平也高兴起来，"嫂子，你真有福气。共军消灭了丁玉先这么多部队，倒给你帮了大忙啦！"

谭平专拣过年的话说给吴雪梅听，说得她心里美滋滋甜丝丝，捂着嘴咯咯笑了起来。

这时有人敲门，金玉山推门而入，说："有位姓邢的先生来找王老师，说有急事。叫他上来吗？"

谭平用询问的目光看着吴雪梅。

"准是邢延林。"吴雪梅望着谭平，"他可能有急事向我报告，叫他上来吧。"

"把邢先生领到这个房间里来。"谭平吩咐完，金玉山马上下楼去了。

谭平很有礼貌地向吴雪梅表示他要到别的房间里回避一下。吴雪梅此时疑云已散，便留下谭平，两人一块听听好拿主意。

邢延林走进房间，把一份用胶漆密封的电报递给了吴雪梅："王老师，是于春燕叫我送来的。"

吴雪梅拆开电报一看，顿时面如土色，浑身像抽去了骨头似的，一屁股跌在沙发上。她努力镇定了一下情绪，对邢延林说：

"邢班长,你先到金掌柜的办事室坐一会儿,等我叫你再来。"

邢延林离开房间,吴雪梅把电报递给了谭平,有气无力地说:"兄弟,这回叫你可说着啦!"

谭平一脸迷惘的神情,拿过电报看了起来:

……孙中午由济飞青,接替我市长职务。东西到手后切勿回青,先到上海国华舅家。我自有脱身之计。再勿来电。

李贤良15点10分发出

"没想到孙怀纯来得这么快啊!"谭平放下电报,半晌没有作声。他暗中观察着吴雪梅的表情,心想:"树倒猢狲散,靠山倒了,不怕你不听我摆布。"

房间里静极了,只有墙上的挂钟发出有节奏的响声。

待了好一会儿,吴雪梅哭咧咧地望着谭平说:"兄弟,我这些年搞了十几万美元和二百两黄金,都由李市长给存在青岛的美国银行里。这下子一个子儿也捞不着啦!"

他还以为她是担心她的情夫李贤良呢,原来是心疼她那美元和黄金!这女人真是叫钱熏黑了心,一点人味都没有了。谭平看着吴雪梅那副失魂落魄的样子,感到已是向吴雪梅亮出他的全盘计划的时候了。他走到吴雪梅身边,说:"嫂子,别泄气,事在人为嘛!你那些美元和黄金就是叫孙怀纯敲了竹杠,也没有什么大不了的,不是还有三千两黄金等着你吗?你这是破了小财发大财呀!我看现在要紧的是赶快和邢延林商量商量,只要他肯帮忙,黄金就到手了。"接着,谭平在吴雪梅耳边小声说了一阵。

吴雪梅连连点头,赞不绝口:"太妙了,你真不愧是汤恩伯的少校卫士长。就照你说的办,快叫邢延林来。"

"好。"谭平走进金玉山的办事室,向邢延林悄声嘱咐了几句,邢延林便走进吴雪梅的房间。乘这个空当儿,谭平把情况三言两语向金玉山说了,叫他马上转告孙明,作好一切行动准备。

谭平刚出办事室，见吴雪梅站在房门口向他招手。待谭平一进门，吴雪梅就兴高采烈地说："兄弟，我和邢班长都说好了，他很愿意为我效劳。"

邢延林一拍胸膛，大包大揽地说："这事全包在我身上。班上的弟兄和船上的船员都听我的，你们就等着看吧。"说完，他对谭平微微一笑。

"那可太好了。邢班长，这次就全靠你啦！"谭平万分感激地紧握着邢延林的手。

"对了，还有件事忘了向吴主任报告。"邢延林挠了一下脑袋，"瞧我这记性！于春燕叫我告诉主任：午饭后，丁司令和黄副官在卧室里嘀咕了半天，她模模糊糊听见什么'仁川''吴雪梅''平半分'几个字，于春燕叫主任千万小心。"

"仁川？"谭平自言自语，"丁玉先是不是想逃到高丽的仁川？"

这时，吴雪梅想起黄斌抗战前在仁川待过，猜想丁玉先准是想带着黄金跑到仁川去。原来丁玉先和黄斌合谋坑骗她，气得她脸色发白。

"是不是把黄斌弄来，摸摸丁玉先的底？"谭平向吴雪梅建议。

这正合吴雪梅的心意："对，丁玉先准打着我的什么鬼主意。黄斌也不是个好东西，把他弄来问个清楚。他要敢撒谎，我饶不了他！"说完，命邢延林回去叫黄斌到金和楼来。

吴雪梅把邢延林送出房间门口，转身插上了房门。谭平还没弄明白她的意思，吴雪梅就坐到了他坐的沙发扶手上，娇声说："这半天真把人紧张死了，乘这会儿咱们轻松轻松。"她把身子靠到谭平身上，长头发在谭平的脸上扫来扫去。

谭平觉得全身的血液直往头上涌，真恨不得把这个骚娘们按在地板上使劲揍一顿。只是为了完成任务，他强压下心头的怒火，把身子往旁边挪了挪，站了起来。他走到门口把插销拔开，微微笑着对吴雪梅说:"嫂子,咱们的大事还没有办,怎么敢轻松呢?"

吴雪梅碰了个软钉子,只好收敛些。她坐在谭平对面,嘻嘻笑着问:"兄弟,你的太太在上海吗?长得一定很漂亮吧?"

"嫂子,我现在是专心做买卖,还没成家。这年头,有家有口是个累赘。"

一听谭平还未结婚,吴雪梅不由得暗中盘算开了:这次黄金到手后,我就跟他一块到上海,先把春燕许配给他,再通过春燕控制他。到那时,我为正,她为偏,我守着这个又阔又俊的男人,不比守着李贤良那个大老头子强百倍吗?想到这里,她身子轻飘飘的,两眼斜睨着谭平,柔声细气地说:"哎呀,我的好兄弟,你都二十七八的人啦,再等下去不就耽误了生儿育女了吗!我给你保个媒,你见了这个姑娘准满意。像你这样年轻英俊的阔商人,大姑娘一见,怕连魂都被你勾去了呢!"她"羞涩"地用手帕捂着嘴,哧哧地笑了起来。然后,她又装出一本正经的样子,"我说的这个姑娘,你在船上见过了。她长相好,有文化,又聪明又伶俐,我看你俩是天生的一对啊!"

谭平心中暗暗发笑:"这个破娘们,还想着给我和于春燕保媒。"他刚想推托,桌上的电话响了起来。谭平拿起电话,听出是邢延林的声音。邢延林说黄斌不在公馆,听许田说他提着个小皮箱,坐黄包车走了。

吴雪梅在一旁嘟噜了两句:"这小子不是到'一顺天'去喝酒,就是到四道弯逛窑子去了。"

谭平刚放下电话,还没来得及说什么,电话铃又急促地响了起来。他又抓起电话,一听那江浙腔,便知是孙明。他毕恭毕敬地对着话筒说:"卢队副,你好啊……我是从上海来的。你什么时候从天津回来的?卢小姐的信你看到了吗?……"

电话里,对方的声音清晰可闻:"……我回来还不到一个小时……我妹妹托你捎的信,张排长已经交给我了……见信后,我马上给军座去了电话,他说前方战事紧,不能回来看你,请你搬到军部去住几天……我等那批货一到手,就去上海。今晚军座命我坐车到前方,当面向他汇报去天津调查的情况,这样就得等我回来设宴欢迎你啦!张排长是我的姑表弟兄,你有事打电话找他,叫他去办……我从天津带回几瓶'十里香'好酒,待会叫张排长给你送去,东西太少,请笑纳……"

"谢谢卢队副啦。"谭平客气地对着话筒说,"我是个买卖人,到军部去住多有不便。请代我谢谢军座的关怀……好,回来见,祝你一路平安!"

吴雪梅在一旁把谭平和"卢队副"的对话听了个一清二楚。她暗暗庆幸,李雄若是在烽台,听卢队副回来一说,让那丁玉先蹲了宪兵队,黄金可就到了他李雄手里了。幸亏共军攻打鲁阳城,给了她这个独吞黄金的好机会。这真是天赐良机啊!

谭平刚放下电话,金玉山推门而入。他对谭平说:"周先生,黄斌到店里来了。"

"他来干什么?"谭平和吴雪梅都疑惑起来。

"黄斌提来一小皮箱金银首饰,叫我给他换成美元。"金玉山说。

"来得正好,我正找他呢!"吴雪梅恶狠狠地说。

谭平对吴雪梅说:"我看咱俩还是不出面好,防备他回去向丁玉先报告。等会儿宪兵队的张排长给我送酒来,叫他对付黄斌怎么样?"

"好,这叫以毒攻毒。借宪兵队的手,替我们摸清丁玉先的老底。"吴雪梅佩服地看着谭平说。

谭平叫金玉山回去先应付着黄斌,等候宪兵队的张排长的到来。

两个身穿宪兵服装的军官——一个少尉,一个上士,手提两瓶天津"十里香"和一个大纸包走进了金和楼。金玉山见是孙明和小郑化装的,忙上楼告诉谭平。谭平下楼来对孙明和小郑说了几句什么,便又回到房间里。

待了不一会儿,就从金玉山的办事室里传出"啪啪啪"扇嘴巴子的声音,只听黄斌哀求道:"求求长官,饶了我吧。只要是我知道的,一定都说……"

谭平、吴雪梅忙悄悄走到办事室门外,侧耳偷听。屋里又噼里啪啦地打了一阵子,黄斌结结巴巴地说:"丁……丁司令和我今……今夜带着特务班和护兵班……坐……坐汽船到东南海边上去拿他藏的三千两黄金。"

"黄金藏在哪里?"孙明问。

"丁司令没告诉我藏黄金的地方,只说叫我跟着他去就行了。"

"取出黄金后,你们打算到哪里去?"小郑厉声问。

"我不知道。"黄斌的声音很小。

"不说实话还得打!"是孙明的大嗓门。

"别、别打,长官!"黄斌声音颤抖,"我知道的都告诉你们。丁司令怕李军座回来逼他交出那三千两黄金,想取出金子后马上坐船跑到高丽的仁川市去。我姨夫在仁川开饭馆,过去我在他那里当过账房先生。这次丁司令叫我带他到仁川去,他答应分一半黄金给我,还说……还说把吴雪梅和于春燕也带上仁川,他留着于春燕当太太,把吴雪梅给我当老婆……"

谭平向吴雪梅看了一眼,只见她脸涨得通红。从那一起一伏的胸脯上,看得出她在极力压抑心中的怒火。"好,这火烧得越旺越好!"谭平心中暗暗高兴,但表面上不动声色。他向吴雪梅丢了个眼色,示意她镇静。二人继续听下去。

邢延林这时走上楼来。吴雪梅赶快向他招招手,又把嘴向屋内努了努。邢延林便轻手轻脚地走近门边,也偷听起来。

"你们跑到仁川,打算把船上的弟兄和船员怎么处置?"孙明又问。

"丁司令说取出黄金后,就把当兵的都干掉。等到了仁川,再用毒药把船员毒死，神不知鬼不觉就把这事办了。"

"今天晚上什么时候上船？"孙明又追问。

"丁司令没告诉时间，说到时候叫我。他命我天一黑就把逮来的共党分子用大汽车装到西口子外枪毙。长官，我可都说了，只求饶我一条命……你们不信，我领你们去抓丁玉先，当面对质。"

"不用你领，我们宪兵队早准备好了。你回去不准向丁玉先漏半个字，不听话可小心你的脑袋！"孙明威胁道。

"是，是。"黄斌连连答应。

"快给我滚！"小郑喝道。

听到这里，谭平、吴雪梅、邢延林立即回到了原来的房间里。吴雪梅满脸杀气，牙咬得格格响："丁玉先这个狗娘养的，这次我算看透了你。你想对我下毒手，我非亲自宰了你不可！"

"丁玉先还想把我们都干掉？我若不把他抛到海里喂王八就不是俺爹娘养的！"邢延林两眼喷火，怒发冲冠地大骂。

"兄弟，这次多亏了你这个以毒攻毒的计策呀！要不，死了都不知怎么死的，好险啊！"吴雪梅对谭平真是感激涕零。

谭平又向吴雪梅、邢延林详细地说了自己的打算，吴雪梅佩服得五体投地，件件依从。谭平交代完了之后，说："你们俩赶快回去，免得丁玉先疑心，又生出些枝枝杈杈来。另外，宪兵队的张排长还找我有点事儿呢。"

"张排长？"吴雪梅忽然想起了什么，她惊慌地说，"不好，咱们还留了个大漏洞呢！"

"什么大漏洞？"谭平莫名其妙。

"张排长如果把丁玉先这一行动计划向军部一讲，咱们不就也完蛋了吗？"吴雪梅焦急万分。

"我以为是什么大漏洞呢，"谭平吁了一口气，不急不慢地说，"这事我早就想到了。张排长和那个上士都是南方人，早就不想在北方干了。昨天他俩托我给他们在上海找个事干，我已经答应了。你们走后,我拿十两黄金赏给他们,再叫金掌柜陪他俩到一顺天去吃饭,磨到十二点以后放他们回去。到那时,再报告也晚了!"

"你可真有两下子!"吴雪梅放心地笑了,"我有你这么个兄弟,真是烧了高香啦!"

"我这个兄弟对你的事可是下了本钱啦!"谭平一语双关。

吴雪梅和邢延林一同下了楼,坐上黄包车回公馆去了。

吴雪梅和邢延林走后,孙明和小郑就把黄斌押到了楼东头的一间储藏室里,亮出了自己的真实身份。黄斌听到"解放军"三个字,眨着小眼怔了半天,才回过味来,哀叹了一声,自言自语道:"唉,什么保安队、宪兵队、丁司令、吴主任,还有我黄斌,都叫共军耍了!一切都完了,完了!"

孙明见黄斌精神已完全崩溃了,便乘胜追问杀害被捕同志的详细计划。黄斌知道再顽抗没有用了,就把晚上枪毙被捕人员的打算全讲了。

十八

谭平送走吴雪梅、邢延林后,一个人静静地坐在办事室里,心里反复地掂量着晚上的每一步行动。他像一个铁路巡道员,这里敲敲,那里听听,寻找着可能发生问题的隐患。这是谭平的老习惯了,越是面临紧急关头,他越要强迫自己坐下来,冷静地把行动从头到尾思考一遍。这种在激烈的战斗之前先进行一番"冷处理"的方法,曾使他避免了许多可能发生的错误。侦察员们都知道谭平这个习惯,所以此时谁也不来打扰他。

谭平把战斗计划反复想了几遍后,就叫金玉山把孙明叫来。孙明向谭平汇报了审问黄斌的情况。他告诉谭平,黄斌为了保住狗命,已经答应领我们的人去押犯所把被捕的同志救出来。

谭平当机立断,决定兵分两路行动。他命孙明负责营救被捕的同志,带小毕、连大喜、高成安等六个同志与西口子外的武工队取得联系,前去完成这一任务。孙明高兴地回去作准备去了。

接着,谭平又把小郑班长叫来,告诉他带小于、小丛等五个同志跟自己一块在船上行动。

最后,谭平把万成章找了来,向他详细地询问了去临海县委敌工部了解的关于丁玉先汽船上的船员情况,接着拟好一份电报稿,交给万成章,叫他等行动开始后发给旅部。

下午六点钟,孙明和六个侦察员化装成保安队的特务,押着黄斌出发了;谭平、小郑和其余五个侦察员聚集在金和楼楼上,准备邢延林一来,便开始行动。

吴雪梅和邢延林从金和楼回到公馆时,丁玉先不在家。邢延林问了问门岗,知道丁玉先到码头上去了。于是,二人就上了楼。

于春燕按照谭平拟定的假电报,抄了一份让邢延林送给吴雪梅。邢延林走后,她怕吴雪梅对"电报"发生怀疑,回来后再与李贤良联系,便拔下了收发报机上的一个晶体管,藏了起来。

吴雪梅和邢延林刚进房间,于春燕就一头扎在吴雪梅的怀里哭了起来。吴雪梅吃了一惊,忙问:"谁欺负你啦?"

于春燕抽泣着说:"邢班长拿着电报刚走,黄副官就来叫门。我不开,谁知他藏了一把这个房门的钥匙,把门开开了。黄斌一进门,就翻你的皮箱,嘴里还骂你是臭娘们,说这回咱们逃不出他和丁司令的手心。黄斌把收发报机翻出来了,他问我带这个干什么,我不说,他打开机子,拔下一个晶体管,装在口袋里走了。"于春燕泣不成声,"主任,黄副官这不是狗仗人势,明着欺负咱们吗?"

楼下响起了吉普车的声音,邢延林说了一句"丁玉先回来了",就跑下楼去。

丁玉先下了汽车,邢延林上前立正敬礼。

丁玉先拍着邢延林的肩膀,皮笑肉不笑地说:"我刚才到汽船上看了看弟兄们，赏了每人两万关金。你这个班长，我赏你三万关金，买包烟抽吧。"

"谢谢司令的关心。"邢延林恭敬地说，心中暗想："你想拿三万关金买条人命，太便宜了！"

"吴主任回来了吗？"丁玉先问。

"回来啦，在楼上房间里。"

"她到军部谁家去了？"

"宪兵队李队长请她吃午饭，饭后又打了两圈麻将牌。"

丁玉先再没问什么，向楼内走去。上楼梯时，他又想起了什么，问："黄副官回来了吗？"

"没回来。刚才吴主任找他也没找到。"邢延林回答。

丁玉先的脸拉了下来，他匆匆上了楼，走进自己的卧室，抓起电话拨到押犯所，找所长蒋孝忠说话。一会儿，电话里传来小毕模仿的蒋孝忠的声音："丁司令，什么事……我们从西口子回来好一会啦……怎么，黄副官没回去？他和我一块回来的，这会早该到公馆了。"

丁玉先放下电话，生气地骂道："这个龟孙子，又到哪里去了？"他叫来邢延林，吩咐他打电话到各处找找，叫黄斌马上回来。

邢延林心生一计，他叫来许田和两个护兵，吩咐他们马上到一顺天饭馆、松竹林饭馆、四道弯小翠子那里，还有大烟馆去找黄斌。邢延林见丁玉先的人又去了三个，心里很高兴。他坐在楼下门房里抽了一支烟，又磨蹭了一会儿，才上楼报告。

一上楼，邢延林就听到会客室里传出丁玉先大骂黄斌的声音。他轻轻走到房门旁，只听吴雪梅说："丁司令，你光发脾气有什么用？现在都快八点了，黄副官还不回来，我看八成是他害怕了，跑去投共军了。"

"黄斌和共军有杀父之仇，他亲手就毙过一百多共党分子，他去投共军，不是自投罗网吗？"丁玉先的声音，"准是临走舍

151

不得小翠子，到四道弯去了。等会找回来，我非拿枪崩了他不可！"丁玉先大发雷霆。

"司令，在这个节骨眼上，可是棋错一着，满盘皆输啊！"吴雪梅威胁说，"黄斌到这个时候，还有心思去看小翠子那个臭婊子，我才不信呢！谁不知道你们男人把钱看得比女人重百倍呀！黄斌要不是去投了共军，就是被宪兵队抓走了。今天上午卢队副已经从天津回来，准是宪兵队把黄斌弄去，追问你受贿黄金的事。倘若他说了实话，今晚咱们可就大祸临头啦！"

丁玉先没有吱声。

邢延林听到这里，在门外喊了一声："报告！"

"进来。"吴雪梅说。

邢延林推门一看，见丁玉先像驴推磨似的，在房间里直转圈子，额头上豆粒大的汗珠子直往下掉。一见邢延林进来，丁玉先停住了脚步，歪着头问："找到黄副官啦？"

邢延林立正答道："丁司令，我打电话问了一顺天和金和楼，都说黄副官没去。我又派许田和两个护兵到四道弯小翠子处和大烟馆找他去了。"

丁玉先失望地点了点头，挥挥手，邢延林便出了会客室。

这时，丁玉先似热锅上的蚂蚁，坐也不是，站也不是，吴雪梅刚才一番话，吓得他胆战心惊。

"吴主任，要是到小翠子那里再找不到黄斌这小子，就请你给宪兵队李队长打个电话，问问黄斌在不在那里。"丁玉先有气无力地央求说。

"现在我可不能打这个电话。"吴雪梅一口回绝了，"你不想想，现在打电话，不怕烧香引出鬼来？"

墙上的挂钟，当当敲了八下。吴雪梅步步紧逼："现在已经八点了，黄斌还没回来，你不走，那我可得走啦！"吴雪梅抬脚拉了个要走的架势，"我得马上搬到军部去住，不能在这里等着和你去蹲宪兵队！"

"慢！"丁玉先上前一步，拦住吴雪梅，"我听你的，你说怎么办？"

吴雪梅怒冲冲地说："直到现在你对我连句实话都不说，我知道该怎么办？我问你，你取出黄金后到底想到哪里去？"

"我……我还是按照咱们昨天研究的，坐船到青岛去呀！"丁玉先有点心虚了。

"放屁！你当你和黄斌密谋要上仁川，我就不知道吗？老娘可是背后都长着眼呢！"吴雪梅坐在沙发上，翘起了二郎腿，盛气凌人。

丁玉先一见上仁川的事泄露了，耷拉着脑袋，无可奈何地说："我怕上青岛不保险，还给你和李市长添麻烦，想叫黄斌领我上仁川。不过吴主任放心，我丁某说话算话，黄金我一定给你一半，先把你送到青岛，我再上仁川去。"

"噢，我说你非等黄斌回来不可呢，原来司令是想叫黄斌当引荐人呀！"吴雪梅换了一副笑脸，"真是活人叫尿憋死了，离了他你就上不了仁川啦？"

"没有熟悉人，怕到仁川不好办。"丁玉先小声嘟囔说。

吴雪梅眼珠转了两转，想了一会儿，然后亲热地拍着丁玉先的肩膀说："这次来烽台，在船上碰到了原来八中一个同学的弟弟，他现在在上海金华楼首饰店当跑外柜的。金华楼在香港和仁川都设有分店，他前些日子还去过仁川，叫他领你去不比黄斌强多了。"

吴雪梅在船上遇到了金华楼跑外柜的周先生，到烽台后还对此人多方试探，这些黄斌都向丁玉先汇报了。丁玉先暗暗思忖，既然吴雪梅已对这人试探了多次，看来不会是共军的特工人员了。另外，吴雪梅跟这人也是刚认识，二人没有多深的交情，从这两点看，丁玉先感到叫这人领着上仁川不会有多大的危险。再说黄斌直到如今还没回来，一时也难以找到更合适的人，于是他便决定："就叫这个姓周的领着去，反正他的小命攥在我手里。"

吴雪梅见丁玉先半天没吭声，着急地问："丁司令，我这个主意你到底同意不同意呀？咱们可不能再拖延了，说不定一会儿黄斌就带着宪兵队来啦！"

丁玉先赶快说："同意，同意，只是人家能干吗？"

"有钱能买鬼推磨。他是个买卖人，只要有利可图，肯定能干。"吴雪梅有把握地说，"你先答应给他一千两黄金嘛！"

"好，那就劳驾这位周先生了。快把他请来，咱们商量商量就走。"丁玉先望着吴雪梅说。

吴雪梅见丁玉先中了计，心中暗暗高兴，她命邢延林开着丁玉先的小吉普，到金和楼去把谭平接到公馆来。

八点半钟，金和楼后面的小胡同里响起了汽车声。不一会儿，金玉山领着邢延林走进了办事室。

邢延林把回去后的情况向谭平说了一遍，谭平见一切顺利，非常高兴。

谭平命小郑带着五个侦察员坐上吉普车，由邢延林先把他们送上船去。他还嘱咐小郑上船后马上与王在海船长联系。

办事室里只剩下了谭平和金玉山两人了。谭平向金玉山交代完工作之后，两人都感到心中有千言万语，但又都不知说什么好，一时沉默起来了。谭平望了望窗外的万家灯火，像是对自己，又像是对金玉山说："多美丽的城市啊，我们不会离开你太久的！"

这时，万成章和小毕兴冲冲地进了门。他们告诉谭平，被捕同志已经都顺利地出了押犯所，蒋孝忠这个作恶多端的押犯所长也被活捉了。现在汽车已经出了市里。小毕把丁玉先打电话找黄斌的事学了一遍，逗得大家哈哈大笑起来。

"好哇，营救被捕同志的任务已完成了，下面该看我们船上的戏啦！"谭平兴奋地说。

邢延林开着车回来了。谭平与金玉山、万成章、小毕握手告别，只见几个人的眼睛都湿润了。

邢延林把车开到了公馆小楼门口，谭平刚跳下车，丁玉先和吴雪梅就迎了出来。他俩把谭平让进了会客室，吴雪梅给谭、丁二人相互作了介绍，三个人寒暄了几句便落了座。

吴雪梅笑着说："周先生，丁司令有点事，想请你帮帮忙。"接着她把嘴对在谭平耳门上，小声说了一阵。

谭平边听边摇头，吴雪梅一说完，他就摆着手说："我是个买卖人，可不干这样冒险的事，你快送我回去，我明天还要回上海呢！"

丁玉先一看谭平不愿干，心想："这小子还想拿老子一把，等到了仁川，我非要了他的命不可。"他走近谭平，问："周先生，你是不是嫌给你一千两黄金少呀？我给你一千五百两行不行？"

吴雪梅也在一旁帮腔："周先生，你们买卖人，不就是为了赚钱吗？我看丁司令给你这些黄金，够你一辈子赚的！"

谭平低头想了一阵，向吴雪梅点了点头。吴雪梅喜上眉梢："哟，周先生可真像大姑娘，还来个摇头不算点头算啊！"

一句话，说得丁玉先、谭平都笑了起来。

丁玉先见谭平答应了，急不可待地对吴雪梅说："黄斌到现在还没回来，我看凶多吉少，事不宜迟，咱们早点走吧。"

于是丁玉先、吴雪梅和谭平下了楼，来到门口。邢延林和于春燕以及几个护兵跟在他们后面，手里提着大皮箱、小皮箱。丁玉先命护兵班剩下的八个人和邢延林、于春燕上了中吉普，他自己和吴雪梅、谭平，还有一个护兵上了小吉普。接着，小吉普在前，中吉普在后，飞快地向码头驰去。

十九

　　漆黑的夜，大街上已断了行人，只有敌人的巡逻队，在靠码头的朝阳大街上来回巡逻。码头上，工人们正在连夜从运输舰上往下卸汽油和枪支、弹药，"哼哟嗨哟"的号子声在寂静的夜空中分外响亮。

　　保安司令部的汽船，紧靠在码头上。船长王在海和先上船的小郑，都在舵楼里，探头向码头的大门口观望。小于和小丛身穿国民党士兵的服装，在甲板上站岗。

　　小吉普和中吉普一先一后开到了靠汽船的码头上，戛然而止。护兵先跳下车，打开车门，然后扶着丁玉先、吴雪梅和谭平下了车。

　　一行十几个人踏着桥板上了船。丁玉先、吴雪梅、谭平和几个护兵站在前甲板上，邢延林找机会把于春燕领到船长王在海的舱间里，将小郑交给他的密码本给了于春燕，告诉于春燕马上同旅部电台联系。

　　丁玉先见人都上了船，便向王在海一挥手："发信号，起航。"

　　船舱里的机器"嘣嘣"地响着，震得船体都抖动起来。船员们有的撤桥板，有的解缆绳，有的拔锚，一齐忙乎开了。

　　汽船拉着哼，缓缓离开了码头。

　　这只汽船，原是临海县我抗日政府贸易公司的运输船，在日本投降的第四天，被伪装成八路军的丁玉先匪徒骗到了青岛，以后就成了丁玉先来往于青岛和灵山岛之间的运输船。这只船的船长王在海，是抗战时期入党的老党员，船上八个船员中就有三个党员。在王在海的领导下，组成了一个坚强的党小组。两年多来，他们按照临海县委敌工部的指示，深深地隐蔽在敌人内部，等待时机，配合解放军消灭丁玉先这帮匪军。今晚，他们得知就要进行这场盼望已久的战斗了，个个摩拳擦掌，精神百倍。王在海亲自掌舵,使船尽量在风浪中跑得快些、稳些。

汽船开出港口,丁玉先就命令王在海把船直向养牛岛东南角驶去。

此时,天空星光点点,大海忽明忽暗,西北风掀起层层浪涛,扑向船尾拉着的小船,发出"哐啷哐啷"的响声。

由于风大船晃,走了不多时,有几个护兵就已经呕吐了起来。丁玉先、吴雪梅、谭平因为各有各的心事,神经都处于高度紧张状态,因而没有晕船。

船顺风顺浪,飞快地前进。从码头到养牛岛东南角前怀,约有二十里的航程,两个多小时就到了。这时丁玉先命王在海把船停泊下来,谭平明白,他是怕再往前走,被南岸的我军听到机器的响声。

船一停稳,丁玉先就叫护兵把事先雇来的两个"水鬼"叫到他跟前。他看了看手腕上的夜光表,问:"现在是十二点,再有多长时间能退完大潮?"

"今天是阴历九月二十八,得到天傍亮才能退完大潮。"一个"水鬼"回答。

"这么黑的天,你们在一丈多深的水里能挖出埋在沙里的东西吗?"丁玉先问。

"能说准埋东西的地方,就挖得出来;说不准地方,就挖不出来。"两个"水鬼"一齐回答。

"废话,找不到地方还挖个屁!"丁玉先骂骂咧咧,命两个"水鬼"去穿下水的衣服。

接着,丁玉先又把邢延林叫到跟前,他背着吴雪梅和谭平,小声把藏黄金的地方告诉了邢延林。

丁玉先刚一说完,邢延林又摇头又摆手:"丁司令,天这么黑,你说的卧牛石我可找不着呀!"

"怎么,你敢违抗我的命令!"丁玉先掏出手枪,指着邢延林,气势汹汹地说,"你不去,老子就崩了你!"

一直注意着丁玉先动静的吴雪梅赶忙走了过来。她一把握住丁玉先的手脖子，把丁玉先拉到舵楼旁边，温柔地小声劝解道："丁司令，你怎么聪明一世糊涂一时呀！你自己藏在海里的东西，又是大黑天，说这么两句，邢班长就能找得着吗？再说，你把他惹火了，他拿出黄金直接到南岸去投共军，你还有法治他吗？我看还是你亲自去最保险。"

"亲自去？你说得倒轻松，这么大的风浪，翻船了怎么办？"

吴雪梅见丁玉先不想亲自去，就威胁说："丁司令，这次你拿不回黄金，可是不好办啊！回烽台，李军座按军法严惩你；远走高飞，没有黄金，你喝西北风？去是不去，你自己看着办吧。"

丁玉先听了吴雪梅这几句软中带硬的话，恨得心里直骂娘，又不好发作。他知道这时惹恼了邢延林自己是没有好果子吃的，别的不说，邢延林要是命令全班动手干掉他，那他不成了冤死的鬼啦。小不忍则乱大谋，丁玉先忍住了心中的怒气，向邢延林说了几句好话，然后一横心：舍不得孩子打不着狼，豁上了！

船员们解下船尾拖小船的缆绳，把小船拖到汽船的船舷旁边。丁玉先带着五个护兵和两个"水鬼"，下到小船上。两个会驶船的护兵，升起篷帆，西北风把篷帆鼓得满满的，小船箭一般向前驶去。

汽船上留下的三个护兵，提着张着大机头的匣子枪，在甲板上来回溜达，监视着船上每个人的行动。小郑、小丛、小于带领全班战士分头缴了三个护兵的枪，把他们押到舱里，关了起来。

谭平从吴雪梅手中拿过望远镜，借着星光和海水反射的亮光，隐隐约约看见丁玉先的小船在一块露出水面的大礁石旁停了下来。

原来黄金藏在卧牛石呀！谭平想起两年前丁玉先从烽台郊区逃跑的第二天早晨，区中队在这一带发现了被海水潮上来的七具尸体，其中还有一具女尸。现在看来那准是丁玉先怕藏黄金的地方被泄露出去而杀人灭口。

从望远镜中，谭平看到两个"水鬼"好几次浮上水面，都没有捞上东西。大约过了一个来钟头，"水鬼"上了船，两个护兵摇着橹，小船在浪头上一起一伏地往回驶来。

谭平把望远镜交给吴雪梅，扫兴地说："丁玉先这个家伙，没捞出黄金就回来了，你看，他搞什么鬼名堂？"说完，他装着晕船的样子，干呕了两口。

吴雪梅着急了："不拿出黄金，咱们不是白来啦！不行，丁玉先就是回来了，我还得逼着他再去。"她见谭平晕晕乎乎的样子，用关心的口吻说："兄弟，你快回舱去躺会吧，养养精神，等会丁玉先回来了，咱们再和这个恶棍干。"

谭平离开吴雪梅，就上了舵楼。一进舵楼门，王在海与谭平的两双手便紧紧地握在了一起，两人的心情都十分激动，半晌谭平才说："老王同志，这次我们要活捉丁玉先和吴雪梅啦！"

"这一天已经盼了两年多喽！"王在海热泪盈眶。

这时，小郑上来告诉谭平，于春燕已经和旅部的电台联系上了，汽船停泊的位置和丁玉先到卧牛石取黄金的情况都已电告了旅部。谭平听完说："丁玉先没拿出黄金，已经往回开了，你马上叫同志们作好准备，丁玉先一上来就下手把他抓起来。另外，叫于春燕问问旅部，被捕的同志回去了没有？"

小郑走后，谭平又向王在海交代了几句。这时，邢延林来找谭平，说吴雪梅叫他快去。谭平急忙来到吴雪梅身边，吴雪梅把望远镜从眼上拿下来，递给谭平："兄弟，你快看，丁玉先又掉转船头回去啦。"

谭平接过望远镜一看，小船已慢慢靠在卧牛石南边，停泊下来。谭平把望远镜又给了邢延林，说："邢班长，你是这一带人，你看看，丁玉先这是要干什么？"

邢延林拿着望远镜看了一会儿："我看这次是非拿出黄金不

可啦。"

"怎么见得?"谭平问道。

"周先生,吴主任,"邢延林指着远处那块黑魆魆的大礁石慢慢说道,"这卧牛石涨满潮时只能看见半米高的卧牛头,其他部分都没入水中;只有等到退完大潮的时候,才能全部露出水面。看样子金子准是藏在卧牛石下边的沙滩里,现在没退完大潮,水深浪高,金子挖不出来。丁司令是想等退完大潮以后再挖黄金。"

"那到什么时候才能退完大潮呀?"吴雪梅焦急地问。

"还得等两个多小时。"邢延林说。

"那可就快天亮了。嫂子,你说咱们还等不等呢?"谭平故意问吴雪梅。

"等。"吴雪梅一点也不打哏地说,"能把三千两黄金弄到手,等两个钟头也值得。"说完,她一连打了好几个哈欠,身子也摇晃起来。

邢延林催吴雪梅去休息。吴雪梅不放心地向谭平叮嘱道:"挖出了黄金,你马上去告诉我。"然后,才向舵楼上走去。

从凌晨一点多钟,一直等到东方放亮,才退完了大潮。这块长约二十米,宽十多米的大礁石,终于把全貌呈现在人们面前。它远看酷似一头卧倒的大黑牛,牛头向东方昂着,像在迎接即将升起的朝阳。

谭平从望远镜里看得清清楚楚:丁玉先和护兵、"水鬼"都拿着铁锹,站在卧牛石"牛头"下面没膝深的水里。过了约半个钟头,他们扔了铁锹,从水里把三个大铁桶搬到了船上。一切完毕,小船逆风顶浪,在波涛中挣扎着向回驶来。

吴雪梅在舵楼里的椅子上打了个盹,她睁眼一看,天已亮了,忙下了舵楼,走到谭平跟前,问:"丁玉先挖出黄金没有?"

"挖出来了!"谭平笑着一指,"你看,小船正往回跑呢。

咱们是不是开船去迎迎,把他们接上来。"

"对,"吴雪梅像打足了气的皮球,"咱们去迎迎,不然小船叫浪头打翻了,我们就白来啦。"

汽船迎着小船急驶而去。当两只船离开约一百米远时,汽船减速前进。

丁玉先一见吴雪梅坐汽船来接他,心想:"到底是财宝动人心,这娘们看见我捞出了黄金,什么都不顾了,也不怕岸上共军听见机器的响声。"

吴雪梅高兴地向小船这边大声喊:"丁司令,你辛苦了,快上船歇歇吧!"

丁玉先鼻子里哼了一声:"上船歇歇?我歇了,这三千两黄金还说不定姓丁还是姓吴呢!"丁玉先脑子里紧张地思考着上船后的行动,他小声命令护兵:"把枪都上了顶门火,上船后我说声'干',你们就把邢延林和特务班的人给我统统干掉!"

小船慢慢地靠上了汽船。邢延林和班上的四个士兵站在甲板边上,旁边放着一个用绳子拴好的大筐子。

邢延林他们把一条大绳子从船舷旁顺了下去,两个"水鬼"首先把着绳子爬上船来。一上船两人就埋怨起来:"早知道东西这么难捞,别说给我们一两黄金,就是给二两我们也不干!折腾了大半宿,把人都累死了!"

三个护兵在"水鬼"后面上了船,他们一腚坐在甲板上,精疲力竭地喘着粗气,湿透了的衣服紧紧贴在身上,冻得瑟瑟发抖。小郑带着侦察员把他们一个个架到舱里,不由分说就缴了枪,捆绑起来。

丁玉先跟在三个护兵后面,由下边两个护兵撮着,费了半天劲才爬上了船。他上船后顾不得别的,马上叫邢延林:"快,快放筐子,把三个铁桶拉上来!"

邢延林他们扯着绳子,把大筐顺到小船上。剩下的两个护兵连忙把三个铁桶抬进筐里,五六个人使了很大的劲才把大筐子拉了上来。

丁玉先见铁桶已弄上了船,稍稍松了一口气,他转身叫自己的护兵:"快把铁桶抬到舱楼里。"没有回音,这时,丁玉先才发现留在船上的护兵和先上来的护兵一个也不见了,心中不禁惊慌起来,正要伸手掏枪,小郑劈手夺下了丁玉先的手枪,小于、小丛两支枪顶在了他的后背上。丁玉先大喊:"邢班长,快动手!"

"是,就动手!"邢延林大声答应着,上来把丁玉先的两臂向后一扭,"咔嚓"一声给他戴上了手铐。

"这,这是怎么回事?"丁玉先迷惘地望着邢延林。

"你这个恶棍,自己干的好事,心里还不明白?"吴雪梅瞪着杏核眼,用三号左轮手枪指着丁玉先破口大骂,"你与黄斌合谋独吞黄金,还想把我和于春燕弄到仁川给你们当老婆。你睁开眼看看,姑奶奶是干什么的?想在我身上打主意,瞎了你的狗眼!"

"我上了你这婊子的当啦!"丁玉先耷拉着脑袋,直喘粗气。

吴雪梅卡着腰,得意地挖苦说:"上当不过这一遭嘛!"谭平站在一边冷冷地发笑。

这时,于春燕爬出舱来,她走到谭平面前,大声说:"谭参谋,旅部来了急电。"

"春燕同志,把电报念念。"谭平一挥手说。

于春燕兴奋得双颊绯红,她用手向后拢了拢被风吹乱的乌黑头发,朗朗地念了起来:"谭,行动前来电尽悉,被捕同志已顺利救出。你们完成任务后到金山港海口登陆。祝凯旋。"

吴雪梅看看谭平,又看看于春燕,好像掉到了五里雾中,她预感事情有些不妙,哆哆嗦嗦地问谭平:"兄弟,这倒是怎么回事?把嫂子我都搞糊涂了!"

谭平冷峻地说:"我不是周兴国,我是中国人民解放军,奉命前来消灭你们这些害人虫!"

吴雪梅的脸"唰"的一下没有了血色，变得像一张白纸，她直愣愣地盯着谭平，突然"哇"地叫了一声，瘫软在甲板上，嘴唇颤抖着说："我……我……我到底中了你的冒充之计！"

"中计不过这一遭嘛！"谭平把吴雪梅刚才讥讽丁玉先的话拿来用在她自己的身上。

吴雪梅乞求地望着于春燕："春燕，我待你如同亲姊妹，你——"

"还想灌你的迷魂汤吗？"于春燕的大眼睛射出仇恨的目光，"收起你这一套吧，你是利用我给你当特务。你也瞎了眼，我早就是解放军的秘密情报员！"

吴雪梅闭上了眼睛，后悔莫及地喃喃自语："我真是瞎了眼，到底叫你这个毛丫头骗了！"

这时，东方水天极处，染成了一片橙红色，一会儿又染成了橘红色，在这片橘红色里，慢慢露出半圆形的浅红色轮光，轮光下面骨突冒出半边鲜红鲜红的太阳，越冒越高，跳出水面，于是一轮又红又大的太阳稳稳地搁在海面上。再往上升，太阳便射出万道光芒，照耀着金浪滔滔的大海。

三个铁桶的盖子被锯开了，黄澄澄的金子在朝阳的辉映下，闪烁着炫目的金光。

邢延林望着金光四射的黄金，指着丁玉先和吴雪梅感慨地说："你们为了这笔不义之财你争我夺，这真是应了'人为财死，鸟为食亡'这句老话呀！"

"是啊，二位为了这笔黄金，可谓绞尽了脑汁，费尽了心机！"谭平自豪地说，"今天，黄金就在眼前，但它不属于你们，而是属于人民！一切与人民为敌的人，都逃脱不了覆灭的命运！"

一群海鸥，在船的上空盘旋翱翔。

于春燕心情万分激动，情不自禁地放开喉咙唱了起来。

谭平和侦察员以及船上的船员，都跟着于春燕唱了起来。

激昂的歌声，在海空回荡，回荡……

陆军海战队

第一章　新的任务

一

故事发生在1944年仲夏。

这天早晨，我插入敌占区活动的东海县独立营一连，胜利地伏击了敌人由卫港市开往东海县城的两辆军用汽车，打死鬼子小队长一名，打死打伤鬼子兵十多名，缴获"歪把"机枪一挺、"八八式"掷弹筒一个、大盖枪十余支，还有望远镜、战刀、钢盔等许多胜利品。

战斗刚结束，营部的便衣通讯员小王就顺着枪声来到了战场上，他向连长江志海传达了营首长的指示：命令一连在十二点钟以前赶到营部驻地，接受新的任务。

江志海二话没说，立刻带着部队，爬山越岭，穿过碉堡林立的封锁线，迅速撤出敌占区，跑步向营部驻地石头河前进。

二十里的路程，没用一个钟头就赶到了。

部队停在村南边的一个打麦场上休息。战士们喝足了水，吃完了午饭，就三个一堆，五个一簇，有的在擦新得的大盖枪，有的在擦子弹，有的在整理背包，有的在编写表扬好人好事的快报……尽管排长们一再督促各班要抓紧时间休息，可是小伙子们都好像有使不完的劲头，用不完的精力，没有一个人愿意坐下来闭闭眼。

这一连的三个排当中，一排的历史比较老一点，仗也打得多一点，是全连战斗力顶强的一个排。排长名叫孙勇，今年二十二岁，由于他军政学习好，工作积极，打仗勇敢，三年前就当上了排长，别看他年纪不大，也算是个很有经验的老排长了。二、三两个排，是今年春天由区中队升级编成的，经过近半年的锻炼，打起仗来也很不错了。整个一连，是一个战斗力很强的战斗模范连队。

排长们在场北边的一棵大槐树底下写完战斗日记，就分头到班里了解战士们的思想情况去了。

孙勇走到机枪班跟前，见战士们都围在一起，正忙乎着擦拭刚缴获来的"歪把"机枪和掷弹筒，他们擦了又擦，看了又看，喜得都舍不得放手。机枪班长郭喜抬头看见排长站在面前，就急忙站了起来，用手指着"歪把"机枪和掷弹筒，笑嘻嘻地说："排长，你瞧瞧这两件家伙多新哪！"说着一弯腰，伸手提起"歪把"机枪，哑巴着嘴唱道："小歪把，崭崭新，鬼子送来的胜利品，一扣扳机'叭叭'的响，打得鬼子叫爹娘……"

机枪射手小曹也不甘落后，他举起掷弹筒，接着郭喜的腔也唱了起来："掷弹筒，个儿不高，消灭死角呱呱叫，炮弹一装'嗵嗵嗵'，小鬼子碰上就送终……"

战士们被郭喜和小曹的精彩表演逗得憋不住哈哈大笑起来。

孙勇完全可以体会到大家这种充满胜利喜悦的心情，不过，他感到有必要提醒大家几句，便说："同志们！我们打了胜仗，缴获了战利品，是应该高兴。不过，这两件武器虽然好，但决定战争胜负的是人不是物，忘了这一条，我们就要打败仗，就要犯错误。"

郭喜说："排长，你放心吧。没有歪把子和掷弹筒，咱们用步枪和手榴弹能打胜仗；有了歪把子和掷弹筒，就更不能让小鬼子有好日子过。"

孙勇满意地说："好！下趟打仗，要看你们的啦！"

正说着，一班的大个子战士毕大牛和小个子战士刘海跑过来。毕大牛亮着新得的战刀说:"排长,这把战刀别上缴啦,咱们留着好砍鬼子的头。"

刘海手里提着架望远镜,孩子气十足地说:"排长,你跟营长说说,这个'千里眼'最好也别上缴,留给连长使唤得啦。"

孙勇看着毕大牛和刘海这一高一矮,一个憨厚朴实,一个天真活泼,打仗却都像小老虎一样勇敢的战士,高兴地拍着他俩的肩膀,半开玩笑半认真地说:"嗬!你俩的本位主义不小啊!你们说说,'三大纪律'的第三条是什么?"

"一切缴获要归公。"两人一齐回答。

"那我们该怎么办?"

孙勇这一问,毕大牛不好意思地低下了头,脸唰地一下子红到了脖子根,举着战刀的右手不自觉地软了下来,嘴里光是嘿嘿地干笑;刘海则不同,他忽闪着两只顽皮的大眼,咕嘟着嘴说:"我不过是提个意见呗。就是缴了也不要紧,反正小鬼子是咱们的运输队长,这趟缴了,下趟咱再得。"

连孙勇在内,大家都被他说得笑了起来。

二

经过排长们的动员,战士们才散开休息去了。

刘海头倚着枪,眯缝着眼睛,笑嘻嘻地对毕大牛说:"大个子,你猜猜这趟上级把咱们连调回来,到底是叫咱们去干啥呀?"

"干啥?"毕大牛不假思索地说,"打仗呗!"

"谁不知道是打仗啊!"刘海捅了他一拳。"哎,要打仗,咱们的主力部队在敌占区正展开攻势,有的是仗打,上级突然把咱们调回来,这里边一定有名堂!"

毕大牛想闭上眼休息会儿,便打断他的话说:"得啦!别费这些脑筋了,反正到时候你准会知道。"

刘海见毕大牛对自己的问题没有兴趣，便不再作声了。他两眼瞪着树梢，自己在脑子里找起答案来。

这时，满脸稚气的连部通讯员小周，身背一支马大盖，从营部走出来。他一边朝打麦场走，嘴里一边哼着："到敌人后方去，把鬼子消灭净，到敌人后方去，把鬼子消灭净！八路军打先锋，游击队出奇兵，昨天歼灭它一个连，今天消灭它一个营。打得敌人心胆寒，打得日寇不安宁……"

刘海听见歌声，一抬头，见是小周，急忙站起身来喊道："小周，你过来，有个事问问你。"

"什么事？"小周走到刘海面前，一本正经地问。

"你刚才从营部出来，你说说，咱们这次是去执行什么新的任务呀？"

"嘿！刘海，你这个小灵通，这回怎么也卡壳啦？"小周若有其事地说，"咱们先说明白，我只告诉你一个人，不许向外传；若是传出去，一切后果由你负责！"

"行，我一定保密。"刘海打赌说。

小周故意咳嗽了两声，顺溜顺溜嗓子，然后把嘴凑到刘海耳朵上说："等连长从营部回来，你就会知道啦。"

"去你的吧！"刘海伸手扭住小周的耳朵，一边摇晃着一边玩笑地说："小家伙，你鼻孔眼里插葱，还想装'像'啊！你拿我开心，找错了门口。我问问你，说不说？"

小周两手把着刘海的胳膊，央告说："你撒手，你撒手，我说，我说。"

刘海刚松手，小周机灵地一闪身，跑出去老远，才收住脚回过身来说："刘海，你想用武力来强迫我告诉你秘密呀！没门儿。告诉你，你还是老老实实坐在那儿等着吧。"

在一片笑声中，一班长李大成走过来劝刘海说："别闹了，还是赶快抓紧时间休息吧。任务是什么，一会儿你准会知道。"他的话还没说完，不知谁喊了一句："连长来啦！"

大家扭头一看，果然见连长从营部走了出来。三个排长马上集合起部队，等待连长向他们传达新的战斗任务。孙勇站在排头，见连长走到场边上，向他们招了招手，三个人立刻跑了过去。江志海开门见山地说："因为情况紧急，部队要马上出发，没有时间开支部委员会了，我先把情况和任务传达一下。"

从连长那严肃的神情中，孙勇估计，这新任务一定是十分重要的。

"县委和营党委根据军分区的命令，决定派我们连去执行一个新的任务，钳制打击日寇海军炮艇队，配合我军夏季攻势，打破敌人对我海口的封锁。"连长说到这里，停顿了一下，看了看站在他面前的这三个年岁和自己不相上下的战友，接下去说，"咱们连还没有在海上跟敌人的炮艇较量过，还缺乏这方面的作战经验，因此，这个任务是光荣而艰巨的，这是党和上级首长对我们的信任，我们一定要胜利完成。"

排长们都静心地听着，脸上表情十分严肃。

"我们这次远离营首长的指挥，要在地方党委的统一领导下，紧紧依靠沿海广大渔民和民兵，充分发挥党支部的集体领导作用，把敌人消灭在汪洋大海之中。怎么样，同志们，有信心没有？"

"有！"排长们坚决而又果断地表示了他们的态度。

来到连队前，江志海炯炯有神的双眼向队伍扫视了一下，大声说："同志们，营首长祝贺我们今天打汽车的胜利！"

"感谢首长的鼓励！"

"现在上级又交给我们一个新的战斗任务。"

刘海听到这里，立刻屏住呼吸，瞪大了眼睛，持枪的右手不觉又加了几分力气。

江志海扬着双眉说："营首长命令我们：到南海边上去打击敌人！"

"到南海边去？"大家的脸上都不约而同地显出疑惑不解的

神情。对这一点，江志海事先已经估计到了。接着，他把敌情和任务，向大家作了简要的传达——

入夏以来，我主力部队根据毛主席为我军制定的战略战术，不断地对日伪军展开攻势，拔掉了许多据点，歼灭了大量的敌人，打得敌人只能困守大的据点和县城，没有能力再向我根据地进行"扫荡"和蚕食。在这种情况下，敌人为了挽救它垂死的命运，妄图依靠它海空军的优势，在我抗日根据地的沿海一带进行垂死挣扎。昨天拂晓，驻鱼口岛的日本海军炮艇队，出动了三艘巡逻艇和一艘大型炮艇，还有一只运输汽艇，在两架水上飞机的掩护下，突然向我控制的大港汉子里边的海口发动了进攻。敌艇冲到我海口里边，抓去了装满物资的十多只商船，还放火烧了我贸易公司的一座仓库。在我区中队和民兵的打击下，艇上的敌人仓皇退出海口，绕到寨前村的海湾里登了陆，占领了大虎山。敌人企图以寨前村和大虎山为支撑点，从海上和陆地上封锁我海口，断绝我东海地区从海上与外地的一切联系，破坏我军大反攻的物资准备工作和从沿海牵制我军夏季攻势的兵力。

听了连长的情况介绍，战士们的肺都气炸了。他们摩拳擦掌，恨不得立刻就跟鬼子干上一仗。

江志海看着战士们那种高昂的战斗情绪，又用鼓励的口吻说："同志们，我们八路军是人民的军队，有毛主席和党中央的领导，有广大人民群众的支援，过去粉碎了敌人无数次的'扫荡'和蚕食，打出了抗日战争的一派大好形势；今天敌人的几艘破炮艇，几架老飞机，又能掀起多大的风浪呢？咱们在陆地上能拔据点、打汽车，在海上同样也能打沉炮艇，消灭敌人。在共产党员面前，在革命军人面前，再艰巨的任务也难不倒我们，再顽固的敌人也能把它消灭！县委和营党委决定：坚决不让敌人在寨前村和大虎山上修据点，要坚决打破敌人对我海口的封锁，保护商船顺利进出海口。同志们，敌人这样欺负我们，你们说咱们该怎么办？"

"坚决打！"大家的两眼射出了怒火，响亮的回答声，震得树梢直摇晃。

"好！"江志海对战士们的回答十分满意，"今天黄昏前，我们赶到寨山后面姚夼村宿营。"

三

七月的天气，太阳像火球似的，烤得大地滚热滚热，不用说全副武装行军，就是坐在树荫底下，也热得浑身出汗。经过战斗动员，一连战士这时却个个精神焕发，不顾天气炎热，走路像小跑一样。

为了不暴露目标，出发前，江志海命令全连都换上了便衣（县独立营的部队，为了到敌占区活动方便，夏季每人发一套军服和一套便服），叫人一看，就和区中队或民兵一样。他们这次是在根据地里行军，所以，一路上，嘹亮的歌声和清脆的快板声，不绝于耳。

江志海和孙勇走在尖兵的后头。江志海今年二十四岁，上中等的个子，身体有点瘦弱。他那不红不黑的脸膛上，有一双炯炯有神的大眼睛；两道浓眉，常常紧锁。这时，他身穿便衣，腰扎皮带，斜背着匣子枪，显得特别精明英武。他过去在主力部队工作，因为多次负伤，在主力部队继续坚持工作有些困难，去年精兵简政的时候，才调到独立营一连当连长。事情总是不赶巧，十天前，正、副指导员调到军分区政治部办的训练班学习去了，大约还得一个多月才能回来；副连长在打汽车前的一次战斗中负了伤，这样，全连军政工作的重担，就都落在他一个人的身上。

部队走到离海边十多里的时候，气氛变得紧张起来。在通往海口的大小路上，搬运物资的群众和民兵，络绎不绝，有的用小车推着棉花和花生油，有的肩挑纸张，有的抬着钢材……人们表情严肃，有组织地向战士们来的方向走去。

"唧哩——唧哩——"知了在树上此起彼伏地叫个不停。太阳虽已偏西,但威力却仍然不减。江志海带着部队,冒着火热的天气,继续向前赶路。战士们个个汗流浃背,但步子越走越快。突然,从寨山方向传来了机枪和步枪的射击声,接着又响起了飞机的嗡嗡声和炸弹的爆炸声。部队原地停了下来,江志海带着通信员小周,爬上路旁的一个小高地,拿起望远镜观看着。只见寨山上空,有两架敌机在低空盘旋,不时地对山头进行轰炸和扫射。炸弹爆炸后散出的黑烟,像一团黑纱笼罩在山顶上。大虎山前的海面上,两艘敌巡逻艇在往返巡逻,像两只疯狗似的把守着我海口。

小周站在江志海身旁,瞪着一双机灵的大眼,估摸着说:"连长,可能是区中队和民兵在寨山顶上跟鬼子干上啦!"

江志海眉梢微蹙,心情沉重地说:"果然不出营首长所料,敌人这是用向我内地进攻的手段,掩护它抢修据点。小周,通知各排长带队跑步前进,咱们从寨山西北角插过去,从侧翼打击敌人一下。"

部队跑步来到寨山西北的峰山脚下时(这里离敌人占据的大虎山和寨前村,只有七华里),发现在他们右侧的海头村里,传来嘈杂的人喊牲口叫,其中,还夹杂着一个沙哑嗓子的吆喝声和小孩的哭叫声。接着,村里的男女老少,有的牵着牲口,有的背着包袱,有的抱着小孩,从村北头朝外直跑。

江志海一看这情况,断定村里一定有敌人,便马上命令部队停止前进,准备战斗!

这时候,尖兵领着两个老乡跑到江志海跟前报告说:"村里有一伙穿便衣的伪军,正在抓人、抢牛。"

江志海一听,气愤地说:"一伙便衣特务,就敢随便出来抓人抢牲口,太猖狂了,看来敌人是欺负我们这里没有部队!"他和三个排长立刻研究了一下作战方案,并且嘱咐说,"这是我们到海边来打的第一仗,我们有绝对的优势,因此务必要做到全歼，不使一个漏网。另外，不要打机枪和掷弹筒，叫敌人误认为是区中队和民兵打的。"

孙勇怕江志海的身体太劳累，建议说："连长，我带着一排去支网吧？"

"不用替我担心，按计划行动。"江志海说着，从皮套里抽出大肚匣子，带领二、三两个排顺着一人多高的苞米地，向南山口上跑去。

孙勇带着一排，迅速靠上村北头。他观察了一下情况，发现敌人用绳子绑着三十多个老乡，还抢了三头黄牛，押着从村南头出了村，顺着通寨前村的大道，向南山口上走去。于是，他带着部队穿过村庄，紧跟在敌人后头，只等敌人走到南山口下，江志海那边枪一响，就从敌人的后尾包围上去。

被抓的老乡在路上磨蹭着不肯快走，因此敌人吆吆喝喝，走走停停，前进的速度很慢。孙勇心想：看来连长分析和计算得很对，敌人走一步，我们就跑三步，从海头村到南山口上，只有两里多路，用不着敌人走一里路，连长他们就能跑到了。怎么这样凑巧，我们刚好快到目的地的时候，就遇上这几个该死的家伙，这真是"割草拾了个兔子——当捎带"啊！

出了村南头不远，孙勇一看敌人的三个尖兵已经快走到南山口下了。这时，他非常担心，就怕江连长他们还未赶到，把敌人的尖兵放了过去。他两眼看着三个敌人上了南山口，可是那里却一点动静都没有。正在他心急火燎的夹当，突然，口子上传来了一声枪响，紧接着，枪声和喊杀声响成一片。

孙勇一听枪响，马上指挥全排向敌人开了火。因为怕误伤着老乡，他们的枪都打得很高，只是一面打着枪，一面喊着将敌人往网口里赶。

敌人被这突然而来的枪声吓得像惊了枪的兔子，扔了老乡和黄牛，撒腿就往路旁的苞米地里窜。孙勇带领战士们从苞米地外边包围上去，把钻进苞米地里的五个敌人，全部俘虏了。

这个小小的战斗，从打响到结束，前后不过五分钟，打死打伤敌人三名，俘虏七名，没有一个漏网。战士们开玩笑说：这是走路碰上了一块肉，干净利索地吃掉了！

战斗结束后，江志海命孙勇带毕大牛先到姚夼村找区委季书记取联系；他处理完这里的工作，带着部队随后就到。

四

凤尾区区委书记季虹是全县有名的文武双全的女干部。她爹妈一辈子就生她这个闺女，因为家境贫寒，从小就跟她爹妈下海打鱼，村里群众都叫她"假小子"。她家里一没有渔船，二没有渔网，受尽了渔霸的残酷压迫和剥削，所以，她从小就对旧社会恨入骨髓，养成了一种倔强和敢于斗争的性格。

抗日战争爆发的前三年，也就是1934年，她爹参加了中国共产党，在白色恐怖下，担任秘密交通员的工作。那时候，她才十六岁，有时也帮她爹传递秘密文件。1935年冬天，在党领导这里沿海一带广大渔民进行反渔霸的高压剥削和反盐税的斗争中，季虹她爹被叛徒向沙土岛的大渔霸武孝同告了密，武孝同就领着县城里的保安队，把他抓去杀害了。季虹妈得着死讯，一气之下，得了气臌病，没钱医治，不久也死了。

双重的精神打击，没有压倒这个性格倔强的少女。她擦干了眼泪，挺起了胸膛，怀着满腔的阶级仇恨，继续承担了她爹留下来的秘密交通员工作。在党的培养教育下，她入了党，担任了区妇救会长，以后又提拔为区委书记，挑起了凤尾区全区的工作重担。

当太阳离西山顶还有两丈来高的时候，孙勇和毕大牛到了姚夼村。走进区委会一问，文书说，季虹可能带着民兵在南山上。他俩走出村，冲着有人的地方爬上了南山。快到山顶时，只见十多个身背大枪的民兵围在那里，其中一个生得虎彪彪的小伙子，正用手指着山下的寨前村气冲冲地说:"小鬼子占了大虎山和咱们村前的海湾,每天都出动飞机,在这寨山周围轰炸扫射,想用飞机来吓唬咱们,叫咱们乖乖地给他当顺民,这真是痴心妄想!"

"这叫做梦娶媳妇,尽想好事。"一个民兵笑着说。

"鬼子在大虎山架起了帐篷,又抓人,又砍树,在山上抢修碉堡。要是让他修成了,他用大炮和机关枪把咱们这条大港汊子的进出口一封,那就好比敌人在咱的家门口放上了岗,想把我们堵在屋里,冻死、饿死!咱们得赶快找季指导员要求要求,把全区的民兵集合起来,今夜就动手,把大虎山上的敌人打跑,坚决不能叫他把据点修起来。"

另一个小伙子说:"于成龙,季指导员不是说了吗,叫咱们民兵沉住气,先摸清情况,准备好,等部队来了,好配合部队打仗……"

"叫你这么说,咱们就眼瞅着敌人横行霸道啊?我看等敌人把碉堡修起来,再打就晚了!"那个叫于成龙的小伙子说。

"鬼子的战艇就停在咱们村前的海湾里,咱们要是进攻大虎山的敌人,战艇上一开炮,那咱们就得两面挨打,恐怕氽不着米,反倒会丢了口袋。我看还是听季指导员的,一切行动听指挥嘛!"

十来个人里,有的同意于成龙的意见,有的不同意今天夜里打,大伙七嘴八舌,争了起来。

这时,孙勇正准备上去问问季虹同志在这不在这里,大牛忽然拉拉他的袖子:"排长,你看那边来了个女同志,大概就是季指导员。"

孙勇扭头向山顶东边的一条小道上一看,只见一个青年女同志匆匆走来,她留着短发,上身穿件白土布褂,下身穿条蓝裤子,腰间扎着的皮带上,挂着两颗小手榴弹。她手提蓝布小包袱,边走边唱着歌:"……敌人的封锁不可怕,自力更生有办法、种棉花、纺成线，织成土布军民穿，嗳嗨哟……"

一看这位女同志的派头和那走路的神气，孙勇估计毕大牛的猜想大概不会错。于是，他迎上前去，没等那女同志开口，便笑着问道："你是季指导员吗？"

那女同志停下脚步，两眼看了看孙勇和毕大牛，回答说："我不是季指导员。"她看眼前站着的这两个陌生人都穿着便衣，带着武器，就反问道："同志，你们是哪个村的民兵？找季指导员干什么？"

"我们是独立营的，来找季指导员取联系。"

"哎呀！同志，你们可来了！"这女同志一听孙勇说是独立营的，高兴得上前握着孙勇的手，笑着说，"季指导员今天早晨到沙土岛民兵联防指挥部和区中队布置工作去了，她临走的时候说，县委已经来了通知，说咱们的部队今天要来，果不然你们就来啦！走，你们随我下山，到区委先喝口水歇歇吧！"她又自我作了介绍，"我姓刘，是区妇救会的干事。"

三个人说话的夹当，从山南坡的小沟里跑上来一位老大爷。他跑到那些民兵面前，喘呼呼地说道："成龙，不好了，村里出事啦！"

"周大伯，出了什么事？"于成龙和民兵们把老人围了起来。

周大爷愤怒地说："咳！咱村里的那个大渔霸赵怀水，今天中午带着三十多个伪军回来了！这铁杆汉奸一进村，就说他是奉了龟川和武孝同的命令，回来当区长的。伪区公所就设在赵家祠堂里。这个狗养的不知道从哪里得的情报，把在村里坚持斗争的党员和积极分子，一下子抓去了三十多个，你妈也在里头，都关在祠堂的东厢房里，听说今天晚上就要拷打审问，追问村里谁是党员和干部，还要追问谁分了他的渔船和渔网。成龙，你得赶快找季指导员拿个主意呀！"

"这小子，欠下咱们穷人的血债还没还，又跟着鬼子回来横行霸道！这次非把他干掉不可，叫他给阎王爷当区长去吧！"于成龙气得跳着高说。

另一个小伙子问:"大伯,沙土岛的那个大渔霸武孝同也回来啦?"

"那还用说!他们穿的是一条连裆裤子。"周大爷气愤地说。"我还听见便衣特务说,这次是鱼口岛日本海军炮艇队的分遣队长龟川,带着武孝同那个伪军中队来的。现在武孝同带着伪军在大虎山上修碉堡。走,咱们到姚夼村找季指导员,快想办法救人哪!"

"季指导员不在家,咱们不能等,我看马上把咱村的民兵都集合起来,今天夜里就打回村去,先把赵怀水敲掉,救出被抓的人!"于成龙说着背起大枪,一挥手,"走!有种的跟我来,这次不是鱼死,就是网破,我就不信斗不过他!"

"干!也叫他知道咱们寨前村民兵的厉害。"大伙都劲头十足,跃跃欲试。

于成龙见没有一个人反对,心劲更足,带着民兵往山下走去。没走多远,一个清脆而有力的声音,从山顶的东北角上传过来:"成龙,你要上哪去?"

随着喊声,孙勇扭头一看,只见一个女同志,右手提着个小包袱,急促地向这边走来。刘干事对孙勇说:"季指导员回来啦!"

这时候,季虹已走到三人跟前,刘干事忙指着孙勇介绍说:"指导员,这是独立营的孙排长,来找你取联系!"

季虹热情地握了握孙勇和毕大牛的手,关切地问:"你们早来了吧?"

孙勇说:"太阳偏西的时候,部队走到海头村,正遇上伪军在村里抓人、抢黄牛,我们在海头村的南山口上打了一下,把伪军全部消灭了。江连长在后面处理战后工作,命令我们先来向季指导员报告,他带着部队随后就到。"

民兵们听说部队来了,高兴得不得了,大伙你一言我一语,问长问短；周大爷听说去海头村抓人抢牛的伪军都被我们消灭了，人也救了下来，更是高兴得合不上嘴。

正说话间，毕大牛在孙勇身旁说："排长，连长带着部队来啦！"

大伙扭头一看，果然见一溜队伍向这边走来。季虹忙领着大伙迎上前去，高兴地和江连长握着手，互相问了好。江志海笑着说："季虹同志，你还记得吧？40年夏天敌人'扫荡'的时候，我们连队在姚夼村遭到了敌人的合击，部队向外突围当中，我挂了彩，多亏你带着区中队从敌人背后打开了一个缺口，部队才突出了重围，把我也抢救了出来！今天，咱们又在姚夼村的南山上见面了，事情总是碰得这么巧啊！"

"是啊！不巧不成故事呀！"季虹爽朗地笑着，"江连长，你的身体现在怎么样？伤口还痛吗？"

江志海哈哈大笑说："早不痛了！可以说，我现在是端枪就打仗，抬腿就行军，端碗就吃饭，躺下就睡觉，身体好得很啊！"

大伙都被江志海这几句乐观而又风趣的话，逗得笑起来。季虹把寨前村兵队长于成龙和渔救会长周大爷向江志海作了介绍，末了，她看看风尘仆仆的战士们说："江连长，你们今天又行军，又打仗，同志们辛苦了，咱们先到区委住村吃点饭，喝点水，歇一歇，然后再研究敌情和作战计划。"

"行。"江志海带着队伍跟在季虹后边，向姚夼村走去。

第二章 奇袭伪区队

一

当天晚上,就召开了区委会议。

会上,把从各方面来的情报和俘虏的口供一对照,证实了这次侵占寨前村和大虎山的敌人,是由三部分力量组合而成:主力是鱼口岛日本海军炮艇队派出的一个分遣队,由一艘大型炮艇、三艘巡逻艇和一只运输汽艇组成。分遣队长叫龟川。炮艇上有四十多个鬼子,三艘巡逻艇,每艘上有三个鬼子和一个班的伪军。第二部分力量是伪海军的一个中队,共有一百多人,中队长是沙土岛投敌大渔霸武孝同。此外,还有寨前村投敌的渔霸、武孝同的连襟赵怀水,他手下带着三十多个伪区兵。龟川依靠这两个地头蛇,当他的左右耳目。他们以寨前村的前海湾为战艇的基地,在大虎山修筑据点,妄想从海上和陆上封锁我海口,切断我东海地区的海上运输线,牵制我主力部队正在向敌占区开展的夏季战役攻势。

根据上级的指示精神,针对敌人的企图,会上大家一致决定先消灭伪区队,除掉赵怀水,救出被捕的群众,这样就等于挖掉了龟川的左眼,迫使他变成独眼龙;第二步打下大虎山,消灭武孝同这股伪军,使龟川由独眼龙变成瞎子、聋子、疯子,以创造彻底消灭龟川这股敌人的有利条件。

区委会结束以后,江志海回到连部,马上召集班以上的干部传达了会上的决定。正准备研究怎样奇袭伪区队的时候，季虹从外面走了进来，她面带焦急的神情，把突然变化的敌情，告诉了江志海。

据于成龙和周大爷回村侦察得到的情况：在天黑的时候，赵怀水得知他派到海头村去的那班伪军被我军消灭的消息，马上报告了武孝同，武孝同又马上报告了龟川。龟川认为这沿海一带没有八路军的主力部队，尽是些区中队和民兵，所以把战艇上的日伪军都集合到寨前村的伪区分所里。

江志海估计，敌人集中在寨前村，可能是准备明天向我寨山周围地区进行"扫荡"，用进攻的手段，一来掩护它们抢修据点，二来用烧杀抢掠的办法，威胁群众给他们出夫和送粮食，以达到它以战养战的目的。

根据敌情的这一变化，江志海和季虹商量了一下，决定立即更改原来的作战方案，并作了新的战斗部署：他带着一排在拂晓前插进寨前村，按照季虹预选的地点隐蔽起来；等龟川带着日伪军出动"扫荡"时，就寻找战机，消灭伪区队和救出被捕的群众。季虹带二、三排和民兵，在寨山周围地区，用麻雀战、地雷战，打击出动"扫荡"的敌人。这样就一举两得，一种双收。

方案定妥，已经是半夜了。季虹回区委去部署民兵和组织群众转移，江志海带着一排，由于成龙和周大爷带路，迅速秘密地出发了。

这时候，天空无云，星斗满天。一排战士沿着山下崎岖的小道，转过寨山东北角，直向寨前村奔去。

江志海一边走，一边留神观察寨山周围的地形。虽然没有月光，大地黑乎乎的，但借着星星的亮光，可以影影绰绰地看见山峰的剪影和寨前村的一片树林，再往前，就是茫茫无边的大海了。高大的寨山两角，就像一个大螃蟹伸出两只钳子一样，抱着寨前村：西面是大虎山突出在海中，紧紧环抱着大港汊子进出口的航道；东面是大鹰嘴，控制着通往沙土岛的海口；村前面是月牙形的大海湾。

这个村有三百多户人家,几乎家家都靠打鱼为生。村庄虽然在海边上,但党的基础很好,早在抗日战争爆发前,党就领导这沿海一带广大渔民,进行过反渔霸的高压剥削和反盐税的斗争。当时这个村曾一度组织了一百多人的队伍,他们手拿大刀、红缨枪和土枪、土炮,夜间袭击海头村的盐务局子,缴了盐狗子的枪。后来,沙土岛的大渔霸武孝同和寨前村的渔霸赵怀水,领着从县城开来的大兵,残酷镇压了这场轰轰烈烈的渔民暴动……于成龙他爹是那次暴动的领头人,后来被赵怀水向国民党反动政府告了密,被敌人抓到沙土岛,吊在武孝同门前的大槐树上,活活地给打死了。

那时,于成龙才十一岁,听说他爹被武孝同打死了,就从门后拿起一把斧头,往外飞跑。他要到沙土岛去,把武孝同的头砍下来,给他爹报仇!他妈怎么也拦不住他,没有办法,就跑去找周大伯。周大伯赶到半路上,好说歹说才把他拉了回来。从此,他母子怀着对旧社会和渔霸的深仇大恨,忍饥挨饿,苦度春秋。

抗日战争爆发以后,国民党的官员和大兵,都望风而逃。武孝同和赵怀水一看主子跑了,再没人给他们撑腰,就联合驻海头村的盐狗子头目任宝石,拉起了一支队伍,武孝同自封为大队长,任宝石当中队长,赵怀水当副官,打着抗日和维持地方治安的假招牌,在沙土岛招兵买马,私设衙门,欺压群众。后来,鬼子侵占了鱼口岛,武孝同就带着一百多匪兵,投降了鱼口岛的日本海军司令山岛。从此,武孝同当上了伪海军中队长,任宝石当了中队副,赵怀水当了特务队长。三个家伙狼狈为奸,无恶不作。这沿海一带的老百姓,一提起这三个铁杆汉奸,就恨得牙根痒痒。

部队来到一个山口子跟前,周大爷停住脚,转过头来说:"江连长,从这下去,就到村北头了。"

江志海命部队原地待命,他带着孙勇和周大爷、于成龙向前走去。

村里没有灯光,也没有一点动静,只偶尔传来一两声敌哨兵问口令的吆喝声。停泊在前海湾里的敌艇上,闪着灯光;两艘巡逻艇像两只狼眼似的,在大虎山前面的海面上往返巡逻。大虎山顶上敌人的帐篷里,亮着像鬼火似的瓦斯灯光。江志海和大家商量了一阵,觉得现在时间还早,不要急于进村,决定由孙勇在此掌握部队休息,他和于成龙、周大爷到大虎山周围去察看一下地形,以便做到心中有数。

三个人从北面爬上大虎山的腰部,踏着一个大石硼,借着瓦斯灯光,看见敌人在山顶上搭了四个帐篷。周大爷悄声告诉江志海,这四个帐篷,有一个住着十多个鬼子和一个曹长,另两个住着武孝同的伪军,还有一个是伙房。山上没有水,敌人每天从村里要二十个人往山上挑水。白天敌人有两个岗哨放在山北口上,监视着村里和寨山西头那条大路。

他们又察看了几处地方,才回到了部队的休息地。江志海和孙勇交谈了几句,立刻带着部队,哑步悄声地跟在周大爷和于成龙后边,摸到了寨前村的东南角上。

部队隐蔽在紧靠村边的一块苞米地里。江志海和于成龙、周大爷先摸到村里,观察一下情况,然后再带部队进去。

部队进村隐蔽的地点,是在靠伪区公所东边不远的妇救会员王桂芬家里。王桂芬虽然不是党员,但她思想进步,工作积极,又是妇救会的小组长。她爹妈都是党员。她男人名叫周山,四年前为逃避武孝同和赵怀水抓兵,跑到鱼口岛福兴渔行的渔船上当了水手。季虹到村里工作的时候,经常住在王桂芬家。这次隐蔽的地方选择在她家里,就是季虹提出来的。一则她政治上可靠;二则她家离伪区公所较近,便于监视敌人的活动;三则她家有夹壁墙,一旦突然发生情况,有藏身的地方。

三个人摸进了村,就顺着一条东西小胡同,转弯抹角走了好大一阵子,才走到胡同的尽头。于成龙把身子贴在墙角上,探出头向一条南北大街看了看,又侧耳听了听,迅速往后退了两步,扭回头,悄声对江志海说,"大街上没有岗哨,咱们横穿过去,顺着西墙根,走到街南头就到了"。

江志海用手势制止了于成龙的说话,他把身子贴在墙角上,两眼警惕地向大街两头搜索了一遍。不大会儿,就听见大街南头传来了一阵脚步声,江志海瞪起眼仔细一望,隐隐约约看出有四五个肩扛大枪的敌人,由南向北朝他们走来。他赶紧拉着于成龙和周大爷,迅速隐蔽在小胡同的拐角处。三个人都屏住呼吸,江志海和于成龙两手紧握着枪把,准备随时射击发现他们的敌人。

脚步声渐渐由远而近,只听一个伪军说:"班副,'皇军'和咱们陆战队都住在祠堂里干啥?天又热,蚊子又咬,还不如在船上舒服。"

"你他妈的尽想舒服,简直是'大喜'他妈喝小面汤——心里没有数,咱们巡逻完大街以后,天亮了还得跟着'皇军'出去'扫荡'啊!"伪班副嘟嘟囔囔地说。

那个伪军牢骚满腹,像唱顺口溜似的说:"'扫荡,扫荡'!过去'扫荡'老子多展扬,走大路,闯村庄,好东西随便抢,土八路见了到处藏,真八路老远放几枪。现在和过去可大不一样,大路小路不敢走,又爬山来又打仗,地雷土炮到处响,土八路打冷枪,遇上真八路就遭殃!若踏响了土地雷,小命就得见阎王!……"

"住嘴!尽他妈的说丧气话。"伪班副骂骂唧唧地说,"明天出发要是打了败仗,就是你小子丧门的,回来老子非跟你算账不可……"

巡逻的伪军一边说着,一边顺大街向北走去。

等伪军走远,江志海又走到胡同口侧耳听了听,整个村里,除了巡逻伪军的脚步声外,再没有一点动静。他把手一挥,周大爷和于成龙跟着他敏捷地横穿过大街,贴着街西边的墙根,悄悄向南走去。

当三个人摸到王桂芬的家门口时，村里的雄鸡"喔喔喔"地开始叫头遍了。他们悄悄摸到村西南角，仔细地看了看伪区公所周围的地形：这座赵家祠堂，紧贴在村西南角上，门前就是海湾，日伪军和伪区兵都住在里边，大门口有伪军和鬼子站岗。祠堂周围的院墙上，挖了很多枪眼，要是硬攻的话，必然遭到敌艇炮火的杀伤，看来敌人把伪区公所安在这里，还是花了一些心思的。

江志海又把王桂芬家周围的地形，仔细看了一遍。然后，于成龙轻轻爬上墙头，慢慢下到院里，开了街门；江志海和周大爷侧身闪了进去，于成龙又随手把门关了起来。

于成龙站在街门旁边，听着街上的动静，担任临时警戒。周大爷蹑手蹑脚地上前叫开了门，王桂芬把他们领进东间屋里。屋里点着一盏小油灯，窗户用棉被挡着，在外面看不见一丝亮光。王桂芬高兴地握着周大爷的手说："周大伯，我这正盼你们哪！你们来得太好了，快收拾收拾那帮该死的家伙吧！"她说着看了江志海一眼。

江志海心想，一个普通的妇救会员，能主动提出留在村里，监视敌人的行动，不怕敌人抓，不怕敌人杀，为抗日积极工作，这是多么可贵的革命品质呀！有这样好的广大群众的支持，天大的困难都是可以克服的。

没等江志海开口，周大爷先向王桂芬介绍说："这是独立营的江连长。"

江志海把他们的来意向王桂芬说了说，她一听，高兴得满脸堆着笑，答应坚决协助部队完成任务。她告诉江志海，她有个九岁的儿子，名叫周金保，在村里担任儿童团长，鬼子来的那天，随着村干部转移到外村去了。这样，她一个人留在家里，监视敌人更方便啦！说完，她手拿小鱼油灯，领着江志海和周大爷到西间屋里去看夹壁墙。这个夹壁墙的小门，用旧箱柜挡着，在外边根本看不出一点可疑的痕迹。王桂芬叫周大爷搬开箱柜,她蹲在夹壁墙的小门口,端着灯给他们照亮。江志海钻进去看了看,里面大约有二米宽,可以藏三十多个人;南头有一个小圆口,直通西厢房。这个隐蔽点,真是再好不过了。

回到东屋里,周大爷坐在炕沿上,江志海坐在炕前的凳子上,听王桂芬谈这个夹壁墙的来历——

这个夹壁墙是她公爹在世的时候修的。那是在抗战前,党领导这沿海一带广大渔民,进行反渔霸高压剥削和反盐税暴动的时候,于成龙他爹被杀害。县城开来的大兵,有一帮就住在寨前村,每天搜捕参加暴动的人。当时她公爹也参加了暴动,为了躲避大兵的搜捕,在夜间偷偷修了这个夹壁墙。1942年冬天,鬼子拉网"大扫荡"的时候,季虹同志在这个村坚持工作。有一天拂晓,三百多鬼子突然包围了村子,她就把季虹藏在这个夹壁墙里,才躲过了鬼子的搜查。这个夹壁墙,除了她男人和季虹,全村谁也不知道。

周大爷听完惊奇地说:"哎呀!我说桂芬呀,你的嘴可真紧哪!我和你公爹最要好,就是不知道他还在家里修了个这个!"

江志海也笑着说:"桂芬同志,在鬼子'扫荡'的时候,这夹壁墙给季虹同志应了急,今天咱们打鬼子又用上了。等抗战胜利了,咱们得给这堵墙记上一功哩!"

"就一道记在桂芬身上得啦!"周大爷朝着王桂芬说。

"俺做的工作太少了。"王桂芬不好意思地说,"江连长,敌人的情况你们都知道了,那我就不多说了。只是赵怀水抓去的那三十多个人,还有妇救会长于大娘在内,都关在赵家祠堂的东厢房里,上半夜敌人拷打了半宿,我听着心里像刀绞。你们赶快想办法,把大伙救出来吧!"

江志海安慰她说:"你放心吧!"说完,他让周大爷留在这里接应,便和于成龙到村外带部队去了。

两人走出村,刚来到部队待命的地点,就听见大虎山上,枪声和手榴弹的爆炸声响成一片。接着，又听见村里有人乱跑的脚步声。江志海看着大虎山上手榴弹爆炸的团团火光，高兴地说："二排开始扰袭大虎山啦！估计大虎山上一打响，村里的敌人就要慌乱了。"

于成龙气呼呼地说："江连长，我看扰袭敌人，尽浪费子弹，不上算；要打，就干脆把大虎山打下来！"

江志海解释说："咱们扰袭大虎山的敌人是手段，解救被抓去修据点的群众才是目的。敌人这次占领寨前村和大虎山，主要是想先在山上抢修据点，好站稳脚跟，封锁我们的海口。咱们用扰袭的办法，把修据点的群众解救出来，这就破坏了敌人抢修据点的计划，创造了我们消灭岸上敌人的条件。"

孙勇这时插上来问："连长，部队什么时候拉进村？"

江志海没吱声，两眼看着海湾里敌艇的活动，一面侧耳听着村里的动静。大虎山上的枪声刚停止，敌艇上的探照灯就亮了，雪亮的光柱，像一把扫帚似的，不时扫过伪区公所的大门前面，照得周围明光瓦亮。随着探照灯的不断扫射，只见从伪区公所里跑出三十多个日伪军，把村里的大街小巷都站上了岗，显然敌人是怕我军来进攻这里。

江志海看到敌人突然放那么多的岗哨，怀疑敌人是不是还有什么别的阴谋，是不是有内奸看见我们刚才进了村，报告了敌人，敌人先派岗哨监视我们，等天亮以后，再挨门挨户地搜查呢？万一敌人发现我们进了村，那奇袭伪区队和搭救被捕群众的计划，就难以进行了。要把敌人的岗哨赶回去，把他们的注意力引到村外来。想到这里，他马上决定派三班从村北头大吆大喊地打着枪冲进村里，一直打到伪区公所的后面，然后，仍从村北头撤出来，直奔寨山顶上，和二、三排会合。

三班长按照江志海的命令，带着全班向村北跑去，不大会儿，那边就响起了枪声。这边，孙勇指挥着一二班，从村东头向村里打枪。随着枪声，战士们大声地喊着："捉活的，别叫敌人的岗哨跑了！"这一闹腾，惊得敌人晕头转向，撒腿都跑回了伪区公所。

三班的战士们跟在敌人岗哨后头，一面打着枪，一面喊着"捉活的"，一直追到伪区公所的房子后边，又向院里猛投了一阵手榴弹。这时，伪区公所的院子里浓烟滚滚，火光闪闪，爆炸声震得地皮直颤。

日伪军被这突如其来的进攻打蒙了，他们乱哄哄地又喊又叫，机枪和步枪无目标地向四周乱射，曳光弹像流星似的在空中乱飞。只听一个家伙像狼嚎似的喊道："他妈的！八路大部队来了。给我顶住，别叫八路攻进来！"

于成龙看着敌人一片慌乱的景象，高兴地说："连长，把敌人的岗哨都赶回鳖窝去啦！"

毕大牛和刘海也凑上来说："连长，这一手叫什么计呀？"

"要论名吗？就叫它'赶狗回窝'之计吧！"江志海哈哈地笑着说。

伪区公所周围的枪声还响得十分激烈。江志海带着部队，在枪声和手榴弹爆炸声的掩护下，迅速撤到了王桂芬家里。待了不大工夫，担任扰袭任务的三班也撤下来了。

二

每年夏季，在这海边上，总是三天两头降大雾。今天拂晓，又是大雾弥漫，这对江志海他们出敌不意地打击敌人，起了有利的配合作用。

王桂芬把战士们都安排在西间屋里休息，她就去忙乎着和炒面水给战士们喝。

江志海请周大爷到寨山顶上走一趟，向季虹报告一下，这里一切都已准备就绪，等"扫荡"的敌人出动以后，就消灭伪区队，请她放心。

周大爷走后，江志海、孙勇和于成龙一面喝炒面水，一面听着王桂芬谈她刚才发现的一个情况——

在虎山上枪响后不大的工夫，她听见东院赵福才家的街门有响声，她就上了猪窝盖，趴在墙上一看，只见赵福才像一只老鼠一样，从外边溜回家去了。现在村里住着敌人，他一个人黑夜出去干什么……

江志海没吱声，只是一面抽着烟，一面在心里琢磨着这个可疑情况。

孙勇说："说不定是个内奸！"

于成龙一听，忽地站起来说："赵福才过去在赵怀水开的渔行里当账房先生，这次赵怀水回来，可能又勾搭上啦！我看我翻过墙去，悄悄地把他抓过来，审问审问，若是个内奸，一刺刀把他捅死算啦！"

"没有真凭实据，不能随便抓人。"根据王桂芬谈的情况，江志海仔细分析了一下，认为赵福才可能是个内奸，不然赵怀水怎么会知道村里谁是党员，谁是积极分子呢？他昨天抓的那些人，没有内奸提供名单，决不会抓得那么准。

天虽然亮了，但大雾仍然没有散，整个寨前村，还在茫茫大雾的笼罩之下。在三班撤出村有半个钟点的时候，伪区公所的日伪军，忽然倾巢而出，它们在村北头，朝着寨山打了一阵枪，然后返回头，从北往南，挨门挨户地搜查起来。

江志海他们早藏到夹壁墙里去了。他和孙勇贴在夹壁墙门口，准备若是敌人一搬箱柜，发现了夹壁墙时，他们就冲出去，把敌人干掉。于成龙在夹壁墙南头，把两眼贴在通往院子里的气眼上，盯着外面的情况。待了不大的工夫，来了三个手持大枪的伪军。他们一看屋里没有人，就胡乱在屋里搜了一阵子，因为王桂芬早有准备，故意把两只老母鸡关在鸡笼里，放在西间屋门口，伪军没有搜着衣服和粮食，就从鸡笼里抓了那两只老母鸡，提着滚蛋了。

战士们走出夹壁墙，坐在西间屋里小声说着话，就像刚才什么事情也没发生过一样。

这时候，雾还没有散尽，日伪军们乱哄哄地整队出发，到寨山周围"扫荡"去了。

海边上的人，对降大雾有个经验，就是"云雾不知天早晚，雾散天晴东南晌"。当江志海部署好战斗任务和进行完政治动员以后，王桂芬从外面跑进屋来，又向江志海报告了一个新的情况——

刚才，赵怀水趁着日伪军们挨门挨户搜查的时候，带着一个护兵悄悄溜到赵福才家里去了。因为赵福才的西间屋紧靠着王桂芬的东院墙，所以赵怀水和赵福才在屋里说话的声音，她都听得清清楚楚。她听见赵福才对赵怀水说："二叔，昨天你进村的夹当，我怕村里跟着八路跑的穷棒子看见我和你接近，我只好派你孙子把那张名单交给你。二叔，你干得好利索呀，一个没落下。"

赵怀水说："福才，这趟你给二叔我帮了大忙，在龟川队长面前立了一大功啊！"

"二叔，我把这沿海一带土八路活动的情况和区干部的名字，都写在那张单子上，你看看就知道了。这回我决心跟着二叔干，人生在世，还不就是图个做官、发财、享福吗！"

"这些都包在你二叔身上了。眼下你先在区公所当书记，替我掌管财政大权。"他停了停又问，"福才，你说的那个女区委书记，我怎么一时想不起来呀？"

"她是沙土岛季德胜的闺女。过去穷渔花子闹暴动那年，她爹被武队长领着县里的保安队，抓到县城里枪毙了，她是武队长的对头冤家，咱村反渔霸斗争，就是她领的头。二叔，你多亏跑了，没遭那个洋罪，小侄我可替你遭罪了。在斗争大会上，村里的穷渔民说我是你的狗腿子，替你催租逼债。你是没见她那个唬劲，身背匣子枪，站在咱赵家祠堂的台阶上，张口就是全区的大渔霸、大汉奸武孝同、赵怀水,闭口就是你们替鬼子杀害中国人,财产一律没收。这个仇我死也忘不了。二叔,你今天得先给那些穷渔花子个颜色看看,给他们来个下马威。"

"二叔我知道你受苦了,我这次回来,要重整家业,过去谁分了我的财产,这次都要追回来。季虹在咱赵家祠堂门前开反渔霸斗争大会,今天我要在咱赵家祠堂门前审问昨天抓的那些穷光蛋,叫老祖宗看看,我赵怀水这个后代,不是脓包,不是好惹的!"

"二叔,咱村的民兵队长于成龙,是领头闹暴动的那个共产党员于大水的儿子,她妈就是你抓的那个于老婆子。那小子是个天不怕地不怕的愣头青,你得想法先把他干掉,留着是个祸害。那个于老婆子,是村里妇救会长,又是拥军优抗的模范,村里男女老少都听她的话,听说她也是共产党,干脆给她一刀算啦!"

"我就照你说的办。"赵怀水说。

赵福才又献媚地说:"二叔,现在我请你喝两盅,你侄媳妇锅里还炖着两只鸡。这酒还是你开渔行的时候我买下的,你跑了我就埋在地下,一直没舍得喝,准备有朝一日东山再起,咱叔侄俩喝个团圆酒,胜利酒。"

王桂芬说完,江志海没言声,他紧蹙双眉,低头沉思着。这时,孙勇、于成龙和王桂芬的目光,都集中在他脸上,等他赶快作出决断。

待了一袋烟的工夫,江志海才抬起头来,坚定地说:"走!咱们先把赵怀水抓起来,叫他领着咱们去消灭伪区队!"

三

部队集合在院子里待命。孙勇开开街门,探头向街两旁一看,街上冷冷清清,只有从伪区公所里,传来一阵阵伪区兵的狂笑声,还夹杂着鸡叫声。

江志海手提张着大机头的大肚匣子在前，孙勇和李大成提着匣子枪在中，于成龙提着大盖枪在后，迅速走到赵福才的街门口。他们一看，街门大敞，赵怀水的护兵后背倚着照壁墙，低着头，正在划火吸烟。江志海一个箭步窜上了去，右手把枪口顶在护兵的胸膛上，左手把他的下巴颏使劲地往上一撮，"咕咚"一声，把他的头顶在照壁上，孙勇先摘下他的匣子枪，然后把一条毛巾塞到他嘴里。江志海叫李大成在照壁前面看押护兵和监视外面的情况，他和孙勇、于成龙悄悄向正屋走去。

接近正屋门口时，就听赵福才在西间屋里说："二叔，你就喝两盅酒，连饭也不吃就走吗？"

"来不及啦！龟川队长和武队长临走的时候，命我放火烧那些村干部和共产党员的房子，叫穷光蛋看看'皇军'的厉害！福才，你的功劳二叔决不会忘记。要是今天龟川队长再能抓着季虹那个女八路，你这个官运就亨通啦！哈哈哈哈……"屋里传出一阵得意忘形的笑声。

正在赵怀水和赵福才洋洋得意、奸笑不止的时候，江志海一挥手，带领孙勇和于成龙冲进西间屋的门口，三支黑洞洞的枪口，同时对准了坐在八仙桌正位的赵怀水和坐在陪席上的赵福才："不许动！动就敲碎你们的脑袋！"

两个家伙被这突如其来的打击震蒙了，手里刚举起的酒盅，"啪"一声掉在地上，打得粉碎。赵福才的老婆吓得"哇"的一声惨叫，跪在地上。

在一眨眼的宁静里，赵怀水醒了过来，看事不妙，妄想进行垂死挣扎。他右手刚要伸到腰里掏枪，江志海飞起一脚，把他从椅子上踢倒在地，跌了个仰面朝天。孙勇抢上一步，弯腰把他腰间别的一支马牌手枪掏了出来。

江志海用枪指着赵怀水喝道："起来！"

这汉奸像只笨猪一样，挪动了老半天，才爬了起来，像泥人见水一样，瘫倒在椅子上。

江志海扬了扬手里的匣子枪,用严厉的口气命令赵怀水说:"跟我们到区公所走一趟,让你说什么就说什么。要是不老实,小心你的脑袋!"赵怀水两眼死盯着黑洞洞的枪口,吓得脸黄嘴唇乌,满口答应说:"只要八路长官饶命,我一定按长官的指示说话,领着弟兄,不,领着八路军,消灭弟兄,不,消灭二狗子。"

江志海瞪了赵怀水一眼,严厉地说:"赵怀水,我们抗日民主政府对待汉奸的政策,你该知道吧?"

"知道,知道!"赵怀水连连点着秃脑袋说,"坦白改过从宽,抗拒从严,坚决按长官说的办,争取宽大处理。"

"好!现在就看你的表现了。你要想要一点滑头,就要你的狗命。"江志海命于成龙在屋里看着赵福才和俘虏的那个护兵,等消灭了伪区队,再一同撤出村去。

布置停当,江志海在左,孙勇在右,把赵怀水夹在当中,李大成紧跟在赵怀水身后,走出屋来。经过王桂芬的街门口时,江志海向在院子里站着的毕大牛和刘海一丢眼色,二十多个武装整齐的战士,迅速走出街门,跟在江志海他们后头,大摇大摆地向伪区公所走去。

伪区公所大门口,站着一个瘦如干柴的伪区兵,他手持大枪,歪头歪脑地向江志海他们直看,活像一个看门守院的癞皮狗。

江志海和孙勇模仿着敌人便衣的样子,和赵怀水并排地一边走着,一边向后传:"要显出威武的精神,大胆闯进伪区公所里,争取一枪不发地活抓敌人!"

走到离大门口只有十几步远的时候,那个岗哨见区长领着一队便衣,大摇大摆地走过来,估计来头不小,于是,他手忙脚乱地又立正,又行护枪礼,奴才相十足。江志海踏上大门前的台阶时,回头一看,那个站岗的伪区兵,还不知啥事,就被毕大牛把大枪夺了下来,当了俘虏。

进了大门，一拐大照壁的墙角，只见剩下的二十多个伪区兵，有的在院子里擦枪，有的三三两两地在说笑打闹，有的在用包袱包着抢来的衣服。西厢房门口，两个伙夫在杀抢来的小鸡。

江志海他们挟着赵怀水一进院，伪区兵就像一群狗看见主人一样，摇头摆尾地站起身来。

李大成在赵怀水的身后，用枪口一捅他的后腰，他马上张开大嘴按照江志海刚才在路上教给他的话说："弟兄们，这是警备队的弟兄前来增援我们，大家欢……"

"迎"字还没说出口，李大成带着战士们，像闪电一般，端着明亮的刺刀冲到了伪区兵跟前。刘海和毕大牛一齐大喊："不许动！谁动就捅死谁！"

机枪班的战士，也端着歪把机枪大喊："谁动就嘟嘟谁！"

随着喊声，江志海和孙勇指挥着战士们，迅速占领了整个大院，封锁了所有的出口。

伪区兵都吓慌了神，有的还没拿起大枪，就当了俘虏；有的想端枪射击，被毕大牛和刘海他们用刺刀捅死在地上；还有两个想爬墙逃跑，刚爬上墙头，就被战士们扯着脚拖了下来。其中有一个瘦小个子的家伙很顽固，他跑到屋里，把身子倚在屋门旁边，朝着江志海他们开了三枪，因为他心慌手颤，一枪都没伤着人。

赵怀水一听枪响，赶紧趴在地上喊："佟队副，别打枪，别打枪啊！再打就没有命啦！"

这个家伙伸出头看看，又想扣扳机。

就在这眨眼的时间里，孙勇看见他那张干瘦的火刀脸上，有一些黑斑，他马上想起来了：这人是1941年1月份，我军打国民党投降派王兴仁匪军时，俘虏的一个班长。1942年冬天，鬼子拉网"大扫荡"，他带枪投降了鱼口岛的敌人，无怪这样顽固。他正要端枪回敬的时候，身边"叭叭"响了两枪，叛徒的小脑瓜立刻被打开了花，一头栽出门外。孙勇急忙转脸一看，只见连长的枪口正向外冒着一丝瓦斯青烟哩。

"连长,你打得好啊!这小子是个带枪投敌的叛徒。"

江志海笑着说:"怪不得这样顽固。"

这场奇袭,我们只打了两枪,就结束了战斗。

根据江志海的命令,李大成带着一班搜查伪区公所的正屋,并张贴军分区政治部印的《告伪军书》;孙勇打开东厢房,放出了被关押的群众。乡亲们有的被敌人打得遍体鳞伤,走路一瘸一瘸的,有的紧紧握着战士们的手,诉说着敌人的罪恶。于大娘被敌人打得浑身伤痕累累,她握着江志海的手,感激地淌着眼泪,不知说什么才好!

为了防止敌人战艇开炮轰击,部队押着俘虏,搀扶着救出的群众,迅速撤出了伪区公所,直奔村东沟而去。

孙勇到赵福才家找于成龙,准备和他一块押赵福才和那个护兵,到村东沟和江志海他们会合。经过王桂芬家街门口时,王桂芬站在街门里边,笑嘻嘻地叫住他问:"孙排长,把伪区兵都活捉了吗?"

"一个也没跑,包圆了!"孙勇高兴地说,"部队押着俘虏和搀扶着救出的群众,从后街上走了。江连长让我转告你,叫你提高警惕,今天夜里派于成龙来找你联系。"

"知道啦!请江连长和季指导员放心吧!"说罢,她随手关上了街门。孙勇走到赵福才家街门口一看,只见于成龙押着护兵,站在街门里边等他。于成龙一见孙勇,急切地说:"孙排长,赵福才跑啦!"

"啊!"孙勇打了一个愣怔,"怎么跑的?"

于成龙难过地说:"在伪区公所响枪的时候,赵福才要到厕所去解小手,我怕他跑了,叫他解在屋里,他说东间屋里有尿罐子,要到东屋去解。他进了东间屋,我在屋门口端着枪等着,可是等了好长时间不见他出来,我用刺刀把门帘一挑,房间里没有人,后檐窗没有窗户棂子,是用一块木板挡的,他拿下了木板,从后檐窗出去跑了！当时我想出去追赶，又怕这个护兵跑了，所以我没去追赶，孙排长，你看怎么办啊？"

孙勇怕于成龙难过，安慰他说："我们早晚能把他抓回来！"

两人押着护兵，一口气跑上了村东沟，正好江志海他们也爬上了村东沟。孙勇把赵福才逃跑的经过告诉了江志海，江志海气愤地说："这个狡猾的汉奸！他躲过了初一，也躲不过十五！"

这时候，敌艇上的机关炮开火了，炮弹落在伪区公所门前不远的地方，"轰轰"地爆炸着。紧接着，在寨山后坡姚夼村一带，也响起了枪炮声，还夹杂着地雷的爆炸声。这一定是季虹指挥着二、三排，在姚夼村周围的山头上，打击"扫荡"的敌人哩！

第三章　针锋相对

一

部队撤出寨前村以后,敌艇上才开了马后炮。战士们都嘲笑说:"敌人打这顿马后炮,一来对我们的胜利表示庆祝,二来给出击'扫荡'的敌人报丧。真是想得太周到了!"

事情正如战士们说的那样,当"扫荡"的敌人在寨山后坡姚夼村周围的大小山头上,遭到部队和民兵前狙、后击、侧面打的时候,龟川忽然听见战艇上开炮的响声,就像听见丧钟响似的,顾不得顺着寨山后面继续向西"扫荡",马上命令日伪军把前队改为后队,后队改为前队,顺着原路,乱哄哄地向寨前村撤退。敌人在撤退,季虹就指挥着部队和民兵,随后紧紧地追击,把敌人打得狼狈不堪。

龟川这次"扫荡",一没有抓到人,二没有抓到牲口,三没有抢到粮食,还挨了一顿打,气得他暴跳如雷。

中午时分,江志海和季虹带着部队、民兵和被救出的群众,回到了姚夼村。他们顾不得吃饭和休息,就忙着召开会议,研究下一步的具体战斗计划。

散会前,于大娘拄着根棍,走进屋来。季虹一见,急忙上前去搀扶,一边让她坐在椅子上,一边说:"大娘,我们想先叫你老人家休息一下,等开完会就去看你。"

于大娘笑着说:"你们工作那么忙,又得指挥打仗,你大娘还能等着你们去看吗？我有几句话，来向你们俩说说就走。"

于大娘年近六旬，她虽然被敌人打得浑身伤痕累累，但那张慈祥的脸上，却显出坚强的神情。她用手慢慢向后理着苍白的头发，心情激动地说："季指导员，江连长，这次乡亲们被捕，都怪我过去思想太麻痹，没有看出赵福才这个内奸，大伙才吃了大亏。听说成龙没看住那个坏蛋，又叫他跑了。我这个党员没起到党员的作用，儿子又犯了错误，心里老不是个滋味，总觉得对不起党啊！"

"大娘，责任不在你，主要怪我们区委的警惕性不高。赵福才跑了不要紧，早晚能把他抓回来！"季虹一边说着，一边给于大娘整理被血粘在身上的衣服，就像亲闺女关怀母亲一样。

江志海说："大娘，你被敌人打得这个样子，快回去休息休息，有话咱们明天再说吧！"

"江连长，共产党员被捕，挨敌人几下打算什么！"于大娘满意地说，"这次被敌人抓去的三十多个乡亲，每个人都挨了打，可是，大家都不怕打，也不怕死，没有一个人向敌人说一句实话。这都是党组织教育得好哇。"说到这里，她站起身来，一手握着季虹的手，一手握着江志海的手，心情激动地说："今天咱们活捉了赵怀水，不但给成龙他爹报了仇，而且还给我们寨前村和全区的老百姓除了一大害！这次说什么也不能宽大他。"

"大娘，你放心吧！上级一定会考虑群众的要求，并且按照党的政策处理他的。"

二

消灭了伪区队以后，部队休整和小结了一天。

这天夜里，江志海部署完工作，就在连部聚精会神地学习毛主席《论持久战》中的一段教导："优势而无准备，不是真正的优势，也没有主动。懂得这一点，劣势而有准备之军，常可对敌举行不意的攻势,把优势者打败。"毛主席的话,照亮了江志海的心,他感到力量无穷、信心更足、方向更明了。

这时,派去和王桂芬联系的于成龙从寨前村回来了。他一进屋,就坐在门旁的凳子上,一面用毛巾擦着脸上的汗水,一面向江志海报告情况——

"'扫荡'的日伪军回村以后,赵福才把伪区队被消灭和赵怀水被活捉的情况,报告了龟川。龟川一听,像个疯狗似的,抽出战刀,朝着赵家祠堂院里的那棵大槐树,狠狠砍了两刀。发完了疯,他把武孝同叫到跟前,命他接任伪区长,带着两个伪军小队,驻守在赵家祠堂里。

"今天大虎山上没有人给鬼子修据点,也没有人往山上挑水。在下午一点多钟的时候,从山上排着队下来十几个伪军,都挑着水桶,到村西头井里吊了水,挑着上山去了。

"天傍黑,敌人的运输汽船,从鱼口岛装来了五十多名身穿破烂衣服的群众,由伪军押着到大虎山上去修据点。在赵家祠堂的房顶上,武孝同派了两个伪军,一边敲锣一边喊叫,说武区长有命令,限明天夜里,叫全村在家的人,把自己家跑到外村的人找回来,到大虎山上去修据点和挑水;谁家若是有跑到外面的人不回来,就放火烧谁家的房子。"

于成龙说完,着急地问:"江连长,那咱们明天怎么对付敌人?"

江志海说:"明天仍按中午部署的战斗计划进行。成龙同志,你到后屋去看看你母亲,就去睡觉吧。明天一早,你还得带着民兵,和我们一起去执行打麻雀战的任务。"

"保证完成任务!"于成龙精神抖擞地刚要转身,忽然又想起一件事:"江连长,我来的时候,叫民兵把赵家祠堂周围的大街小巷都埋上地雷了,明天敌人一出来,就叫他啃铁西瓜。"

江志海看着于成龙跑出门去的背影,心里想:"真不愧是他爹的儿子,是块好料。"

三

拂晓前,江志海带着一排,于成龙带着民兵,悄悄出发了。他们的任务是袭扰敌人,消灭敌人的有生力量。

二排长负责指挥四个战斗小组,隐蔽在大虎山北面的大小山头上,准备打击山上修据点的敌人。江志海负责指挥六个战斗小组,隐蔽在寨前村北山和村东沟上,准备打击从伪区公所里出来抓人和抢粮食的敌人。

天傍亮的时候,部队和民兵都身披伪装,进入事先选择好的阵地,隐蔽起来。

太阳从大海尽头升起有一丈多高了。江志海趴在一块苞米地边上,举着望远镜不断地向伪区公所周围观看。忽然,他看见有两个伪军踏着梯子,爬上了伪区公所院子里的那棵大槐树,然后用绳子往树上拉木板子,并且在树半截腰扎了个架子,还在大树杈子上绑了个大木滑轮。不大会儿,武孝同坐在一只盛鱼的大抬筐里,由三四个伪军拉着绳子,把他升了上去。江志海边看边对卧在他旁边的孙勇和于成龙小声说:"武孝同又要搞什么鬼把戏了。"

孙勇和于成龙一听,都急忙举目向伪区公所观看,只见在大槐树半截腰扎的那个大木架子上,站着两个伪军,一个用手使劲拉着大绳子,把鱼筐靠在木架子边上,另一个像拖死猪一样地把武孝同拖上了木板架子。显然,武孝同是想把岗哨放在树上,这样可以居高临下,看到全村的情况。

于成龙用手拍打着枪把子笑着说:"咱们的计划,是一天打死打伤四五个敌人,这回我可找着目标啦,先把武孝同敲下来,试试我这支大盖枪好不好使唤!"

孙勇说:"成龙同志,你先测量好距离,定好标尺等着;不打则罢,一打就争取一枪敲下来。"

孙勇的话音刚落,一个伪军在木架子上"噔噔噔"敲了一阵子锣,锣声过后,另一个伪军拿着一个大喇叭筒子对在嘴上,像驴叫似的喊道:"全村的男女老少听着,武区长初次上任,爱护老百姓,不叫你们到区公所门前开会,叫你们都在院子里听武区长训话。"

"妈的,我先来训训你的话吧!"于成龙说着就要瞄准射击。

江志海急忙把着于成龙的手说:"不要着急,先听听他说些什么。"

这时候,武孝同从伪军手里拿过喇叭筒,对在嘴上,操着公鸭嗓喊道:"乡亲们,弟兄们,兄弟我奉了龟川队长的命令,担任凤尾区的区长,全靠乡亲们维持!以后,要民夫你们就出夫,要粮草你们就送粮草,'皇军'保护你们过太平日子,保护你们出海打鱼。你们别听八路的宣传,八路没有本事和'皇军'打仗,见了'皇军'就跑,你们老百姓抗日还能抗过'皇军'的飞机大炮吗?"

江志海火了,马上把右手使劲一挥:"打!"

这"打"字刚出口,于成龙就一搂扳机,"叭呴"一声,随着枪响,站在武孝同身旁打锣的那个伪军,一头栽了下去,武孝同和另一个伪军吓得都趴在木架子上,一动也不敢动了。

因为没有打着武孝同,于成龙有点懊恼。他又推上一粒子弹,说:"我这头一枪没打着武孝同,这第二枪叫他逃不了狗命。"说着又"叭呴"一枪。但这一枪还是没打准。

这时,伪军都上了墙头,朝江志海他们隐蔽的方向,盲目地打起枪来。

武孝同借着伪军乱打枪的机会,像个老鼠似的,慌忙爬进鱼筐。他正坐在筐里想往下滑,江志海从战士手里拿过一支大盖枪,一瞄准,"叭呴"就是一枪,刹那间,只见连筐子带武孝同,一块摔到了树下。

于成龙高兴得拍着手喊道:"打得好啊!这一枪准把武孝同的狗命送上西天了。"

刘海也笑着说："这回叫武孝同坐着鱼筐当花轿，到他阎王丈人那里接媳妇去吧！"

笑声中，从大虎山北面传来"轰轰"两声巨响，大家都扭头向大虎山北边观看，只见在山北边的腰部上，浓烟腾起，看不见人影。孙勇估摸着说："可能是站岗的敌人踏响地雷了。"

江志海举起望远镜看了一会儿，说："山上下来了两个拖尸的。"

"他们这是自己去找死。"于成龙的话音还没落，山北角的松树岚子里响了两枪，把刚走到山半腰的那两个伪军，打得一头栽倒了。

大虎山这边地雷的硝烟还没散尽，在伪区公所北边的街口上，又"轰隆"一声，一团黑烟冲天而起，这是伪军出来搜查，踏响了民兵夜里埋设的地雷。

江志海心里高兴地想：用麻雀战、地雷战，巧妙地打击敌人，初战就获得这样好的战果，照这样打下去，用不上一个月，就能把龟川这股敌人敲光了。

敌人缩进伪区公所里，胡乱地打了一阵枪；炮艇和巡逻艇在地雷炸响后，都开出了海湾，停泊在大虎山和寨前村中间的海面上，显然是龟川怕民兵用大土炮轰击它。

江志海用望远镜看得清清楚楚，大虎山上的敌人都隐蔽在堑壕里，不敢出来；伪区公所里的伪军都趴在院墙头上，不敢再离大院一步。这时候，整个寨前村，鸡不叫，人不喊，像死了一样。

有战斗经验的人都知道，和敌人对峙当中的暂时安静，就是敌人整顿人马，组织火力，准备报复的前奏。对于眼前这种情况，江志海立即命令于成龙带着一个民兵班，到村东沟和村北山一带，监视敌人，用冷枪打击敌人。他和孙勇带着一排撤回姚夼村，准备和季虹研究一下打大虎山的计划。

四

吃过午饭,各排都按照党支部的指示,召开了军事民主会,讨论打大虎山的事。规定三点半前结束讨论,由各排排长到连部汇报讨论的情况。

一排的会开得非常热烈,散会的时间比二三排晚了一些。因此,当孙勇走到连部门口的时候,见江志海、季虹和二、三排长已经在屋里谈起来了。

孙勇随手搬了个凳子,在门旁坐了下来。

季虹见孙勇来晚了一步,冲着他说:"孙排长,我们这儿开会有个规矩,就是后来的人优先发言,你后来,就开头一炮吧。"

孙勇笑着从口袋里掏出日记本,说:"行,这个罚我挨得起。"他打开日记本翻看了几页,"战士们提的意见和我的想法,归纳起来,共是三条:一是利用夜间偷袭,如果偷袭不成,就变为强攻;二是我们化装成伪军,在拂晓的时候,由寨前村西北角出发,装着到大虎山换防的样子,一拥攻进敌人的阵地,打敌人个措手不及;三是继续封锁和打击往山上挑水和运木料的伪军,迫使山上的敌人既没有材料修据点,又在大热天喝不上水,这样……"

孙勇话没说完,周大爷满头大汗地闯进屋来,气喘吁吁地对江志海和季虹说:"出事啦!中午的时间,敌人在战艇上朝村东沟和村北山打了一顿炮之后,就都下船到了村里,由赵福才这个狗汉奸领着,在拆伪区公所北面的房子,现在已经开始拆王桂芬的西厢房。我来的时候,在村北山上遇见了成龙,我把情况向他一说,他说,倘若夹壁墙被敌人发现了,那王桂芬的性命就危险了。叫我马上来报告,他带着一班民兵,跑步往寨前村去了!赶我跑到寨山东口子上,就听见村里的枪声直响。要是成龙他们有了差错,别说救不了王桂芬,就是他们自己也有被敌人消灭的危险！"

　　江志海听完周大爷讲的情况，一边安慰周大爷，一边赞许地说："成龙同志这种敢于闯狼群，入虎穴，不顾自己生命危险，舍己救人的勇敢精神很好，不愧是革命烈士的后代，不愧是革命的好同志！"接着，他又跟季虹商量了一下，决定命三排长带着全排跑步出发，到寨前村的北山去接应一下，掩护于成龙他们撤退。

　　三排长刚要走，天空中传来了敌机的"嗡嗡"声。大家都站在屋门口，抬头向东南天空观望，只见两架敌机飞得很低，在寨山周围盘旋了一圈，就径直向海头村飞去。在海头村上空盘旋了一圈，折回头，又向东南方向飞去。

　　"敌机这是来给龟川助威呀！"

　　"没有用。"二排长说，"它要是能下来跟咱们拼拼刺刀，才算它本事大。"

　　这时，通信员小周领着王桂芬走进了街门。

　　江志海和季虹一看王桂芬来了，都高兴地走到院子里，把王桂芬迎进屋来。她一进屋，就握着季虹的手说："季指导员，江连长，叫你们受惊了吧？"

　　"桂芬，你快坐下喝点水，受惊是小事，你没叫敌人捉去就好啊！"季虹高兴地说。

　　王桂芬掏出手帕，擦了擦脸上的汗水，气愤地说："嗨，都是赵福才这个狗汉奸搞的鬼呀！"

　　"成龙同志他们呢？"江志海担心地问。

　　"我们走到寨山东口子上，成龙看见敌人的飞机在海头村上空丢了一个白东西下来，他没顾得回来，就带着民兵到海头村侦察情况去了。"

　　"常言道，'放虎归山，回头伤人。'"周大爷坐在门旁，用烟袋锅敲着门框子，气呼呼地说，"要是再捉到赵福才这个狗杂种，我非亲手宰了他不可！"

季虹笑着说:"行,以后抓住赵福才,枪毙他的任务一定给你留着。"她又转过身来说,"桂芬,你把村里的情况,再详细谈谈。"

王桂芬一面喝着水,一面谈着村里的情况——

今天中午,赵福才领着好几十个鬼子和伪军,先拆了伪区公所北面的房子,又接着拆王桂芬家的西厢房。有的伪军在房顶上拆,有的伪军就押着民夫,把拆下来的木料运到大虎山上。王桂芬怕敌人拆完西厢房后再拆正房,夹壁墙就要被发现,正急得没法办,忽然,从村东头响起了枪声,接着,枪声和手榴弹的爆炸声,还有喊捉声,就在她屋后响了起来。她听到这喊声当中,有于成龙的声音,知道于成龙带着民兵冲进村来了,于是,她急忙跑出屋门口,于成龙就带着两个民兵冲到院里,一句话没说,一个民兵拉着她就往外跑。于成龙在后头指挥民兵,一边打枪,一边掩护着撤退。拆房子的伪军手里都没有武器,于成龙他们突然冲进村来,打得伪军就像一堆"屎壳郎"忽然挨了一石头一样,乱哄哄地向伪区公所里跑去。就这样,他们都安全地撤了出来。

王桂芬汇报完了上面的情况,又想起早上的事:"今天早晨,咱们从树上打下的那个伪军,一个倒栽葱摔在地上,把头跌成了两半,没缓气就死了。武孝同坐的鱼筐上的绳子被子弹打断了,连人带筐跌在地上,虽然把他的腰跌坏了,只可惜没摔死。以后出来十多个日伪军,想到村里去搜查,刚走到街上,就踩响了地雷,把两个伪军炸得血肉横飞!"

"桂芬同志,你谈的情况很好。"江志海高兴地说,"你先到伙房去吃饭,有事我们再找你商量。"

王桂芬走了不大会儿,于成龙跑进屋来。他手里拿着一张纸条,气呼呼地说:"季指导员,江连长,刚才敌机在海头村上空投了一个布袋,里面装着敌人的通知,说明天叫海头村出五十个民夫,还要五十条大木杆子,到大虎山去修据点;要是不出人,就用飞机和大炮把海头村轰平!现在村里的人又生气,又着急,有些人在家里收拾东西，要搬到外村去躲躲，有些人要求村干部来找区委和部队想办法。"说着，他把纸条递给了季虹。

周大爷站起身来，火辣辣地说："豁上叫鬼子用飞机大炮把海头村炸平，全区的老百姓再帮助盖新房子，也不能出人给鬼子去修据点。"

"对！俺村的房子都叫鬼子拆了，我们都不怕，还怕鬼子用飞机大炮打吗？这次说什么也不能叫海头村的人去修据点！"于成龙两眼冒着火花。

季虹一面看着敌人的通知，一面说："这是敌人抓不着人抢修据点，没有办法，才使出的一手——用飞机大炮来威胁群众。现在龟川已经不得不用伪军拆房子，往山上运木料；若是再等两天抓不着人，我看龟川只好逼着伪军去修据点了。"

江志海紧皱着双眉，眯缝着眼睛，在思考着对策。

大家看着江志海和季虹，都在等他们拿主意。

这时，屋子里只听得见人们的喘气声和周大爷烟锅里发出来的"吱啦吱啦"声。孙勇扭头看了看坐在他身旁的于成龙，见他面带怒气，低着头，聚精会神地在擦着他那支心爱的大盖枪。

沉默了一阵子，江志海才胸有成竹地开口说："季虹同志，我看明天倒是个巧取的好机会！"

季虹抬起头来，很感兴趣地问："怎么个巧取法，你说给我们听听。"

江志海说："我想利用敌人威胁群众的机会，打敌人个措手不及！"

周大爷和于成龙一听江志海有了主意，眉头都舒展开了。屋子里的气氛马上活跃起来。

这时，李大成跑进屋来，嘿嘿地笑着说："连长，我来送全班的决心书，大伙坚决要求承担攻打大虎山的突击任务！"

江志海接过决心书，两眼看着李大成问："你们班今天下午休息了没有？"

"谁还顾得上休息，开完了军事民主会，就忙着写决心书，大家摩拳擦掌，都急着要打大虎山！"

"这几天来，部队不是行军就是打仗，战士们够累的啦！你们休息不好，怎么能把任务交给你们呢？"江志海关切地说，"你回去通知王司务长，提前开晚饭，吃完了饭，各排就抓紧时间休息，准备明天战斗。你再把支委找来，等会儿开个会，研究一下明天的战斗计划。"

"是！"李大成高兴地"咚咚咚"走了。

看着李大成跑出门去，江志海转过身来，见于成龙还在聚精会神地擦枪，就笑着说："成龙同志，今天你干得很出色啊！不仅当机立断地救出了王桂芬同志，而且还及时地查明了飞机投下的敌人通知的情况，这给我们巧取大虎山的战斗，提供了良好的战机！"

于成龙难过地说："江连长，都怪我不小心，叫赵福才跑了，才闹得这海边上村村不安。反正我是下了决心，这次打大虎山，准带着民兵跟着部队干一下子，多打死几个敌人出出气！"

季虹说："赵福才逃跑，今后接受教训就是了。以后遇事要冷静沉着，多动脑筋，不能一急一气就头脑发热。"

"我今后坚决改正这个毛糙急躁的老毛病！"于成龙认真地说。

支委们仔细地研究了打大虎山的计划。散会以后，江志海把三个排的战斗任务，向排长们作了具体部署，又命孙勇和周大爷负责分头准备船只和战斗器材，并强调注意保守秘密和封锁消息，防止汉奸把部队的行动报告敌人。

五

经过多年的战争锻炼，江志海养成了大胆泼辣，同时又十分细致、稳健的工作作风。天黑以后，他带着于成龙、孙勇和小周,摸到大虎山上,再一次进行实地侦察,看看他们定的战斗计划,是否合乎实地情况,万一打不好,是否能撤下山来。拿江志海的话说,这叫实地核实战斗计划。

四个人侦察完地形回到村里,天已经快半夜了。江志海和孙勇没顾得休息,就分头到班里去检查战前的准备工作。刚走到一班的大门口,就听见屋里传出斧子砍木头的"嘣嘣"声和锯木头的"哧哧"声,同时,还夹杂着战士们的说笑声。

"听说人家民兵开会表了决心,明天要和咱们来个杀敌竞赛!"说话的是李大成。

"于成龙这小伙子真有两下子。我听小周说,今天下午,他带着十几个民兵冲进了寨前村,把王桂芬救了出来,还把正在拆房子的敌人打得晕头转向,真不简单!"这是毕大牛的声音。

"寨前村的民兵,在凤尾区来说,是数一数二的。过去他们经常在海边上跟鬼子打,咱们可得向人家学习。今晚要充分准备好,明天可别落在民兵的后边啊!"刘海大声说。

听着这些有声有色的议论,江志海心里十分高兴。有这样勇敢忠诚的战士,任何困难也能克服,任何顽固的敌人也能把它消灭!只要能把这些好钢用在刀刃上,就能一当十,十当百,以少胜多,以弱胜强!

当江志海刚一在门口出现的时候,眼尖的刘海立刻发现了他,忙站起身来说:"连长,你回来啦?"

战士们都停了手里的活,一齐围上来,有的问手榴弹这样藏法行不行?有的问大枪这样藏法好不好?有的问敌人搜查时说什么?李大成嘿嘿地笑着说:"连长,你检查一下吧!看看我们班的准备工作怎么样,若是不行,好马上改。"

江志海两眼扫过全班,只见战士们精神抖擞,个个都像小老虎一样。他们智慧广,办法多,枪支弹药藏得十分巧妙,化装用的衣服也多种多样,物资准备充分,这样,明天就更有胜利的把握了。他看后高兴地说:"大家准备得好啊!完全符合支部的要求！民兵要和咱部队挑战，咱们要虚心向民兵同志学习，互相配合，夺取胜利。"

"请连长放心吧，保证完成任务！"战士们挺着胸脯，异口同声地响亮回答。

从一班出来，江志海心里充满了必胜的信心。

第四章　巧取大虎山

一

七月的清晨，海风潮润润的。一团团的白雾，笼罩着海面。涨潮的海水，翻滚着雪白的浪花，一个接一个，冲击着海边的礁石，发出"哗啦哗啦"的响声……

经过一夜的紧张准备，战前的各项工作，一样一样地都落实下来。拂晓的时候，战士们和驶船的民兵，都列队站在海滩上。他们虽然一夜没合眼，但个个精神抖擞，昂首挺胸，充满了战前的激情。

江志海见部队和民兵都到齐了，就抓紧出发前的一点时间，又一次仔细检查了每个战士和民兵的准备工作，然后，指挥大家登上了小船。小船一共十只，载着一、二排的战士和民兵六十多人，还装着二十多根大木杆子和抬筐、扁担、铁锹、镐头等工具。

这六十多个人当中，有渔民打扮的，有农民打扮的，还有盐民打扮的。大家挤坐在船上，抽着小烟袋，有说有笑，一点也看不出他们有即将去进行一次艰巨战斗的样子。

船队徐徐离开岸边。驶船的民兵摇着橹，小船顶着微微的西南小风，劈开浪花，一起一伏地向大虎山西边的海岸驶去。

这时候，海风已把海面上飘着的一团团白雾吹散，初升的朝阳射出万道光芒，照射着密密层层的浪尖，犹如万朵金花，开放在碧波万顷的海面上。一群海鸥，在船队上空飞翔……

啊！这早晨的海景，真美丽极了！可是江志海他们却无心观赏，大家的心里都为那即将开始的战斗激动着。周大爷自己摇着一只小船，跑在船队前头，就像部队行军派出的尖兵一样。

江志海头戴草帽，上身穿着件蓝布小褂，下身穿着条青色裤子，脚穿黑色的力士鞋，活像一个打鱼的小伙子。他站立船头，微风吹动着他的衣角，向后飞舞着，发出"唰唰"的响声。

江志海乘的这只小船为指挥船，由毕大牛和李大成摇橹，孙勇手拿撑竿，站在船中间，如海和小周坐在船尾。后面的小船，都以这只船为目标，跟踪前进。

船队航行到海头村和大虎山中间的时候，忽然，从海口外传来了激烈的枪炮声。江志海扭头向海口望去，只见敌人的两只巡逻艇正追赶着四五只渔船，有两只渔船被炮弹打沉，船上没有受伤的渔民都跳入海中，向港西岸游去。其余三只渔船，都升满了篷帆，不顾敌艇炮火的追击，向海口里猛跑……当渔船眼看被敌艇追上的时候，三只船向西一掉船头，搁浅在沙滩上，船上的渔民都跳下船来，向港西岸的小山上跑去。

江志海看着敌艇追击渔船的疯狂劲头，立刻传出命令："沉住气，不要受这个意外情况的干扰，我们的战斗计划不变！"

船队没受敌艇抓渔船的半点干扰，仍旧照常前进。

一只敌巡逻艇开到渔船搁浅的海边，伪军把船上的鱼搬上了巡逻艇，又把三只渔船拴在巡逻艇的尾部，拖着向海口外驶去。

另一只敌巡逻艇，像野狼似的嚎叫着，开进海口里边，冲着船队疾驰而来。

江志海两眼盯着敌巡逻艇，脑子里考虑着对付敌人的办法……敌艇越来越近，前甲板上站着的十多个敌人，都清清楚楚地映入他们的眼帘：有一个鬼子举着望远镜向船队观看，其余的敌人都洋洋得意地在指手画脚。看到敌人这种毫无紧张气氛的举动，江志海断定，敌人不是发现了他们的行动，可能是到海头村去催逼民夫。

敌巡逻艇的速度很快，眼看就要冲到船队跟前了。孙勇站在江志海的身后，担心地问："连长，艇上的敌人可能是来搜查我们的，如果敌人搜查，我们怎么对付？"

"沉住气，装着不理睬他们的样子，继续向前行船，用我们的大胆行动，迷惑敌人。"江志海把话顿了顿，又补充说，"要是他们上来盘问，先由周大爷对付他们；如果敌人不走，要检查我们的时候，就按原定计划行动。"孙勇迅速向后传达了这道命令。

他俩说话的夹当，周大爷已经摇着小船靠近了敌艇。没等敌人问话，周大爷就大声喊道："老总，我们是海头村的老百姓，奉了'皇军'的命令，到大虎山上去修据点的！"

一个伪军嚎叫着："老头，你们村来了多少个民夫？"

周大爷不慌不忙地说："昨天'皇军'的飞机丢条子，要五十人，我们照数来啦！"

举着望远镜观看船队的那个鬼子，这时放下望远镜，操着半生不熟的中国话，狂笑着对周大爷说："老头，你们是'皇军'的顺民，大大的好。'皇军'的保护你们出海打鱼的有，保护你们过太平日子的有……"说完一挥手，敌艇围着船队转了个圈，向海口外开去。

江志海看着敌艇开出海口，便转脸对孙勇说："敌人开着巡逻艇来请咱上山，咱们可别辜负了人家的'好'意！"

"错不了，保险给他连锅一道儿端。"

船队继续前进着。江志海这时蹲了下来，两眼紧紧盯着大虎山西边的那条小道和山下的海岸。海岸上有三个伪军的岗哨，因为刮的是西南小风，伪军哨兵说话的声音，清晰地传到了他的耳朵里。

只听一个伪军说："班长，你看看，海头村的民夫到底来了，我看老百姓还是怕'皇军'的飞机大炮啊！"

另一个说:"老百姓都他妈的属蚂蚱,不按着头,他们是不拉屎的。"

伪班长说:"小六、大黑,我看船上的人不少,要严格检查,防止八路混进来。"

周大爷摇着小船靠上了海边。他跳下船,对三个伪军说:"老总,我是海头村的村长,带着五十个人来修据点,我们从哪上岸好?"

"就在这里上岸,站好队,听候检查。"伪班长瞪着三角眼咋呼着。

周大爷转过身来,向江志海他们喊道:"噢!——老总说了,叫咱们在这上岸,要检查。"

九只小船接到"命令",顿时乱了队形,乱七八糟地向岸边驶来。孙勇小声问江志海:"连长,敌人检查,咱们怎么办?"

江志海说:"咱们是送货上门,欢迎检查,看我的眼色行动!"

小船你挤我抢地靠了岸。江志海和孙勇先跳下船,紧接着,各船上的战士也跳下了船,有的从船上往下抬大木杆子,有的抬筐子,有的拿铁锹,有的拿镐头,海岸上显出一片紧张混乱的样子。

乱了一阵,江志海看看大家都准备得差不多了,便和孙勇抬起一根大木杆子,向伪军岗哨走去。李大成一手提着铁锹,一手扶着木杆子,跟在他们身旁。其余的人,有抬木杆子的,有抬筐的,有提锹扛镐的,一齐向前涌去。

离岗哨三十来米远的时候,三个伪军的枪口都抬起来指着他们,其中一个满脸大紫麻子的家伙,操着公鸭嗓喊道:"站住!一帮一帮的过来,老子检查完一帮,后边那帮再来。"

江志海向周大爷使了眼色,周大爷便喊着:"大伙摆好啦,一帮一帮地走,听候老总检查!"

在周大爷的喊声中,江志海和孙勇没有停步,仍旧抬着木杆子,继续朝伪军岗哨走去。麻子伪军端枪指着他们,另外两个伪军,一个是个歪嘴,一个是个大黑子,提着大枪,冲着江志海他们走来。大黑子伪军上手就要搜江志海的腰间,歪嘴也要搜孙勇。就在这一眨眼的工夫,江志海和孙勇把木杆子头上的塞子拔了出来,随手从里头抽出匣子枪,把木杆子向旁边一扔,江志海一个猛虎扑食扑向大黑子,孙勇一个箭步窜向歪嘴。李大成一见连长和排长动手了,便也抡起铁锹,朝着麻子劈去。江志海和孙勇把枪口对准两个伪军的胸膛。麻子见一把铁锹向他劈来,急忙闪身一躲,铁锹带着风声从他的耳边飞过,落在了他握枪的手上,痛得他把大枪扔出老远。

三个伪军被这突如其来的打击吓得呆若木鸡,"扑通"一声跪在地上,举着双手,浑身像筛糠似的直磕头求饶。

江志海用匣子枪点着大黑子的脑袋问:"山上有多少鬼子?多少伪军?鬼子官叫什么名字?伪军的头是谁?快说!如果有半句假话,就要你的狗命!"

大黑子咧着大嘴,浑身哆嗦着,有气无力地说:"山上有十多个鬼子,鬼子官是个曹长,名叫小水;陆战队有三十多个人,中队副叫任宝石。"

江志海又问:"龟川和武孝同在哪里?"

"龟川夜间住在炮艇上,白天和武孝司都在寨前村指挥民夫和陆战队的弟兄拆房子,把木料运到山上据点。"

"还有别的情况没有?"

"没有啦,长官。"

李大成和毕大牛捡起伪军扔在地上的大枪,刘海和小周扒下伪军的军装,叫三个民兵穿上,仍站在原来的岗位上,以挡山上敌人的耳目。小周把三个伪军押上船,关在船舱里,由驾船的民兵看守起来……

一切收拾停当,江志海把队伍整理了一下,仍旧抬的抬,扛的扛,由周大爷在前头领路,向山顶走去。

二

　　五十多个人排成一溜,沿着一尺来宽的小道,爬上了大虎山顶。

　　上得山来,江志海打眼一看,只见这山顶是一块约有二亩地大小的平地,周围挖了一圈堑壕,堑壕外边有一圈鹿砦,里边架着四个帐篷。新修的碉堡,只垒起一人高的一个底座。鬼子和伪军一看修据点的人来了,有的站在堑壕边上,有的站在帐篷门口,都瞪着贼眼直看江志海他们。

　　正向前走着,有几个鬼子和伪军走了过来,其中有一个鬼子官,身背鳖盖盒子,手里提着一根藤子棍,看样子,他就是鬼子曹长小水了;在他身后,跟着一个身背匣子枪的伪军官,这家伙大约就是伪军中队副任宝石。在他俩后头,跟着五个荷枪实弹的鬼子兵。

　　小水边走边洋洋得意地和任宝石说着话,任宝石奴才相十足,像鸡吃米似的咧着嘴直点头。走近了,只听小水操着日本式的中国话说:"任队长,今天苦力的统统检查,防止八路的有。"

　　"太君,你的高明。"任宝石挑着大拇指奉承说,"有'皇军'在此,我谅八路没有那么大的胆量。"

　　趁这两个家伙说话的夹当,江志海向后一丢眼色,战士们都不慌不忙地放下木杆子和抬筐,掏出毛巾擦着脸上的汗水,装着等候敌人过来检查的样子。

　　江志海又向孙勇丢了个眼色,孙勇的目光一亮,机智地带着二十多个手拿铁锹和镐头的战士,拥到了江志海他们前面,用身体挡住了敌人的视线。

　　在这一瞬之间,战士们有的从木杆子里往外掏大枪,有的从抬筐里往外拿手榴弹,机枪班长郭喜从抬筐里拿出一挺歪把子,另一个射手提一挺捷克式。江志海从腰里抽出大肚匣子,把快慢机拨在快机上。他们这些动作,被孙勇指挥着战士们筑起的一道人墙,挡得严严实实。

小水又对任宝石说:"任队长,今天苦力的不少,叫他们好好地干,偷懒的,皮鞭子的干活!懂?"

"太君放心。"任宝石对这些"民夫"瞟了一眼,"'庄户孙'就是软的不吃,吃硬的。"说完,这家伙立刻换了一副长相,瞪起鸡蛋眼,朝孙勇他们吼着:"苦力的,都站好队,一个一个的过来,听候太君检查。"

孙勇装着欢迎鬼子检查的样子,转过身来,向战士们一使眼色,大家马上"唰啦"一下子,向两边一闪,敌人的目标完全暴露在江志海他们的眼前。在一刹那间,江志海敏捷地把大肚匣子一甩,朝着小水和任宝石,就"当当当"地射出了一梭子子弹!两个家伙嚎叫了一声,身子晃了两晃,还不知道是怎么回事,就"扑通"一声,栽倒在地上。

与此同时,孙勇也抽出了匣子枪。后边那五个鬼子兵连大枪都没来得及从肩上拿下来,就都被打倒了。

江志海带领战士们冲到堑壕边上,指挥着大家向堑壕里猛投手榴弹,有两个帐篷被打着起火,顿时,火光腾起,浓烟弥漫,敌人鬼哭狼嚎,在堑壕里边乱滚乱爬……

两挺机枪架在堑壕边上,也向敌人吼叫起来,打得敌人像找不到地窟窿钻的老鼠,在堑壕里东窜西逃。

这时,二排长带着战士们迅速插到堑壕西边,从侧翼向乱跑的敌人又打枪,又投手榴弹。这一下,敌人在堑壕里站不住脚了,都跑到碉堡座子南边,向江志海他们射击。敌人的歪把机枪也向郭喜他们的机枪阵地吐着火舌……

江志海一看从正面攻不进堑壕里边,就命机枪班从正面用火力压住敌人的机枪火力,又命孙勇带着李大成、毕大牛和刘海,从东面插到敌人的右侧,和正在左侧战斗的二排配合,从两侧夹击敌人。

正打得激烈的时候，停泊在寨前村海湾里的敌炮艇和巡逻艇开了炮。驻寨前村的敌人，也开始一面打着枪，一面向大虎山上进攻。敌人企图把江志海他们包围在大虎山顶上，聚而歼之。因为敌艇上的炮火怕打着山顶上正在顽抗的日伪军，炮弹都从山顶上空呼啸着飞过，落在山西坡和山北坡爆炸了。

龟川和武孝同指挥的日伪军，已经攻到半山坡上，机枪和步枪子弹像刮风似的，在江志海他们头顶上飞过。孙勇一边指挥着李大成他们射击，一面扭头向山下观看，但东射的阳光刺在眼上，对山下的情况看不清楚，只能影影绰绰看出乱哄哄的一片敌人，大喊大叫着往山上爬。眼前这种严重的情况，不仅威胁着他们消灭大虎山上的敌人，而且如不迅速地把山上的敌人消灭，那他们就有被敌人夹击的危险！这是个严重而危急的时刻。江志海沉着镇定，在机枪火力掩护下，从左侧拉开了鹿寨，带着战士们冲到了堑壕里边，手榴弹像下冰雹一样地投到碉堡座子周围。妄想依靠碉堡座进行顽抗的敌人，被手榴弹炸得无法招架，只得弃了大虎山顶往山下逃窜。孙勇在右侧见敌人要逃跑，就指挥着李大成他们用排子枪猛烈地射击。敌人见无法从山东坡往下逃跑，又掉回头去，想从山南坡往山下逃窜。但是这边的山坡很陡，再加上火力追击得紧急，剩下的二十多个敌人，都抱着大枪，像狗熊打滚似的滚下山去……

敌人被打下了山顶，炮艇和巡逻艇上的炮火，都转移到山东坡和山前坡，他们妄想用炮火掩护山东坡的敌人，向山上进攻。为了减少炮火的杀伤，江志海命战士们都隐蔽在堑壕里，依靠有利的地形，监视着从山东坡往上攻的敌人。

龟川和武孝同指挥着日伪军，在炮火和机枪的掩护下，一边打着枪，一边撅着屁股往山上爬。

战士们的枪口，都瞄准了敌人，只等他们进入二百米以内，就一齐开火，用火力把他们消灭在阵地前沿。

正当敌人越爬越近的时候，突然，从寨前村传来了一连串大土炮的轰鸣声，紧接着冲锋号也响了！随着冲锋号声，枪声和喊杀声响成一片！这是季虹指挥着三排和两个民兵连，从敌人背后发动了支援性进攻！龟川被这突然的袭击打慌了神。为了摆脱前后被夹击的危险处境，他不顾背后火力的射击，和武孝同督着喽啰们向山上猛攻，企图夺下大虎山，取得有利地形，进行顽抗。

江志海正在观察敌人的行动，孙勇弯着腰顺堑壕跑到他跟前报告："连长，逃到山南坡下的敌人，又重新组织在一起，现在开始向山上进攻啦！"

江志海两眼看着向山上猛攻的敌人，果断地说："要坚决把他们打下去！孙排长，你和二排负责顶住南坡上来的敌人，无论如何要守住阵地，这边由我负责。只要把敌人的这头一次冲锋打下去，后面三排和民兵就能攻上来，把敌人夹在当中，咱们再发起冲锋，争取一鼓作气把敌人消灭掉！"

"是！"孙勇扭身向南边的阵地跑去。

敌战艇被民兵的大土炮轰击得在海湾里停不住了，就拉着"哞"，像报丧似的开出了海湾，朝大虎山前海面开去。

毕大牛看着敌艇开出海湾，气愤地骂道："狗日的！你们也怕大土炮轰啊！"

"别看是土的，挨一家伙也有点滋味够他们尝。"李大成嘴里说着，两眼却一直没离开过正往上爬的敌人。

这时，江志海扭头对大家说："等敌人上来，先瞄准拿战刀的龟川和拿匣子枪的武孝同打！擒贼先擒王，把这两个头打死，敌人就失去了指挥，咱们再趁机冲下山去，把敌人彻底消灭！"他又提高了声音，"注意啦！一会儿我一喊一二，大家就用排子枪射击！"

龟川和武孝同指挥着乱哄哄的一片日伪军，咕容咕容地向山上直爬。三排和民兵在敌人背后，一面打着枪，一面也往山上攻。

江志海看着火候差不多了，于是，他举起胳膊使劲一劈：

"一二，打！"

机枪和步枪一齐向敌人开了火。敌人前倒后仰，乱哄哄地趴在山坡上。战士们趁机站起身来，朝着趴在山坡上的敌人猛投手榴弹，机枪也在猛烈地扫射。山坡上硝烟弥漫。龟川见事不好，借着硝烟的掩护爬起身来，命鬼子放了两枚烟幕弹，顿时，整个山坡上，黑烟滚滚，对面不见人影。

江志海一看敌人要跑，立刻带着战士们跳出堑壕，冲下山去。在滚滚的浓烟中，只见敌人扔下了几具尸体，其余的都不见了。江志海估计：龟川一定是借着烟幕的掩护，跑到山南坡去了。他立即命令战士："赶快到山上占领阵地，防止敌人从山南坡进攻！"

战士们刚刚回到山顶上，二排那边就响起了激烈的枪声和手榴弹的爆炸声，龟川和武孝同指挥着日伪军，向山上进攻了一阵，被二排用手榴弹打了下去。当江志海他们跑到二排阵地时，敌人已经夹着尾巴连滚带爬地向山下逃去。

这时，整个大虎山上枪声已经停止，只有敌战艇上的炮火，仍在向山顶上不断轰击，掩护逃跑的敌人上船。

第五章　鱼水情深

一

早晨,大虎山上枪炮齐鸣的时候,王桂芬搀着于大娘,和寨前村转移到外村的群众一起,都拥到寨山东口子上,观看部队和民兵打击敌人。群众也是一夜没合眼,于大娘和王桂芬领着妇女们帮助部队准备化装的衣服,还把战士们脱下的军装,连夜洗得干干净净。渔救会员又准备船只,又准备战斗器材,也忙乎得不得了。

现在,部队和民兵打下了大虎山,击溃了增援的敌人,群众都欢喜得像过年一样,一夜没合眼的疲劳,早被欢乐和激动的心情冲得溜光溜光的了。

部队和民兵雄赳赳地唱着抗日歌曲,开进了寨前村。

村干部拉着季虹和江志海到村公所去谈村里被敌人糟蹋的情况,孙勇把部队带到村北头的晒鱼场上休息。

这时候,全村的男女老少,都拥到晒鱼场上,围着战士们打听战斗的情况,亲热得就像多年没见面的亲人刚从远方回来一样。

晒鱼场周围的大杨树上,蝉鸣,鸟叫,好像也在为战斗的胜利唱着赞歌。

在密集的人群当中,王桂芬领着十多个青年妇女,抱着她们洗得干干净净的军装,走到李大成跟前说:"李班长,军装都洗好了，快叫同志们换上吧！"

李大成双手接过叠得平平整整的军装，又看了看自己和战士们身上穿的满是泥土的便衣，心情激动地说："桂芬同志，这……这可怎么说好啊！"

王桂芬笑着说："我们妇救会员给同志们洗洗衣服，这是应当的，有什么可说的。"

场西边的一棵大杨树底下，一堆人围着周大爷，听他讲巧取大虎山的经过。周大爷站在人群当中，踩着一块大石头，兴致勃勃地说："今天这一仗打得真好啊！我老头子可算开了眼界，见了世面。嘀！江连长把大肚匣子一甩，朝鬼子官和任宝石的脑袋，就'当当当'地打了一梭子，把鬼子官的脑袋打开了花，把任宝石的脑袋穿了个洞！好家伙，同志们就像一群小老虎，呼啦一下子冲到堑壕边上，一顿手榴弹，打得鬼子和伪军鬼哭狼嚎，死的死，伤的伤，剩下一二十个，都哭爹叫妈地逃下山去了。你看跑的那个快当劲儿，我估摸他一定会恨他爹妈少给他生了两条腿……"

听的人都被他说得哈哈大笑起来。

周大爷挽了挽小褂袖子，接着说："龟川指挥着那么多的敌人往山上攻，季指导员指挥着部队和民兵，在敌人的背后往山上打，江连长指挥着部队，从山上往山下打，一顿手榴弹，就把鬼子和汉奸打得滚的滚，爬的爬，都像狗熊似的抱着大枪滚下山去。这一仗，打得可邪乎啦！打下了大虎山，又打垮了增援的敌人，一鼓气把敌人赶下了海，咱寨前村又解放啦！"

大家欢喜得直鼓掌。

周大爷抹了抹胡子，面带怒气地说："大家还记得任宝石这个汉奸吧？他是武孝同的亲家。过去在海头村当盐狗子的时候，他和武孝同狼狈为奸，敲诈勒索，欺压咱们老百姓，是个无恶不作的坏蛋。这次江连长把他打死了，真是大快人心哪！"

不知是谁领着头高呼起口号来：

"打倒日本帝国主义!"

"打倒汉奸走狗!"

"中国共产党万岁!"

"毛主席万岁!万万岁!"

周大爷装了一锅烟抽着,继续说:"现在鬼子的兵船都逃到凤尾岛去了!凤尾岛就在咱的大门前面,鬼子的兵船,眨眼的工夫就开来了。季指导员和江连长说,咱要提高警惕,准备随时打击敌人的进攻!下一步,咱还要到海上去打,要坚决消灭封锁咱海口的敌人!"

周大爷有声有色地说着,大伙一边听着一边议论。有的说,把龟川和武孝同打死就好啦;有的说,能抓几个活鬼子看看该多好啊!还有的争着看民兵得的大盖枪。整个晒鱼场上,笑声不断……

在欢笑声中,刘海像个宣传队员一样,打着竹板说起他编的快板来:

> 抗日军民志如铜,重重困难无阻挡。
> 不怕战艇和大炮,不怕敌人逞凶狂。
>
> 众志成城团结紧,挥舞刀枪杀豺狼。
> 打下了大虎山, 寨前村得解放。
>
> 敌人逃到凤尾岛,贼心不死要提防。
> 海上再辟新战场,誓把敌人消灭光!

……

忽然,有十来个手拿红缨枪的儿童,跑到晒鱼场上。儿童团长左手拿着红缨枪,他头上虽然没戴帽子,却把右手举在右眉上方，朝着刘海行了个举手礼，然后用响亮的童音说道:"我代表儿童团，向八路军和民兵叔叔祝贺胜利！"

正说着快板的刘海，被这个儿童团长又向他敬礼，又向他祝贺胜利的礼貌行动，搞得面红耳赤，手足无措。他急忙举起拿着竹板的右手，一面还礼，一面笑着说:"小朋友，谢谢你们儿童团的祝贺啦！你们儿童团站岗放哨，对我们的帮助也很大呀！"

站在一旁的于成龙，高兴地上前抱起儿童团长转了个圈，哈哈大笑着说:"嘿！我们的'小淘气'真出息了，还真有两下子啦！"

儿童团长马上把小圆脸一绷，咕嘟着小嘴，表情严肃地对于成龙说:"什么'小淘气'，我叫周金保，金银铜铁的金，保卫祖国的保！"

大家都被周金保的那种天真活泼的神气，逗得哈哈大笑起来。

这时，村里的群众在于大娘的带领下，用木盘子端来了一碗碗热气腾腾、香味扑鼻的大卤面条，放在场中间。于大娘拉着战士们的手，热情地说:"同志呀！你们打鬼子辛苦了，快吃点面条垫垫饥。"

乡亲们两手端着面条，一个劲地让战士们吃；战士们就一个点地婉言谢绝，不肯伸手去接。整个晒鱼场上，呈现出一派民拥军、军爱民的动人情景。

正在军民互敬互让相持不下的时候，王司务长来了。他站在场中间，心里既感激又为难地说:"乡亲们，我们伙房已经做好饭啦！大家的心意我们领了，按照毛主席给我们制定的'三大纪律八项注意'，面条我们不能吃，请大家端回去自己吃了吧！我代表部队谢谢乡亲们的深情厚谊啦！……"

"请端回去吧！谢谢乡亲们啦！"战士们都异口同声地说。

"不吃怎么行啊！"周大爷从人群中走了出来，"同志们，这不仅仅是几碗大卤面，而是我们大伙的一点心意呀！咱们军民是一家，打鬼子一块打，你们吃大家一顿饭，算得什么！面条既然端来了，你们就吃了吧！"他说着端起两碗面条，一碗送到孙勇手里，一碗送到王司务长手里，"你们俩带个头，其余的同志就好跟着吃啦。"

乡亲们爱护和关心自己的部队，胜过关心和爱护他们自己的儿女，这种军民团结的鱼水情谊，感动得孙勇和战士们不知再说什么才好。

孙勇端着碗和王司务长商量了一下，然后转脸对大家说："同志们，乡亲们这样爱护咱们，咱们以后要更加勇敢地打鬼子。面条大家就吃了吧，以后司务长会把粮票和菜金算给乡亲们。"

孙勇下了令，战士们才接过碗吃了起来。这时，小周跑来叫孙勇到连部开会，孙勇把自己手里的一碗面塞给小周，大步往连部走去。

二

孙勇走到连部门口，只见江志海在一棵大杏树底下，坐着小板凳，把日记本放在膝盖上，正在写着什么。

"连长，你找我？"孙勇说着走进院来。

江志海抬起头，看看孙勇说："坐吧。"说着伸手拉了一个小板凳，让孙勇坐在对面。"等一下季虹同志和二、三排长来了，咱们抓紧时间，研究研究这两天的战斗总结提纲，再提出下一步的具体战斗计划。眼下摆在咱们面前的任务，就是要和敌人抢时间！"

孙勇知道，连长每次战后都要抓紧时间进行战斗总结，这已经是老规律了。这时，他见开会的人还没到齐，就先把晒鱼场上群众爱护部队的动人情景，向江志海作了汇报。

江志海听完，一面卷了一支烟，一面深有感触地说："这充分体现了毛主席教导的军民一致的原则,我们要把群众对部队的这种情谊,变为推动我们做好拥政爱民工作和积极战斗的动力,用战斗的胜利,报答群众对我们的爱护和关怀。"

两人说着,季虹和二、三排长都先后来了。

二排长卷了一支烟吸着,兴致勃勃地说:"今天打大虎山这一棒,正好敲在龟川的脑袋上,把他妄想在大虎山修据点的阴谋,彻底粉碎了。我计算了一下,今天打死打伤有二十多个日伪军。"

季虹惋惜地说:"今天没有敲掉龟川和武孝同,真有点可惜!"

孙勇说:"他逃过了大年初一,决不让他逃过正月十五。是属猪的料,早晚总得叫他上墩板!"

"一切反动的家伙,都逃不出人民的惩罚!"江志海信心十足地说。"咱们今天虽然拿下了大虎山,把敌人赶下了海,完成了区委决定的初步战斗计划。但对打破敌人封锁我海口的整个战斗任务来说,这还只不过是一个序幕。"他站起身来,两眼看了看屹立在海中的凤尾岛,"敌人占领了凤尾岛作为基地,这样他们一来可以继续在海上封锁我海口,二来可以仗着它海空军的优势,对我进行突然的报复出击,对敌人这一手,我们必须严加提防!……"

季虹说:"根据过去鬼子报复性很强的特点,我来的时候,已经派于成龙去通知区中队和民兵联防指挥部,叫他们加强沙土岛一带海岸线的警戒,在敌人可能登陆的地方,都埋上地雷。"

江志海和季虹谈的意见,对孙勇有很大的启发。不过,他认为拿下了大虎山,把敌人打下海去以后,就应当组织船只,乘胜到海上打击敌人。特别是今天早晨敌艇击沉渔船,还捉去了三只渔船,更激起他早些到海上打击敌人的决心。会议当中,他看江志海和季虹都没谈这方面的意见,于是就谈了自己的这个想法。

江志海听了,没有立刻表态。他站起身来,两眼紧紧盯着由村南海湾的出口直到凤尾岛那段约有三海里的碧蓝海面。这时，海水涨潮，后浪推前浪，卷腾着向岸边扑来，发出隆隆的响声。敌人的两只巡逻艇，在凤尾岛以西的海面上，往返巡逻。他看了好大一阵子，才回转身来，看了孙勇一眼说道："现在进岛打，或者海上打，条件都还不具备。当前首要的任务，就是进行海上练兵，练驶船，练游泳，练在海上射击的技术，练在海中爆破。把这些本领练好了，使全连的干部和战士，由旱老虎变成海上蛟龙，才能具备海上作战的条件。总之，我们只有征服了大海，才能取得海战的胜利！因此，我们一面要马上开展海上大练兵，一面要加强侦察警戒，防止敌特偷渡和敌人偷袭。"

季虹也表示赞同说："这是一个周密而全面的战前准备工作计划。我考虑区委要马上利用各种关系和方法，向凤尾岛的日伪军开展政治攻势，这样可以瓦解敌人的斗志，创造消灭敌人的有利条件。"她问江志海，"部队有多少个会驶船和会游泳的同志？"

江志海说："全连只有十多个人会驶船和游泳，其余的都是旱老虎，不懂得水性。"

三排长插嘴说："季指导员，你还不知道吗？我们连长过去在家打过鱼，对驶船游泳，还真有两下子。"

"什么真有两下子，"江志海笑着说，"能算上个半瓶子醋也就不错了。"

"半瓶子醋不要紧，再添半瓶就满了嘛！"季虹爽朗地笑了起来，"这样吧，既然部队懂得水性的人少，我看请周大爷当个海上练兵参谋，再从民兵当中挑选二十个助手，分配到各班去指导海上练兵，咱们来个民教兵，兵教民，互教互学共同向前进！"

江志海对季虹提出请周大爷和民兵当海上练兵参谋的想法，十分赞同。他想：这是个走群众路线的好方法，用这种方法练兵，保险战士们学得快，练得扎实。他兴奋地说："季虹同志，你提的这个办法太好了,不但适合部队不懂水性的实际情况,而且还能充分发挥群众的智慧。在练兵当中,军民互教;在战斗当中,军民更能密切配合,咱们就确定这样办吧!我们马上召开支委会,根据你谈的意见,定出具体的练兵计划,一面开始海上练兵,一面报告营首长,请上级指示。"

这时候,从街门外传来了于大娘和小周的对话声音:"你这个孩子就是犟嘴,你大娘拥军还不好吗?"

"大娘,你身上叫敌人打的伤还没好,就又推军粮,还给我们洗衣服、做军鞋。今天你刚从外村回来,就做小面汤给我们吃,累坏身子骨怎么办?"

随着于大娘和小周的说话声,大家的眼睛都向街门口看去,只见于大娘腰束围裙,手里拿着四个茶碗,小周提着茶壶,两个人一路争辩着,向连部门口走来。

孙勇急忙走到街门口,上前接过于大娘手里的茶碗说:"大娘,你叫小周一块拿来就行了。"

于大娘笑着走进院里,说:"咱们部队打了胜仗,我是来给你们贺喜呀!"

小周孩子气地歪着头,瞪着两只机灵的大眼,看了看江志海和季虹,然后朝于大娘一噘嘴:"连长,大娘还做了小面汤,说慰劳你和季指导员呢!"

江志海看着于大娘那慈祥的脸,感激地说:"大娘,你这么大年纪了,身上的伤又没好,怎么又做小面汤给我们喝呀?再说我们伙房已经做好饭啦,可不能麻烦你老人家啦!"

于大娘故意装作不高兴的样子说:"江连长,你张口一个麻烦,闭口一个不应该,你大娘就是不高兴听这个。叫季指导员说说吧,你该不该这样说呀!"说罢,她像赌气似的坐在小凳上。

这时,王司务长走进院来,冲着江志海为难地说:"连长,今天的午饭,不知是谁布置的,老乡们都烙了饼送到班里,一个劲地让战士们吃。我把嘴都磨破了,动员老乡端回去,可是大伙怎么也不肯，非让战士们吃不可，你看怎么办？"

江志海看了于大娘一眼，笑着说："乡亲们早晨都送的大卤面，现在又都送的烙饼，怎么这样巧啊！王司务长，你看怎么处理好，提个意见吧。"

王司务长说："连长，你看老乡的烙饼咱们再不能吃了，再吃就要违犯群众纪律啦！"

"对！"江志海点点头，"咱们八路军有毛主席规定的'三大纪律八项注意'，可不能随便吃老百姓的东西。你马上回去动员乡亲们，请他们端回去自己吃吧！"

王司务长为难地说："我已经动员老半天啦，老乡们就是不往回端，战士们又不吃，这可真难着我这个司务长啦！"

"王司务长，难不着你呀！"于大娘站了起来，心情激动地说，"江连长，你不要再难为王司务长了！我说同志呀，像咱们这些穷人，过去受苦受罪，多亏了毛主席领导咱们闹革命，打鬼子，又实行了减租减息，斗倒了渔霸，日子越过越好，这都是托毛主席的洪福啊！你们八路军拼死拼活地打鬼子，还不是为了老百姓吗？大伙烙点饼给同志们吃，也是应当应分的事。你说的'三大纪律八项注意'，我看你只说对了一半，你忘了毛主席还规定老百姓应当拥军哪！叫我看这烙饼既然已经送来了，你们就叫同志们吃了吧！咱们军民是一家嘛！一家人不能说两家话。"

季虹接着话茬说："江连长，大娘说得对呀！"

于大娘这一席话，感动得江志海不知说什么好。加上季虹这么一说，于是他看着于大娘，笑着说："好吧，那我们就接受乡亲们和大娘的盛意吧！"

于大娘欢喜地拍手笑着说："这不就实在啦！"

江志海对王司务长说："王司务长，你按照供给标准，把粮票和菜金发给乡亲。不过，就这一次，下不为例。"

"是！"王司务长笑着大步走出院去。

这时，于成龙背着枪雄赳赳地走进院来："妈，水都烧开了，快回家下面吧。"

于大娘笑着用手打着眼罩，向天空的太阳瞥了一眼："哎呀！光顾说话，天都晌歪了，你们等着，我回家下面去。"说完，母子二人匆匆走出门去。

江志海看着于大娘和于成龙的背影，心里赞叹说："多好的两个革命同志啊！"

第六章　海上练兵

一

在五天五夜的时间里,江志海和季虹指挥着部队和民兵,以连续作战的精神,连战连胜,把敌人从陆地上打下海去。拿江志海的话来说,把敌人打下海,只不过是打破敌人封锁我海口的第一步;为了夺回海口的控制权,下一步,就要由陆战转为海战。如果说在陆地上打得还算比较顺利的话,那么,转向海战后,困难就多了,这就必须走群众路线,对干部和战士进行深入细致的政治思想动员。因此,江志海在昨天晚上,先开了个练兵动员大会,请周大爷和于大娘在会上讲了渔民受渔霸高压剥削的悲惨家史,用活生生的阶级教育,启发战士们的练兵热情和海上杀敌的决心。

第二天吃过早饭,部队就开始了海上大练兵。

这天,是孙勇的值星排长。队伍集合好以后,江志海简短地提了几点要求,孙勇就带着全连向海边跑去。

战士们在连战连胜的鼓舞下,个个精神饱满,斗志昂扬,都表示决心完成党支部提出的海上练兵任务,争做海上蛟龙,擒鲨能手。

部队来到海边,只见周大爷和民兵都已经列队等在那里了。

孙勇把部队列成连横队,和民兵面对面站好,周大爷满脸带笑地迎上前来。

江志海急忙上前握着周大爷的手,热情地说:"周大爷,你和民兵同志来得好早啊!"

"我们也是刚来。昨晚大家都表示,坚决帮助部队的同志练好驶船和游泳的本事,好早些到海上打击敌人!"周大爷哈哈大笑着说,"季指导员叫我当这个海上练兵的参谋,我这心里就好像揣着个小兔一样乱蹦蹬,就怕当不好啊!"

江志海笑着说:"我看你老人家一定能当好,寨前村这方圆四十里,谁不知你是海上通啊!这次我们海上练兵,全靠你指教啦!"

周大爷用手抹了抹花白胡子,高兴地说:"组织上和同志们这样信任我老头子,那我就尽着力量领着大伙练。不过我不懂军事,在练兵当中,有不适合打仗的地方,请你及时纠正。江连长,你是指挥员,我是参谋,一切听你指挥。"

"我们请你老人家当参谋,你就是我们的教官,一切就都由你老人家指挥吧。"

"好!"周大爷干脆地说,"就按昨天晚上我向你说的那套办法,练吧。"

"行!"江志海赞同地点点头。

周大爷像个老教官一样,走到队列前,向部队宣布了海上练兵计划:今天先练第一个科目:坐船。每只船坐五个战士,两个民兵摇橹。他和江志海、孙勇坐在一只船上,由李大成、毕大牛和刘海轮流着摇橹,在前头作为练兵的指挥船,其余的二十五只小船排成一路纵队,跟着指挥船前进,听指挥船上的哨音变换方向和队形……

各排长按照周大爷的要求,指挥着战士们分头登上了小船。孙勇上了指挥船,站在船上,扭头向左一看,只见二十五只小船,整整齐齐排列在海边上;船上的战士们都持枪站立在船面上,民兵们背着枪站在船舱里,两手攥着橹把。在朝霞的红光辉映下,船队显出一副威风凛凛的阵势。

"嘟——"周大爷把挂在脖子上的铜哨子，放到嘴里吹了一声长哨音。摇橹的民兵，就像战士听到"齐步走"的口令似的，划着小船徐徐离开了海边，向深水里驶去。到了深水里，周大爷又吹了两个长音。小船随着哨音，向左一掉船头，变成了一路纵队。于是指挥船在前领航，其余的小船一个跟着一个，在这宽阔的大海湾里，飞速地向前驶去。

不管小船怎样摇晃、颠簸，周大爷和江志海照常在船面上来回走动，就像在平地上走路一样稳当。可是孙勇就不同了，开始转头一个圈的时候，还可以勉强地站在船面上，但觉得头重脚轻，有点站立不稳。在转第二个圈时，周大爷又吹哨子，小船都掉回船头去，把指挥船改为后尾，倒转圈地行进起来。这一掉船头不要紧，可把孙勇转晕了！他在船面上站立不住，只好下到舱里，坐在船帮上，向前面那些船上一看，啊！原来站在船面上的战士们，现在也都和他一样，有的坐在船面上，有的坐在舱里，说笑声和歌声早就没有了，传来的尽是"呃呃"的呕吐声。孙勇强打着精神，没有吐出来，但肚子里翻腾得十分难受。他想：糟糕，才转了两个圈，大家都晕了船，若是再这样转下去，恐怕都得躺在舱里，动弹不得了！看来要想练好海上杀敌的本领，真是"滴水穿石，非一日之功"啊，不下苦功夫，是不行的。

转了三个圈以后，周大爷又吹了哨子。船队根据指挥，分成三只一组，就像正月十五扭秧歌一样，前走走，后退退。小船上下撅抖着，在海湾里穿来穿去。孙勇虽然晕船，但脑子很清醒。他忍着头晕目眩的难受滋味，两手使劲扶着舱帮，身子随着小船一起一伏地颠簸，脑子里浮现出昨天晚上周大爷和于大娘在练兵动员大会上，控诉渔霸残酷压迫和剥削渔民的情景——

那是在清朝光绪年间，周大爷的父亲和于成龙的爷爷，两家租了渔霸赵大昌的一只小船和一副渔网。当时言明：打了鱼，船主分七成，渔民分三成。此外，还从渔民分得的这三成里，扣除船网折旧费一成。这样，打来的鱼落到渔民手里的，就只有二成了。这二成鱼还得卖给渔霸开的渔行，他们再用大秤一撅，二成鱼只能剩下一成半。这一成半鱼的钱，别说是吃饭穿衣，就是买地瓜蔓子和谷糠吃，也不够啊！这样的高压剥削，使渔民起五更，爬半夜，吃糠咽菜，冒着生命危险，终年出海打鱼，也无法生活下去。周大爷的父亲，被渔霸逼债逼得没有办法，把自己十五岁的亲生闺女，卖给赵大昌当丫头。因为她不会烧大烟，被赵大昌的老婆许狐狸精用烟扦子活活地扎死了！周大爷的父亲一听闺女的死讯儿，气得眼珠子都红了，他拿起一把砍鱼的大刀，就去找赵大昌拼命。当老人家刚走进渔行的大门，就被赵大昌养的打手和狗腿子拥上来一顿棍棒，打得口吐鲜血而死。那时候，周大爷才六岁，他母亲只好领着他整天价走村串户地讨饭为生。在周大爷十岁那年，他母亲被地主的狗咬坏了腿，没钱医治，烂了好几个月，最后也悲惨地死去。剩下周大爷一个人，举目无亲，无依无靠。常言道："鱼帮水，水帮鱼。穷人才肯帮穷人。"当时，于成龙他爷爷把周大爷领到家中，当自己的亲生儿子一样地抚养起来，叫周大爷和于成龙的父亲一块儿跟他出海打鱼。有一年，大年三十的早晨，天下着鹅毛大雪，西北风吼叫着，大海翻滚着人多高的浪头。赵大昌身穿大皮袄，头戴海龙坤秋帽，脚穿毡靴，手拄文明棍，带着两个狗腿子，闯进于成龙他爷爷家里，逼着他出海打面条鱼，给他们过年吃。老人不去，赵大昌就威胁说要收回渔船和渔网。于成龙他爷爷没有办法，只好带着儿子和周大爷出海去了。当小船摇出海湾的口子不远，排排大浪就呼啸着从大虎山前面扑过来，老人一看不好，刚要掉转船头往回返，一排小山似的浪头，一个泰山压顶，把小船打了个底朝天！于成龙他爷爷被浪涛卷走，连尸首也没找着；于成龙他父亲和周大爷因为年轻抗冻，两手使劲把着船底，在浪涛中挣扎，后来被村里穷苦渔民发现，才把他们救了回来。从此，于成龙他父亲和周大爷，就像亲兄弟一般，一直在一块儿打鱼。在反渔霸和反盐税的斗争中，于成龙的父亲被武孝同打死，周大爷就带着于成龙一块儿打鱼。1940年春天，八路军打跑了国民党反动派武孝同的匪军，解放了这沿海广大地区。从此，穷苦渔民才翻身得到了解放……

孙勇想着昨天晚上周大爷和于大娘的那些血泪控诉，早把晕船忘了，他恨不得一下子练好海上作战的本领，马上把龟川、武孝同这些狗东西消灭干净。

江志海看见大家已经开始晕船，就叫刘海说一段快板，活跃一下空气，鼓动鼓动大家的情绪。于是，刘海从口袋里掏出竹板，站在船头，一边"呱嗒呱嗒"地打着，一边大声说起来：

> 说坐船，道坐船，坐船的道道不简单：
> 别低头，别闭眼，坐稳身子随船颠。
> 要是觉得头发晕，两眼赶快往前看；
> 若是想着往上呕，咬口咸菜使劲咽。
> 为了消灭日本鬼，下定决心来苦练，
> 练上三天并五日，头不晕来目不眩。
> 坐船就像坐花轿，又稳当来又舒坦。

这段快板，是江志海和刘海昨天晚上熬到下一点才编出来的。大家一听，精神振作起来，都掏出事先发的咸菜，咬一口嚼嚼，然后使劲吞下去。过了一阵，头晕就真的减轻了一点。

江志海接替在刘海的位置上，一边摇着橹，一边对毕大牛说："大牛，刘海这段快板很有鼓动作用，你也来一段吧？"

毕大牛站在船面上，嘿嘿地笑着说："连长，我的嘴笨得像棉裤腰一样，出大力行，说这个就完戏了！"

"啊？"江志海打趣地说，"咱们这出海战龟川的戏还没开锣，怎么就完戏啦？"引得船上的人都笑了起来。

负责了望的民兵这时报告说，大虎山上的情报树向北倒下去了。江志海立刻叫周大爷吹哨子，命各船靠岸边隐蔽。

周大爷马上吹起两短声哨音,二十几只小船飞快地靠了岸,战士们跳下船,都跑到海滩东边隐蔽起来。

二

海湾外面有大虎山和大鹰嘴挡着,敌人在战艇上,根本看不见海湾里边的情况。敌艇朝着大虎山顶开炮轰击,民兵用大土炮向敌艇还击。敌我双方炮战了一阵子,敌艇就夹着尾巴,开回凤尾岛去了。

敌艇一走,江志海就命孙勇集合部队,请周大爷对刚才的训练进行讲评。同志们下了船,刚才隐蔽时又趴了一阵子,现在头已经不大晕了,精神恢复了许多。三个排成连横队雄赳赳地站在海滩上,战士们都为经受住了海上练兵的第一次考验而感到高兴。周大爷走到队前,满脸堆笑地说:"坐船这头一个科目,大家总算过来啦!我检查了一下,头晕目眩的有一半,呕吐的有三分之一,其余的没有事。打个比方来说吧,同志们当兵打仗,和我们出海打鱼一样,都是开头难。开始不吃点苦是不行的。咱们下海前江连长说得好,叫大家咬紧牙,抖起精神加油练!现在咱们就练第二个科目:转圈。大家都闭上眼,在海滩上猛转圈,我一吹哨子就开始转,再一吹哨子就停止。"说罢,老人和江志海对了下眼光,就吹起哨子;战士们都闭上眼,开始转了起来。

孙勇一边转着圈,脑子里一边想起他小时候在家推磨的情景:开始推不上两圈,头就晕了,可是推常了,就没有感觉了。打秋千也是一样,开始是坐着打,还头晕眼花,一连打上几次,头不晕眼不花,还可以两个人对脸踩着打。他又想起了小孩在一起抡磨圈,开始抡头晕得要命,可是抡上几次,头就不晕了。噢!他明白了,周大爷叫他们闭着眼转圈,就是锻炼脑子的平衡力呀!他老人家说得好,头难头难,开头不下决心苦练,是练不出征服大海的本领的。于是他暗暗下定决心:一个共产党员,为革命死都不怕，还有什么困难不能克服呢？他正转着想着，忽然竹板声又响了，只听刘海有板有眼地说道：

  革命战士思想红，勇敢善战逞英雄。
  连战连捷打得好，把敌人赶下大海中。
  连续作战不放松，开展海上大练兵。
  学会驶船和游泳，驾着小船打炮艇。
  杀敌武艺练得精，陆上猛虎变蛟龙。
  踏破渤海万顷浪，海战杀出新威风！
  ……

  一阵妇女爽朗的笑声，打断了刘海正在说着的快板。只听见于大娘不满意地说："嗳呀！我说渔救会长啊！你这个练兵参谋，怎么成了小孩子头啦？！你不教给同志们摇橹驶船，怎么领着打转转啊？快，快叫同志们歇歇，喝点绿豆水吧！"

  "老嫂子，你虽然从小在海边长大，可你不懂得海上练兵的道道。你先坐在边上歇歇，再等五分钟，到时候就休息。"周大爷郑重其事地说。

  "我不懂！要是退回十年的话，你这个练兵参谋我也能当！"于大娘不服气地说。"你别寻思季指导员和江连长叫你当这个参谋，自己觉得像个官似的！大热天，闭着眼转圈转多了，头能不晕吗？江连长，你快下命令，叫同志们快别转了！"

  "大娘，干什么都得有个计划，有个目的。常言道：'铁不炼不成钢'，练兵打仗，也是这个理，百炼才能成钢啊！不勤学苦练是不行的。"

  江志海和于大娘在一边说着话，又过了一阵，周大爷吹了哨子，大家才停了下来。

  孙勇睁开昏花的眼一看，只见于大娘和王桂芬领着四个妇救会员，每人挑着两桶绿豆水，放在沙滩上。于大娘和王桂芬一面拿着勺子给大家盛水,一面亲热地叫着:"同志呀!快喝碗绿豆水,清清脑子。啧啧……你看看,同志们晕船晕得脸都蜡干黄啦!"于大娘两眼看着周大爷,用责备的口吻说:"看你这死老头子,光知道练哪练哪,就没看看同志们的脸色,晕船晕得像黄表纸一样。人家在家都是拉锄把子的,当了兵又都在陆地上打仗,还能和你打一辈子鱼的老头子比呀!你不心痛,我们可心痛啊!"

周大爷说:"同志们晕船,有的还呕吐,难道我就不心痛吗?可是为了消灭海上的敌人,不苦练行吗?兵是练的,铁是打的,马是压的。练兵打仗,就得丁是丁卯是卯,半点马虎不得,半点偷懒不得。若是我当不好这个参谋,同志们练不好海上杀敌本领,打起仗来,遭受不应有的伤亡,这笔账你合计合计,哪个对呀?"

"大娘,周大爷说得对呀!平时多流一滴汗,战时就少流一滴血嘛!"江志海接着话茬说。"你和周大爷想的,做的,都是出于关心和爱护部队,我看你们两位老人家,就别争论啦!"

于大娘和周大爷互相看了一眼,禁不住笑了起来。

大家也忍不住笑了起来……

第七章　迎接考验

一

周大爷指导部队海上练兵，不但时间抓得紧，而且要求严。

开展海上练兵以后的第四天头上，江志海上午到区委开会，研究上级对敌斗争的指示，和决定第二阶段的作战计划；散会回来，已经是下午两点了。他没进连部的门，径直跑到前海边，举目一看，一幅热火朝天的练兵景象映入他的眼帘：宽阔的海湾里，风平浪静，二十五只小船，在碧蓝的海面上，来来往往地跑着，简直像部队在操场上出操一样。战士们在船上使劲摇着橹，"哼——咳——！哼——咳——"的号子声，震动着海空。

周大爷在船头上老远看见江志海回来了，急忙把船驶近岸边。江志海轻捷地跳了上去，感激地对周大爷说："周大爷，你老人家太辛苦啦！"

"说不上辛苦，"周大爷望着船队心里乐滋滋地说。"看着同志们一个个像插上了翅膀，我心里高兴！"

小船离开岸边，又向深水驶去。

这时候，太阳已经偏西。火热的太阳光射在毕大牛和孙勇的脸上，闪着油津津的光亮。他俩一面摇橹，一面向江志海汇报上午练兵的情况。小船平滑地擦着水面，温柔的海水，拍打着船板，发出"泼剌泼剌"的声音。微微的海风，吹在他们的脸上，觉得非常凉爽。

孙勇看着江连长那残废的身子，瘦削的脸庞，不禁一阵心痛。他想："这些天来，连长不顾黑白地领着部队练兵，眼睛都熬红了。今天上午他到区委开会，往返二十多里路，回来连水也没喝一口，就到海边了解练兵情况，这种为革命忘我工作的精神，真值得我好好学习啊！"于是，他脑子里又浮现出江志海参军前的情景——

孙勇和江志海是一个村的人，从小又在一起长大，所以，他对江志海的情况非常清楚。江志海六岁上死了娘，七岁就跟着他爹下海打鱼，受尽了渔霸的压迫和剥削。抗日战争爆发前，他爹因长年劳累，得病死去。1938年旧历正月，胶东八路军攻克了宁海城。部队撤出城来，就住在他们村里，他怀着深仇大恨，参加了革命部队，当上了人民子弟兵……

因为江志海从小跟着他爹学了一身驶船和游泳的本事，再加上他有打仗的经验，所以，他提的练兵方法，易学易会，又很适合实战的要求。现在，战士们能够熟练地扬帆、摇橹，再也不是"望洋兴叹"的旱老虎了！

就这样，江志海领导着全连，在周大爷和民兵的精心指导下，在海湾里练了一段时间以后，干部和战士不但学会了驶船和游泳的本领，还学会了船上射击、投弹和海中爆破的技术。

二

吃晚饭前下了一阵雷雨，眨眼的工夫，雨过天晴，天空碧蓝如洗。夕阳西照，晚霞映红了半边天。

江志海和季虹正在连部谈论着夜间出海练兵的问题，营部骑兵通讯员小刘送来了一封急信。江志海接过来，拆开一看，只见上面写着：

　　……送来的战斗报告和海上练兵计划已阅。你们这次能够取得连战连胜的成果，是由于有地方党委的统一领导，有广大渔民的大力支持和民兵的有力配合。这些初战的胜利，打击了敌人的凶焰，给下一步进行海上战斗，创造了有力的条件。

关于你们的海上练兵计划，党委完全同意。海上战斗是一个新课题，你们要抓好部队的政治思想工作，使部队的思想跟上海上作战的要求。战斗中切实避敌之长，攻敌之短，发挥我军夜战近战的特长，以先打小仗为主，以打沉敌人的战舰为目标。要用毛主席的军事思想，及时总结经验教训，争取打一仗，进一步，最后彻底消灭敌人，打破敌人对我根据地的海上封锁。

另外，还告诉你们一个好消息：我军夏季战役攻势已取得很大的胜利，很快就要对敌伪军驻守的城镇发动进攻！望你们用海战的胜利，配合我军的夏季战役攻势。

江志海把信递给季虹，兴奋地说："党委的指示，对我们当前的对敌斗争非常及时，非常重要。今天晚上，如果全连的同志都考试及格，那我们就可以马上开展海上战斗，求得尽快地打沉敌人一只或两只战舰，以配合主力部队的夏季战役攻势！"

季虹立刻把信看了一遍。

"当前最好能迅速搞清凤尾岛上的情况。不知区委在岛上有没有留地下人员？"江志海问。

"这几天一再派人联络，但敌人封锁太严，外边的人无法进岛，所以，岛上的情况现在还搞不清楚。我打算明天想法带人进岛一趟，一则看看留下的同志是否已和我们的伪军关系接上了头；二则和情报组长徐生碰碰头，研究一下如何向外送情报的问题；三则摸摸岛上的情况，看看龟川在岛上搞什么鬼名堂。"

因为季虹的工作忙，江志海不赞成由她进岛侦察。侦察敌情是部队打仗前的首要任务，他建议明天专门开个会研究一下。

季虹要回区委开会，先走了。江志海背上匣子枪，直接来到海湾。

　　雨后的夜空，空气清新，星斗满天，月亮格外明亮。

　　战士们在海湾里上了船，江志海、孙勇、周大爷、于成龙和小周五个人坐在指挥船上；后面二十五只小船，列成一路纵队，跟在后边。

　　这时，刮着东南风，加上风雨过后，海里浪涛汹涌，小船在海面上，像个小水瓢似的，有时被抛到浪尖上，有时又被甩到浪窝里，一起一伏，艰难地前进着。

　　转过了大鹰嘴，江志海命孙勇停止摇橹，升起篷帆。然后，他转脸问周大爷："周大爷，你看看，战士们摇橹的技术，够不够格啊？"

　　周大爷哈哈笑着说："江连长，出力不亏人哪！这些日子的功夫，没有白费。这样大的海浪，橹摇得快，船跑的线也很正当，八路军的同志学东西就是快呀！我看摇橹的本领不错，再看看掌舵的武艺怎么样。"

　　"你是这次考试的评判员，可得要求严格点啊。"江志海说着，就命孙勇掌舵，直开沙土岛靠岸。

　　孙勇看了看沙土岛北边小鹰嘴的山影，右手握着舵把，左手拢着篷绳，向西北一掉船头，小船被东南风吹着，飞快地向沙土岛驶去。

　　江志海和周大爷站立船中央，两眼向后看着跟在后边的那二十五只小船，跑得是否合乎夜间航行的要求。只见一溜白色的篷帆，在海浪里时隐时现，好像一条白色的绸子，漂浮在海面上，随着浪涛飞舞。

　　在大海里掌舵容易，可是要准确地靠拢海口，那就得看掌舵的本事了。

　　小船飞快地向前猛跑，孙勇两眼紧紧盯着黑乌乌的沙土岛，就怕进口子的时候，舵转得不及时，把船撞在礁石上。他抓着舵把，抬眼看了看江志海和周大爷，只见他俩仍然向后看着那些船的动作，显然对他掌舵十分信任。

指挥船离沙土岛口只有五百米远的时候，江志海突然命孙勇落半篷，减速前进。孙勇落半篷转舵，避开了一块人多高的礁石，开进了口子。紧跟着，后边的船也鱼贯而入，开进了海口。

住在沙土岛的区中队和民兵联防指挥部，因为事先接到了季虹的通知，知道部队要到沙土岛练兵，所以，江志海他们刚登上岸，区中队的同志们就挑了四桶绿豆水，三桶放在沙滩上，一桶放在码头上，拉着刚下船的战士们让大家喝。

战士们都坐在沙滩上休息。江志海把干部和民兵召集到码头上，他们一面喝着水，一面谈着测验的情况。

从大家发言里反映出来的情况看，战士们摇橹的本领不错，但掌舵的技术还差把劲。在进口子和落篷帆的时候，不少船上都是民兵帮的忙。

江志海看看大家的意见都谈得差不多了，便请周大爷进行讲评。

"我看很好啊！"周大爷吸着烟说，"同志们过去都是拉锄钩子出身，当了兵又扛大枪，才练了这么几天，就能摇橹、掌舵，这不是很有成绩吗？就是我们整天价驶船的人，遇到风浪，也还有把不稳的时候。我看同志们摇橹的本领够格了，掌舵的本事差点劲。要是再练上两趟，在这沿海边上跑就可以啦！这头一次出海，能跑到这个样子，那就很不错了！"

周大爷这几句简短中肯的话，把大家的成绩和缺点都指了出来，给了战士们很大鼓励。末了，江志海作了总结："咱们这头一次出海，一是船跑的队形整齐，二是没发生事故，这就基本上掌握了驶船的要领。周大爷说得好，再练上两趟，我们就可以驾着小船，在海上跟鬼子干啦！大家稍歇息一会儿，咱们就摇着橹往回返，在大鹰嘴东南海面上，进行最后一个科目：游泳测验。"

三

　　船队往回返是顶风。

　　战士们摇着橹出了沙土岛的海口，顺着来的航线，向大鹰嘴的东南海面驶去。

　　当船队来到预定的海面时，江志海看了看怀表，正是午夜十二点钟。于是，他和周大爷指挥着大家，把二十五只小船分成了三组，每组相隔大约五百米远的距离，东西一字儿摆开，抛了锚。民兵都留在船上，观看战士们的游泳测验。周大爷和于成龙摇着指挥船，跟在游泳队伍的后头，一来观看他们的游泳动作，二来准备随时抢救有腿肚子转筋的或游不动的同志。

　　战士们都脱了军装，每人只穿一条裤头，身上背着装有四斤石头的挎包（石头当手榴弹），拦肩大背着一条四尺来长的木棍（当大枪），江志海在前头领着跳入海中，列成排横队的连方队队形，朝着三组船停泊的目标，猛游起来。

　　江志海游泳的本领很高，大家都以他的游泳动作为标准，跟着往前游。开始先踩水，踩了五百米，接着又蛙游了五百米，掉回头来又仰游了五百米，最后又潜游了五百米。江志海在前头，一面游着，一面不时地回头观看，只见碧蓝的海面上，一会儿露出一片人头，一会儿又沉入水中不见了……

　　周大爷、于成龙和站在船上的民兵们，都不住声地喊着口号，给战士们鼓劲加油。

　　在江志海带领下，全连一气游了两千米，才上了船。周大爷和于成龙宣布测验的结果是：一百二十个人游泳，掉队的只有十二个，正好是十分之一。

　　战士们擦干身体，穿好衣服，正要升篷帆往回返，于成龙在指挥船上，突然发现正南的海面上，"刺啦"闪了一下亮光，他立即报告了江志海。

　　大家的眼睛都转向正南方，但很长一阵子，那可疑的亮光就像一个见不得人的小偷一样,再也没有出现。

……说是渔船吧?根据地里买不着电池,不会有手电筒。说是敌人的巡逻艇吧?又没听见机器声。说是由鱼口岛开往青岛的凤船吧?顺风顺浪,又不会跑到这里。最后,江志海估计:可能是敌人由凤尾岛派出的侦察小船。

周大爷、于成龙和孙勇都同意江志海的判断。于是,江志海命二三排长指挥这二十五只小船,停泊在原位,作好战斗准备。他们乘坐的指挥船,由周大爷和于成龙摇橹,慢慢地向亮光闪现过的海面驶去。

虽然天黑,但借着月光和碧蓝的海水反射的亮光,用眼还能向前看出二百米远。周大爷和于成龙终年夜间在海上打鱼,他俩看得就更远了。小船跑了约有抽两袋烟的工夫,周大爷用手指着前方说:"江连长,你看,前面有一只小船。"

江志海站立船头,顺着周大爷指的方向一看,果然有一只小船,在浪涛里时隐时现的朝他们驶来。他马上叫周大爷把船停下,准备战斗。

于成龙两眼看着小船说:"船上就三个人,一个站在船面上了望,两个人摇橹,舱里没有人。"

江志海抽出大肚匣子,命孙勇和小周隐蔽在船舱里准备动手;周大爷和于成龙坐在船帮上,装着钓鱼;他自己蹲在船面上,装着整理钓鱼线。

小船越来越近,离他们约有三十米远的时候,两个摇橹的停下了手,站在船面上的那个家伙,操着公鸭嗓喊道:"哎——前面的船是干啥的?"

周大爷带着爱理不理的口气回答:"我们是钓加吉鱼的。你们是干什么的?"

"我们也是钓加吉鱼的。你们是哪个村的?"还是那个公鸭嗓问。

"我们是沙土岛的。你们是哪个村的?"

"我们是——我们是朱——朱家口的。"那家伙结结巴巴地回答。

"你们村长叫什么名字？渔救会长叫什么名字？"

"我们村长叫——朱——朱——"那个家伙"朱"了半天，也说不出名字来。

另一个家伙火了，操着"靖海卫"的腔调，不耐烦地说："你们问村长的名字干吗？保——不！村长的名字是保密的，哪能随便告诉你们！"说完，就鬼鬼祟祟地和另外两个家伙蹲在舱里，小声嘀咕起来。

江志海悄声对大家说："看这三个家伙结结巴巴、鬼鬼祟祟的样子，肯定是敌人派出来的特务，这送上门的买卖，咱们可别放过去。"

"江连长，我叫他们船底朝天，咱们来个海里擒贼！"于成龙攥着拳头，压低声音说。

那三个家伙在舱里嘀咕了一阵子，公鸭嗓又开了腔："你们问我们村长的名字，是想到凤尾岛去报告日本人，我看你们一准是汉奸。你们跟老子——不，跟我们一同到区上见区长去。"这个家伙说完，另两个家伙就摇着橹，向江志海他们的小船靠过来。

孙勇看这三个家伙手里都拿着手枪，心里骂道："这是王八咬钩，自找送死。"他用手捅了一下江志海的腿，示意要打枪。

江志海沉着地小声嘱咐说："你和小周在舱里不要动，我和周大爷、于成龙下海对付他们。"

他的话音刚落，小船已摇到离他们只有五米远的距离。三个家伙一边举着手枪指着他们，一边号叫着："不准动，谁动老子就开枪打死谁！"

江志海、于成龙和周大爷装着害怕的样子，几乎在同一秒钟里，三个人一齐翻身跳入海中。随着他们"扑通""扑通""扑通"的跳水声，那三个家伙的枪也响了。孙勇和小周气得刚要举枪射击，只见那只小船一晃荡，三个家伙"嗷"地叫了一声，扑倒在船帮上，紧接着"哗啦"一声响，小船翻了个底朝天，把三个家伙扣在了船底下。

不大工夫，三个家伙挣扎着从船底下钻了出来，把头露出水面，妄想游着把小船翻过来。但他们的手刚把着船底，江志海、周大爷和于成龙就潜入水里，在水下把他们又拖入水中。接着，他们就每人揪着一个特务，在海里搏斗起来。

特务们水性平常，哪是江志海他们的对手！因此他们一会儿把特务的头按在水里，喝几口海水，一会儿又把特务的头提出水面，直到把三个家伙折腾得像药晕了的鳖似的，才把他们拖上了船，丢在了舱里。三个特务像三条死鲨鱼似的躺在舱底下，嘴里直往外吐海水。

小周用讽刺的口气说："你们不是要捉我们去见区长吗？今天夜里就把你们送到区上，交给区长去处理你们。"

第八章 龟川偷袭

一

敌人从陆地被打下海，逃到凤尾岛以后，龟川怎么也咽不下这口气。他和武孝同整天价想鬼点子，企图卷土重来，夺回寨前村和大虎山，重新以陆地为立脚点。

在部队进行海上练兵的这些日子里，龟川除了派战艇到大虎山前的海面上，用火力侦察我军的虚实外，又派特务夜间偷渡，妄图登陆进行侦察，结果也没有得逞。龟川搞不到我军的情报，每天如坐针毡，寝食不安，心里很恼火。夜里，他躺在床上，脑子里直翻腾：自从他率领炮艇分遣队，以突袭行动，冲进八路控制的海口里边，抓了商船，得了物资以来，紧跟着，又登陆占领了寨前村和大虎山，从陆地和海上双管齐下地封锁了出海口。当时，炮艇队司令官山岛大佐曾经打电报向他祝贺胜利，并命令他连夜抢修据点，巩固已占领的陆上基地。可是，他万万没想到，区队被八路军消灭，区长赵怀水被俘，他也被八路军打下海，只好暂时住在这么一个小岛上。值得庆幸的是，山岛司令官没有因此而训斥他，只是命他在凤尾岛抢修据点，以岛为封锁海口的基地，并且要他迅速查明寨前村沿海一带的情况，把袭击他们的这股八路军消灭。这几天，山岛一再来电报催他行动，可是，在情况未查明以前，他不敢贸然进兵。今天中午一阵暴风雨过后，他认为海上波涛汹涌，八路必然戒备疏忽，因此，他把特务队长杨固叫了来，命他派两组特务，一组由寨前村东边大鹰嘴海岸偷渡登陆，捉八路的岗哨了解情况；另一组由杨固带着赵福才，从大鹰嘴北边月牙湾登陆，摸到寨前村北头，侦察八路的番号、人数和布防情况。

天一断黑，两组特务就出发了。龟川把武孝同和翻译金六叫到队部，他坐在一张八仙桌的正位上，武孝同和金六分别坐在两侧，毕恭毕敬地等候龟川问话。

龟川是个既狡猾又凶狠的家伙，但表面上却不露声色。他装作坦然的样子，朝武孝同和金六望了一眼，似笑非笑地说："武队长，金桑①，你们的说说，那天攻击寨前村和大虎山的八路，是土八路的，还是八路的正规军？你们的看法，统统地说出来。"

武孝同也是老奸巨猾的家伙，他最拿手的好戏，就是看风使舵。凭着他跟龟川打交道的经验，知道龟川这几天因为被上司逼着行动，又没有侦察出八路的情况，心里很恼火，今天的回话，必须得提防着点。他眼珠一转，站起身来向龟川一哈腰："太君，我看八路敢大白天跟'皇军'猛冲猛打，又有歪把机枪和掷弹筒，使用的又是闪电突击战术，组织得也好，我估计……"说到这里，他试探地两眼看着龟川的脸色，把话停了下来。

龟川朝武孝同点了一下头："武队长，你的坐下来，把看法慢慢地说下去。"

武孝同看看龟川的脸色没有什么变化，才敢坐下，接着刚才的话尾说："我估计决不会是土八路，一定是八路的主力。"

龟川一边听着，一边用右手的中指不停地轻轻敲着桌面，对武孝同的话，既没有表示赞同，也没有表示反对。

"我看不是八路的正规军。"等武孝同说完，金六摇晃着脑袋说，"根据这半年掌握的情报看，这沿海一带没有八路的正规军活动，尽是一些区中队和民兵。他们有歪把机枪和掷弹筒，这

---

① 桑，日语先生的意思。金桑，即金先生。

可能是为了加强守备发给区中队的。那天我亲眼看见，参加进攻大虎山的都是些穿便衣的，如果不是区中队，顶多也就是县独立营的部队。叫我看，我们虽然在寨前村和大虎山没站稳脚跟，扎在这凤尾岛上也挺好，进能攻，退能守，海口也能卡死。我量有'皇军'的炮艇在此，八路是不敢坐着木船来硬往上碰的！"

龟川睁开半闭的眼睛，伸出拇指说："金桑，你的看法大大的好！不管是八路的独立营的部队，还是八路的正规军，他们碰炮艇的不敢。我们要在岛上快快地修好据点，从海上的这样——"他抬起两手做了一个拚的姿势，"不论发现商船和渔船，统统地抓来！"

武孝同见龟川不理睬他的看法，心里酸溜溜的，很不自在；可是表面上，他却满脸堆笑，一边听一边点头，最后翘起大拇指，吹捧龟川道："太君，你的高明！这样咱们可以封锁八路，八路却不敢碰咱们，大大的好！大大的好！"

龟川受人一捧，得意地笑着，好像他已经取得了大大的胜利，八路军已经失败了。他往椅子上一躺，咧着嘴说："武队长，金桑，我们都要为大东亚的共存共荣出力，以后前途大大的，中国话的'荣华富贵'，明白？"

"明白，明白。"两个汉奸龇着牙，不住地点头。

龟川看了看手表，不知是问武孝同还是问金六："杨队长的怎么还不回来？"

武孝同觉得坐在这里太受拘束，便趁这个机会站起身说："金翻译官陪太君在这等等，我出去迎迎看。"他戴上帽子，又哈了哈腰，"太君，我走啦。"

"好的。"

从龟川的屋里出来，武孝同到码头上转了一圈，吩咐哨兵说："看见杨特务队长回来，叫他先到中队部去一趟。"布置完，就拐回队部休息去了。

武孝同和衣在床上迷瞪了一小觉，杨固才回来。两人赶紧跑到龟川那里，龟川和金六也在打盹。

杨固见龟川睁开眼，便立刻报告说："太君，八路的情况侦探明白啦，是县独立营的一个连，不到一百人，驻在寨前村，每天黑白不停，在海湾里进行海上训练。今天天一黑，他们都坐着小船，在大鹰嘴前面的海面上练，因为天黑，看不见练的什么。还有我派的佟三带着两个兄弟，从大鹰嘴前海岸登陆，他们八成碰上八路啦。我们摸到村里侦察回来，在月牙湾刚上船的时候，听见海里响了三枪……"

龟川不等杨固说完，像疯狗似的站起身来，瞪着一双凶光闪闪的眼睛问道："这些情况，都是你亲眼看见的？"

"是我和赵福才两个亲眼看见的，一点不假。"

龟川又问："佟三知道不知道的，你和赵福才今夜也去侦察？"

杨固把头摇得像货郎鼓似的说："不知道。我遵照太君的密令，每次派兄弟出去侦察，都是单线行动，防止他们万一被八路抓去，泄露秘密。"

龟川抬起手看了看表，时间正是午夜十二点。他离开座位，一面来回踱着步，一面根据杨固报告的情况，在脑子里思考着行动的计划。

听了杨固的报告，武孝同自知在情况的估计上，自己不如金六，在龟川跟前丢了面子。这时，他极想显显自己，证明自己不是草包和饭桶。他抬眼望了望龟川，龟川皱着眉头，一门心思地在踱步，丝毫没有要问话的意思。

两个汉奸毕恭毕敬地站在屋里，不敢走动，也不敢咳嗽，生怕弄出一点响声，打搅了龟川的思路，自己吃不了兜着走。

龟川踱了好大一阵子，才停住了脚步，两眼看着武孝同和金六，问："八路一个连的，海上训练训练的有，他们的想干什么？武队长，金桑，你们的说说。"

武孝同就等着龟川的这句话，这会儿见时机到了，忙抢着说："太君，我看八路是想坐着木船进岛来打我们，我们要加强戒备，防止八路偷袭。"

"不至于。八路要是胆敢坐木船来袭击我们，那是飞蛾扑火，以卵击石，自己找死。叫我看，八路是不敢跟'皇军'在海上较量的，就凭着那么几只渔船，不用说开炮，就是用炮艇撞，也能把他们撞个粉碎。八路是旱鸭子，下不了水……"

对两个人的意见，龟川不露声色地听了一会儿，便转身走到挂地图的西山墙前。金六忙上前拉开遮地图的帘布，龟川用手指着地图上寨前村东边海岸的位置，凶狠地说："我的要突袭寨前村，消灭八路的这个连队！你们的明白？"

"明白。"两个汉奸哈着腰一齐回答。

二

海面上黑沉沉的。涨潮的海水怒吼着，掀起一个接一个的巨大浪头，冲向海岸。

这时，三只升满篷帆的大风船，开出凤尾岛，借着西南风，飞快地朝寨前村方向驶去。风船上，坐满了全副武装的日伪军。他们都是刚刚从睡梦中被拖起来的，有人到现在还抱枪坐在角落里打哈欠。

在离寨前村东边的海岸大约五百米远的海面上，风船落了篷帆，停泊下来。

龟川头戴海军大盖帽，身穿蓝色军服，腰挂战刀，站在船面上。三个狗腿子站在旁边，等候主子的问话和差遣。

龟川右手握着战刀把子，左手叉着腰，两眼盯着黑沉沉的寨前村望了一阵，又侧耳听听岸上和村里的动静。他踌躇了一会儿，转身向杨固问道："杨桑，你的情报的准确？错了，死了死了的有！"

杨固龇着牙说："太君，是我亲眼看见的，保险错不了。"

龟川拍拍杨固的肩膀，狰狞地一笑："我的偷袭成功，你的大大有赏！"

杨固像喝了两碗马尿似的，恣得扬着头，笑着合不上嘴。

接着，龟川命令杨固带着赵福才先爬上大鹰嘴顶，看看村里的八路有没有戒备，然后用暗号向他报告。两个特务得令，立刻跳上拖在风船后尾的一只小船，摇着橹向月牙湾驶去。

过了大约一个小时的样子，在月牙湾山顶上的松树林里，闪了两下手电筒的红色亮光，停了一会儿，又闪了两下。

龟川狂喜地对武孝同和金六说："八路的戒备的没有，我们的登陆！"

两个汉奸见主子高兴，也咧嘴奉迎："这回要打八路个措手不及，报报前两趟的仇！"

于是，龟川指挥鬼子，武孝同指挥伪军，一个接一个地跳到海里。两批人组成了两个方队，在方队后尾，还有十多个伪军推着三架用长竹竿扎的大竹梯子，悄悄朝月牙湾游去。

敌人在月牙湾上了岸，整理好了队伍，便由赵福才领路，把三架大竹梯子竖在悬崖陡壁底下。龟川和武孝同指挥鬼子和伪军，一个接一个地顺着梯子爬上了大鹰嘴的山顶，分散隐蔽在松树林里。

为了防备万一，龟川命杨固和赵福才再到村里侦察一遍，看看八路的动静。

两个特务走了不大工夫，有一个伪军因为拉肚子，想到大鹰嘴前坡去解大手，不巧失足踏滚了一块大石头"咕噜咕噜"直滚到山底下。石头的滚动声惊起了一群野布鸽，它们"扑啦扑啦"地由东南经过寨前村上空，朝西北飞去。那个伪军一看闯了大祸，吓得屎也不敢拉了，提起裤子就往回跑。

石头的滚动声和野布鸽的起飞，也惊动了正在做着胜利美梦的龟川。他望着野布鸽飞去的方向，怒火万丈，抽出战刀，把正慌慌张张提着裤子跑过来的伪军，拦腰砍为两段。

闯祸的人虽然死了,但龟川还不解恨。经验告诉他,夜间惊起飞鸟,这对偷袭者来说,是一个大忌。这个狡猾的家伙犹豫不定,心急火燎,进吧,怕被八路发觉,偷袭不成反挨打;退吧,又不甘心,眼看到了嘴边的肥肉吃不进肚里,他咽不下这口气。

龟川正焦躁不安的时候,杨固和赵福才从村里探听消息回来了。他俩一见龟川,忙上前报告:"太君,八路都在睡大觉,村里一点动静没有,快干吧。"

龟川盯着两个气喘吁吁的奴才,半信半疑地问:"情况的确实?"

"确实,确实。"

"野布鸽的飞过,发现的没有?"

"没有。八路都睡得死死的。"

龟川把牙一咬,从牙缝里狠狠挤出两个字:"哟西!"他回头向后一挥手,然后转脸对杨固和赵福才说:"你们的前边带路!"

三

部队从海上练兵回来,已经快半夜了。

战士们这些天在练兵中的表现和取得的进步,使江志海很高兴。有这样好的战士,什么样的敌人不能打败,什么样的困难不能克服呀!审完三个特务,他又和三个排长开了一个分析会。从口供看,江志海认为龟川这些日子按兵不动,主要是对我军的情况摸不清楚,因此不敢贸然来犯,很可能以后会继续派特务来登陆侦察。他命各排除加强岗哨外,要抓紧时间睡觉。

会开了十几分钟就散了。排长们走后,江志海重新坐下来,拧开钢笔,把这几天海上练兵、测验的情况和特务交代的问题,扼要地向营首长写了一份报告,叫营部来的便衣通讯员连夜带回去。之后,他又到海边上查了一趟岗,这才回到连部躺下。在频繁的战斗生活当中，江志海养成了一个习惯，每天不管是打仗还是工作，晚上躺下以后，脑子里总是要考虑一下，看看这一天的工作有没有漏洞和不足，然后才能入睡。

江志海正在思考着一天工作的时候，突然屋外天空中传来好像有一群鸟飞的响声。他马上起来，正要出门去询问门岗，正好小周进屋向他报告说："连长，刚才村口的岗哨发现有两个可疑的人从大鹰嘴的方向进村，已经派人监视起来了，现在又从大鹰嘴方向飞来一群野布鸽，经过村庄上空，向西北飞过去了。"

江志海知道：在这夜深人静的时候，没有什么惊动，野布鸽是不会突然起飞的。何况岗哨又发现了可疑的人！他想：不是有另一帮特务登陆，就是有敌人来搞夜间偷袭。于是，他当机立断，让小周通知岗哨，不要惊动那两个家伙，并决定把一、二排带到大虎山北面的山口子上，只要能守住大虎山，就能控制寨前村的海湾，敌人的战艇就开不进来。这时，孙勇和二排长已经闻讯赶来。

因情况不明，江志海命孙勇带一个班到村东南的海岸上，进行巡逻，一方面控制海口，一方面准备打击可能偷渡上岸的敌人。他和二排长带一排的两个班和二排，撤到大虎山的北口子上。

小周回来后迅速收拾好了东西，正要吹灯，江志海拦住他说："不要灭灯，门也不要关。"他又嘱咐孙勇，"派两个战士藏在屋后的苞米地里，如果发现什么情况，及时上山报告。"

时间紧迫，大家立即分头行动起来……

四

江志海带着部队刚撤出村去不久，龟川指挥着日伪军，就把部队的住屋团团地包围起来。这幢房子原是姓于的祠堂，以后改成了村公所，因为房子紧靠村北头，房后通北山，江志海觉得地势很好，便叫部队在这里住了下来。

敌人把两挺歪把机枪支在大门口对过，准备里面的人向外冲的时候，好用机枪封门。龟川和武孝同、金六趴在一个地崖后面，神气十足，认为这一连八路军这次可逃不出被他们消灭的命运了。可是等了半天，敞开的大门里既没有动静，也没有一个人从里面冲出来。

龟川狐疑了一阵子，问杨固道："杨桑，八路是住在这个屋子里？你的看清楚没有？"

杨固趴在武孝同身边，听龟川问他，便爬到龟川跟前："太君，我和赵福才看得清清楚楚，错不了。您看，屋里还点着灯哪！"

龟川点点头，命令他说："好的，你的进去看看，八路屋里的有没有？"

杨固和赵福才吓得浑身乱哆嗦，但嘴里不敢说不去。他俩硬着头皮，端着匣子枪，一步一停地摸到大门口，伸脖一看，没有门岗，往院里一看，屋里的灯虽然亮着，却没有一点动静。他俩怕中了八路故意设下的诱兵之计，一进门先挨枪子，犹豫了半天不敢迈步。不进去吧，又怕龟川火了挨刀劈。最后，两个人咬了咬牙，轻轻摸进了门口，踮脚向屋里一看，屋里都空空的，一个人也没有。他俩刚才吓得煞白的脸，这才有了点血色气。杨固为了讨好龟川，装着自己胆大不怕死的样子，叫赵福才在屋里等着，他抽身跑去报告龟川。

龟川和武孝同、金六跟着杨固走进屋里，金六指着桌上的鱼油灯说："太君，你看，这灯碗里的鱼油还满满的，八路准跑的工夫不大。"

"太君，可能是野布鸽起飞把八路吓跑了。"武孝同因为出发偷袭前自己的意见没有得到龟川的赏识，心里很不自在。他怕自己在龟川面前失宠，失去升官发财的机会；更怕龟川怀疑他胆小怕死，弄不好还会丢了性命。这会儿，他一看没包围着八路，估计八路一定是跑到寨山顶上去了。龟川是不敢到寨山顶上去追的，于是他斗起胆量，对龟川建议说："太君，我看八路一准是跑到寨山顶上去了，我们从寨山东口子上去，把八路包围在山上，聚而歼之！"

金六也想显显，插嘴说："太君，八路是怕'皇军'偷袭，可能仓皇逃到大虎山上去了。我看趁八路摸不清头脑，我们悄悄摸上去，打他个措手不及！"

龟川考虑了一下，没理武孝同的茬，便指挥着日伪军，向大虎山北口子上摸去。

走到山根底下，龟川又改变了主意。他怕他们爬到山半腰时，被八路发觉，再像前次一样遭到前后夹击，重蹈覆辙。因此，他马上命令武孝同，停止前进，把后队改为前队，顺村西边的小路，奔前海湾而去。

这时候，东边天空已经放亮了，海边和海面上虽然有薄雾，但还能隐隐约约看见人影。

龟川带着队伍走到村前海湾边上，只有二十多只小船停泊在浅水里，他正窝着一肚子火没处发泄，便立刻命令日伪军都上小船，悄悄摇出海口，再上风船。这次偷袭不成，能把这些船带回去，对八路也是个打击。

命令一下，日伪军乱哄哄的，有的去解缆绳，有的挤着往船上爬。但上船一看，船上空空的，一没有橹板，二没有桅杆和篷帆，都干瞪着眼没有咒念。

龟川把杨固和赵福才叫到跟前，做着摇橹的手势问："橹的都放在什么地方？你的知道？"

赵福才点着头说知道，橹板和篷帆都放在村东南角上的库房里。太君，要去拿吧，我来领路。"

"好的。"龟川点了十几个伪军，由赵福才和杨固领着，进村搬橹板和篷帆去了。

伪军走后，武孝同对龟川奉承说："太君，你这条计真妙啊！我们神不知鬼不觉的，把这些船都抓回凤尾岛去，叫八路没有船坐着出海捣乱，叫跟着八路跑的穷渔花子没有船出海打鱼，这胜利比消灭这一连八路还大呀！"说完，没等龟川的反应，他自己先咧嘴笑了起来。

金六不甘落后，也拍马奉承说："太君，你肚子里的韬略胜过三国里的诸葛亮。我们把八路的船开回去，这比诸葛亮叫庞统给曹操献连环计锁船还好，还保险。"

两个汉奸的拍马奉承，龟川已经听惯了。他这时耿耿于怀的，是自己用了这么大心计搞的这次偷袭，竟然连一个八路的影子都没看见。他暗暗想：八路机警大大的，要快快撤退，不能久留。于是，他立刻命令武孝同："派人去催一下，橹的快快的拿来。"

武孝同像接到圣旨一样，马上派了两个伪军，跑步追赶杨固去了。

杨固和赵福才领着十多个伪军走到仓库门口，赵福才用手一摸大门鼻子，门鼻子上上了锁，他使劲扭了两下，大锁纹丝不动。两个伪军从枪上拔下刺刀，用刀撬，但鼓捣了半天，把刺刀都弄弯了也没撬开。杨固一边等着伪军起锁，一边小声对赵福才说："福才，到你家了，回家看看老婆孩子去吧。"

"不用啦。"赵福才冷冷地说，"我倒想去把渔救会长周老头和妇救会长于老婆子抓起来解解恨。"

"先忍着吧，要是惊动了八路，影响了夺船，咱可就吃不下得兜着走了。"

敌人的活动，早被派在村后苞米地里的监视哨发现。孙勇接到哨兵的报告，马上带着一班，插向前海湾去截击撤退的敌人。当他们跑到库房前面约有一百米的距离时，突然听见库房门口传来东西碰撞和人走路的响声。孙勇马上命战士就地隐蔽起来，一面打眼向库房门口一看，只见有一帮敌人把库房的大门打开了，并且正在从里面往外扛橹板和篷帆。从走在最前边的一个敌人的去向看,孙勇猜出他们是要把东西搬到前海湾去。

决不能让敌人把船只抢走!这个念头在孙勇的脑子里一闪,他立即端起匣子枪,一边向敌人射击,一边带领战士们冲了上去。

伪军被这突然的打击吓昏了,都扔下橹板和篷帆,撒腿向海湾边上跑。其中有两个动作慢的,橹板还没来得及推下肩膀,就当了毕大牛和刘海的俘虏。

龟川一听村里枪响,知道偷船逃跑的计划完蛋了,就立刻命令日伪军向船上投手榴弹,又命信号兵向天空连打了三颗红色信号弹。

顿时,海湾里爆炸声响成一片,浓烟弥漫,船板横飞……

"太君,"杨固和赵福才在爆炸声中,像两只丧家犬似的跑到海边,吓得上气不接下气地对龟川说,"八,八路包围上来啦!"

武孝同和金六一听,也吓慌了手脚,四只眼睛瞪着龟川,等他拿主意。龟川命令日军在海上放了四颗烟幕弹,然后领着鬼子和伪军跳下海去,借着烟幕的掩护,像一群被猎人赶的水鸭子,慌乱地向海口外游去。

停在凤尾岛待命的敌炮艇和巡逻艇,一见三颗红色信号弹升空,便立刻发动机器,开足马力,向寨前村扑来。

敌艇从凤尾岛一出动,江志海就发现了。根据刚才村边枪响、海边的手榴弹爆炸和三颗信号弹升空,以及随后的敌战艇出动等情况来判断,他估计偷袭的敌人一定是炸毁了停在海边的训练用的船只,现在都集中在前海湾的海边上,等战艇来接,以便逃跑。

"想就这么溜了,没有那么美的事!"江志海立刻叫过于成龙,命他做好拦击战艇的准备,然后,他带着部队,跑步向海边赶去。

走到半路,山上的大土炮响了,跟着,敌艇上炮火也向民兵进行了还击,双方展开了一场以土对洋的炮战。这时,孙勇派来报告情况的哨兵赶来,向江志海报告了敌情。战士们一听,马上加快脚步,冲下山,和孙勇指挥的一班战士会合,向在海湾里乱游的日伪军,展开了猛烈的射击。

滚滚的浓烟,像一把大黑伞似的,笼罩着海面。在岸上看不见具体的目标,战士们打了一阵,最后大部敌人还是游出了海口,并在战艇炮火的掩护下,爬上了甲板。然后,战艇又开到大鹰嘴东边的海面上,拖走了龟川来时乘坐的那三只大风船。

这时,于成龙、周大爷和于大娘也带着民兵赶来,大家看着被敌人炸得七零八落的船只,气得都咬紧了嘴唇,捏紧了拳头。

江志海看着大伙一张张愤怒的脸,他也和大伙一样的气呀!

"乡亲们,同志们,敌人炸毁我们的船,这笔账我们给他好好记着,以后我们要叫他们付出十倍百倍的代价来偿还!"

"叫他拿命来抵!"民兵们都嚷着。

周大爷走到江志海跟前,坚定地说:"江连长,鬼子能把它炸坏,我们也能把它修好,决不耽误部队打仗用。"

江志海紧紧握着周大爷的手,心中有千言万语,但这时却一句也说不出来。

第九章　夜探凤尾岛

一

据在库房门口俘虏的伪军交代，日伪军在大虎山战斗中，伤亡惨重。龟川没法，便从抓来修据点的民夫里，挑了十几个年轻的，补充进了武孝同的伪军中队。现在岛上的人不许出来，外头的人不许进去，鬼子和伪军督着民夫，日夜在海边赶修据点。看来，敌人大大加强了凤尾岛戒备，可能想以凤尾岛为据点，继续对我进行扰袭和封锁。

天亮以后，江志海和季虹带着几个干部，到海边去察看了敌人夜间登陆的地点。从龟川这次不乘炮艇而改坐风船，不走平道而改用竹梯子爬陡壁来看，这个家伙是相当狡猾的，决不能小看了他。我们把他从陆地打下海去，他也决不会甘心，这次偷袭，就是一个证明。

他们走到昨夜泊船的地方，二十几条渔船，被敌人炸得七零八落，完好无损的没有几条。江志海看着心痛地说："看来我们的警惕性还不高，所以叫龟川钻了空子。这些船决不能让他白炸，一定得叫他拿命来抵偿！"

"吃一堑，长一智。"季虹说，"船坏了不要紧，能修的我们立刻组织人抢修；不能修的，咱们再造新的。部队如果急用船，我们从外村借，保证不耽误你们使用。"

回村路上，江志海在脑子里琢磨：过去鬼子都是在拂晓才出来，晚上不敢活动；这回龟川打破了这个老规矩，可见形而上学和经验主义对一个指挥员来说，是万万要不得的。

早饭后，各班讨论了敌人的这次偷袭，总结了经验教训，加深了对敌人的更大仇恨，也激发了战士们去海上杀敌的决心。讨论的结果，使江志海很高兴。

为了做好下一步海上作战的准备，江志海认为，除了继续加强海上训练，眼下最主要的任务，是要尽快和留在岛上的地下党组织取得联系，了解一下情报组长徐生同志有没有和我们的伪军关系接上头。

由谁去联系，上次跟季虹谈起后，还没有确定下来。参加完了班里的讨论，江志海没回连部，便直接找季虹商量这件事去了。季虹也在考虑这件事，并且对人选问题，仍然坚持自己的意见：由她带着于成龙上岛。

季虹一边说，江志海一边摇头。

于成龙去，江志海是赞成的，徐生是他舅，过去他常在那里作客，对岛上的道路和地形都比较熟悉。至于季虹自己去，江志海坚决反对，认为她应该留在这里掌握全盘。这次探岛是海战的开场戏，干部先去熟悉熟悉地形，摸摸敌情，掌握第一手材料，对制定下一步的作战计划，关系重大。季虹觉得江志海说得有理，不再坚持自己的意见，最后，确定由江志海带着孙勇、于成龙和李大成担任这项任务，今天夜里就出发。

白天，江志海找于成龙详细地了解了凤尾岛的地形和特点，画了一张地形图。然后，他又提审了俘房的伪军，要他们交代了日伪军的驻防位置，碉堡、岗哨的位置和火力配备的情况。

天黑后，四个人换成渔民打扮，从寨前村东南的海边上船，由于成龙和李大成摇橹，直向凤尾岛驶去。

这天没有月亮。在茫茫的大海中，小船就像侦察兵在黑夜里穿过森林一样，在海浪的掩护下，从绿山岛和凤尾岛之间，飞快地悄悄穿了过去。江志海趴在船头，孙勇蹲在船中央，两人都睁大双眼,细心地注视着周围海面的动静。当小船转过凤尾岛东南角的时候,江志海命于成龙把船摇到鳖盖岛前面停下,先看看情况再进岛。

这鳖盖岛只有三间房子大小,位于凤尾岛东南角,离凤尾岛约有三百米远的距离,活像一个鳖盖浮在海面上。于成龙把小船摇到岛边上抛了锚,李大成留下看船,其余三个人就离船上了岛顶。他们趴在岩石上举目一望,黑沉沉的凤尾岛,像一艘大兵舰似的屹立在海中。岛前怀的一幢大瓦房门前,有一棵大槐树,树上挂着一盏明亮的汽灯。瓦房周围,有一团黑压压的人群,有的在搬石头,有的在用铁锹挖土,铁锹撞击石头发出铮铮的响声。停泊在海湾里的炮艇和巡逻艇,响着隆隆的机器声;炮艇上探照灯的光柱,不时地扫过海面和掠过海岸,照得海边上的沙滩一片雪亮,别说小船不能偷着靠岸,就是人卧倒在沙滩上匍匐前进,也都被照得一清二楚。

江志海趴在鳖盖岛顶上,一声不响地盯着凤尾岛,脑子里考虑着上岸的地点。

孙勇心里想:带兵的人总是这样,千斤重担得带头挑,万重难关得带头闯;办法得带头想,主意得带头拿……他看着江志海那种全神贯注的样子,便知道他一定正在为上岸的事动脑筋。

于成龙用手指着凤尾岛,小声对江志海说:"江连长,从前海边上岸怕是没有门了。"

"咱们不要光从前海边打主意嘛!"江志海用充满信心的口气说,"你想想看,在岛东、岛北和岛西面,有没有能上岸的地方?"

于成龙小时候经常住姥姥家,还跟着他舅徐生出海打过两年鱼。他对岛上的一草一木,和岛周围哪里能靠船,哪里能上岸,哪里有小道,岛上三十多户人家,谁家的门朝哪边,谁家有几口人,都一清二楚。这时听江志海一问,便立即说:"这凤尾岛三面都是悬崖陡壁,不但人上不去,就是海鸟也得仰着头才能飞上岛顶；海边尽是狼牙礁石，别说小船靠不上，人也没法走！"说到这里，他脑子里忽然想起了一件事，"过去，凤尾岛上的渔霸、武孝同的妹夫杨固，把岛上村干部的名单偷偷地报告了武孝同。我住姥姥家时，有一天半夜，敌人坐着炮艇到岛上来捉村干部，正巧，那天村干部都到区上开会没回来，敌人扑了个空。以后我听见俺舅和村干部商量，要想办法在岛东坡找个地方，偷偷用铁钻凿上两趟脚窝，准备敌人再来的时候，好踏着脚窝到岛根底下的礁石缝里躲藏。后来我回家了，不知道那脚窝究竟凿没凿。江连长，让我游到岛东坡根下，去找找看吧？"

江志海说："岛东面那么长的地方，又是夜间，就是有脚窝，一时也找不着，再说时间也来不及了。"

"那怎么办呢？"于成龙着急起来。

江志海没吭声，两眼老是紧紧地盯着前海边。探照灯的光柱，不间断地扫过岛东南角的海岸。忽然，他两眼闪出兴奋的光芒，好像黑夜里头走路看见灯光一样，高兴地说："有了！咱们就从岛东南角上岸！"他指着探照灯掠过来的光柱，"你们看，探照灯隔五分钟扫过来一回，海边上敌人的岗哨虽多，我看探照灯上的强烈光柱刺到他们眼上，也得把他们晃得够呛。咱们就抓住探照灯扫到别处，他们看不见海边上情况的机会，迅速上岸插进去。"

于成龙说："江连长，从东南角上岸，船不好靠！"

江志海果断地说："靠不上不要紧，就抛在鳖盖岛前怀，咱们游过去！你看行不行？"

"行！"于成龙肯定地点了点头。

二

这时候，天已经半夜多了。事不宜迟，于是他们把衣服和鞋子脱下来，用油布袋子装好，捆成一个小包，背在身上，于成龙在前,江志海、孙勇和李大成在后,下到海里,直向凤尾岛的东南角游去。

四个人都游得很快,不大的工夫,便穿过礁石林立的缝隙,游到了岛的东南角下。江志海抬头一看,陡坡足有三丈多高,陡得像快刀切的豆腐。

于成龙带着他们摸到海边的一块大礁石后面,停了下来。借着大礁石的遮挡,看着探照灯的光柱刚掠过去,江志海就压低声音对于成龙说:"上!"

"嗖"的一声,于成龙像条蛟龙一样蹿出海面,飞快地上了岸,一直向岸边的一个小高地跑去。海浪的响声和炮艇传出的隆隆机器声,淹没了于成龙蹿出海面和跑上岸边的声音,敌人的岗哨根本没有发觉。

过了几分钟,当探照灯再次掠过海岸以后,江志海他们三个也像于成龙一样地上了岸,并且迅速地奔上了小高地。

小高地上有一片矮松树林,四个人借松树的掩蔽穿上衣服,刚拔脚要走,忽然从左侧传来了沉重的脚步声。江志海机警地一挥手,四个人都悄悄地蹲在松树丛里,屏住气,侧着耳朵细听上来些什么人。

不大的工夫,沙沙的脚步声伴着一溜黑影,走上了小高地。从树缝里可以看见,约有五六个身背大枪的敌人,走到离松树林不远的地方,停下了脚步。

"他妈的!累得老子直喘,把吃奶的劲都使尽了才爬上来。"只听一个伪军牢骚满腹地说,"武队长叫咱们围着村边和山顶巡逻,我看这是傻子洗泥巴——闲着没事干,尽拿咱们小兵拉子开心。班长,你看看,这凤尾岛像个大兵舰一样停在海里,三面是悬崖陡壁,一面是海滩,海边有层层的岗哨,海面上有探照灯搜索。八路军不是蛟龙,也不是飞虎,他们能从海底钻上来?还是能从天上飞进来?"那个伪军说完,就操着破锣嗓唱道:"凤尾岛,好天险,四面海,上顶天,八路军不是飞虎队,焉能飞进岛里边……"

"住嘴!"那个伪军腔不成腔、调不成调的正在过戏瘾,被伪班长的一声吆喝打断了。"你怕八路听不见你的声音?看不见我们?武队长训的话,你当成耳旁风,都忘啦!八路不会飞,怎么能神不知鬼不觉地活捉了赵区长?武队长估计,八路夜间可能来侦察消息。你懂吗?混蛋!"

那个伪军无可奈何地答应着:"班长,我懂。"

伪班长哼了一声:"你懂个屁!你他妈光懂得吃饱了饿不着……"

孙勇气得火冒三丈,紧紧地握着匣子枪,准备江志海一挥手,就跳出去收拾了这几个家伙,省得他们磨磨蹭蹭地在这里待着不走,耽误时间。他看着江志海,江志海一动不动地仍旧蹲在那里,十分镇定。

这时,伪军嘟嘟囔囔地发着牢骚,顺着走上来的原路,走了下去。

四个人乘机走出松树林子,于成龙在前领路,踏着一脚宽的小道,走下小高地,一直走到村东北角的一幢小屋前面。于成龙停住脚,回身对江志海小声说:"直接到俺舅家吧?"

"好。"江志海又压低声音对李大成说:"李班长,你留在这里,隐蔽在这幢小屋东头,监视情况,不管出现什么事情,尽量不要打枪。万一发生意外,集合地点和联络暗号,照原先的规定执行。"说完,他便和孙勇跟在于成龙后面,向村里摸去。

进了村,只见家家户户都敞着街门,屋里没有灯光,没有孩子的哭声,像是村里没有人住一样,叫人产生一种阴森可怕的恐怖感。他们顺着一条东西小街向南一拐,走进一条南北胡同中间,在一个石头小门楼前,停下脚步。于成龙用手指着小门楼,对江志海悄声说:"这就是俺舅家。怎么各户的街门都没有关哪?"

"可能是敌人不让老百姓关街门。"孙勇估摸着说。

"江连长,你们在门口等着,我先进去看看。"于成龙转身要往院里去。

江志海一把拉住了他,并且扭头向小胡同两头迅速观察了一下。孙勇看江志海的举动,好像发现了什么可疑的征候似的。于是他们都靠着墙角,警惕地看着,听着。忽然,江志海伸手把于成龙和孙勇拉进徐生对门的一家院子,藏在门旁边一个放渔网的小敞口棚子里。

这时候,就听从胡同南头传来了由远而近的脚步声,走到这街门口,突然停了下来。

江志海悄悄探出头,打眼向外一望,门口站着两个手持大枪的伪军。他屏住呼吸,两眼盯着街门口,想看看这两个家伙究竟要搞什么把戏。

只听其中的一个说:"天傍黑,我和陈特务长还来了一趟,这个老村长太滑头了。陈特务长向他要东西,他都满口答应;赶到叫他往外拿,他就左一个村子太小,右一个渔民太穷,拿不出粮食和海味来慰劳弟兄们。他说的挺好听,就是干打雷,不下雨。问他八路的情况,他摇头晃脑的一问三不知,真是神仙没法治。恐怕这老家伙中八路的毒太深啦!"

另一个说:"武队长不是说了吗,别看这个小岛在海当中,岛上可能有八路的暗探。吴班长叫咱们放暗哨,盯着村长的门口,看有没有八路的便衣来找村长探听消息。老兄,你想想,八路不会飞,又没有潜水艇,怎么能进来?我看当官的尽扯淡,拿咱们当兵的两条腿不值钱。什么放暗哨?是叫咱们站在这里光挨蚊子咬!"

两个伪军一边说着,一边不住手地拍打着叮在脸上和腿上的蚊子。

这凤尾岛上的蚊子,又大又多。伪军叫蚊子咬得受不了,可以随心所欲地拍打,而且边打边骂;江志海他们站在小敞口棚子里,只觉得脸上、腿上和手上都叮满了蚊子,干挨咬,却不能打,不能动。

两个伪军在门口嘟囔了一阵子,就转身走进江志海他们藏身的这个院子里,一腚坐在屋门口的台阶上。

"坏了!伪军要是坐到天亮不走,那我们就出不了岛,也完不成侦察任务了。"孙勇心里焦急地想,"干脆手一伸,把这两个家伙抓住,干掉算了。"他扭头看着江志海,只见江志海瞪着两眼盯着伪军,没有半点着急的样子。他轻轻拉了江志海一下,用枪口向两个伪军坐的地方指了指。江志海摆摆手,示意叫他沉住气。根据以往孙勇跟江志海打仗和执行侦察任务的经验,他相信在危急的情况下,江志海总是会想出办法来的。想到这一点,孙勇焦急的心情,就慢慢地松弛下来。他提了提精神,两眼看着伪军,耳朵听着周围的动静,脑子里也琢磨起对付敌人的办法来……

从胡同北头又传来了急促的脚步声。不大工夫,一个人走到门口,喊道:"蒋三、孟七,出来。"

随着喊声,两个伪军像两条狗似的窜到街上,嘻嘻地笑着说:"吴班长,有事吗?"

"有什么情况没有?"那个姓吴的班长问道。

"连个八路的影子也没见,待在这里光挨蚊子咬。班长,现在有几点钟了?"一个伪军哭唧唧地说。

"我来的时候是下两点,再等两个钟头天就亮了。看来八路今夜不会来了,你俩回去睡觉吧。还有两个钟头的哨,我替你们站。"

"吴班长,你对我们太好了,等关了饷,请你喝一盅。嘻嘻嘻……"两个伪军像饿狗捡了块肉骨头似的,摇头摆尾地走了。

江志海听着两个伪军和这个姓吴的伪班长的对话,不禁心里一动:这个吴班长,很可能就是县委敌工部打在伪军当中的一个关系。于是他睁大两眼,注视着吴班长的举动,以检验他的判断……

孙勇的脑海里这时也翻滚着一个问题：这个伪军班长对士兵怎么那样"好"呢？这里边是不是有什么文章啊？他一面想着，一面看了看江志海，只见江志海两眼闪着兴奋的光彩，正在紧紧盯着这个伪军班长的一举一动。

伪军班长在小胡同里走了两趟，然后，侧耳听了听周围的动静，接着就走进徐生的院子里，停在屋门口看了一阵屋门左边挂的一条鲨鱼片子。他对这条鱼片子看得很仔细，看完后就直向胡同北头走去。

"连长，这是怎么回事？"那伪军班长走后，孙勇疑惑地问江志海。

"徐生同志和那个吴班长唱的这出秘密戏，看来就在那条鲨鱼片子上。"江志海指指那条鲨鱼片子说。

孙勇一听，心里揣测：这一定是徐生和伪军关系接头的暗号。他兴奋地压低声音说："这真是来早了，不如来巧了！"

"是啊！"江志海幽默地说，"巧事还得巧人办，咱们今天就做趟巧人吧！"

三

过了大约十分钟光景，就听从胡同北头传来了说话声："徐村长，修据点的民夫太少，你得赶快去找人！村里的男男女女都得出来干，少一个也不行！"

"吴班长，你是知道的，村里能动弹的都去了，女的不是有病，就是有孩子牵累，实在出不来。请你在武队长面前美言几句吧！"这是一个老人说话的声音。

江志海问于成龙："这是你舅吗？"

"是。"于成龙点了点头。

脚步声越来越近。

"徐村长，你想应付公事，办不到！走！到你家先把你老婆子拉出来。"

孙勇听出来了，这是徐生和伪军关系为了掩护接头而演出的一段自拉自唱。

三个人看着徐生和那个伪军班长走进院子，没有叫门，屋门就"吱呀"一声开了，两个人一侧身，风快地闪了进去。

于成龙见这情景，贴近江志海急切地说："江连长，咱们也进去吧。"

江志海说："等关系走了咱们再进屋。"

孙勇和于成龙只好耐下心来等。刚才他们一直担心时间过得太快，而现在，他们反倒觉得时间过得太慢了。两人心急火燎，恨不得叫屋门马上就打开。

等了足足有吃顿饭的工夫，门终于"吱呀"一声开了。那个伪军班长走出门来，两眼向小胡同两头看了一下，就向胡同北头走去。

于成龙去叫开了门，江志海和孙勇走进徐生的屋里。只见炕前的小桌上放着一盏鱼油灯，在微弱的灯光下，徐生看上去约有六十多岁的年纪，头发有些苍白，满脸皱纹，长长的眉毛下，掩着一双炯炯有神的眼睛，脊背略有弯曲，一看就知道他是在旧社会受过苦遭过罪的人。他老伴也是六十多岁的年纪，她看见江志海他们进来，就转身走进里间屋去了。

于成龙把江志海和孙勇向徐生作了介绍，江志海握着徐生的手，亲热地说："老徐同志，你好啊？工作顺利吧？够辛苦的啦！"

徐生高兴地让江志海坐在炕前的凳子上，让孙勇坐在炕沿上。孙勇问江志海："门口放不放岗？"

没等江志海开口，徐生忙说："有自己的人在门外站岗，你们放心好了。"

于成龙倒了两碗水，递给江志海和孙勇。

"江连长，眼下来说，你们来得太巧了，早来一步有危险，来晚了又找不到我啦。"徐生惊喜交加地说,"敌人在海边上布满了岗哨,炮艇上还有探照灯,照得海边像白天一样,别说船不能靠岸,就是人也没法上岸。敌人把村里的男人都赶去修据点,还不许家家户户关街门,要人又要船,一步也不能脱身。他们天天夜里还在我门口放暗哨,准备抓来找我的人。就这样一直折腾了这些日子,也没在我身上找到一点可疑的情况。今天下半夜,敌人对我监视松了,伪军关系才到我门口找到了联络暗号,刚接上了关系,你们就来了。太巧啦!"他又问,"海边上敌人岗哨那么多,你们从哪上的岸?"

"我们就在敌人探照灯照射的地方上的岸,是敌人的探照灯帮了大忙。"江志海笑着说,"八路军一不会飞,二不会地遁,我们就是依靠党的领导,依靠广大人民群众的支援,这比会飞会地遁还厉害万倍啊!老徐同志,要是没有你这样为革命忠心耿耿的老党员,我们就是进了凤尾岛,也完不成侦察任务啊!"

"哪里话,咱们都是为革命拧成了一股绳。我为党做的这点工作,不过是大海中的一滴水罢了。"徐生谦虚地说完,就把伪军关系吴有顺说的情况,向江志海详细地谈了一遍。末了,他从炕席底下拿出一张折叠成三角形状的纸来递给江志海,"这是吴有顺写的情报和画的一张敌人兵力部署的草图。"

江志海打开情报和草图,凑在灯光下,匆匆看了一遍。徐生装了一袋烟,点火吸着,又告诉江志海:"昨天早晨,敌人偷袭寨前村回来,伪军就嚷嚷开了,说龟川的计谋妙,点子多,他们攻进寨前村,八路一枪没打,都吓跑了。还说,他们把八路训练用的木船,都炸得粉碎,叫八路没有船坐着打仗,叫老百姓没有船出海打鱼。敌人这几天正在抢修据点,伪军特务队长陈小鬼昨天晚上通知我,要我准备一只大风船,拴在运输汽船后尾,到鱼口岛去运水泥、柴油和弹药。伪军只剩了五六天的给养,其余的靠当地筹集。现在敌人的巡逻艇出海,见了打鱼的船就捉,见了鱼就抢,因为鬼子和伪军都没菜吃。"说到这里,他思索了一下,"前几天,我到运输船去卸弹药时,看见了个水手,黑乎乎的脸膛,粗墩墩的身体,二十八九的年纪,过去我到寨前村,好像见过这个人。当时,有伪军在眼前监视,我也不好问。我看见的和听到的情况,就是这些。"

江志海收好了情报,向徐生同志问:"运输船什么时候走?有没有押船的鬼子?"

"听说明天一早走,由伪军小队长张铁心带着一个班伪军押船。"

江志海又问:"敌人在岛上找不着几个人修据点,还想从哪里要人?"

"听陈小鬼说,武孝同叫他下通知,在当地要人,另外还准备到鱼口岛那里弄工人来修。"

"我们来的时候,季虹同志叫我带个口信给你,一是内线的工作要搞好;二是叫你提高警惕;三是叫你掌握好岛上的情况,及时地把情报送出去。"

"江连长,请你转告季指导员,叫她放心,我坚决执行党的指示,一定想尽一切办法来完成任务。"徐生想了想又说,"向外送情报的办法,我看每天上半夜派成龙来取,就在岛东坡悬崖底下等着,以海鸟叫的暗号联络,那里有两趟石头脚窝,可以踏着爬上来,也可以踏着下去。那还是武孝同带着鬼子来抓村干部的时候,逼得我们没有办法,村里的几个干部和党员冒着生命危险,把绳子一头拴在松树上,一头绑在腰上,夜间用铁钻凿出来的。过去为了躲鬼子抓人,今天为了打鬼子,又用上了。"

于成龙兴奋地问:"舅,那脚窝在什么地方?"

"就在岛东南角的小高地东边,顶上有两棵高松树的下边就是。"

"知道了,我能找着那个地方。"

正说着,突然传来了"叭叭"两声枪响。紧接着,又是一阵枪声和喊叫声。

孙勇立刻抽出匣子枪:"连长,听枪响的方向,是在村东北角,是不是李班长出事啦?"

"现在情况不明,很难说。老徐同志,待在你家里危险,我看趁着敌人在混乱当中,我们混出村外,看看情况再说。"江志海镇静地站起身,也把匣子枪抽了出来,提在手里。

"好。"徐生顺手把墙上挂的一捆绳子拿下来,递给于成龙,叫他背在身上,准备下陡坡时好用。

刚出门,胡同南头响了几枪,好像是一个人一边打枪,一边喊着:"八路从海边往北跑了!"

徐生侧着耳朵,听了听枪声和吆喝声,忙说:"这是自己人,他是想把敌人引到海边上去。你们赶快从村东北角转出去,出岛的路,你们看看情况再定吧。"

江志海和徐生握了握手,就带着孙勇和于成龙,向村东北角跑去。

"叭叭"的枪声和鬼叫似的喊声,由村东北角转向村东南角的海边一带……

三个人刚跑到村东北角的时候,从村东北边跑来了三个伪军,他们一边无目标地打着枪,一边瞎咋呼着:"抓活的!抓活的!"显然是害怕真遇上八路军。

在这紧急的时刻,孙勇心里一动:要是我来指挥的话,一定先下手为强,照着迎面跑来的伪军开枪射击,打他个措手不及!可是江志海却一挥手,头前带着于成龙,一面打着枪朝东南海边跑,一面也喊着:"捉活的,八路往前面海边上跑啦!"

三个伪军像瞎驴一样,跟在江志海他们后头,边跑边问:"八路在哪?八路跑到哪去了?"

"他妈的!八路往前面海边跑了,你们在后头咋呼个屁!快追!"江志海一边骂着,一边朝东南海边跑去。

孙勇和于成龙护卫着江志海,也边跑边喊边打着枪。

跑了没多远,三个伪军在后头忽然喊道:"你们是哪个小队的？"

"他妈的，你们瞎了眼啦？快追！"江志海边跑边回头骂了一句。

伪军一看江志海是使匣子枪的，穿着便衣，口气又这么横，估计他们大概是特务队的，吓得连屁也没敢放，就像三条狗一样跟在后头，直向东南海边跑去。

村里，枪声和喊叫声一直没断。这时前面海边上也响了枪，手电筒光像闪电似的闪烁着，到处晃来晃去。炮艇上探照灯的光柱，直射到前海边，照得那里像白天一样。

四

岛上的敌人像被捅了窝的马蜂似的，闹腾了有半个多钟头，枪声和喊叫声才渐渐沉寂下来。停在海湾里的那只巡逻艇，这时驶出了海湾，沿着海岛周围巡逻，封锁附近海面。

江志海他们跑上岛东南角的小高地，坐在来时在这穿衣服的松树林边上，一则等候和李大成会合；二则研究出岛的办法；三则看看岛上的情况是否有变化。

等了约有半个钟头，不见李大成来会合。于成龙到原来规定的两个集合地点去找了一遍，也没有找到。

三星从东方露了头，拂晓就要到了。孙勇心里焦急地想：李大成会不会——不，他有战斗经验，一定能机动灵活地躲开敌人！他对江志海说："连长，李班长会不会游到鳖盖岛去了？"

"我游过去看看吧？"于成龙说。

"再等一会儿，如果他还不来，咱们就先回鳖盖岛！"江志海判断说，"从敌人现在已经安静下来的情况看，可以断定李大成没有危险。"他命于成龙去找徐生说的能下岛的地方；命孙勇到小高地下边，看看还能不能从来的地方，再游回鳖盖岛。

孙勇摸到海边一看，只见他们原来上岸的地点，有一个班的伪军，都面朝大海站在那里。敌人显然加强了海边上的警戒，要想从原来的地点出岛，是不可能了。他抽身回到小高地上，向江志海报告了这个情况。

"这里不能走，咱们就从徐生同志说的那个地方出去。"

不大的工夫，于成龙也回来了。他一见江志海就高兴地说："江连长，那个地方找着了，我把绳子拴在松树上，扯着下去试了试，很好下也很好上。"

他领着江志海和孙勇来到岛的东南角，走到松树下边，江志海把匣子枪往腰上一插，两手扯着绳子，两脚踏着石窝，"噌噌"的一会儿就到了陡崖底下，孙勇和于成龙也一前一后地下到崖底。于成龙麻利地把并成两股的绳子一抖索，然后扯着一股抽了下来。他们脱了衣服，又装到油布袋里，叠成小包，背在肩上，顺着海边向鳖盖岛游去。

游出了大约二百多米，他们老远就看见李大成站在船上朝他们招手。三个人上了船，拔了锚，刚要走，敌人的巡逻艇从凤尾岛前面转了过来。他们趴在船舱里伸出头来一看，敌艇沿着鳖盖岛后边向岛北方向驶去，站在甲板上的敌人，都看得清清楚楚。

江志海站起身来说："成龙，现在是西南风，正好是顺风顺流，把篷帆升起来，跟在巡逻艇的后头，胜利返航！"

他们把竹子桅杆竖了起来，拉上篷帆，这时候正是拂晓前的一阵黑暗，篷帆又是古铜色，在大海中，像一片柳树叶似的，不到眼前根本看不见。于成龙坐在船尾掌舵，小船乘风破浪，向寨前村疾驶而去。

五

小船一起一伏地航行着，李大成向江志海和孙勇汇报了他遇上敌人的经过——

原来，李大成按着江志海的指示，隐蔽在小屋西头的一堆海草后边，监视着周围的情况，谁知从村北边忽然来了一班伪军巡逻队，他们走到小屋前停下不走了。内中有个破锣嗓的伪军说："班长，咱在这歇歇腿，吸支烟再走吧。"李大城一听这个伪军说话的声音，就知道是在小高地上遇着的那班伪军。这小子一说，伪班长竟同意了。伪军都散开在小屋前面，有的找石头坐，有的到屋西面抱海草坐。这时候，李大成屏住气，握紧枪，一动也不动，心想：万一伪军再来搬海草发现了他，就开枪先干掉两个再说。可是再一想，不能开枪，一开枪就暴露了目标，敌人知道来了八路军，这对今后的战斗是大有影响的。于是他暗暗下定决心，敌人不发现他便罢，一旦发现了，他就往海边上猛跑，叫敌人误认为他是村里的老百姓，怕抓去修据点而藏在这海草堆里的。

真是无巧不成故事。那个伪军抱了一抱海草回去，一坐软乎乎的，其他的伪军一看，也都跑来抱，一抱，两抱，还没发现他，赶到抱第三抱的时候，一个伪军的手按在他的脑袋上，他一看不能再藏了，就"噌"的一下蹿了起来，用头把那个伪军撞了个仰面朝天，撒腿向海边跑去。那个伪军被这突然地一击撞蒙了，等他清醒过来，便号叫了一声："哎呀！我的妈呀！八……八路……"正在吸烟、打盹和说话的伪军一听说有八路，像一堆屎壳郎突然挨了一石头似的，轰地一下，有的滚，有的爬，有的撒腿往村里跑，乱成了一团。李大成一口气跑到东南海边上，立刻纵身跳入海里，隐蔽在一块大礁石后边。过了有五分钟光景，敌人才追到海边上。海边上站岗的伪军不知出了什么事，吓得沿着海边往北就跑。这样一来，追赶他的伪军以为向北跑的伪军是他，所以就像饿狗抢食一样，向北追去。

伪军跑远了，他想：江连长他们听到枪声，一定会出村到东北角的小屋前去找他，他若回到那个集合地点等着吧，又怕上岸再遇上敌人，所以他就干脆游到鳌盖岛去等。

最后，李大成难过地说："连长，由于我隐蔽的地方不恰当，暴露了目标，破坏了咱们原来打算的来无影、去无踪的侦察计划，你回去批评我吧。"

听完李大成的汇报，江志海鼓励他说："不要难过，搞侦察和打仗，想不到的情况随时都会发生。你这次并没有影响咱们的侦察计划，咱们要了解的情况全都搞到手了。对这次意外情况，你坚决地执行了命令，没有打枪，处理得也很机动灵活，顺利地摆脱了敌人的追击，这也是一个很大的胜利呀！"

"江连长，咱们到了。"于成龙说着把篷帆落了下来，小船徐徐靠上了岸边。

江志海登上岸，只见季虹带着二排的两个班和机枪班，都上了船，正准备出海去接应。

季虹走上前来说："江连长，我们听见凤尾岛上有枪声，当你们出事了，正准备出去接应你们。"

江志海笑着说："不用接，敌人鸣枪，是欢送我们胜利返航啊！"

海滩上响起了一片胜利的笑声。

第十章　智截运输船

一

拿到了准确的情报，对指挥员来说，确实是无价之宝啊！

回到连部，江志海连脸也没顾得洗，水也没喝一口，就向季虹汇报了夜探凤尾岛的情况。

季虹听完，对江志海说："徐生同志对党忠心耿耿，是一个不求名，不求利，为革命埋头苦干的好同志。他供给的情况是靠得住的。"

"这样咱们就在敌人内部安上了眼睛。"江志海考虑了一下说，"下一步棋，我的初步意见，是暂且不动岛上的敌人，用适应敌人的想法麻痹敌人，为徐生同志和吴有顺在岛上工作创造有利条件。只要有了准确的情报，我们就可以在岛外一仗一仗地打击敌人，集小胜为大胜，最后和龟川唱一出总决战的戏：在岛上攻克敌人的据点，在海上打沉敌人的战艇，彻底歼灭封锁我海口的敌人。"

季虹边听边点头，她完全赞成这个计划。

江志海接着说："我想明天先截击龟川的运输船，这样既得了物资和弹药，又能拖住敌人抢修据点的后腿。这是一举两得的好买卖，你看行不行？"他用征求意见的目光，看着季虹，等待她的回答。

季虹高兴地说："行！你对打仗问题考虑得很全面，也抓住了不贪多,不贪大,先小打,后大打的战术原则。我完全同意你的打算。关于对敌斗争的方针、政策和全面工作,区委已作了决定:今后打仗的具体问题,由你们党支部决定就行啦。"

这时候,大虎山上的岗哨跑进屋来报告:"敌人的巡逻艇照常在海口外巡逻,刚才用望远镜发现,有一只大汽船的后尾拖着一只大风船,开出凤尾岛,直向鱼口岛的方向开去。"

"好。"江志海对岗哨说,"继续监视敌人战艇的活动,有新的情况,随时报告。"

岗哨一走,江志海高兴地对季虹说:"敌人运输船已经走了,这样肯定明天就能返回来,咱们截船的任务就定了吧!"他思索了一下,"昨天晚上吴有顺的情报上说,敌人这只运输汽船,是抓的鱼口岛福兴渔行的二号打鱼船。前几天我听于大娘说,王桂芬的男人周山在福兴渔行的二号汽船上当水手,这不和徐生同志在船上看见的那个人对上号了吗!请你和王桂芬啦啦,要是她男人真的在这条船上,那咱们的截船任务就更有把握了。"

"江连长,你想得真周到!"季虹喜上眉梢,"你若不提起王桂芬的男人我倒忘了,他是在福兴渔行的二号汽船上,这次可以找他协助完成截船任务,这个事由我负责办理好了。"

"好,就这样定了。上午我们做截船的准备工作,有新的情况,下午再研究。"

商量完,季虹提起小包袱要走,江志海要她在这里吃早饭,她怎么也不肯。江志海把她送出门外,她就大踏步地朝沙土岛方向走去。

早饭吃的大苞米饼子和面片汤,还有大葱蘸面酱。活动了一夜,江志海这时才感到肚子有点饿了,他一手拿起一个香喷喷的大苞米饼子,一手拿起一棵大葱蘸了蘸面酱,大口大口地吃起来。

这顿饭吃得又饱又香,一夜的疲劳,早飞到九霄云外去了。

早饭以后，江志海把各排长找了来，布置上午以排为单位开会，讨论由陆战转为海战，特别是要完成这次海上截船的任务，在思想上和准备工作上，都存在哪些有利的条件和不利的条件，要一条一条地摆出来，再提出克服的办法。另外，叫小周管着孙勇、于成龙和李大成休息，要他们睡足觉，准备参加截船战斗。

江志海处处关心下级和处处爱护战士的精神，使孙勇深受感动。他想：连长的身体还不如我们，他也一夜没睡，得让他好好睡一觉。于是他追上已经跨出门槛的小周，叫住他说："小周，连长叫你管着我们睡觉，可是，我们没法监督连长睡觉，这个监督连长的任务，就交给你啦，怎么样？"

小周一听，便孩子气地咧着嘴说："孙排长，你放心吧！你们只管睡你们的觉，我保证叫连长一觉睡到吃午饭。"

孙勇向各班长把工作布置完以后，就在于大娘的东炕上，和于成龙、李大成一起躺下，眨眼的工夫，就进入了梦乡。

一直睡到晌午歪，三个人才被小周叫醒。只听于大娘在外间屋说："孙排长，洗洗脸吃饭吧！"接着门帘一掀，大娘端着一盆洗脸水，笑嘻嘻地走了进来。

孙勇急忙一边接过洗脸水，一边感激地说："大娘，我们光顾得睡觉，叫你老人家端洗脸水，这怎么好啊！"

于大娘笑道："可别这么说！你们打鬼子够辛苦的啦，你大娘我帮不了别的忙，端盆洗脸水也是应当应分呀！快洗洗脸，好吃饭。"

洗完脸，四个人往连部走的路上，孙勇问小周："上午连长睡了没有？"

小周摇摇头，叹了一口气说："连长只睡了半个钟头就起来了，我把嘴皮子都磨破了，怎么劝他也不听，坐在那里又写又画，还给营部写了一份报告，已经叫营部来的便衣带回去了。我来叫你们的时候，他到海边上去看老乡修船还没回来。"

二

下午，江志海、季虹、周大爷、于成龙和三个排长，在连部凑了凑情况。大家一致认为：王桂芬的男人周山，是这次截夺敌人运输船的可靠帮手。从季虹的介绍中，江志海知道了周山怎么会在鱼口岛福兴渔行的汽船上当轮机手的经过：那是一九三九年旧历正月，国民党反动派武孝同的部队（那时武孝同还未公开投敌），在沙土岛挂着抗日的假招牌，招了半年兵，只招到十几个地痞流氓。这家伙急得没有办法，就叫他的副官赵怀水带人到寨前村去抓。赵怀水开的抓兵名单上，第一名就是周山。周大爷得了这个消息，就叫周山到他丈人家里先躲藏几天，等风头过去了再回来。谁知赵怀水在村里指着名要周山，弄得周山不敢回家。他丈人没法，托人在鱼口岛福兴渔行给他找了个差事，先是当小伙计，以后才上了汽船当轮机学徒。出师以后，就把他派到了二号船上。

这次截船战斗的部署，决定由江志海带孙勇、李大成、毕大牛、刘海和机枪班，还有王桂芬和周大爷，负责截击敌人的运输船；于成龙留在家里，晚上到凤尾岛取情报；季虹在家掌握全面工作，如果发生突然的情况，好指挥部队和民兵打仗。

散会以后，江志海掏出怀表看了看："现在正好是下午两点半，离天黑还有四个多钟头。"他看了看门外，问周大爷，"周大爷，现在是什么风？"

周大爷抬眼望了望院子里的一棵杏树梢说："海上二级西南风。"

"好，风小浪平，正好行船。马上准备一下，咱们随后追赶敌人的运输船去。"

大家立刻分头准备起来。

参加截船的人化好了装，周大爷也准备好了船。临出发前，江志海又检查了一遍孙勇他们的准备工作，这才离岸登船。小船升起篷帆，借着"嗖嗖"的西南风，由周大爷掌舵，像一支刚离弦的箭一样，贴着海边，向鱼口岛方向疾驰而去。

西斜的太阳映射在翻滚着白沫的浪尖上，整个海面闪耀着像鱼鳞似的金色的光芒。不时可以看见一群一群欢游的鱼儿，迎着浪花，像战士跳木马一样，一个跟着一个，跳出水面，又钻入水中……

这美丽的海景，谁也没有心思去欣赏，因为他们不是坐着小船在海上游玩观景，而是即将去迎接一场复杂而又艰险的战斗啊！

船上一共八个人，一律渔民打扮。王桂芬坐在一个装满西瓜的大竹筐上，她上身穿着蓝布对襟小褂，下身穿着灰色裤子，头戴铜盆式的草帽，脚穿黄色力士鞋。江志海白褂黑裤，站立船中央，背倚着桅杆在和王桂芬说话。

江志海笑着对王桂芬说："桂芬同志，敌人抓兵闹得你们夫妻分离，这回你们俩要为打鬼子立功啦！"

王桂芬腼腆地说："俺们老百姓能起什么大作用，还不都是靠部队上的同志。"

"你这话只说对了一半。"江志海说，"咱们毛主席说：'革命战争是群众的战争，只有动员群众才能进行战争，只有依靠群众才能进行战争。'光有部队，没有民兵和广大人民群众的支持和配合，八路军怎么能打胜仗啊！比如这次截船吧，你和周山同志就要起大作用啦！"

刘海插嘴打趣说："桂芬同志，你在敌人面前和周山同志见面的时候，可别光顾得欢喜，露了馅子，那咱们的这口肥肉就吃不到嘴啦！"

包括王桂芬在内，大家都被刘海这几句玩笑的话，引得大笑起来。

三

天渐渐地黑下来。

夜幕笼罩着海面。小船落了篷帆,周大爷摇着橹,徐徐地靠上了鱼口岛西边的界口海岸。江志海把周大爷和机枪班留在船上,按原定的计划,他们的任务是在明天拂晓前把船摇到苏石岛前怀隐蔽起来,准备配合海上夺船的战斗。

江志海带着孙勇、王桂芬、李大成、毕大牛和刘海登上岸,沿着海边的小道,爬上了鱼口岛西山。这鱼口岛周围的地形,江志海非常熟悉。他提着大肚匣子,两脚轻得像踩着棉花走路似的,一点声音也没有。孙勇提着支二把匣子,毕大牛手拿一根一掐粗细的竹杠子(里面装着打汽车得的战刀),李大成和刘海各提一支日本造的鳖盖匣子,跟在江志海的身后,哑步悄声,顺着去年春天他们夜间摸进鱼口岛侦察的小道,向码头摸去。

走到鱼口岛的西山脚下,江志海停住了脚步,回过头来把嘴贴在孙勇的耳朵上说:"时间还早,咱们歇歇,吃点干粮,看看情况再行动。"

黑夜中的鱼口岛,显得阴森恐怖,无数的碉堡上,闪着鬼火似的亮光。军用码头前边的港湾里,停泊着一只小兵舰和三只小炮艇。在渔业和商业两用的码头上,不时地传出"哼哟咳嗬"的号子声。显然,敌人正在逼着码头工人连夜往运输船上搬运水泥和弹药。一条南北大街上,路灯半明半暗,整个海港显出一片凄凉景象。

一直歇息到半夜,江志海他们才从碉堡缝里爬了过去,沿着海边向商业码头走去。

码头尽北头,有个卖烟卷的小板棚;他们在小板棚后边隐蔽下来,把短枪藏在腰里,准备瞅机会好夹杂在搬运工人当中,混上船去。

码头上,一帮一帮的工人,有的抬着弹药箱子,有的扛着水泥包子，有的用小车推着大桶的柴油，杂乱地向运输船上走去。

等了不大工夫，有四五个空手的工人边说边走过来。

"装这么多的洋灰和弹药，到凤尾岛上去干什么？"

"听说炮艇队在凤尾岛上修炮楼子。"

"我看赶天亮也装不完。"

"装不完就白天装，反正跟鬼子磨洋工，急什么！"

"听说海军司令下了命令，天亮前一定得装完。"

几个人走过去以后，江志海把李大成、毕大牛和刘海留在板棚后边，监视情况和控制退路；他和孙勇、王桂芬都戴上季虹为他们准备的码头工人袖标，跨上码头，跟在工人后头，大摇大摆地向仓库走去。

仓库大门口站着一个鬼子和一个伪军，江志海连看也没看他们一眼，照直走了进去。仓库里乱哄哄的，他们学着工人的样子，每人往肩上扛了一包水泥，跟在工人后头，一直走到码头尽南头，在靠风船的地方，踏着桥板上了船，把水泥放在船舱里。

敌人对装水泥的风船检查不严，船上船下也没有岗哨监视。但在上汽船的桥板头上，却站着两个伪军。凡是没有拿仓库竹签的工人，一律不许上汽船。江志海向四周看了看，便带着孙勇和王桂芬，夹杂在往汽船上装弹药和柴油的工人当中，一会儿帮这个人推车，一会儿帮那个人抬弹药箱子，留心寻找上船的机会。

忙了一阵子，却找不到一个好机会。这时，有两个工人抬着一只沉重的大炮弹箱子，走到离桥板不远的地方，绳子突然断了，炮弹箱子砸在后头那个工人脚上。那人痛得"哎哟"一声，就坐在地上起不来了。前头那个工人扔了肩上的杠子，回过身来一边搬箱子，一边问："老刘，把脚砸坏了吧？"那个姓刘的工人抱着脚光"哎哟"不说话。

江志海一看这是一个机会，便和孙勇、王桂芬一同上前，弯腰拾起地上的杠子，往王桂芬手里一递，对那个没砸着脚的工人说："你把老刘扶回去歇歇，我和老王帮你们抬上去，不然叫站岗的看见了，又得麻烦。"说着，他把断了的绳子接了起来。那个没砸脚的工人，感激地把两个竹签交给了江志海。于是江志海在前，王桂芬在后，抬起炮弹箱子就朝汽船走去。走到桥板头上，江志海把右手拿的两个竹签朝伪军眼前一晃，就踏上桥板上了船。

汽船上，电灯明亮，有两个伪军站在甲板上，监视着工人往船舱里装弹药。江志海和王桂芬也学着别人的样子往舱里搬箱子，但两眼却不断四下搜索，只见在后甲板上，有四个驶船的工人坐在小凳子上说话、喝茶。

放好了箱子从舱里上来，江志海和王桂芬一面用毛巾擦着脸上的汗水，两眼一面看着后甲板上坐着说话的四个人。突然，王桂芬的眼睛一亮，脸上显出惊喜的神情，江志海马上向她一丢眼色，她会意地不慌不忙地走到那四个人跟前，冲着一个脸膛黑里带紫的中年人，轻轻地叫了声："周山表哥！"

正在喝闷茶的周山，抬头一看这个陌生的小伙子叫他表哥，不觉一愣，他看着王桂芬问道："你……你是……？"

王桂芬微笑着说："我是王桂——周山表哥，芬姐叫我来看看你。"

另外三个人，一看周山的表弟来了，忙说："老周，你和你表弟说说话，我们到舱里休息去了。"

后甲板上只剩下他们俩，王桂芬就小声把八路军要截船和截船的计划告诉了周山，周山立即点头答应了。

商量好了，王桂芬正要走的夹当，有一个伪军好像发现了什么疑点似的，端着大枪走过来，把枪口指着王桂芬问道："你是搬弹药的苦力，到后甲板来干什么？"

周山不慌不忙地说："老总，他是我的表弟，刚才看我在这里喝茶，过来要了口水喝。"

江志海怕王桂芬没经过这种场面，回答不好，忙走过来证明说："老总，俺们俩是一块的，他是刚才口渴，过来要了碗水喝。"

伪军见没有破绽,就朝他俩吆喝说:"船上不准乱跑,快下去!"

王桂芬和江志海看了周山一眼,周山微微点了点头,意思是叫他们放心。

下得船来,孙勇正好等在码头上。因为已和周山接好了头,江志海便决定去叫上李大成他们三个,大家到仓库去扛上包水泥,然后一块混上风船,隐蔽起来。

哪知事有不巧,他们刚走出没多远,在半明半暗的路灯光下,江志海发现李大成他们夹杂在一帮用地板车拉柴油桶的工人当中,一边帮着在后面推车,一边急急地向码头走来。他脑子里马上敏感地意识到:可能发生意外情况了,不然,他们是决不会随便离开岗位的。

地板车从身边擦过时,江志海故意说了一句:"这玩意不轻啊。"李大成抬头一看,见连长和排长都在这里,会意地手上加了一把劲,把车送到船边上,便和毕大牛、刘海转身向江志海他们身边走过来。

六个人汇在一起,慢步走着,装着要到仓库去扛水泥的样子。

李大成走到江志海身边,悄声说:"连长,坏啦!敌人已经发现咱们上岛了。"

江志海一听猛一愣怔,但马上便镇静下来,他稍稍放慢了一些脚步,对李大成说:"你把情况说说。"

原来,江志海带着孙勇和王桂芬走了以后,大约过了不到一个钟头的光景,有两个身背匣子枪的特务,走进卖烟卷的小板棚里。李大成他们隐蔽在板棚后头,听见一个特务说:"白老头,在搬运弹药的苦力当中,你看没看见有可疑的人哪?"

老头说:"那么多人来来往往,路灯又不大亮,就是有可疑的人,我也看不出来。"

"那叫你这个暗探蹲在码头上,是吃干饭的!"

"二位老弟，话可不能那么说，咱们都吃着'皇军'的饭，就得给皇军干事。可你们想想，八路白天头上没贴帖子，夜间手里不打灯笼，我怎么能看见！"

"白老头，我们兄弟俩是奉松岗宪兵队长的命令，来问问你码头上的情况，你就孟良放屁火来了！好，我们把你刚才说的话，照实报告松岗队长，叫你吃不了兜着走！"

"二位老弟，咱们都是侦缉队的人，何必一家人互相拆台！请二位说说，发生了什么情况！"

"半夜的时候，西山炮楼顶上的岗哨发现有十多个人从山下两个炮楼中间爬过来了。现在松岗队长亲自带着宪兵队，把码头周围的大小路口，都把起来，等苦力装好船，马上一个一个地搜查。估计可能是八路派了便衣，趁苦力人多装船的机会，混进来炸'皇军'的弹药库。"

……

听完李大成谈的情况，孙勇有点沉不住气了，他小声对江志海说："连长，咱们趁敌人刚站上岗还没有搜查的机会，赶紧往外冲吧！"

江志海没有回答孙勇。他知道，现在他们的处境非常危险，稍有一点疏忽，就会出现不可设想的后果，作为指挥员，越是危急，越要镇静。他看看身边的五个人，说："不能冲，也不能打枪，要沉住气，不能慌，慌则有失。来的时候，我到板棚北边那个厕所去解手，看见那后墙上有气洞，咱们从那里爬出去，悄悄转到港西岸，看看情况再说。"

江志海的沉着镇定，给了五个人很大鼓舞。他们加快了脚步，朝前走去。

这时候，整个码头已经像一个一碰就炸的弹药库了，可是工人们都还蒙在鼓里，依然来来往往，什么也不知道。

突然，"咚咚咚"地从对面跑过来几个伪军，其中有一个背着匣子枪，喘吁吁地从江志海他们身边擦过，径直上了运输船。

江志海估计，那个背匣子枪的，一定是押船的伪军小队长张铁心，他们回家睡觉，听见有情况，才匆匆赶来的。

走近板棚跟前，两个特务已经走了，只见卖烟卷的老头独自坐在里面，瞪着两个贼眼，不住地在来来往往的工人身上溜来溜去。他们还影影绰绰看见，在弹药库周围和由码头通往镇里的大小路口上，不时地闪着刺刀的亮光。

六个人拉开距离，先后钻进厕所，从后墙上的气洞里爬了出去。然后，江志海在前，孙勇殿后，沿着海边，悄悄向港西岸摸去。

爬了大约有一百米，江志海朝后打了个手势，叫大家停止前进。刘海抬头一看，嘀，海岸上黑压压地站着一片敌人，少说也有四五十。

现在，摆在江志海他们面前的情况，确实严重！整个港湾东西北三面的海岸上，都有不知数的敌人在堵着，是无论如何也出不去的。唯一还剩下的一条出路，就是从港湾里边游出海口，但海口外面，有一只敌人的巡逻艇在往返巡逻，想避开它也很困难，况且王桂芬还不会游泳。

怎么办？江志海趴在海滩上，两眼观察着周围的情况，一面在脑子里思考着对策。

四

从码头出口的地方，传来了敌人搜查工人的大喊大叫声，显然物资已经装好了。镇上和码头周围，脚步声杂乱，不时有手电光在各处闪现。

不知是谁家的一只没被鬼子捉去当菜吃的公鸡，开始扯着嗓子叫头遍了。

江志海经过反复考虑，觉得突围既消极，又危险，而且最重要的是截船任务没法实现。最后，一个大胆的想法在他的脑子里浮现：游到风船底下，等鬼子查完船后再翻上船去，杀他个回马枪。他把这个想法悄悄和大家一说，五个人都表示赞成。

王桂芬说："江连长，我不会凫水，我就留在这找个地方藏起来。敌人不发现我便罢，发现了，我就跟他们拼了。"

"用不着。"江志海感动地望着王桂芬说，"我们要叫你好好地来，也一定好好地回去。"他又转身对李大成和毕大牛说："让桂芬同志两手扶着装战刀的竹杠子，你们俩推着她前进。"

把枪和衣服收拾停当，六个人就趁着黎明前最黑暗的一段时刻，悄悄下了水，朝着装水泥的风船游去。涨潮的海浪，一个跟着一个，发出"哗啦哗啦"的响声，淹没了江志海他们划水时发出的声响，也掩护了他们露在水面上的头部目标。

穿过停泊在海湾里的商船和渔船的夹缝，他们轻轻游到了风船的后尾，有的手把着舵板，有的手拉着锚绳，隐蔽在船边底下。江志海抬头向港湾北头一望，只见七八道手电光一晃一晃的到处乱照，敌人正顺着海边在向西搜索。他扭头看看运输船，船上没有动静，只有两个伪军岗哨站在甲板上，两眼望着海面。

过了约有一顿饭的工夫，突然从军用码头那边开来了一只小汽船，接着，码头上又来了四个肩扛大枪的鬼子兵和两个便衣特务。六个敌人上了运输船，上上下下前前后后搜查了一遍以后，一个特务问张铁心："你们船上几个人？"

"八个驶船的，外加兄弟我带着一个班押船。"

特务说："张队长，你要小心点，防止八路混到你船上。"

"孔老兄，不是兄弟我夸海口，有我在此押船，八路保险不敢上来。"

"小心地大大的要！"鬼子和特务说着走下运输船，又踏着桥板上了风船。这时，江志海他们都把身体紧贴在船帮上，屏住气，一动不动。如果敌人拿手电往船下照，他们就立刻把头潜进水里。

在舱里检查了一阵，什么也没有发现。一个特务从舱下爬上来，问驶船的老乡："你们船上几个人？"

"四个人，老总。"一个上了点年纪的船工回答。

"是哪个村的？"

"凤尾岛的。"

"小心点，出了错找你们算账！"

"是，老总。"

鬼子和特务没搜出八路，便放心地走下桥板，滚蛋了。

张铁心站在甲板上，瞪着秤星眼，望着鬼子和特务走去的背影，骂道："他妈的，你们自己门子不紧，闹腾得老子不能在家睡觉，什么八路九路，尽他妈自己吓唬自己。"他打了个哈欠，转身回舱里睡觉去了。

江志海他们听着张铁心这几句狗咬狗的话，都禁不住在心里笑了起来。

小汽船上的鬼子，把停泊在港湾里的商船和渔船，挨着个地搜了一个遍，也没查出一个八路军来，只好夹着尾巴又把汽船开了回去。

等敌人闹腾完，周围的声音也渐渐静了下来，江志海抬头看了看运输船，只见站岗的两个伪军已经不在甲板上走动，大概钻到什么地方打盹去了。他当机立断，决定马上翻上风船，到舱里去隐蔽起来，仍按原定计划夺船。

江志海和孙勇把枪插到后腰上。风船因为满载，船帮离水面不高，他们没费多大力气就爬了上去。紧跟着，李大成他们四个也上来了。江志海趴在驶船老乡睡觉的舱口，探着头向舱里一看，只见里面点着一盏马灯，四个老乡都躺在铺上说闲话。他亲切地低声说："老乡，你们不要害怕，我们是八路军。"

四个老乡猛丁发现舱口上探着一个人头，手里还拿着匣子枪，开始有点害怕，等江志海说明了身份，其中一个年纪大的便赶忙向他招手说："同志，快下来吧，上头危险。"

六个人鱼贯地下到舱里。江志海向老乡们说明了来意，四个人听了，都很高兴，表示愿意帮助他们完成这个任务，决不让鬼子把这些物资运到凤尾岛去。

五

天亮以后，伪军小队长张铁心看看天气不错，就催着赶快开船，好早点返回凤尾岛。

"哞哞哞……"汽船拉着汽笛，后尾拖着风船，开出了港口。转过鱼头山角，向西北方向一拐，就照直向苏石岛方向驶去。从鱼口岛到凤尾岛，不管什么船只，只要不愿意绕大圈，都必须从苏石岛北面那条航线上经过。

汽船上装着弹药和六十大桶柴油，押船的十多个伪军，都在汽船上。伪军小队长张铁心坐在舵楼里，前甲板上站着两个伪军，负责了望海上的情况。

江志海头戴草帽，和孙勇坐在风船中间；那个年纪大的驶船老乡，站在船头；毕大牛把竹杠子放在脚旁边，站在船尾；李大成、王桂芬、刘海和三个驾船的老乡，都坐在船舱里，等动手的时候再往外冲。

汽船迎着浪花跑。江志海装着若无其事的样子，但两眼却不时地扫视着苏石岛的方向。这时，太阳东照，背着阳光向西看，大海上的一切都映入眼帘。不大工夫，只见从苏石岛前怀，驶出一只扯满篷帆的小船，西南风一吹，小船像飞一样，迎着汽船驰来。

孙勇一见小船，高兴地对江志海悄声说："你看看，周大爷驾驶的小船跑得多快！"

江志海满脸笑容地说："风向对头，是咱们的有利条件啊！"

小船跑到离汽船约有半海里的时候，江志海向那个年纪大的驶船老乡使了个眼色，他马上会意地假装着站不稳的样子蹲下身去，伸手从腰里掏出把鱼眼刀子，风快地把拖绳割断了。汽船没有发觉，仍往前跑，这时候，老乡站起身来，使劲地喊着："拖绳断了——拖绳断了——拖绳——"喊了二三十声，前面也没听见。

汽船跑出老远，才发现拖绳断了。驾驶员马上放慢速度，掉转船头，绕着半圆圈来靠风船。这时，孙勇他们按着江志海的眼色，都作好了战斗准备。

汽船靠上了风船。伪小队长张铁心手扶船栏杆，瞪着秤星眼，朝江志海他们骂道："他妈的，你们的眼都瞎了吗，拖绳断了都看不见，存心往老子眼里插棒槌！快把绳子拴上！"

那个年纪大的驶船老乡蹲在船头，低着头假装解绳子。孙勇背对着张铁心，右手插在衣服里，使劲握着匣子枪把，只等江志海嘴一动弹，就把匣子枪一甩，先结果张铁心的狗命。

在这火快烧到眉毛的节骨眼上，江志海仍然坐得稳稳的。他不慌不忙地说："老总，别发火嘛！拖绳断了慢慢再拴上，急什么？"

"他妈的，你这小子还不服气！等回去老子先跟你算账！"张铁心用匣子枪指着江志海骂道。

这时，一个伪军从前甲板跑到张铁心的身旁，伸着脖子，用手指着周大爷的小船说："队长，你看看，这小船上尽装的大西瓜，透红的瓤，漆黑的籽，咬一口凉到牙根呀！"

张铁心扭头往小船上一看，马上咧着大嘴说："他妈的，老子今年头一回看到西瓜，该开斋了。许三，叫小船靠过来！"

那伪军得了命令，跑到船边叫喊着："小船，快靠上来，检查！"

周大爷抬头看了看伪军那凶神恶煞的样子，动手落下了篷帆，把小船慢慢靠到汽船左舷中间。张铁心瞪着两只小眼，紧紧盯着船上一筐挨一筐的大西瓜，用匣子枪指着周大爷喊道："老家伙，你们怎么给八路送西瓜？"

周大爷假装笑着说:"老总,我们是贩回去卖的,兄弟们要吃,我搬两个过来。"

机枪班长郭喜站在船中间,手里拿着一块红瓤黑籽的西瓜,大口大口地吃着,吃完,顺手把瓜皮扔到了海里。

"他妈的,你们慰劳八路,像孝敬祖宗一样。"张铁心一边骂着,一边转身命令伪军,"你们站着干什么,快把他们抓起来,把西瓜搬上船来,老子先吃个够,剩下的给武队长带回去。"

两个伪军刚要跳船动手抓人,突然间,机舱里的机器灭火了,汽船不能动了。这是周山在机舱里干的。江志海一看火候到了,马上向孙勇他们丢了个眼色。这个无声命令一下,呼啦一声,李大成和刘海提着鳖盖匣子,王桂芬拿着手榴弹,一齐蹿出船舱,毕大牛从竹筒里抽出战刀,孙勇从腰里抽出匣子枪,几个人立刻按分工一丝不乱地动起手来。

江志海从腰间抽出大肚匣子,像打雷一样的大喊一声:"缴枪不杀!"随着喊声,跃身蹿上了汽船。张铁心一看不好,忙举起匣子枪,朝江志海头上就搂火。江志海一低头,只见张铁心搂了几下,枪都没响,等他想起子弹还没上膛的时候,江志海的枪口已经触到了张铁心的胸膛上。随着枪响,这个无恶不作的汉奸两手一张,扑倒在甲板上,痛得骨碌骨碌地一直滚到船边。他两手把着船边的栏杆,挣扎着刚跪起来,江志海抢前飞起一脚,把他踢下海去。

伪军们慌乱地开了枪。孙勇、李大成、毕大牛和刘海不顾子弹在头顶上横飞,一齐飞身上了汽船,把枪口指着伪军喊道:"不许动!谁动就打死谁!"

伪军们一看几支黑洞洞的枪口指着他们的胸脯,还有明亮的战刀和大斧头在他们眼前亮着,都吓得放下了大枪,"扑通"一声跪倒在甲板上,浑身哆哆嗦嗦地举起了双手。

慌乱中跳到西瓜船上的两个伪军,也被周大爷和郭喜他们夺下了大枪,乖乖地当了俘虏。

前后不到一刻钟,战斗就胜利结束了,毕大牛和刘海把俘虏关在汽船的船舱里,周大爷把小渔船拴在大风船的后尾。机舱里的机器,又嗡嗡地响了起来。

汽船拖着一大一小两只风船,向着沙土岛的方向驶去。

第十一章　迷魂阵

一

截夺汽船的胜利消息，像长了翅膀一样，飞快地传到了沿海一带的每个村庄。

群众像潮水一般地涌到了沙土岛。季虹把四百多群众分成两批：一批由她指挥着，从船上往下卸弹药和柴油；一批由区中队的干部指挥着，把卸下来的东西挑的挑，抬的抬，小车推的推、拉的拉，两船物资，不到四个钟头的工夫，就都卸下了船，搬到寨山以北的村庄，分散藏了起来。趁着涨潮，季虹又指挥着把汽船开到港汊子尽北头的山后坡，用树枝和青草伪装起来，防止敌机轰炸。

在区中队吃了早饭，江志海叫孙勇和参加夺船的人，先到区中队休息休息，他去向季虹汇报夺船的战斗经过，完了就回寨前村。

孙勇躺在炕上，怎么也睡不着。两天来的活动，在他脑子里直打滚：夜探凤尾岛和智截运输船，可以说是连战皆捷，也可以说他们在夺取海战的主动权方面，向前迈了一大步，坚定了陆军可以在海上打仗的信心。这次截船，既得了物资、弹药和捉了俘虏，又拖延了敌人抢修据点的计划，这就好比朝着龟川的脑袋上，又迎头打了一棒。于大娘说得好：龟川好比一条大鲨鱼，要是迎头一棒把它打昏了，就得赶紧地一刀一刀割肉吃，防止它醒过来，回头伤人。他正想着，忽然从院里传来了一阵脚步声，紧跟着，江志海从外边走了进来。他见孙勇没睡，就往炕沿上一坐，告诉他说，今天拂晓前，敌人的两只巡逻艇开到沙土岛，摇旗呐喊，又打枪又打炮，前海边上两家渔行的房子，被炮弹击中起火。敌人闹腾了一阵以后，就绕着大圈，从绿山岛南面向凤尾岛开去。刚才民兵发现，在沙土岛北边的山根底下，有一只小空船，锚在礁石缝里。在敌艇炮击沙土岛的同时，敌人的炮艇偷偷摸到了寨前村的前海岸，窥视了一阵子，也回了凤尾岛。对这个情况，他和季虹分析的结果是：敌人是明探沙土岛，暗探寨前村，用明暗两手，侦察我军的虚实。那只小空船，可能是敌人用巡逻艇拖到沙土岛，用炮击吸引着民兵岗哨的注意力，掩护特务登了陆。现在已经通知了各村的岗哨，严格盘查行人，捕捉上岸的特务。另外，要马上做好战斗准备，防止敌人海空军的突然袭击。季虹留在沙土岛，指挥区中队和民兵，防守沿海一线，保障部队左翼的安全，还要处理船员的安置工作，并利用截船的胜利，在龟川和武孝同身上作作文章……

孙勇听完，兴奋地说："龟川这个家伙，再鬼也逃不脱人民群众的眼睛！"

"龟川主要是靠武孝同这个地头蛇出谋献策。"江志海说，"只要我们思想上不麻痹不骄傲，不管龟川用什么诡计，我们都能立于不败之地。咱们马上回寨前村，去准备准备，好迎接人家来。"

天已经快东南晌了。江志海他们顶着炎热的太阳，快步向寨前村赶去。

沙土岛到寨前村是十二里地，几个人沿着刚退潮的沙印，像竞走运动员在海边上进行比赛似的，不到一个钟头的时间，就进了村。

部队正集合在一排门前的一棵大槐树底下吃午饭。战士们见江志海他们回来了，马上放下碗筷，呼啦一下子，都站了起来。

江志海让大家继续吃饭，但谁也不肯，都围着他们问截船的事。江志海只好蹲下来，一面和大家一起吃着饭，一面啦着截船的经过。

战士们听得津津有味，咧嘴直笑。末了，江志海总结似的说："这次胜利，是在龟川头上又打了一棒子，这就给敌人造成了错觉和混乱，为我们主动地调动敌人，指挥敌人，一口一口地吃掉敌人，创造了条件。打仗嘛，我看就和我们现在吃大苞米饼子一样，一口一个月牙，两口一个笔架，三口四口，五口六口，就能把一个大饼子吃到肚子里！"

大家都高兴得大笑起来。

"摆在我们面前的敌人，是机械化的海空军。而我们呢，是用木船跟敌人的铁船干。这就要我们以人民战争思想为武器，动脑筋想点子，用我们的勇敢和智慧，出其不意，打沉敌人的战艇！"

毕大牛蹦了一句："那我们不成了陆军海战队啦！"

刘海接上说："等打完鬼子，咱们也有了海军，我们就干海军去。"

"毕大牛说得对。我们现在就是要成为名副其实的陆军海战队！"江志海扬着两道浓眉，哈哈大笑着说，"要想打沉敌人的炮艇，点子靠大家出，办法靠大家想，咱们要是每人都能想出一个好点子，想出一个好办法，就能把敌人的战艇打个稀巴烂！我们截了敌人的物资、弹药，鬼子决不会甘心，要准备他来报复。我们越是胜利，越要提高警惕，作好准备。敌人登陆就在岸上打，敌人不登陆就到海上打！同志们，有没有争取胜利的信心哪？"

"有！"战士们挺着胸脯，异口同声地回答。洪亮的声音，震得正在槐树梢上欢叫的知了和避热的小鸟，都"扑啦扑啦"地飞了。

为了防止敌人海空军的袭击，江志海命三排防守大虎山，并在山西坡海湾里练游泳，一旦发现敌人，便于上山投入战斗。一二排和机枪班仍住寨前村，一面练游泳，一面注意警戒村东和村南的海面，防止敌人登陆偷袭。

二

烈日晒着海面，海水不凉不热，正是练游泳的好时机。

几年来，一连都是在边沿区活动，部队不轻易到河里洗澡；就是偶然在河里洗一两次，也只是洗洗身上的汗水和灰尘。现在，为了适应海战的需要，他们每天都要在大海练几个钟头，没有一个人叫苦叫累，有的人练得身上的肉也掉了好几斤。

孙勇一面游，一面看，只见有的班练蛙泳，有的班练踩水，有的班练仰泳，真是个个奋勇，人人争先，海面上一片人头晃动。

游了一阵，"嘟——嘟——嘟、嘟！"周大爷把挂在脖子上的铜哨子拿到嘴上吹了起来。

战士们听见这两长两短的哨音，都游到浅水处上了岸，在沙滩上围着周大爷坐了一个圈，听他讲评刚才游的一些优缺点。正讲着，儿童团长周金保挎着一小篓豆角，从东山坡的小道上走了下来。他见大家都在听周大爷说话，就悄悄走到刘海身后，把嘴咬着刘海的耳朵，小声说了几句什么，然后就"噌噌噌"地爬到一棵树上去了。因为大家都集中精力在听周大爷讲下一步的要求，对周金保和刘海说话的神秘动作，谁也没有注意。

周金保上树后，刘海忙站起来走到孙勇身旁，俯下身对着他的耳朵小声说："排长，刚才儿童团长周金保到东山上苞米地里摘豆角，看见从山坡上的苞米地里钻出两个农民打扮的人，蹲在地边上，探头探脑地看咱们练游泳……"

"周金保哪去啦？"孙勇小声问。

刘海把嘴朝着海滩南边的一棵大柳树上一努："他怕那两

个家伙发现他来报告咱们，装着到树上捉知了，上树监视他们去了。"

听刘海说完了情况，孙勇心里不禁一动：两个家伙大概是鬼子派的特务吧？今天上午在沙土岛北边发现了一只小空船，这不对上号了吗？"咱们先别声张，若是大家知道，都向东山的苞米地边上看，把两个家伙惊跑了，就不好啦！"

刘海说："正晌午时，老乡都在家里睡午觉，谁还钻到苞米地里挨热？我估计准是特务。"

周大爷这时已经把下一步的要求讲完了。孙勇考虑了一下，马上把李大成叫到一边，小声对他说："李班长，周金保刚才发现东山坡上的苞米地里有人，可能是特务来窥探情况。你和周大爷带大伙继续练游泳，我带刘海转到东山坡上去看看。现在先不要告诉大家。"

李大成点点头，马上回去和周大爷说了几句话，然后故意大声喊道："同志们，排长回村有事，叫咱们练到天黑，再收兵休息。"

"练不好，天黑也不回去，就在海边上吃饭，晚上点着灯笼火把，来个夜练游泳。"毕大牛大声说着，带头跳入水中。

孙勇先走，刘海从树上叫下周金保跟在后面，装着回村的样子，由村东北头转到那块苞米地南头。

一人多高的苞米，直着腰看不见地中间的人。周金保人小，眼又尖，他弓着腰，两眼顺着苞米垄，一边看着，一边带着诧异的神情小声对孙勇说："孙排长，你看看，有一个家伙坐在地上，把纸放在膝盖上，正在写字；另一个趴在地边上，我看是赵福才。"

孙勇和刘海蹲下身，打眼仔细一看，只见写字的那个家伙已写完字，从小褂口袋里掏出一包烟卷，抽出一支，在大拇指盖上蹾了几蹾，才叼在嘴上，用打火机点着了，一边大口大口地抽着，一边把手里的小纸块卷成一个小卷，又从竹篓子里拿出一只灰色的布鸽，把小纸卷插在布鸽左脚上绑的一个小管里，然后用手把管口一捏，随手把布鸽往空中一扔，布鸽腾空而起，向凤尾岛飞去。那个家伙疲倦得打了个哈欠，伸了伸胳膊，直了直懒腰，从鼻孔里喷出两股白烟，脸上露出一副得意的奸笑。

"是特务！"刘海肯定地小声说，"他刚才是用布鸽给鬼子送情报。排长，把他们抓起来吧！"

"趴在地边上的那个家伙是赵福才，这个汉奸，今天回来自投罗网啦！"孙勇说着提着匣子枪，刘海提着大盖枪，周金保拿着两块拳头大的石头，蹑手蹑脚地摸到那两个家伙身后。孙勇和刘海把枪口顶在两个特务的脊梁骨上，厉声喝道："不许动！动就打死你们！"

两个家伙被这突然的袭击，吓得一腚坐在地上，头也不敢回，只是浑身打着哆嗦，结结巴巴地说："同、同、同志，别误会，我们是军分区侦察队的便衣……"

刘海从那个年纪大的特务腰里搜出一支匣子枪，又从口袋里搜出一个小镜子、一块怀表和写情报用的一支铅笔和一个小本子。周金保也从赵福才身上搜出一支匣子枪和一个小镜子。他又上手一掀盛布鸽的小篓上的网盖，看见篓子里还有两个布鸽，忙拿出一只擎在手里，对孙勇说："孙排长，这个布鸽给我玩吧？"

孙勇一边叫他把布鸽放进篓子里，一边说："金保，你不要拿这个玩，留着可能还有用啊！"他说着把小篓盖好，然后用枪指着两个特务的脑袋说："没误会，我们要找的就是你们两个，走吧！"

赵福才和那个特务斜眼一看，孙勇和刘海都穿着军装，吓得像猴子吃了芥末面似的傻了眼，张着嘴直喘粗气。

孙勇贴着周金保的耳朵悄声说了几句什么，周金保点了点头，撒腿往海边跑去。

三

小周坐在连部门旁的一块大石头上，正聚精会神地在那里看书。刘海老远走过来，一见小周就喊："小周，快去报告连长，赵福才捉住了，还有一个特务。"

没等小周进屋，江志海闻声走出门来，站在门口向孙勇说："押进来！"

两个特务低着头被押进了连部。江志海和孙勇商量了一下，决定分开审问，使两个家伙不能互相串供，便于迅速弄清情况。于是，他命刘海把赵福才押到民兵队部，交给周大爷和于成龙去审问，因为他俩了解赵福才的底细。

刘海押着赵福才走后，江志海和孙勇在八仙桌的两边坐下来。桌上摆着两支匣子枪和两个小镜子，还有盛布鸽的小篓、一只怀表和写情报用的笔和小本子。特务脸朝里，背向外，耷拉着脑袋，像只斗败了的公鸡一样，站在屋子右角上。小周持枪站在屋门口监视着。

江志海一双锐利的目光，紧紧盯着特务的眼睛，一字一句地问道："你是鬼子哪个部队的？"

特务像魔鬼见了太阳一样，脑袋瓜上豆粒大的汗珠子直往下淌，脸色由蜡黄变煞白，嘴唇由青变乌，浑身打着战战，耷拉着眼皮说："炮艇队的便衣队。"

"叫什么名字？"

"我，我叫杨……"特务说着偷眼看了看江志海，观察他的反应。

江志海马上想起，在夜探凤尾岛的那天，周大爷和于成龙介绍情况时提到凤尾岛有个大渔霸名叫杨固，是武孝同的妹夫，在炮艇队当特务队长。他见杨固心虚地转动着两只贼眼，感到要打破他的幻想，尽快地将这个家伙制服，便一字一顿地说："你叫杨固，在鬼子炮艇队当特务队长，武孝同是你的大舅子。这次你们是从沙土岛北边上的岸。"

杨固一听江志海揭了自己的老底,吓得他那干黄的小瘦脸上的黑斑,都变成了紫色。他知道碰上硬手了,若是不说实话,是过不了这一关的。

"你们一共来了几个人?"

"就我和赵福才两个。"

"什么任务?"

"了解部队活动和海湾布防情况。"

孙勇插上来问:"你在苞米地里写了些什么?放布鸽出去干什么?"

"我见共军,不,贵军在海里训练,就写了情报,用通讯鸽子送回凤尾岛报告'皇军',不,报告鬼子,派飞机来轰炸……"

"你用什么信号向飞机指示目标?"

杨固把嘴朝桌子上的小镜子一努:"用镜子的反光向飞机指示轰炸目标。"

江志海又追问:"岛上的鬼子和伪军有什么情况?"

杨固想了想,说:"昨天上午,龟川派了一只汽船,后面拖着一只大风船,由武孝同的小舅子张铁心带一个班押船,到鱼口岛运水泥、柴油和弹药,估计今天下午就能回来。长官,你派人到海上一截,把船和人抓着,这可是一桩一本万利的买卖呀!"

"你这个家伙在放马后炮啦。"孙勇冲到嘴边子上的话刚要出口,又咽了回去。

江志海对杨固的献殷勤和想讨好,没有表示半点好感,仍然严肃地问道:"你们原来打算怎么回凤尾岛?"

"准备晚上还到沙土岛北边坐上小船,摇着回去。"

江志海站起身来,在屋子里走着。

"长官,我说的要有一句假话,你枪毙了我。"杨固哈着腰,两眼不断地瞟着江志海手扶着的大肚匣子。

江志海看了看孙勇,用眼神征求他的意见,孙勇点了点头。

江志海转脸对小周说:"小周,把他带下去,送交民兵队部,完了你再通知于成龙、周大爷和于大娘,请他们到连部来一趟。"

小周押着杨固走后,江志海拿起桌子上那只盛布鸽的小篓子,掀开网盖,看了看篓子里的两只布鸽,一个巧计袭上心头。他马上把自己的想法告诉了孙勇,孙勇一听,高兴得直点头。于是,江志海掏出笔记本,在上面拟了两份假情报的草稿,撕下来交给了孙勇。孙勇接过草稿,拿了盛布鸽的小篓子和特务写情报用的铅笔和本子,匆匆离开了连部。

于成龙把杨固和赵福才分开押在两间屋子里。孙勇叫看守杨固的民兵把杨固押到民兵队部,命令他按照江志海拟好的情报,一字一句地各抄了一份,并把第一份先用布鸽子送了出去。

回到连部,于成龙、周大爷和于大娘已经来了。不大工夫,二、三排长也来了。大家围桌而坐,先对了对杨固和赵福才交代的情况,接着就研究起打击敌人的办法来。

于成龙焦急地说:"江连长,赵福才说杨固已经用布鸽把咱们在海上训练的情报送走啦,一会就派飞机来轰炸,咱们赶紧把在海里的同志撤回来吧!"

"咱们不但要保存自己,还要想法消灭敌人。"江志海看了看大家说,"现在时间比较紧,仔细讨论已经来不及了。对怎么样对付敌人的这次偷袭,我想先提个初步意见,大家看看能行不能行。"接着,他把自己的估计和打算,简单介绍了一遍:龟川收到情报后,要考虑一番,提出个方案,才能发电报向鱼口岛的海军司令山岛请示派飞机支援,这样一个往返,估计敌机最快也得一个小时才能来到。针对鬼子想对我军海上训练进行偷袭的心理,咱们索性来个将计就计,弄些草人和葫芦头,摆个迷魂阵……

周大爷正在吱啦着小烟袋,听到这里,高兴得一拍大腿,从凳子上站起来说:"这个计策好!用假目标引诱敌机空下蛋,咱们又打飞机又打船,两样随便拣。"

于成龙也跳起来说:"这回我们民兵可要好好发挥发挥大抬杆的作用,跟着部队打个痛快!"

三个排长也都一致表示赞成。

于大娘也觉得这个主意挺好,可是她担心地问:"要是鬼子不来呢?"

"大娘,你放心,江连长已经用布鸽把催命符给他送去了,今天非把他拘来不可。"孙勇笑着指指盛布鸽的小篓子,"这里还有一道,等会再给他送去。"

江志海掏出怀表看了看时间,说:"过去我们曾经用步枪打下了飞机,用土炮击沉过兵舰。这回咱们要把土炮集中使用,集中打一条船,争取把它打沉,显显咱沿海民兵的威风!"

"行,俺民兵包下啦!"于成龙信心十足,说完便准备去了。

周大爷对江志海说:"草人和葫芦头有的是,到菜园和谷地里一划拉,就够用的了。这个你不用操心啦!"

江志海命孙勇带两个班,配合周大爷先到村周围的菜园里和谷地里,把老乡扎的吓唬麻雀用的草人收集起来,一半穿上军装,散放在海边的沙滩上,就像战士们躲飞机卧倒在那里一样;另一半拔下葫芦头,用绳子把葫芦一个一个地拴起来,放置在海湾里,葫芦浮在水面上,随着波浪来回摆动,好像战士们在海里游泳。

于大娘负责带着全村的群众转移。

布置完毕,江志海又写了一封信,命小周跑步到沙土岛去送给季虹,请她作好战斗准备,防止鱼口岛的敌人从沙土岛登陆,配合龟川的行动。

四

当江志海他们截下运输船,开着往沙土岛去的时候,龟川正带着武孝同和金六,刚爬上凤尾岛顶。龟川打开皮盒,拿出望远镜,举到眼上向东南海面观察,突然,他发现昨天派出去运水泥、柴油和弹药的那只运输船,不是拖着风船向凤尾岛而来,而是又加拖了一只小风船,朝沙土岛的方向开去。

因为迎着刺眼的阳光,龟川看不清运输船上的情况,但仅从航行方向不对和尾部又多拖了一条船这两点来看,显然是出事了。他迅速地在脑子里作了这两点估计:一是八路可能坐着运输船多拖的那条小船,把运输船截走了;二是可能张铁心的心坏了,押着运输船投降了八路。

龟川一向对伪军不大信任,总认为中国人容易变心,靠不住。这时候,他把两点估计又衡量了一遍,觉得用一只小风船来截有一个班武装保护的运输船,一是不可能,二是八路没有这个胆量,还是第二个可能性大。他知道张铁心是武孝同的小舅子,他们关系密切,于是,他放下望远镜,不动声色地对武孝同说:"武队长,运输船的沙土岛的去了,损失大大的。你的亲自坐战艇的去追。"他一边说,一边观察着武孝同的反应。

运输船向沙土岛方向开去,武孝同没用望远镜也看见了。他吓得心里怦怦直跳,脑子里琢磨:运输船肯定是叫八路截去的。张铁心和共产党是冤家对头,决不会去投降八路。但他知道龟川多疑,张铁心是自己的小舅子,如果龟川怀疑他,就必然要连累到自己,得小心应付才行。

龟川的命令刚下,武孝同如遇大赦,立刻双脚一并,转身想走。这时,一个日军上士跑了上来,从小皮包里拿出一份电报,双手递给龟川。

电报是鱼口岛日本海军司令官山岛发来的,只见上面写着:

……昨晚接哨兵报告,有八路十余人,偷渡登岛,目的不详。经严密搜查,未见踪迹。估计:一、可能有伪在岛上,伺机进行侦察或爆破;二、可能与运输物资弹药有关。

为此，该两船抵凤尾岛后，即将所有船员扣押审问，以免奸细混入。结果速报。

龟川看完电报，浑身的血直往上涌，他脸发紫，眼发红，额头青筋突起，就像庙里泥塑的小鬼一样，失神僵立，呆若木鸡。

武孝同不知道电报的内容，但从龟川那种异乎寻常的表情里，估计可能是为运输船的事。现在，自己是走呢还是又有什么新的变化，因为摸不清情况，也不敢开口问龟川。

"太君，从运输船后尾多拖了一只小风船看，运输船八成是被八路给截去的。如果派战艇去追，就怕在沙土岛外边碰上八路的水雷；再说，现在去追，也来不及了。"正在武孝同进退两难的时候，金六说话了。

"运输船会被八路截去的？"龟川好像大梦初醒，脸上的横肉一抖，惊愕地说，"金桑，八路水雷的有？"

金六龇着牙说："昨天上午，我在这里用望远镜看见八路在寨前村前的海面上布设水雷。八路没有洋水雷，他有土的呀！那玩意儿也挺厉害。"

龟川半信半疑："嗯，土水雷的有？"

武孝同正怕龟川向他追究运输船被八路截去的罪过，这时见龟川害怕水雷，便立刻抓住他的这个心理，装出自己最了解八路实情的样子，加油加醋地说："太君，八路最狡猾，道道也最多。去年我随'皇军'到昆嵛山'扫荡'的时候，叫八路的地雷炸得寸步难行。今年春天'皇军'的一只战艇在乳山口外沉没，就是叫八路的土水雷炸的。"

龟川被两个家伙说得一时没有了主意。他沉思一阵，对武孝同说："你的不要去了。"说罢，又转而命令日军上士："发电报报告山岛司令官。"

日军上士马上从皮包里拿出发电拟稿纸和铅笔，等待口授。

龟川看了看手表，然后一面眼看着向沙土岛方向驶去的运输船,一面慢吞吞地说:"上午九时零五分左右,运输船在海里被八路截往沙土岛方向。职本拟派艇追击,但时已不及。再,八路在近海遍布土制水雷,深追恐中其诡计。"他用手指敲着战刀把子,沉默了片刻,又说,"今天拂晓前,职已派特务队长杨固率一部下,潜去大虎山、寨前村一带沿海,侦察布雷情况,详情待报。"

上士录完,把电稿递给龟川。龟川接过来看了一遍,从军衣口袋里拔出自来水笔,签了名。日军上士把电稿放进皮包,转身跑下山去。

运输船被截去,物资损失不说,抢修据点的计划也被拖延下来。对此,龟川深怕上司怪罪自己失职,他无心再观察海面情况,怏怏地走下山顶。

中午,他连饭也没有心思吃,只是开了一听青鱼罐头当菜,喝了一瓶樱桃白兰地酒。酒在肚子里发烧,心情就更烦乱。他索性躺在床上,脑子里翻腾:八路的武器的不行,又不懂战术,可是自己却被他们从岸上赶到凤尾岛,今天又把运输船截去,这个仇非报不可!堂堂的'大日本皇军',竟然打不过几个土八路……他猛丁从床上坐起来,心想:过去失败主要是对八路的情况不明。这次派杨固和赵福才去,探清水雷布设情况和八路的活动情况,他就可以仗恃着海、空军的优势,一举把驻守在寨前村一带的八路消灭,夺回运输船……想着想着,肚子里的酒力发作,他晕晕沉沉地又躺到床上,闭上眼迷迷糊糊地睡着了。

不知过了多久,一阵急促的脚步声,把龟川惊醒。他睁开眼一看,只见武孝同、金六和日军上士三个人站在门口,正等待进来。他睡眼惺忪地点了点头。

日军上士第一个走进屋,行了礼,然后双手递给龟川一个小纸卷。武孝同这时赶忙也走上前来,献媚地说:"太君,杨固用布鸽送回来情报啦!"

龟川一听说杨固有情报来,睡意立刻被兴奋赶跑了一半。他

打开纸卷,只见上面写着三行细小的铅笔字:

　　职等顺利登陆,在寨前村后边的小山上,看见八路在后海湾里练游泳。布设水雷的情况,等村里老百姓歇晌时,再去查明实报。

职杨固写于12点30分

　　看完情报,龟川一反常态,不是在屋里来回走着思考,而是坐在床上,闷头呆想起来,半天也没有说话。

　　武孝同见这是自己献殷勤的好时机,便堆着笑脸,奴才相十足地对龟川说:"太君,我看可以马上请山岛司令官派飞机轰炸游泳的八路,趁飞机炸得八路乱哄哄的时候,咱们就从寨前村东南海岸登陆,把八路赤身露体地消灭在海湾里。"

　　"这办法准保成功!"金六在一边也忍不住插上来说,"太君,这回可是发挥'皇军'海、空军优势的时候啦!"

　　龟川抬起头看看他俩,又思索了片刻,认为仅就现在的这份情报,请示派飞机轰炸可以,登陆还有危险。他转身命令日军上士,向山岛司令官发电报,请示派飞机轰炸寨前村海湾里进行游泳训练的八路。

　　上士写完电稿,请龟川阅后签了名,拿着跑出门去。

　　武孝同和金六见龟川不准备搞登陆,来时的一肚子高兴劲,顿时去了大半。龟川看出了他俩的变化,便叫他们坐下,安慰说:"武队长,金桑,登陆的现在不行,一定要等杨队长的水雷情报,战艇冒险的不能,明白?"

　　武孝同和金六哈着腰直点头,表示已经明白。

　　这时,饲养通讯布鸽的日军中士又送来一份刚从布鸽腿上取下的情报。龟川一看,喜上眉梢。看完,他又把情报递给武孝同和金六:"你们的看看。"武孝同受宠若惊,慌忙立起,双手接过来,只见上面仍然是用细小的铅笔字写着:

八路布雷情况已探明：海湾外布设水雷一片，约五六十个，系阻止战艇进入海湾之用；大鹰嘴顶上，埋有一片地雷，数目不详，是防止'皇军'偷袭的。寨前村东南海岸和海面上，没有设防，可以通行。

职杨固写于13点正

　　武孝同和金六看完以后，简直像王八见了燕肉一样，心里一阵狂喜，脸上露出得意的奸笑。龟川又拿过情报，反复看了两遍，然后眯缝起贼眼，沉思起来。

　　武孝同等了一阵，见龟川不动声色，有点急了，便赔着小心催促说："太君，这可是千载难逢的好战机呀！"

　　金六也神气地说："太君，这回得叫八路尝尝'皇军'海、空军的厉害，叫他怎么把咱的运输船截去，还得怎么给咱吐出来。"

　　两个汉奸在一旁像擂鼓一样，催着龟川快下决心。

　　龟川的心里也被这份假情报弄得痒痒的。他转身走到作战地图跟前，用手指着图上用红颜色标的寨前村东南海岸的位置，凶狠地说："我的要在这里登陆，打八路个措手不及！"

　　武孝同做着手势帮腔说："太君，这回给八路来个一网打尽，叫他一个也跑不出咱们的手心！"

　　龟川得意忘形地哈哈狂笑起来。他从衣架上拿下帽子戴到秃头上，又取过战刀往腰间一挂，在两个汉奸的护卫下，耀武扬威地走出屋门，直奔码头。

　　日伪军们接到出发命令，都慌忙披挂起来，手提着大枪向码头跑去。

　　龟川武装整齐地站在码头上，两手叉腰，一面看着日伪军集合上船，一面在脑子里思考着这场即将进行的登陆战斗。金六身穿一套古铜色的洋服，皮带上挂着一支橹子枪，站在龟川旁边。

　　武孝同身背匣子枪，在码头上跑来跑去，吆吆喝喝，指挥着伪军上船。整个码头上，人声嘈杂，乱成一片。

鬼子已经上完船，伪军也上了大约一半的时候，龟川突然决定改变计划：把登陆的时间改到晚上。他经过反复考虑，仍然认为白天登陆危险。游泳的八路飞机可以轰炸，没有游泳的八路和民兵进行抵抗怎么办？八路虽然武器不行，但勇敢大大的。白天登陆万一不成，面子的损失太大，向山岛司令官不好交代。于是，他把武孝同叫到跟前，命令他把已经上了船的人都叫下来。

武孝同像个瞎驴随着主子的鞭杆转一样，也不敢问情由，又忙乎着指挥伪军下船。

伪军们莫名其妙，不知道龟川的葫芦里装的是什么药，都在纳闷。这时候，饲养布鸽的日军中士又拿着一份情报跑来。龟川打开一看，仍然是杨固写的：

13点10分时，职见"皇军"昨天派出去的运输船，从沙土岛开到寨前村的后海湾里，船面上站着张小队长和几个弟兄，不知是什么原因。八路仍在海湾里练游泳，人数大约两个排。

职杨固写于13点20分

龟川看完这第三份情报，马上又把武孝同叫到跟前，命令他说："统统的再上船，出发！"

这回，连武孝同也傻了眼，愣了半天才缓过神来。

登船完毕，战艇开足马力，直向寨前村扑去。

五

在村东南的小高地上，战士们都身披伪装，用机枪和步枪组成了四个对空射击组，准备打敌人的飞机。

杨固和赵福才手拿小镜子，站在小山顶上。他俩的脚脖子上各拴着一根绳子,绳子的另一头,分别拴在两棵碗口粗的松树上。一切安排停当,刘海和两个民兵向他们交代说:"现在是你们将功折罪的好机会,你们要是耍一点滑头,小心狗命!"说完,三个人卧倒在松树底下,用大枪瞄着这两个特务。

在小山下边的海岸上,有一片苞米地。昨天下午,战士们在苞米地边上挖了一些单人掩体,今天正好用上了。他们和民兵都隐蔽在掩体里,四门大土炮架在苞米地边上,黑洞洞的炮口,虎视着海面。

江志海腰插大肚匣子,威风凛凛地站在最前边的掩体里。他一面举着望远镜向凤尾岛的方向观察,一面对孙勇说:"这次龟川不上钩便罢,要是上了钩,咱们别先打飞机,等敌人的战艇靠上了岸边,就集中火力射击战艇。只要击沉或打坏一两只,就是最大的胜利!对于敌机,也要集中火力击落它!"

正说着,于成龙挑着两筐小秤砣,压得满头大汗,像飞一样的跑来。他放下担杖,一面用毛巾擦着额头上的汗水,一面笑着对江志海说:"江连长,上回敌人的战艇向我海口进攻的时候,就是因为炮弹小,没有把它打沉,叫它跑了。刚才大伙出主意,用小秤砣当炮弹,这趟保险能叫它有来无回。"

孙勇双手拿起两个小秤砣,掂量着说:"好,这样咱们的大土炮摇身一变,就变成大野炮了!"

"群众是真正的英雄啊!"江志海深有感触地说,"只要有了群众,再大的困难咱也能战胜它。"

这时,从苞米地西头传来一阵窸窸窣窣的响声,江志海扭头一看,只见周大爷手里拿着两个鸡蛋大的钢蛋,满脸大汗,跑到江志海面前,气喘吁吁地说:"江连长,听说土炮没有大炮弹,我这两个治胳膊疼的钢手串子,装在炮里,是两个管用的好家伙呀!"他说着,把钢手串子递到了江志海手里。

江志海接过这两个被磨得明光瓦亮的钢球看了看,心情激动地说:"周大爷,这手串子是你老人家治病用的,不能当炮弹使啊！"说完，他把钢手串子又往周大爷手里送。

周大爷急忙两手握住江志海的手，声音颤抖地说："江连长，为了打日本鬼子，别说这两个手串子，就是豁上我这条老命，我也甘心乐意呀！"

站在一边的于成龙急了，他从江志海手里拿过钢手串子说："江连长，收下吧！不收俺大伯是不干的。"说着，"咣当"一声，把两个钢手串子装进了炮口里。

周大爷哈哈大笑着说："这不就结了吗！过去党领导我们渔民闹暴动的时候，我们用土炮打过海头村的盐狗子；现在我们在党领导下打鬼子，今天我要卖卖老，和民兵一块打几炮。江连长，你就下命令吧！"老人一双深沉的眼睛，目光炯炯地看着江志海。

江志海望着老人，感动地说："周大爷，你真是人老心更红，年迈雄心在的老英雄啊！好吧，今天这场战斗，就看你老人家大显身手啦！"

江志海几句爽朗而又激动人心的话，引起了阵地上一片欢笑声。

周大爷这种一心为抗日，主动要求参加战斗的表现，大大鼓舞了战士们的杀敌斗志，充分显示出了人民战争无比深厚的根基！

江志海举起望远镜，看了一会儿，忽然兴高采烈地说："龟川的家当全端出来啦！准备战斗！"他放下望远镜，果断地下达了命令。

阵地上立刻紧张起来。战士们有的从手榴弹袋里掏出手榴弹，放在掩体顶上，有的把大盖枪口瞄向海面。于成龙和周大爷指挥着民兵，往大土炮里装药和填炮弹。孙勇弓着腰巡视了一下阵地，只见战士们精神振奋，斗志昂扬，都瞪大两眼，就像猎手隐蔽在森林里等着打豺狼一样。

"敌人这次是倾巢而出！龟川可是花上血本了。"江志海说着,把望远镜递给孙勇,"你看看。"

孙勇接过望远镜向海面上一望,只见三艘巡逻艇和一艘炮艇,组成单纵队形,从凤尾岛东侧,直向他们阵地所在的方向开来。战艇甲板上,站满了身穿海蓝色服装的日伪军。

敌艇速度很快,越来越近,站在甲板上的敌人,连眼睛鼻子都看得见了。炮艇的指挥台上,站着一个头戴大盖帽子,身穿白色军服,腰挂战刀,满脸横肉的家伙。他举着望远镜,向岸上观察,脸上不时露出一丝狡诈的奸笑,显然有点得意忘形。孙勇一看,就知道这个家伙是龟川。在龟川左边,站着一个身穿便服,留着大分头的家伙,可能是个翻译,武孝同站在右边。只见龟川拿下望远镜,咧着大嘴不知在说些什么,武孝同和翻译不时地点头哈腰,一副奴才相。孙勇心里想:科学家发明了"千里眼",要是再发明个"顺风耳",该有多好啊!这时候,敌艇突然摆开一字横队队形,巡逻艇在两侧,炮艇居中,船头劈开波浪,气势汹汹地向海岸扑来。

孙勇回头一看,只见江志海正在沉着地用目测计算着敌艇的距离,嘴里数着:"一千,八百,五百,四百……"

于成龙和周大爷指挥民兵,不断地移动着大土炮的炮口。

大家正在全神贯注地注视着海面的时候,天空中传来了一阵"嗡嗡"的响声。江志海抬头向东南天空一望,只见两架敌机,一前一后,笔直地向他们头顶上空飞来。"同志们,隐蔽好!"

两架敌机像走马灯似的,贴着他们的阵地和练游泳的海湾盘旋,一次又一次地从战士们的头顶上滑过。它飞得那么低,机翼几乎擦着山顶上的松树梢,连座舱里的鬼子驾驶员的脸,都能看得清清楚楚。

江志海和孙勇趴在大土炮阵地和对空射击组中间的一棵松树底下。江志海一会儿抬头看看空中的敌机,一会儿怒视着海面上的敌艇,正在选择着战机……

"连长,敌机飞得这样低,一定是找特务指示目标,我叫他们发联络信号吧？"孙勇向江志海请示说。

这时，敌机绕着大圈子又飞了回来，江志海便命孙勇说："叫特务发信号！"

孙勇答应一声，马上拉了一下他身边的绳子。这条绳子通到小山顶上，绳子头上拴着一个大铜铃铛，挂在刘海他们隐蔽的那棵松树枝上。下面一拉绳子，铜铃铛就响。预先规定：拉一下，就叫特务发联络信号；拉两下，对空射击组就对敌机开火。这个办法是一班的同志想出来的，江志海给它起了个名字，叫"土造电话"。刘海在山上听见铜铃铛响了一声，马上叫特务发出了联络信号。

孙勇抬头向小山顶上一望，只见杨固和赵福才都手拿小镜子，浑身颤抖着向敌机指示轰炸目标。小镜子反射出一束强烈的光柱，一直射到敌机肚子底下。敌机发现特务发出的信号，马上低飞着掠过山顶，又低空盘旋了一圈，接着一架飞机就狂叫着俯冲下来，侧着机翼向海滩上的草人扫射起来，子弹打起一溜沙土。

两架飞机轮番地向海湾里和沙滩上投弹、扫射，炸弹一个接一个地在海湾里和沙滩上爆炸。随着"轰轰"的爆炸声，海湾里升起一个个冲天的水柱，葫芦头伴随着水柱升向天空；沙滩上沙土飞扬，浓烟弥漫，草人伴随着沙土和浓烟在空中狂飞乱舞。

看着敌机盲目地瞎打瞎炸，中了江志海预设的"迷魂阵"之计，孙勇高兴地恨不能跳出掩体，在阵地上扭起秧歌来。正在这时，他听江志海气愤地说："龟川这个家伙好鬼啊！"

孙勇急忙向海面上一看，只见四艘敌艇离海岸约有一百五十米远的距离，都停下了。龟川仍站在指挥台上，举着望远镜探头探脑地观察情况，就像一只狡猾的狐狸，深怕遇上猎手设的陷阱一样，不敢轻易前进。孙勇担心地说："连长，敌人是不是发现了我们？"

"看样子龟川是在怀疑飞机轰炸扫射的时候，没有发现我军的踪影，怕我军有了准备，登陆危险。"江志海正说着，只见龟川挥舞着右手，哇啦哇啦地狂叫起来。

"不好，敌人要跑！"江志海突然抽出匣子枪，大声喊道："打！"

于成龙和周大爷瞪着双眼，早就在等着这个字，于是马上用火绳点着了土炮芯子，四门大土炮几乎同时"轰轰轰轰"地一齐吼叫起来。花生粒大的铁沙子里夹着小秤砣，像一把铁扫帚一样，呜呜叫着向敌炮艇猛烈地扫去……

紧接着，步枪和掷弹筒，也在各班长的指挥下，一齐向甲板上的敌人射击。这突如其来的猛烈火力，打得敌人鬼哭狼嚎，倒的倒，爬的爬，滚的滚，一片混乱，狼狈不堪。炮艇上的桅杆也被打断了，破碎的膏药旗飘飘摇摇地掉入海里，被怒涛卷去。指挥台上的玻璃被打得粉碎，玻璃碴子和铁沙子在龟川的脸上划了一道道的血口子，帽子也扫飞了。这个日本上尉吓得面如土色，光着脑袋，缩着脖子咧着嘴，像疯狗似的嚎叫着："开炮！开炮！"武孝同和那个狗翻译脸上也流着血，吓得瘫倒在舵轮旁边。

一刹那间，敌艇都倾侧着船舷，机关炮和机枪吐着火舌，炮弹和子弹呼啸着落在阵地前后，炸得泥土飞扬，碎石四溅。

江志海的脸被大土炮的硝烟熏黑了，他一点都没有觉得，仍然沉着地指挥着部队和民兵不断射击。于成龙和周大爷在浓烟笼罩之中，也指挥着民兵一个点地装炮、开炮，向敌艇轰击。

敌炮艇和巡逻艇被轰得受不住了，一边射击，一边开着倒车往后退，想退到大土炮的有效射程之外。但退了没多远，一只巡逻艇的螺旋桨忽然转不动了，管机器的鬼子东摸西看，查不出是什么故障。敌艇进不得，退不能，就像没头的蜻蜓一样，在海里乱转圈。

龟川毕竟老于经验，在炮艇上一看这情况，就知道是中了八路的水下暗计，巡逻艇的螺旋桨，一定被什么东西缠住了。他心中暗暗一惊,生怕自己坐的这艘炮艇也被缠上,便急忙命令派人下水检查,迅速清除缠绕物,早早撤退。

龟川猜得不错,敌巡逻艇的螺旋桨,是被周大爷和于成龙带着民兵布设在水下的暗网缠住了。

原来,江志海在研究敌人几次来进行扰袭的情况时,发现了一个值得注意的共同特点,就是敌艇每次来,都是先在离岸边约二百米远的海面上停下,观察一下动静,然后才采取行动。根据这个规律,他找周大爷商量,想看看在二百米附近的水下,能不能设上点什么"障碍物",像打汽车时在路上挖陷阱、打骑兵时在路上下绊马索那样,让鬼子的战艇来了就走不了,这样就可以在岸上用大土炮把它打沉。周大爷说:过去鬼子的战艇经常到渔区去抢鱼。有一次,渔网把战艇的螺旋桨缠住了,弄得鬼子前不能进,后不能退,后来还是派人跳到海里,费了好大的劲,用刀把缠在螺旋桨上的渔网割断,船才开走。江志海一听,觉得这个故事很有启发,可以变无意为有意。两人又具体研究了一阵,最后决定,用明放假水雷、暗设真渔网的办法,诱敌上钩,消灭敌艇。第二天,他们就发动群众用木头刻了一些假水雷,用绳子拴起来,白天大张旗鼓地用船载着,布设在海口外边的海面上;夜间,周大爷和于成龙又带领民兵,悄悄地把破渔网用木桩架设在海里……

江志海一看敌艇被缠住了,非常高兴,忙跑到掷弹筒射手小曹旁边,命他瞄准被缠住螺旋桨的敌艇的烟囱射击。小曹早就等得心焦了,一接到连长的命令,马上瞄了瞄目标,连打了三发炮弹。

只听海面上传来"轰隆"一声闷响,紧接着,从巡逻艇的机舱里蹿出了一股丈多高的火焰和浓烟,艇上的敌人被烧得像热锅上的蚂蚁,连滚带爬,纷纷跳海逃命。

龟川胆战心惊,急忙下令撤退到四百米以外,从那里用机关炮和小炮向我阵地猛轰。

敌机的炸弹早已丢完，这时像给那艘正在燃烧的巡逻艇吊丧似的，在阵地上空"嗡嗡"着。

战斗打得十分激烈。孙勇的年纪虽然不大，仗却打得不算少，但像这样前有海上战艇攻击，上有飞机轰炸扫射的场面，还从来没有经历过。他看看江志海，江志海非常镇静沉着，正拿着望远镜在观察海面和空中的情况。

两架敌机转了一个圈子，又飞回来了。江志海看看时机已到，便命令孙勇发信号向敌机射击。孙勇连忙扯着绳子使劲拉了两下，在小山顶上指挥打敌机的机枪班长郭喜和一班长李大成，听见铃铛响，马上指挥着对空射击组，向敌机猛烈地开了火！密集的子弹带着一溜曳光，向空中飞去。

孙勇抬头一看，只见一架敌机被击中，机尾拖着一股浓烟，惨叫着向东南海空逃去……

江志海高兴地喊着："打得好啊！那一架也别叫它跑了！"只见那架敌机像听见了江志海的话似的，吓得无心恋战，也仓皇逃去。

中弹的敌机后尾拖着一溜黑烟，掠过龟川所乘的炮艇上空，一头栽入大海之中。接着，轰隆一声巨响，海面上升起一股冲天的巨大水柱，敌机沉下海底，喂王八去了。

龟川惊吓得跌坐在指挥台的椅子上，像挨了一棍的疯狗一样狂叫着，但又无计可施……

没多大工夫，炮艇和剩下的两艘巡逻艇，掉转船头，夹着尾巴向远海驶去……

被击毁的巡逻艇已沉入海底，海面上仅露着一段三尺多高的桅杆，桅杆顶上破烂不堪的膏药旗，像招魂幡似的耷拉着。

山顶上，海滩上，阵地上，战士和民兵的欢笑声响彻云霄……

第十二章　力量的源泉

一

战斗胜利结束了。

这时候，太阳已经偏西，但威力却仍然不减，晒得大地和海面热气腾腾，汗水浸透了战士和民兵们的衣裳。

回到村里，江志海指示三个排长和于成龙：这几天战士们和民兵连续战斗，体力消耗很大，除了岗哨外，要他们抓紧一切时间休息，叫大家觉睡好，饭吃好，恢复体力，养好精神，准备连续打仗。

的确，战士和民兵已经两天三夜没有好好睡觉了，有时不过是闭闭眼，打个盹而已。在这期间，江志海几乎没有一次睡上一个小时的囫囵觉，他困得实在支持不住的时候，就用凉水洗洗头，因此人也熬瘦了，眼也熬红了。大家看在眼里，记在心里，这时见他叫别人休息，孙勇便关切地说："连长，你叫我们休息可以，可是，这一次你可得带头啦！再不能像昨天那样，你叫我们休息，自己却偷着不肯停车。"

"我的身子也是骨头和肉长的，不是铁打的，当然要休息喽！"江志海笑着说，"孙排长，现在你能领导大家睡足觉，你这个排长就算称职了！"他又对于成龙说，"成龙同志，你找个清静的地方去睡上一觉，别忘了，晚上你还得到凤尾岛去取情报啊！"

"江连长，照这样布置，那我们不是都成了睡觉大王啦！"于成龙笑着说。

"在这个节骨眼上，当个睡觉大王才光荣啦！"

在场的几个人，都被江志海这句话引得放声大笑起来。

一觉睡到天黑。吃了晚饭，江志海叫小周把三个排长叫到连部，总结这次战斗的经验和研究下一步的战斗方案。

江志海提了三个题目叫大家考虑：一是龟川吃了这几次败仗以后，他下一步会再搞什么鬼名堂；二是下一步在海口跟敌人打，我们可以用些什么样的具体打法；三是利用这次截击运输船的胜利影响，在龟川和武孝同的身上，再有什么文章可作？

二排长说："敌人吃了这几次败仗以后，鱼口岛的鬼子海军若是不给龟川补充兵员，恐怕他不敢再向我们沿海登陆了，必然会采取严守凤尾岛的政策，继续靠他的海军封锁我们的海口。"

"我在想，咱们是不是可以利用截击运输船的胜利，在龟川和武孝同身上搞点离间计，使龟川怀疑武孝同私通八路，有意派他小舅子张铁心押着运输汽船投降了我们。如果这个风能吹到龟川耳朵里的话，这个家伙必然会对武孝同产生怀疑，这将对我们彻底消灭敌人，起到有利的配合作用。"

"我同意他们两个人的意见。"三排长说，"咱们要立足于在海上和鬼子巧打，又不放过别的进攻机会。制造敌人内部矛盾这个办法，我看可以用用。"

江志海兴奋地说："咱们都想到一块啦！不过，孙勇同志说的这件事要抓紧时间，越快越好，使龟川回不过味来，识不破我们的计策。咱们马上召开支委会研究一下，统一认识，统一思想。作出决定后，一面报告上级，一面开始执行。"

正说着，季虹精神抖擞地走进门来。

江志海忙站起身迎接，孙勇搬了一个凳子，请季虹坐，又去倒了半碗凉开水送过去。

江志海关切地说："季虹同志，你的工作那么忙，天都黑了,有事咱们明天再谈嘛!或者捎个信来叫我去也行。"

季虹喝了一口水润润嗓子,眉开眼笑地说:"我是叫你们的胜利消息催的,不来祝贺不行啊!"

"啊!你这是专为祝贺胜利而来,我先代表我们全连的同志,感谢区委对部队的鼓励和关心!"

季虹笑着说:"你们今天上午截下了运输船,下午又打落了一架敌机和击沉一只战艇,全区的群众高兴极了!民兵纷纷要求参战,农救会的同志向区委表示,要坚决带领全区的群众搞好夏收夏种,支援部队打仗。区委开了紧急会议,决定要我代表区委,向部队表示热烈的祝贺。全区的群众团体自动地组织了慰问团,随后来部队进行慰问。"她说着打开小包袱,拿出一卷胶东《大众报》,用手指着两行醒目的大字标题说,"江连长,你看看,这是军分区通令嘉奖你们打汽车的消息,还有你们连攻克庙山据点的胜利消息。报社的孙记者已经到了区委,他准备明天上午就来部队采访,你们准备准备吧。"

江志海接过报纸,谦逊地说:"胜利应当首先归功于毛主席,归功于党,归功于广大群众的支援!"他指着报纸上的消息,"这是党和上级对我们的鼓励和鞭策。我们今后要更好地作战,不辜负党和人民对我们的期望!"

季虹问:"于成龙走了吗,什么时候回来?"

"天傍黑就走了。这小伙子手脚麻利,兴许快回来了。"

话刚落音,只听院里传来一阵"咚咚咚"的脚步声,接着于成龙就在门口出现了。他一看几位领导都在这里,便把去取情报的情况汇报了一遍,并从腰上解下一个用绳子拴着的小竹筒,递给江志海。

江志海打开竹筒的封口,从里面倒出一个纸卷,展开放在八仙桌当中。因为灯光不亮,孙勇打去了灯花,又挑挑灯芯,屋里立刻亮堂起来。

徐生同志的信上这样写着:

今天的战斗，对敌人打击很大。鬼子损失战艇一只，飞机一架。鬼子死二人，伤二人，伪军死九人，伤十人。听说山岛打电报训了龟川，叫他把八路引到海上打，捉活的。龟川接到电报以后，就召集了日本军官开会，没叫武孝同参加。龟川要搞什么诡计，还不知道，请多加提防。

另外还听说，上午有一只运输船带着物资开到沙土岛去了。伪军里有人偷偷说，张铁心是武孝同的小舅子，八成武孝同私通八路，派他小舅子押着运输船投了八路。龟川对这件事很生气，已经派了一名日军上士，去当武孝同的指导官，估计是去监视武孝同的。

再一点，特务队长杨固带着赵福才偷渡上陆活动，到现在还没有回来，希望加强搜查，把这两个汉奸捉住。

布的土水雷鬼子也很害怕。炮楼因为没有水泥，已经停工了。

江志海看完情报，兴奋地说："好，这情况和咱们刚才谈的计划对上号了！咱们这趟就抓住这个机会不放，在龟川和武孝同身上，好好作作文章，让龟川断了这个依靠。另外，龟川已被削弱，我们要想法阻止山岛可能对他进行的补充和增援，便于我们一口一口地把他吃掉。"接着，他把刚才讨论的意见和他自己的一些想法，告诉了季虹。

"太好了！"季虹听后高兴得闭不上嘴，"我马上回去布置，一来请敌工站通过伪军关系搞吹风；二来武孝同和张铁心的老婆都在鱼口岛，我们派人去把她们搞出来，这样双管齐下，不怕龟川不上钩。"

"去鱼口岛弄武孝同和张铁心老婆的事，需要我们出什么力吗？"江志海问。

"不用啦，我派区中队的刘队长带几个人去就行了，他是岛上的人，对那里的情况最熟悉。"季虹想了一下，又说，"对阻止山岛增援龟川的问题,我看可以从全区调四五个民兵连,围困鱼口岛,昼夜虚张声势地袭扰敌人,迫使山岛首尾不能相顾,分不出兵力去支援龟川。至于龟川下一步要搞什么诡计,我们现在还没法估计,我的意见叫于成龙今夜再进岛一趟,一来看看敌人在下半夜有没有可疑的活动;二来把我们对敌情的分析告诉徐生,让他心中有数,便于掌握岛上的情况。"

江志海坐在那里一边听,一边不断地点着头。等季虹一口气讲完了,他高兴地站起来说:"季虹同志,你想得太周到了,我看咱们就这样定了吧!"他又看看三个排长,"你们还有什么意见补充没有?"

"没有了。"

"好,咱这就叫心同、意同、看法同,我们的认识和行动是完全一致的!"

二

支委会研究完上级和区委的指示,天已经快半夜了。各排长回到排里向战士们传达支委会的决定,江志海在屋里给营党委写报告。关于民兵配合作战问题,等于成龙回来,再召集民兵进行传达。

战士们听了党支部的作战计划,高兴得简直像开了锅的水似的,沸腾起来了!有的班要求连夜练游泳,有的班要求连夜开会研究打敌艇的办法。李大成、毕大牛和刘海三个围着孙勇磨蹭着说:"排长,我们想了好几个打敌艇的办法,先说给你听听吧?"

"今天还是先休息吧!明天再开会研究也不晚呀!"孙勇劝阻说。

毕大牛把日记本举到孙勇眼前:"排长,你先看看,我把打敌艇的办法,都画成图啦!"

"我也画了图！"刘海也把笔记本举到孙勇眼前，"排长，你看看我画的怎么样？"

李大成帮着毕大牛和刘海说："排长，你先看看吧，不看他们俩睡不好觉啦！"

战士们为了迅速地打沉敌人的炮艇，觉睡不好，饭吃不下，不顾一切疲劳地想办法，他们这种敢想、敢闯、敢打的大无畏精神，感动得孙勇一时找不出恰当的话，再来劝阻他们休息了。他拍着毕大牛和刘海的肩膀，亲切地说："好吧，我就参加你们一班的军事民主会，你们俩把打敌艇的好办法，说出来给大家听听！"

毕大牛一听排长松了口，就站起身来，用手指着桌子当中的一个盛水的泥罐子说："桌子当大海，水罐子当炮艇，泥碗当商船和渔船。"他像下军棋一样，把打敌艇的办法，用手比画着，一五一十地说了一遍。末了，他信心十足地："用这几种办法打敌艇，保险炸它个船破人亡，叫他们连尸骨也囫囵不了！"

孙勇伸手拿过毕大牛的日记本翻着一看，嚯！上面画的是敌人炮艇正在抓商船和抓渔船的时候，他们诱敌上钩的动作，一出一个样，一出一个不同的姿势，一出一种打法，简直就像孙悟空大闹龙宫的连环画一样。他一边看，心里一边暗暗称赞："想得太好了！真是战士当中有能人哪！"

毕大牛讲完以后，班里的同志就七嘴八舌地议论开了：

"敌人战艇上都有千里眼，老远就能看见我们的木船，不好往上靠。"

"……要是敌人看出我们木船的马脚，一顿炮弹把木船打翻了，那咱们怎么办呢？"

"敌人有千里眼，咱们可以用伪装对付他嘛！"

"敌人封锁我海口，就是要抓商船和渔船，我们可以利用这一点，诱敌上钩。我看敌人像海里的大鲨鱼一样，也是只见食饵不见钩。大牛说的那种打法，就叫诱敌上钩，我看能行！"

在微弱的灯光下，孙勇一边听着大家发表意见，一边低头在笔记本上记录着。他个人是赞成毕大牛提的这种突然袭击、近战歼敌的打法的。

李大成咂巴着小烟袋，坐在一边没说话，等大家把想法都谈完了，他才磕了磕了烟灰，说道："毛主席教导咱们要打歼灭战，不要打消耗战和击溃战。伤敌人的十个指头，不如断敌人的一个指头。大家对大牛说的这种近战歼敌的打法，还有什么补充意见没有？"

"没有啦！"

李大成又说："对停泊在海面上的炮艇怎么个打法，谁先说个中心意见？"

"我来说说。"刘海"噌"的一声站起来，"炮艇停在海里，我看得夜间打，或者放大雾的天打，用打碉堡的办法打就行！"他用手指着桌子中间的泥罐子当炮艇，用泥碗当向炮艇进攻的我军战士，然后一面推着泥碗向泥罐子上靠，一面滔滔不绝地把他的办法说了出来。最后，他总结说："这个打法叫鬼子在舱里吃铁甜瓜，光苦（哭）不甜！"他说得眉飞色舞，逗得大家哄堂大笑。

"不要笑了！"李大成严肃地说，"对刘海提的这个打法，大家有什么意见和补充？"

全班同志你一言，我一语，又争先恐后地说开了。有的说，刘海提的办法好，可以办到。有的说，打炮艇比打碉堡容易，因为炮艇停泊在海里，就像一个光碉堡一样，周围是水，没有障碍物，艇上没有枪眼，死角也大，只要能靠上去，就能把它炸沉。有的说，在海里游泳有响声，容易暴露目标，不易接近敌艇，如果叫艇上的岗哨听见了，敌人一有准备，就没法靠上去了。还有的说，船是人开的，枪炮也是人使，鬼子不可能在黑夜里都站在甲板上等着打仗，他们也得睡觉，老虎也有打盹的时候，何况是日伪军。也有的说，海浪和机器一闹哄，鬼子的耳朵就不能听到游泳声了……

大家正说得热闹，毕大牛不紧不慢地插进来说："过去咱们研究打碉堡的时候，开始也有一大堆困难，可是经大家一讨论，办法就有了。叫我说，汽车跑着能打翻，炮艇开着也能把它打沉。比方说吧，鱼再精也逃不了网，鳖再精也逃不了钩，反正活人不能叫尿憋死！"

"大牛说得对！我再发表几句，"刘海又站起来，一本正经地说，"我看咱们能炸倒碉堡，就能炸沉炮艇，办法多啦！我决心给敌人的炮艇糊上膏药，叫龟川坐着土造飞机回东洋国和他老婆团圆去。"

……

军事民主会开得很成功，大家提了许多打炮艇的好办法。最后，李大成提议叫孙勇作个总结，孙勇高兴地说："今天这个军事民主会开得很好。大家遵照毛主席的军事思想，集中了群众的智慧，把过去已有的战斗经验，用在今天打炮艇上，这是灵活运用，是敢想敢打的一个进步！我把大家的好意见归纳一下，再向连长汇报。大牛和刘海画的打战艇图样，也送给连长看看。今天不早了，大家睡觉吧。"

这时，一个下岗的战士闯进屋来，对李大成说："班长，你们还没开完会啊！人家二排和机枪班都在海里进行游泳训练，用木船当炮艇，船上有假设敌，大家轮流往船上攻，练得可有劲啦！"

大家一听，呼啦一下子都站起身来，刘海抢着说，"班长，咱们也去参加合练吧！"

李大成没吱声，只是两眼看着孙勇，意思是等他表态。大家也都把期望的目光集中到了孙勇脸上。孙勇被大家心红火热的劲头感染了。他一挥手，果断地说："好，你们去稍练一会儿，累了就回来睡觉。"

"是！"大家挺着胸脯，回答得干脆又响亮。

繁星满天，海水闪着银光。

大家跑到海边，脱了军装，在李大成的带领下，像打仗冲锋似的，一个猛子扎入海中。孙勇站在海边，举目向远处望去，借着海水的反光，只见海面上一会儿露出一片人头，一会儿又潜入水中不见了。于是，他也脱了军装，跳入海中，夹在战士当中一起游了起来。他边游边看，战士们都身背木棍，散开成班进攻的队形，边游边往船上扔石头。船上的假设敌，都头戴钢盔，手拿大木棍，一会儿向进攻的战士们瞄准，一会儿又假装向海里投手榴弹。

看着战士们这种苦练杀敌本领的旺盛斗志，孙勇心里激动地想：有了这样好的战士，还怕敌人的战艇打不沉吗！

三

从海边上回来，天还没亮。孙勇把大家提的打敌艇的办法整理了一下，刚躺下迷迷糊糊地想打个盹，在寨山顶上放哨的战士跑进屋来叫醒了他："排长，从半夜起，就听见县城的方向有枪炮声，现在还没停止。"

孙勇一听，马上从炕上爬起来，跑到院子里，侧耳听了听，因为是西南风，在村子里根本听不见枪炮声。忽然，他想起来了：前两天，营党委指示信上说，主力部队就快要对敌伪军驻守的城镇发动进攻，莫不是向县城发起进攻了？他回到屋里，洗过脸，就走出门来。

天放亮了。

东方天空，渐渐由黑变白，由白变黑，然后又由蓝变成了绯红。

寨山顶上的松树林，也由一片黑森森的颜色，变得碧绿鲜嫩了。孙勇一夜只打了个盹，浑身觉得有些疲倦不好受，可是被早晨凉飕飕的小海风一吹，头脑立刻清爽起来。他边走边想：连长这几天没有好好睡上一觉，我这时候去，假若他正在睡觉，惊醒了他就不好了。嗯，还是到连部门口，看看情况再说。

这时候，一轮红日从大海的尽头喷薄而出，映着万顷粼粼碧波。几只海鸥，在大海上空矫健地翱翔，是那么轻捷，那样活泼。

孙勇走到连部门口，停住了脚步，打眼往院子里一看，只见小周坐在大杏树底下，一面擦着他的小马枪，一面小声唱着歌曲："……波浪滚滚，海水咆哮，抗日军民逞英豪。面对凶恶的敌人，我们军民齐武装，不怕鬼子的飞机、兵舰和大炮。我们有党和毛主席的英明领导，我们有四万万各族同胞，鬼子不投降，就把它消灭掉！"

杏树上的鸟儿唧喳叫着，像在为小周的歌声伴奏。

孙勇听着小周雄壮悦耳的歌声，把刚才怕来早了影响连长睡觉的问题，早丢到脑后去了。他迈步走进院子，冲着小周大声问道："小周，连长在屋吗？"

"嘘——轻点，连长看了一夜毛主席的《论持久战》，还又写又画，动了一宿脑子。天傍亮的时候，又到各哨位去了解了一遍情况，回来以后又不知道在那里写什么。"小周停止了擦枪，两眼看着孙勇，意思是叫他这时不要去打搅连长。

啊！连长又是一夜没睡觉。孙勇在心里责备自己不该来得这么早。

"谁呀？是孙排长吗？"随着话音，江志海服装整齐地背着匣子枪，走出屋来。

小周埋怨地瞪了孙勇一眼。

孙勇报告说："连长，刚才寨山顶上的哨兵报告，说在县城方向，从半夜起一直没断枪炮声。"

"我知道了，那可能是我军向县城进攻啦！这样一来，咱们也得赶快干，拖住鱼口岛的敌人不能北上增援。"

"昨晚一班开了个军事民主会，大家提了好多打敌艇的办法，我想向你汇报一下。"

"好！"江志海两眼盯着孙勇的脸，"大概你领着全排开夜车了吧？"

"不是。"孙勇忙解释说，"主要是大家看着敌人的战艇整天价在我们海口外面横行霸道，睡不着觉啊！"

"睡不着觉你就领着大家干啦！"江志海接着孙勇的话茬说，"同志们的革命热情是好的，但干部要注意工作方法，不然把大家累垮了，还能打仗吗？"

"是！"孙勇一面答应着，一面心里想：连长事事处处关心大家，唯独不考虑他自己。他一时感动得不知说什么才好。

江志海见孙勇愣在那里，便拍拍他的肩膀说："咱们到海边上去看看，叫海风吹吹脑子，顺便谈谈你们对打敌艇的想法。"

朝霞照着海面，大海闪着耀眼的光芒。

江志海和孙勇并肩在刚退潮的沙滩上，边走边谈。小周背着小马枪，跟在他俩后边。

孙勇掏出笔记本，把他归纳的几条打敌艇的办法说了一遍，最后，又把毕大牛和刘海画着战斗动作图的日记本拿出来，递给江志海："你看看这两份战斗动作图，画得很有意思！我看没有实战经验的画家，不用说画，就是想也想不出来！"

江志海停下脚步，接过日记本，两眼像钉子钉在图上一样。他看着看着，突然眼睛一亮，很感兴趣地连声称赞说："战士们真是心红脑子灵，想的办法太好了！我看这不是两份战斗草图，而是要龟川老命的催命符啊！哈哈哈……"他笑着把本子合了起来，装进了口袋里。

孙勇看着江志海看完草图，笑逐颜开的样子，又慎重地说："连长，咱们过去没有海上作战的经验，你看这些办法究竟行不行？"

"行！"江志海高兴地说，"毛主席教导我们：'武器是战争的重要的因素，但不是决定的因素，决定的因素是人不是物。'毛主席还教导我们：'优势而无准备，不是真正的优势，也没有主动。懂得这一点，劣势而有准备之军，常可对敌举行不意的攻势，把优势者打败。'我看大家想的路子对头，符合毛主席的教导。在毛主席人民战争思想的光辉照耀下，在革命的军民面前，没有打不败的敌人。不管敌人多么凶狠，武器多么精良，我们也能用劣势的装备打败它！群众的智慧是无穷的，这些打敌艇的办法，都注意了避敌之长，攻敌之短，充分发挥了我军近战夜战的特长。我看，我们完全有把握打沉敌人的战艇。"

听了江志海的分析，孙勇浑身好像增添了无穷的力量。他高兴得攥紧拳头，两眼看着江志海问："连长，咱们用哪个办法打呀？"

江志海心里想：一排是全连的主力排，过去不论是攻据点，还是打伏击，他们都出色地完成了任务，这次海战，仍然要把这块好钢用在刀刃上。于是他笑着说："就用你们一排的拿手好戏打！"

"连长，季指导员来了！"小周在身后喊道。

江志海和孙勇转脸向村头望去，只见季虹手提小包袱，兴高采烈地健步向海边走来。

两个人忙迎上前去。江志海一看季虹的眼神，就关切地说："季虹同志，你往返二十里，还开了会，恐怕一夜没睡吧？"

季虹爽朗地笑着说："这是叫敌人逼的呀！"

三个人说着走到海边的一个大石硼上，小周站在岸边的小高地上警戒着。江志海坐下来，问："季虹同志，区委有什么新的指示没有？"

"没有。同意咱们提出的意见，已经派区委武委会主任带三个民兵连围困鱼口岛去了，武孝同和张铁心的老婆也搞出来了。估计这样一来，山岛就可能会命令龟川，叫他早些对武孝同下手。"

江志海高兴得拍着手说："太好了！这叫掘好陷阱，牵着山岛和龟川的鼻子,让他们往里跳啊!"

这时候,三排长顺着海边,跑到大石硼下,向江志海报告说:"连长,刚才大虎山上的岗哨报告,说敌人封锁海口的巡逻艇和凤尾岛前海湾停着的炮艇,不知夜里什么时候都开走了。岛上还没修好的碉堡顶上冒着烟,用望远镜看不见有敌人活动。"

江志海觉得这事来得突然,在没有更多的情报以前,还不能马上作出判断。他命令三排长说:"告诉岗哨,继续用望远镜严密观察岛上和海上的情况,发现有可疑的迹像,随时报告。"

"是!"三排长转身向大虎山上跑去。

这是怎么回事呢?莫非是敌人昨天损失了飞机和战艇,怕我们乘胜向岛上进攻,吓得撤退了?还是我军向县城发起进攻,山岛怕我军再进攻鱼口岛,把龟川调回去加强守备呢?孙勇脑子里一面琢磨着,一面看着江志海和季虹,只见他俩都在聚精会神地沉思着,显然是对这个突然发生的情况,还没有分析出个头绪来。他心急地向江志海要求:"连长,让我带一个班,进岛去看看吧!"

"现在情况不明,不能进岛。"江志海沉着地说,"我看不管是敌人怕我们进岛打他们,主动地撤退也好;还是因为我军向县城进攻,吓得山岛把龟川撤回去加强鱼口岛的守备也好,这些都先不去管它。咱们要把着眼点放在敌人搞阴谋诡计上,才不会吃亏。"

"对!"季虹说,"一定要等于成龙回来,才能对这个奇怪的情况得出正确的结论。咱们不妨先看一看。"

"很可能有鬼!"

"连长,营部的骑兵通信员来了!"小周在小高地上喊道。

江志海抬头向村东北大路上看去,只见一匹被朝霞染成了粉红色的白马,像闪电似的,向海边飞驰而来。

三个人都跳下大石硼。那马跑到跟前停下了,通讯员小刘翻身从马上跳下来,走到江志海面前敬了个礼,江志海握着他的手说："小刘同志，你辛苦了！"

"不辛苦，今天我是人有精神马撒欢，一气跑了七十里。"小刘说着，从背包里掏出一封信递给江志海，"江连长，营首长给你的信。"

江志海把信拆开，抽出信纸，急忙看了一遍，高兴地说："好消息，同志们！"接着，他把信的内容，念了两段："前天晚上，我军向泉水镇发起了猛攻！经一夜奋战，攻克了这个敌人插入我根据地的最大据点，歼灭日军一个中队，伪军四百余人。随后，我军又分为东西两路：西路向宁海县城挺进，横扫县城以南的日伪军据点；东路昨晚向东海县城发起了猛攻，经上半夜激战，歼灭伪军一部，残敌弃城向卫港市逃窜，我军正乘胜追击……望接此胜利消息后，立即向部队传达，并转告凤尾区区委，由地方党委负责，广泛向全区广大群众进行宣传，以鼓舞群众的抗战热情……"

"首长对我们有什么指示？"孙勇问。

"首长命令我们要抓住一切战机，积极地开展海上歼敌战斗，求得尽快地消灭侵占凤尾岛的敌人，打破敌人对我海口的封锁，使海上的运输线早日畅通，以便把南方的物资运来，支援部队打仗……"

这时，小周从小高地上跑过来报告："连长，从凤尾岛方向来了一只小船，八成是于成龙回来了。"

第十三章　关键时刻

一

　　江志海他们迎到海湾的东南角，只见于成龙站在海岸上，挥舞着胳膊，对围着他的一些民兵大声说："……岛上的鬼子都跑啦！码头上扔下了老鼻子的子弹和炮弹，还有大米和白面。赶快集合民兵，一会儿好进岛去搬东西。"

　　民兵们一听这个好消息，就像那天打下大虎山一样，高兴得又蹦又跳，有的跑回村去集合民兵，有的去解拴船的缆绳，有的跑到库房里去拿橹板和抬篷帆。眨眼的工夫，海边上人来人往，就像打鱼的旺季在海里发现了大鱼群一样。

　　于成龙把小褂袖子挽到胳膊根上，在海边上跑来跑去，正忙乎着，连江志海和季虹走到他跟前，也没看见。季虹大声地问："成龙，你这是干什么？"

　　于成龙一看季指导员和江连长来了，高兴地说："季指导员，江连长，岛上的敌人都跑啦！扔下了很多子弹和炮弹，还有大米和白面。我想先把民兵集合起来，一会儿好跟着部队到岛上去搬东西！"

　　季虹笑着看了江志海一眼，温和地望着于成龙说："成龙，你这个虎愣愣的毛病，怎么就是改不了哇！你没想一想，我们没有进岛打敌人，敌人怎么会跑了哪？"

　　"我亲眼看见敌人跑了！"于成龙不服气地分辩说。

"成龙同志,就是你亲眼看见敌人跑了,也不要这样心急。子弹和炮弹长不了腿,早搬晚搬也跑不了它。再说,光顾得搬子弹和炮弹,你没想想,子弹和炮弹箱子底下,要是藏着咬人的东西怎么办?要是敌人拿这些东西当作钓咱们的钓饵怎么办?咱们要欺骗敌人,敌人也可能会欺骗咱呀!"江志海耐心地给于成龙分析着。

于成龙瞪着一双大眼,省悟地问道:"季指导员,江连长,照你们这么说,敌人的撤退里面还有鬼呀?"

季虹严肃地说:"这里边肯定有鬼!不然他不会把那么多物资丢在外边不运走,也不炸掉。"

群众和民兵一听敌人撤退有鬼,议论了一阵子,有的回家吃饭去了,有的还站在海边上,向凤尾岛观望。

江志海、季虹、孙勇和于成龙一块回到了连部。这时候,部队正在吃早饭,于是,他们一面吃着饭,一面听着于成龙谈他下半夜在岛上看到的情况——

半夜过后,于成龙刚摸到他舅家,还没来得及和徐生说话,伪军特务长陈小鬼就来叫门。徐生把他藏到里间屋里,就去开门。陈小鬼没进屋,在院子里对徐生说:"山岛司令官命令龟川队长回鱼口岛加强守备,今夜就撤退。你可以去通知岛北岸的渔民,从今天起,可以随便出海打鱼了。"陈小鬼走了不大工夫,村里就站满了伪军的岗哨,不许群众出来看鬼子撤退的情况。

拂晓以前,敌人放火烧了碉堡,撤了村里的岗哨,村里就没有动静了。于成龙和徐生悄悄摸到村西北角上一看,只见鬼子和伪军都集中在码头上,又喊又叫,战艇的机器隆隆直响,整个码头乱成了一片……以后,敌人都上了战艇。战艇就拉着哼,开出了海湾。这时,天已放亮,徐生怕于成龙在村里暴露目标,就叫他到村东南小高地等着,他自己到码头上看看情况。据徐生看后回来告诉于成龙:敌人在码头上扔了好多子弹箱子和炮弹箱子,还有柴油、大米和白面。在渔行和新修的碉堡周围,埋满了地雷,有的地雷弦还露在外面,有的踏雷顶上的木板,只盖了一半土。渔行的大门和碉堡的门上,挂了一片地雷弦……

江志海问:"伪军关系没有情报给徐生同志吗?"

"没有。"于成龙摇摇头。

孙勇心里想:敌人的这个行动一定很机密,命令下达得很突然,因此,使得伪军关系没法出来和徐生同志接头。这件事倒成了一个"谜"啦!

于成龙谈的这些情况,确实叫人一下捉摸不透。

江志海暗暗思索和分析着于成龙刚才谈的情况,心里逐渐亮了起来:敌人突然撤退,陈小鬼为什么还去通知徐生呢?自古以来,军事行动都是保守秘密的,为什么敌人这次撤退要大喊大叫呢?再说我们也没进岛打敌人,而敌人为什么这样仓促地撤退呢?就是撤退,炮弹、子弹、大米和白面,能搬到码头上,为什么不能搬到船上呢?就是敌人确实撤退回鱼口岛加强守备,也用不着撤得这样狼狈呀!敌人搞的这个诡计,自以为聪明,其实还是露着尾巴。

想到这里,他皱着的双眉舒展开了。季虹望着他问:"江连长,你看这事怎么对付好?"

江志海抬起头来,把自己的想法说了一遍。

孙勇听完,高兴得一拍大腿:"是这么回事!龟川在码头上摆下了个地雷阵,想用弹药、大米和白面当诱饵,引我们进岛去搬运,叫我们自己钻进地雷网,炸我们个人仰马翻。这小鬼子的心真歹毒啊!"

"其实敌人埋设地雷是假,在地雷圈里面隐藏着诡计是真。"江志海说,"敌人就是坐着战艇撤退了,可是战艇是回了鱼口岛,还是隐藏在海里其他的小岛后边呢?这些情况都要综合起来加以考虑,才能弄清龟川撤退的诡计在哪里。"

半天没说话的于成龙,这时插上来说:"敌人的战艇如果没有回鱼口岛,很可能隐藏在苏石岛前怀,等我们一上凤尾岛搬东西,他们就迅速出动,凭着他们的海军优势,把我们包围在岛上打我们。"

于成龙的话刚落音,江志海高兴得一拍巴掌,说:"成龙同志,龟川搞的这个假撤退的诡计,这趟大概叫你猜对了一半啦!"

于成龙瞪大了眼睛问:"只猜对了一半?那另一半呢?"

江志海说:"我估计,敌人的兵力大部分还在岛上,或许龟川本人也在其内。等我们一上钩,他们的战艇就从苏石岛,或者是从绿山岛一齐出动,从海上把凤尾岛包围起来,然后利用他们的优势,里外夹攻,把我们一举歼灭。"

"江连长,你真快成鬼子的参谋长了,他们的阴谋,全叫你给端出来了。"季虹笑着说。

"龟川搞的这一手真歹毒!"于成龙一捋袖子,站了起来,"那咱们怎么对付它?"

江志海胸有成竹地说:"龟川的药再毒,咱们不吃,他就没有咒念。咱们现在对龟川导演的这出戏的分析,还只不过是一些大概的估计,不一定完全准确。我的意见是:咱们一方面要提高警惕,加强侦察警戒;另一方面,按兵不动,不去上钩,龟川的诡计就自然落空,戏也就唱不下去了。"

"对!"季虹喜上眉梢,"不管龟川搞什么阴谋诡计,咱们先要抓紧时间,分头把我军夏季战役的胜利消息马上传达下去,以鼓舞部队和民兵的斗志。敌人那一套先不理它,叫龟川瞪着贼眼干等着去吧!"

孙勇接着季虹的话茬说:"咱们吃好,睡好,把海上杀敌的本领练好,等龟川的戏收场了,咱们给他接着往下唱。"

二

我军主力部队攻克泉水镇和打下县城的胜利消息一传达,战士们都欢腾起来。毕大牛和刘海高兴地说:"这回可好啦!我军攻克了泉水镇和东海县城,再往北进攻,打下了宁海城,那我们的家乡就解放啦!老百姓再也不用受鬼子的气了。"

"在胜利面前,我们要牢记毛主席的教导,不要骄傲,要提高警惕性。"接着,江志海又把龟川搞假撤退,妄想诱我们上钩的诡计,告诉了战士们。大家一听,都气得摩拳擦掌,咬牙切齿,纷纷表示要以积极的战斗行动,来回答龟川的阴谋。

上午,各班分散讨论江志海的讲话,题目是"在大好的形势面前,我们怎么办?"排长们都下到班里,和战士们一起讨论。会上,各班都表了决心,订了规划,全连出现了一片热气腾腾的景象。

吃过午饭,小周来叫孙勇,说连长找他有事。孙勇来到连部,见连长正和于成龙、周大爷谈话,为了不打扰他们,他悄悄地搬了个凳子坐在门旁,掏出自制的小烟袋,装上一袋烟,"吱啦吱啦"地抽了起来。

江志海谈完了话,周大爷磕了磕烟灰,把烟袋往腰里一别,哈哈地笑着说:"江连长,你的看法对劲,不管龟川耍什么花枪,咱们不看它的,就是敌人在岛上摆下金银财宝,丢下飞机大炮,咱们也不去捡这个洋捞。他想利用鱼见食饵不见钩的心理,来引诱八路军上当,那他是枕着扁担睡大觉,想得宽啦!咱们钓鳖用的燕肉,我回去马上布置,今天夜里就下海去钓,保证明天耽误不了用。被敌人打坏的船,已修好了十五只,明天上午就能全部修好,也误不了用。"

"周大爷,你们的支援,对战士们的鼓舞太大啦!等消灭了龟川,再好好谢谢你吧!"江志海边说边把周大爷送出门外。只听周大爷哈哈大笑着说:"哪的话,打鬼子是咱军民共同的责任。"

回到屋来,江志海又对于成龙说:"你的任务就是先把打仗用的船准备好,每只船上挑两个驶船的民兵,再把前海边剩下来的船,都开到后海湾里伪装起来,防止敌机轰炸。这些工作做好以后,你还要抓紧时间休息一下,晚上好进岛取情报。我估计龟川干等一天不见我们去上钩,战艇在黄昏以后,可能会偷偷地开回去。"

"保证按时完成任务。"于成龙说着,又神秘地问道,"江连长,明天这场姜太公钓鱼的戏,叫我唱好不好啊?"

"等明天看情况再定吧!海战龟川这出戏,反正少不了你的角色。"江志海打趣地说。

于成龙刚走不大工夫,于大娘提着一篓子新布鞋走进院来,一见江志海就说:"江连长呀!俺妇救会给同志们每人做了一双鞋,好穿着打鬼子。做得不好,可别嫌弃啊!"

江志海和孙勇忙站起来接过篓子,感激地说:"大娘,我们来了以后,你们妇救会又给我们洗衣服,又帮助做饭,还做了这么多的军鞋,这叫我们说什么好啊!"

于大娘笑着说:"怎么又说这个呀!你们拼死拼活地打鬼子,还不是为我们老百姓啊!我们做几双鞋子给同志们穿,是应当的。咱们都是革命同志,应当实打实,可别再说感激啦、谢谢啦这样见外的话。咱们军民一条心,团结打敌人嘛。"说到这里,她又问道,"听说咱们的大部队打下了县城,把龟川吓跑了,是真的吗?"

"哪有的事啊!"江志海说,"龟川耍的是金钩钓鱼计,想引咱们上钩啊!"

"我说呢,敌人不打怎么会跑啊!江连长,咱们可别上敌人的当,让小鬼子占了便宜去!"于大娘说。

孙勇说:"大娘你放心吧,龟川就是有千条诡计,也救不了他的小命啦。"

于大娘把鞋倒出来,提起篓子,像母亲关怀自己的孩子一样地说:"打仗可真不容易啊!又得动文,又得动武。看,把你们都累成什么样了,饭吃不好,觉睡不好……好啦,我不啰嗦了,倒出工夫，你们歇歇吧。"

江志海和孙勇一边送于大娘出院，一边感激地说："大娘，你代我们谢谢妇救会的同志。我们没有别的话可说，只有用战斗的胜利，来感谢乡亲们对我们的关怀吧！"

送走了于大娘，江志海又和孙勇谈了谈晚上开会的内容，然后叫孙勇去告诉王司务长，把鞋钱送给村公所。

孙勇正要走，于成龙手里拿着一封信闯进屋来，递给江志海说："朱家口的朱村长派人送来了一封信。"

江志海拆开信，只见上面写着：

  天傍亮的时候，朱家口三个渔民在苏石岛前怀钓加吉鱼，从凤尾岛开来了三只鬼子的兵船，船上有鬼子和汉奸队，鬼子把钓的鱼都抢去了。有一个穿便衣的汉奸对渔船上的人说："'皇军'是从凤尾岛撤到鱼口岛去的，本来'皇军'怕你们走漏消息，要连人带船都抓到鱼口岛去，我向'皇军'求了情，放你们回去，回村后不许乱说……"

江志海看完信，冷笑着说："龟川怕我们不上钩，还故意造假情况，催我们上岛。这就证实了敌人的战艇没回鱼口岛，而是隐蔽在苏石岛前怀，也更证实了龟川肯定是带着鬼子躲在凤尾岛上。他现在想用这种自欺欺人的办法来引诱我们上岛，这只能说明他们已经到了穷途末路的地步，再也拿不出什么新鲜花招了。"

孙勇笑着说："他这叫一厢情愿，尽想好事。"

于成龙说："咱们还是坐在家里就着四个小菜碟喝酒，不理龟川那块大咸菜。"

"不管敌人怎么样，"江志海认真地说，"咱们还是要遵照毛主席的教导办事，既要藐视他，又要重视他；既不要松懈斗志，也不要失去警惕。"

三

吃好晚饭，江志海召集班以上的干部开会，检查战斗准备工作，从思想上、战术上和器材准备上，一个一个地进行了落实。最后，他要求各排长："要作好一切准备，有战机则打，无战机则等，求得不打则已，一打则胜。这个胜就是以打沉敌艇为目标，争取打响海战的第一炮。"

会议开得很热烈，结束的时候，天已经快半夜了。按照原来的规定，于成龙到岛上取情报，上半夜就该回来了，可是，散会以后又等了一阵，仍不见他的影子。江志海到海边去看了两趟，并询问了岗哨。哨兵说，岛上和海上都没有发现引人注目的情况，也没有听见敌艇开动的机器声音。

于成龙不回来，这不仅对龟川搞的诡计不能见分晓，而且最挠头的事情，就怕万一内线关系和徐生出了事，于成龙不明情况，中了敌人的顺手牵羊之计。

江志海在屋子里来回走了多时，焦急的情绪才渐渐冷静下来。他卷了一支烟，划火点着了，一边吸着，一边从挎包里拿出一本黄色标语纸印的《论持久战》，坐在灯下，聚精会神地学习起来。

"我们方面，尚可有意地制造敌之错误，即用自己聪明而有效的动作，在有组织的民众掩护之下，造成敌人错觉，调动敌人就我范围……"对这段教导，江志海反反复复地看了好几遍，他越学觉得心里越亮堂，好像毛主席在几年前写的这段话，就是为他们即将去进行的这场海上战斗而写的一样。于是，他翻干笔记本，在上面写道："和敌人的战艇作战，从武器上说，敌是优势，我是劣势，因此不能力取，只能智胜。智胜的条件：一，充分发挥'自己聪明而有效的动作'；二，依靠'有组织的民众掩护'，'造成敌人错觉'，即使敌人判断错误，造成我方有利的歼敌时机。"

桌上的鱼油灯灯光在跳动着。涨潮的浪声，不时地传到这间还亮着灯光的小草屋里。

江志海正边读着毛主席的光辉著作，边思考着即将进行的这场海上战斗，院子里忽然传来了急促的脚步声，紧接着，于成龙一脚从门外跨进屋来。他闪动着大眼，眉飞色舞地说："江连长，龟川中计啦！"

江志海一听，高兴得站起身，忙拉于成龙坐下，急切地问："怎么个情况，快说说。"

于成龙喘了口气，然后把龟川中计和搞假撤退的情况，从头到尾，仔仔细细地向江志海汇报了一遍——

自从龟川损机失船大败而归以后，他就怀疑武孝同和张铁心私通八路。运输船被截，龟川认为是武孝同派他的小舅子向八路送的礼。后来，山岛电示龟川，叫他用明撤退、暗埋伏的办法，把岛上的一半兵力，由他亲自率领，悄悄地埋伏在渔行里，支好火网，单等我军民上岛搬运弹药和物资时，用火力把我们消灭在码头上。敌人的战艇都隐蔽在苏石岛前怀，等凤尾岛上的枪炮一响，战艇就一齐出动，从海上截断我们的退路，用炮火把木船击沉在海里。敌人搞假撤退的目的，是想一箭双雕，既可以消灭我们上岛的部队，又可以侦察出我们在岛上和武孝同联系的暗探。结果，我们没有去上当，龟川在渔行里白遭了一天罪，天黑以后，战艇只好偷偷地开回凤尾岛。敌人一下船，就装着岛上没有伏兵的样子，摇旗呐喊着把凤尾岛包围起来，挨家搜查八路，并且把徐生捉到伪军队部进行审问，问他到码头和渔行周围察看什么，为什么派人到岛北岸去？徐生说，是陈特务长通知他，说"皇军"要撤退到鱼口岛去，叫他派人通知岛北岸的渔民，可以出海打鱼。徐生一口咬定他是按陈特务长的通知办的，所以敌人审问了小半宿，也没找出破绽来，最后只得把他放回村公所。因为敌人防守太严，伪军关系找不到机会出来和徐生接头。半夜时分，龟川接到山岛打来的一份电报，就把武孝同扣起来了，伪中队长的职务，暂时由陈小鬼代理，又把原来巡逻艇上的伪军进行了调换，吴有顺这个班现在调到了二号艇上。调好以后，他借着到村公所找徐生要给养和海味的机会，才把情报送了出来。于成龙在陡崖下一直等到半夜过头才拿到情报，所以回来晚了。徐生还嘱咐，以后取情报，改在第二个地点，防止敌人对这里注意。

江志海津津有味地听完了于成龙的汇报，然后说："根据这些情报来看，可以肯定地说，山岛和龟川定的诡计叫我们看穿了，而我们定的计，他却乖乖地上了钩，替我们除掉武孝同这个大汉奸，这对我们消灭敌人帮了大忙。我们和龟川唱的这出文武带打的戏，文戏已经唱完，只剩下紧张的武戏了。"说到这里，他笑着对于成龙说，"成龙同志，你和你舅徐生同志在这出海战龟川的戏里，为党和人民立下的功劳不小啊！"

于成龙被江志海最后一句表扬的话说得脸红起来，他不好意思地说："我们做得太少啦，主要还是靠八路军同志。"

江志海说："不，八路军没有民兵配合，没有人民群众的支援，是不能打败日本侵略者的。咱们今天天亮以后，就来演一出军民齐心巧安排，准备金钩钓海鳖！"

第十四章　诱敌上钩

一

孙勇从连部回到排里，躺在炕上，翻来覆去怎么也睡不着，心里老是想着眼前的胜利形势和即将进行的海上战斗……他竭力地控制着脑子，想刹下车来，争取在拂晓前闭闭眼，打个盹，消除一下疲劳，以便天亮以后，好有充沛的精力，完成海战任务。可是不行，心里越想刹车，车越停不下来，一直到不知哪家的雄鸡"喔喔喔"地叫了头遍，他才迷迷糊糊地睡着了。

孙勇睡得正香甜的时候，忽然，岗哨跑进屋来叫醒了他："排长，前海边有敌艇的响声！"

孙勇一听，翻身从炕上爬起来，急忙问："你看见了敌艇没有？"

哨兵说："海上雾大，天又黑，什么也看不见。"

在外屋睡觉的一班听说敌人的战艇来了，都立刻从铺上爬了起来。孙勇命李大成赶快把全排集合到大门口待命，他背上枪，准备到连部去向江志海请示怎么办。刚走出街门口不远，迎面碰上江志海带着小周从连部急匆匆地走来。孙勇说："连长，敌人可能想利用大雾天，用炮火来袭击我们。"

话音还没落，于成龙和周大爷也跑来报告说："在大鹰嘴前面的海面上，听见有敌艇的机器声，因为海上雾大，看不见有几只。"

根据现有的情况，江志海估计：一是敌人可能用声东击西的战术，在东面炮击寨前村，吸引我们的兵力，而他们的主力却从西边冲进海口里面抓商船和渔船；二是今天早晨刮的是西南大风，敌人可能估计会有从苏北开来的商船，所以敌艇都开到我海口外边，准备进行截击。于是，他命孙勇带着一排和民兵，防守村东南海岸，防止敌人从前海湾登陆；命于成龙通知村干部，把村里的老乡迅速撤出村去；命小周去通知二三排，要坚守大虎山，用火力控制海口，打击敌艇向海口里面的进攻。

孙勇带着一、二班和机枪班，刚跑到村中间的大街上，正好和于大娘碰了头。于大娘没等孙勇开口，就抢着说："孙排长，你们只管打你们的仗，不要管我们老百姓，俺这村跑鬼子有经验哪！"说完，就消失在浓雾中……

江志海站在村东海岸的高地上，眼前一片白茫茫，就像用白布遮着眼睛，二三十步以外，什么也看不见。他侧耳细听，远处海面上隐隐约约传来了一阵阵"嗡嗡"的机器声音。这声音正南有，正西有，好像寨前村的前海面上也有。因为雾大，看不见目标，敌人显然不敢向海边上靠，怕战艇触到礁石上。

突然，从寨前村西南的海面上，传来了激烈的枪炮声。

周大爷看着枪炮齐鸣的海面说："江连长，今天西南风很大，敌人在海里打枪打炮，可能是追击由苏北开来的商船。"

"对！"江志海赞同说，"咱们准备好大土炮，掩护商船开进海湾。"

于成龙和周大爷指挥着民兵，把大土炮架在前沿阵地上，战士们也都把枪口对准了海面。

天亮了。在薄雾中江志海发现，有两只升满篷帆的大商船，风快地朝寨前村的前海湾驶来，两只敌艇随后用炮火紧紧地追击着。

前面的一只商船安全地驶进了海口。后面的那一只，不幸被炮火击中，物资起火，船面立刻被浓烟包围。在进海口时，因为跑得太急，结果搁浅在沙滩上……

敌人以为岸上没有防备，便直追过来。江志海等敌艇离海口约一百米时，眉头一皱，大喊一声："打！"

命令一出口，顿时，大土炮、轻机枪、排子枪一齐怒吼起来。刚冲到海口边的敌艇，被这突然的轰击打得惊慌失措，开着倒车向后退去……

江志海带着部队和民兵跑下阵地，一直跑到海口外边，去抢救商船。商船上的船员见敌人跑了，有的跳下船去，站在齐腰深的海水里，向海里推船，有的从船上往下扔水桶。江志海带着孙勇和于成龙，不顾船上的大火和浓烟，飞身爬上船去。站在船下的战士和周大爷他们，把一桶桶的海水递到江志海他们手里，泼在正在燃烧着的棉花包上。

敌艇退到大土炮轰击不到它们的海面上，开始向救火的人群轰击。炮弹在商船周围爆炸着，激起了一个又一个的水柱。江志海一面救火，一面对站在水中的战士们喊着："快把船推到深水里，开进海湾里边，防止炮弹把船打碎。"

这时候，于大娘和王桂芬带着二十多个妇救会员，周金保带着十几个儿童团员，都肩挑水桶，跑到海边上来参加抢救商船的战斗。

真是人多力量大。大家一齐动手，很快把船上的大火扑灭了，船也被推到了深水里。商船避开敌艇的炮火，开进了海口。

两只敌艇打了一阵炮，没捞着什么便宜，夹起尾巴向凤尾岛撤去。

全村的群众、民兵和部队都来到晒鱼场上。卫生员迅速地给几个负伤的船员进行了包扎。两个伤重的，由民兵用担架抬着，送往后方医务分所治疗去了。

江志海心情沉重地站在场中间的一块大石头上，愤怒地说："乡亲们，同志们，敌人封锁我们的海口，抓我们的渔民，拦截我们的商船，抢劫我们的物资，打伤我们的同志，这笔账我们一定要向敌人清算!"

"血债要用血来还!"

"给他点厉害看看,叫小鬼子知道知道咱根据地的军民不是好惹的!"

"对!"江志海斩钉截铁地说,"我们一定要坚决消灭龟川这股敌人!打破敌人的封锁,保卫我们根据地海路的畅通!"

东面的半边天空,泛起了一片鲜红霞光。一轮火红的太阳,从碧蓝的大海东边升了起来,越升越高,金光四射,它向人们预告着:新的战斗的一天,又开始了。

二

党支部决定:这次海战任务,由一排去执行。

吃过早饭,江志海为了慎重起见,又到一排把各班班长召集在一起,把战斗计划又重新研究了一遍。对有些不足的地方,又作了补充。最后,确定中午开始行动,由孙勇带着一班,执行初次海上炸敌艇的任务。

李大成、毕大牛和刘海三个人,跟着江志海到连部进行乔装改扮。这次化装,简直比宣传队演剧时还认真,还仔细。

刚化好装,孙勇进来了。他左看右看,李大成和毕大牛站在他跟前,都看不出他俩的胡须是假的,他俩的全身打扮,真和老渔民一模一样。他暗暗佩服江志海工作的细心。

这次,江志海接受屡次奇袭战斗的经验教训,不仅亲自动手化装,而且化完了还叫李大成和毕大牛站在一千米、五百米、二百米的不同距离,让他举着望远镜观看,看看是否能看出破绽来……

参加战斗的干部和战士们化好了装,江志海又一个一个地检查一遍,最后满意地对孙勇说:"咱这个'打猎队',搭配的老少三辈都有,这就是卖什么吆喝什么,装什么得像什么。敌人就是用望远镜,也别想看出半点疑点来。"

孙勇说:"过去咱们多次化装奇袭敌人,数这一次化装最好。你看李大成活像个六十多岁的老爷爷,毕大牛就像个四十多岁的中年人,刘海像个十六七的小伙子。老爷爷领着儿子和孙子打鱼,敌人是不会怀疑的。"

孙勇这一说,李大成和毕大牛捂着粘满胡子的嘴直笑。

"排长,你说话太不公平啦!"刘海噘着嘴说。

毕大牛打趣说:"刘海,你别看装孙子辈小,在咱们排里,别人想装还不够格啦!"

孙勇说:"在咱们革命队伍里,只要是为了打鬼子,装什么都光荣!"

被毕大牛和孙勇一说,大家都哄然大笑起来。

三

天傍东南晌的时候,"打猎队"出发了。他们在大虎山北头的海边上了船,孙勇、李大成和刘海摇着一只,毕大牛自己摇着一只,江志海带着机枪班坐着一条比较大一点的渔船,由于成龙和机枪班长郭喜摇橹,向港西岸驶去。

海面上风平浪静。三只小船齐头并进。大家坐在船上,又说又笑,好像不是去打仗,活像在游海观景。

出了海口,孙勇、李大成和刘海的小船在前,毕大牛的小船在后,直向海口外边的海面驶去。

江志海他们坐的那只船,靠到海口西边的山根下,停泊下来,假装着靠岸边歇息。机枪班隐蔽在船舱里。于成龙和郭喜坐在船面上,装着吸烟啦呱。江志海蹲在前舱,举着望远镜,注视着前方。

孙勇他们把船一直摇到海口正南离岸边约有三千多米远的海面上,李大成和刘海抛下了前后锚,船头和船尾的缆绳把船拉得紧紧的，因此，小船只能随浪摇动，却不能离开原位。毕大牛的船没有抛锚，但也只在附近活动，不离孙勇他们太远。两船所处的位置，是敌巡逻艇往返巡逻的必经航线，也是往常渔民打鱼和钓鱼的渔场。

江志海蹲在船舱里举着望远镜观看，只见孙勇头戴草帽，赤着脚板，站在船头，正向海里放钓鱼线；李大成也头戴草帽，赤着脚板，蹲在船面上，用身体遮挡着，把周大爷昨天晚上准备好的两大桶活蹦乱跳的大加吉鱼，先一条一条地钩在钓鱼线上，然后，再一个一个地放进海里；刘海光着头，身穿一套青色的破衣服，站立船尾，两手扯着鱼线，装着钓鱼的样子。李大成把钓鱼线放到海里不大工夫，刘海就扯着钓鱼线往上一拉，一条活蹦乱跳的大加吉鱼就从海里拉上船来。他们一面"钓鱼"，一面紧盯着凤尾岛口外往返巡逻的那只敌巡逻艇。江志海一移镜头，只见毕大牛站在船面上，也不时地从海里往上拉着活蹦乱跳的大鱼……

江志海正在心里赞叹他们四个人这出戏演得逼真，忽然发现在凤尾岛西南转悠的那只敌巡逻艇，朝着孙勇他们的小船开了过来。他忙把望远镜对准敌艇观察：只见甲板上站着十多个日伪军，一个鬼子官举着望远镜，一面向前观看，一面咧着大嘴直笑，三个伪军围着他，指手画脚地不知道在说些什么。

敌艇劈开海浪，直向孙勇他们的小船扑去。

江志海兴致勃勃地对郭喜说："看样子，鬼子这次要咬钩了！"他把望远镜递给郭喜，"你看看这出精彩的戏吧！"

郭喜没有接望远镜，却打趣说："连长，还是你看到底吧！你是指挥员，将来评论这出戏唱得好坏时，要做中心发言哪！"

"好！我就当这个中心发言人。"江志海站起身来，"咱们摇过去，给孙排长他们助一臂之力。"

于成龙和郭喜摇起橹，小船离开海边，朝孙勇他们"钓鱼"的海面驶去。

敌艇在猛驶前进。孙勇、李大成、刘海和毕大牛他们站在船面上,不慌不忙,一个劲地往船上拉鱼。船面上,一大堆加吉鱼被太阳照得闪闪发光。

敌艇离渔船有五百米远的距离时,江志海看见拿着望远镜的鬼子一嚎叫,接着机枪就开了火。子弹像雨点似的落在两只小船周围的海面上,溅起无数水花。

孙勇、李大成和刘海都倒在船舱里,毕大牛也跟着倒了下去。

敌艇继续向渔船靠过去。江志海他们的船也朝着渔船疾驶。这时,江志海站在船头,高兴地说:"戏的精彩地方,就在孙排长和李班长他们倒在舱里这一手!"

敌艇离渔船约有一百米时,放慢了速度,机枪也停止了射击,慢慢地靠了上去。

郭喜两眼紧紧地盯着敌艇,担心地问:"孙排长他们是不是负伤了?"

江志海沉着地说:"放心吧。"他低声命令郭喜把机枪瞄准甲板上的敌人,准备掩护孙排长他们动手。

这时候,孙勇、李大成、刘海和毕大牛都从舱里爬上舱面。李大成和刘海脸背敌艇,蹲在船面上,往大鱼筐里拾着活蹦乱跳的大加吉鱼;孙勇和毕大牛站在船头,紧张地往上扯着钓鱼线,好像是要急于离开这里。

敌艇靠近了小船,艇上十几个日伪军,都站在甲板上,朝着小船指指画画,狂喊乱叫。在拿望远镜的鬼子官身旁,有一个小头小脑的伪军,瞪着一对老鼠眼,用手指着渔船上活蹦乱跳的大加吉鱼,馋相十足地说:"太君,好大的加吉鱼哟!"

鬼子点着头,命令说:"好的,好的,加吉鱼统统的搬上艇来,咪西咪西的有!"

那个伪军得令,就像饿狗扑食一样,马上用枪指着孙勇他们喊道:"打鱼的,赶快把鱼给'皇军'搬上来,'皇军'保护你们的生命安全。"他又把枪口指着毕大牛,像狼嚎似的喊着,叫毕大牛把船摇过来。

毕大牛的任务,是配合孙勇他们对敌人下手,等他们拉了导火索,在炸药还未爆炸以前,把他们接上船来。所以伪军一喊叫,他就顺水推舟,借着敌人送来的方便,摇着橹,慢慢地朝敌艇靠过去,以便相机配合孙勇他们的炸船动作。

孙勇控制着满腔怒火,装着顺从的样子说:"老总,我们钓这点鱼不容易,还要靠它养家糊口,给'皇军'一半吧?"

"他妈的,"那个伪军骂骂咧咧地用枪指着孙勇,"都得给'皇军'搬上来!不搬老子就开枪崩了你们!"

孙勇装着害怕的样子,两手把着敌艇甲板边上的铁栏杆,使小船紧紧靠在敌艇上,一面扭头向李大成和刘海丢了个眼色。李大成和刘海站起身来,低着头,装着不情愿的样子,把一大筐鱼慢吞吞地抬上了甲板。

那个伪军用脚踢着李大成和刘海的大腿,神气活现地骂着:"他妈的,'皇军'吃你们几条鱼,你们舍不得,是想留着给八路吃是不是?快!快把鱼抬到舱里,别叫太阳晒臭了。"

李大成和刘海心里怒火腾起,但为了完成炸船任务,便强控制住自己,心里暗暗地骂道:"你们这些蠢鳖,光看鱼,不见钩,这回叫你们坐着土造飞机到天空中去吃加吉鱼吧!"

孙勇、李大成和刘海对付敌人的一举一动,江志海都看得清清楚楚。这时,他看火候到了,就命郭喜准备射击,用机枪打蒙敌人,掩护李大成和刘海炸船。

当李大成和刘海把鱼筐抬到舱口的时候,江志海船上的机枪开火了!因为怕打着李大成和刘海,机枪打很高,密集的子弹,"嗖嗖"地尖叫着从日伪军头顶上飞过。敌人吓得顾不得看李大成和刘海往舱里抬鱼,都慌乱地卧倒在甲板上,嘴里乱叫着:"八路——八,八路——"

就在这一刹那间,孙勇从腰里抽出匣子枪,朝着甲板上刚卧倒的敌人"叭叭叭"打了一梭子子弹。李大成借着孙勇和机枪班打得敌人晕头转向的时机，眼疾手快地把鱼筐里的炸药包抱了起来，一拉导火索，扔到了船舱里。接着，他们三个人几乎同时从甲板上和渔船上跳到海里，像三条蛟龙，潜游而去。

敌人在慌乱中发现孙勇、李大成和刘海跳入海中，又听见舱里有"嗞嗞嗞"的响声，并且向外冒着白烟，吓得都张大嘴号叫着："不好——炸药——啊——"

孙勇他们钻出水面，都上了毕大牛的船。毕大牛使尽平生之力，摇着船向后猛跑。孙勇回头一看，只见敌艇一侧船舷，眨眼之间，"轰隆"一声巨响，一团巨大的火球夹杂着浓烟，腾空而起……

江志海站起身来，望着浓烟滚滚的海面高兴地说："炸得好！又断了龟川的一只胳膊。"

于成龙和机枪班的同志在船面上欢呼跳跃："炸得好，炸得妙，炸得鬼子哇哇叫……"

毕大牛摇着小船冲出浓烟的笼罩，两只船很快会合了。江志海和郭喜跳到孙勇他们的小船上，和孙勇、李大成、刘海、毕大牛热烈地握手，祝贺他们的胜利和成功。接着，两只船升起篷帆，掉回船头，乘风破浪向海口疾驶而去。

四

陈小鬼当上伪军代理中队长，心里对龟川十分感激。早饭以后，他本想随一号巡逻艇亲自出海巡逻，显示显示自己不辜负主子栽培的一片忠心。没想到，龟川把他从艇上叫了下来，对他说："一会的作战计划的研究，你的情况的了解，出海的不用。"

过了大约一个钟头，龟川果然派人来叫他到炮艇上去开会。陈小鬼急忙扎好武装带，背上匣子枪，服装整齐地跟着龟川的通信兵上了炮艇。

陈小鬼轻轻地走到龟川的卧室兼办公室的舱门口一看,只见龟川手里拿着一支红蓝铅笔,俯着身正在看铺在桌子上的一张地图。他脱下大盖帽子,走进门,双脚一并,刚要给龟川行鞠躬礼,突然,海上传来了"轰隆"一声巨响,就好像打了一个闷雷一样,震得炮艇直摇晃。

龟川毫无精神准备,手里的铅笔"啪嗒"一声掉在地上,两手扶着桌边,站在那里直愣神。陈小鬼正弯腰要鞠躬,艇身一摇晃,他上身不由自主地向前一冲,差一点没摔个"狗吃屎"。

两人回过神来,龟川在前,陈小鬼在后,跑出舱门,踏着扶梯上了指挥台。龟川举起望远镜向西南海面一看,只见一团滚滚的浓烟,像一座小山似的浮在海面上;两只升满篷帆的小船,飞驰着向大虎山西边的海口驶去。

龟川气得眼珠子都红了,大吼一声:"开船!"

炮艇驶出海湾,加足马力,朝浓烟滚滚的海面驶去。龟川站在指挥台上,举着望远镜,目不转睛地朝着正在不断扩大和消散的烟团观察,他盼望巡逻艇留在烟团当中,没有沉入海底。陈小鬼愣着两眼,像个泥胎一样,站在龟川身后。

这陈小鬼本名叫陈小贵,是沙土岛人。他爹是个老渔霸,因为他从小就帮着他爹出坏道道压迫剥削渔民,渔民们就把小贵改叫成了小鬼。抗战以前,他在烟台日本东亚洋行当过跑街,学了一口半吊子日本话。"七七"事变以后,鬼子侵占了烟台,他就当了汉奸。1940年春天,他随着鬼子的海军炮艇队侵占了鱼口岛,因为他和新投降的国民党地方武装武孝同是一个岛上的人,炮艇队司令山岛就派他到这个新改编的伪军中队当特务长,名义上是受武孝同的领导,实则是来监视武孝同的。现在武孝同被扣,他当了"代理",但神气了还不到一天,就遇上了这桩倒霉的事。

陈小鬼人愣站在那里,脑子里却在直转悠:上任头一天就遇上这么不吉利的事,怕以后要倒霉。自己今天幸亏被龟川叫了下来,要不然……想到这里,他浑身不禁起了一层鸡皮疙瘩。但转念又一想:咳,管他呢,生死由命,富贵在天,该死的活不了,该活的死不了,今天自己不死,正说明命大。以后只要好好跟着"皇军"干,升官发财,吃香喝辣,还是少不了的。目前的这点挫折,且硬硬头皮顶过去……

炮艇跑到正在逐渐扩散的浓烟近前转了一圈,龟川把身子探出窗外一看,只见海水一片油污,附近海面上,到处都漂着破碎的船板和伪军军装的破布烂片,被炸成碎块的日伪军尸体,随着海浪时起时没。

龟川惊恐地问站在他身旁的陈小鬼说:"陈桑,你看,八路是用什么新武器,把巡逻艇击沉的?"

陈小鬼知道,龟川这两天损船折机,挨了山岛的训斥,日子很不好过;现在又一艘巡逻艇被击沉,前账未了,又添新债,没法向山岛交代。他眼珠一转,赔着小心说:"太君,从刚才那像闷雷似的响声看,准是被八路的土水雷炸的。"

龟川点着头自言自语:"嗯,土水雷大大厉害的嘎。"

"这错不了。"陈小鬼见龟川同意了自己的分析,又进一步说,"太君,我估计,八路敢在战艇巡逻的航线上布设土水雷,说不定晚上他还会跑到凤尾岛海口外边布上土水雷,要是那样,对咱们的威胁就更大了!"

龟川一听,吓得倒吸一口冷气,忙说:"陈桑,你的看法统统地说出来。"

陈小鬼想吓吓龟川,叫他早些向山岛请求援兵,便信嘴胡诌说:"太君,今天吃早饭以前,我在岛顶上用望远镜看见,八路在寨山周围集结重兵,还在港汊子里边集结了许多渔船,我估计,八路可能想坐着张铁心押去的那只运输船和这些渔船,乘着黑夜来进攻凤尾岛!"

龟川咬着牙狠狠地说:"来的好,我的就是怕他不来!"

陈小鬼见龟川的脸上又充满了杀气，忙改口说："太君，我也不相信八路敢用木船和'皇军'的炮艇碰！"他抬眼看看龟川的脸，"不过八路的计策多，又不怕死，咱们还是小心点好。"

龟川思索了片刻，觉得陈小鬼的话也有道理，便命令日军上士发电报，把情况报告山岛司令官。

日军上士忙掏出拟电本和铅笔。

龟川两眼望着窗前："中午12时30分，一号巡逻艇在凤尾岛西边的海面上追捕两只渔船时，被八路的土水雷炸沉。"他眨着眼停了一会，"据侦察，八路在寨山一带集结重兵，还在港汊里集结许多渔船，有进攻凤尾岛的企图，请司令官速派兵增援。"

口授完电报，他又命炮艇开到大虎山前的海面上，距离老远，向着山顶猛开了一顿出气炮，才掉转船头，开回了凤尾岛。

午饭后不久，山岛就来了回电。龟川把陈小鬼叫到他的房间，满脸笑容，神气十足地说："陈桑，山岛司令官率领海军陆战队和工兵中队，乘'海鹤号'兵舰和扫雷艇，明天早晨在沙土岛登陆，从寨山东侧向西'扫荡'八路的重兵！"他指着摊在桌上的地图，"在登陆以前，扫雷艇先扫除沙土岛和寨前村海面上的土水雷，然后我们的在寨前村东南海岸登陆，配合山岛司令官，把八路……"他恶狠狠地作了一个一网打尽的姿势，"明白？"

陈小鬼看着龟川那洋洋得意的样子，咧着嘴奉承说："太君的高明！我看这回八路是上天无路，入地无门，一个也跑不了啦！"他又献策说，"我过去跟着'皇军扫荡'八路的时候，听说八路的兵书里有一句话，叫'敌驻我扰'。我看今天半夜，我们就可以用炮火扰袭住在寨前村的八路，叫他们睡不好觉，也侦探不出我们的情况，这样，就能为山岛司令官明天早晨在沙土岛登陆，起到配合作用。"

龟川听后，狂喜地拍着陈小鬼的肩膀说："陈桑，你的用八路的战术，打击八路，大大的好！大大的好！"

陈小鬼晕乎乎地咧着嘴笑着，好像胜算已经稳操在手了。

第十五章　海战龟川

一

季虹昨天回区委开完了会，本想第二天一早就回寨前村。没想到，拂晓前突然接到县委的通知：县委林政委今天上午在下庄区召开靠鱼口岛的三个区的区委书记会议，部署围困鱼口岛和对敌人开展政治攻势等工作，以配合我军的夏季战役攻势，所以她只得推迟到晚上赶回去……

天黑以后，三个排长正在连部向江志海汇报下午检查各班战前准备工作的时候，营部骑兵通讯员送来了营党委的一封指示信。

江志海把信拆开，靠在灯光下，聚精会神地看了起来。

排长们从江志海看信的表情上，就知道他的心情是很高兴的。他一口气看完了信，抬起头说："营党委对咱们上几次的战斗作了很高的评价，对下一步的作战计划也批准了！"

"那今天夜里就可以打啦？"

"党委批准了，当然可以打！"江志海高兴地说，"党委认为：我们打炮艇的办法，是以弱击强，以少胜多的巧妙打法，是符合毛主席军事思想的战斗计划的，要我们防止骄傲，认真吸取上几次海战的经验，高度发挥英勇善战的精神，求得迅速彻底吃掉龟川这股敌人，用海战的胜利，配合我军的夏季战役攻势！"他两眼看着排长们，问，"咱们这次打炮艇，要和攻碉堡一样，爆炸组和突击队必须配合好，才能保证胜利。你们看哪个班担任爆破任务好,哪个班担任突击任务合适?"

三个排长都争着要求把攻打炮艇的任务落实到自己排里,各说各的理由,互不相让。正在这时候,于成龙喘吁吁地闯进屋来,焦急地对江志海说:"江连长,糟啦!"

江志海莫名其妙地问:"成龙同志,什么糟啦?"

于成龙一面擦着脸上的汗水,一面火辣辣地说:"按照昨天改变了的接头地点,我把船停在鳖盖岛前边,从那里游到凤尾岛,在村西南角上的岸,从村北头摸到俺舅的房子后边,从后窗进了俺舅家。听俺舅母说,她门口有敌人的暗哨,盯着她家的门口,从前门根本进不去。今天吃完晚饭以后,伪军把俺舅抓去了,说他是八路军安在岛上的侦探,由陈小鬼亲自拷打审问。据俺舅母说,吴有顺昨天上了二号巡逻艇再没下来。俺舅母还听伪军说,今天咱们炸沉的那只一号巡逻艇,是叫八路的土水雷炸沉的。江连长,你看怎么办?"说完,他拿起碗来"咕咚咕咚"地喝了两碗凉开水,就一腚坐在炕沿上,不说话了。

孙勇说:"连长,看来今天晚上非打不可啦!不然,徐生同志和吴有顺同志就有危险了!"

江志海坐在那里半天没吭声。他皱着眉头,沉思了半天才说:"徐生同志被捕,不一定是敌人发觉了他向外边送情报,估计最大的可能还是敌人怀疑他和武孝同有联系。因此,敌人用敲山震虎的办法,把徐生捉起来再审问审问。我相信徐生同志会和上次一样,是有办法对付敌人的。"说到这里,他停了停,然后又冷静地说,"现在,我看总的情况没有变,并不影响我们歼灭敌人的决心。不过就怕我们刚把龟川这块肉吃到嘴里,还没有往肚子咽的夹当,万一山岛的援兵到了,那样我们就有吃不掉鳖肉,反而有被鳖吃掉我们的危险!"

这时候,季虹风尘仆仆地走进屋来。她一进屋门就抱歉地说:"江连长,我原来打算天傍黑就回来,没想到县委林政委召开的会议一直开到天黑才结束。我回到区委,鱼口岛敌工站又送来了紧急情报，情况有点变化！"

江志海急问："有什么变化？"

大家都用期待的目光盯着季虹，等候她回答。

"今天下午两点，龟川发电报报告山岛，说十二点半钟一号巡逻艇追捕渔船时，被八路的土水雷炸沉。还说寨山一带驻有八路重兵，企图进攻凤尾岛，请示山岛派兵增援。明天早晨山岛要亲自率领海军陆战队两个中队和一只扫雷艇，乘'海鹤号'小兵舰增援龟川……根据这些情况，林政委决定把三个区的区中队布置在沙土岛的沿海一带，配合民兵埋设地雷，伏击登陆的敌人。"

战斗当中的情况，真是变化多端哪！

听了季虹谈的情况，孙勇的心情很沉重，他担心倘若明天敌人的援兵一到，就会把我们过去已经吃掉的龟川的肉，又重新给它补上去！那么，再想消灭龟川这股敌人，战机就要重找了！他左思右想，苦无对策。忽然，他见江志海紧皱着的双眉慢慢地舒展开了，把手上的烟头往桌上一捻，站起身来说："我估计敌人的援兵可能水陆并进，一路由海上直到凤尾岛，一路由沙土岛登陆，从我们的左侧向寨前村进攻。这样，敌人就有可能造成对我们的夹击形势！另外，还要考虑到：敌人虽然说明天早晨行动，但从军事估计上来说，我们要准备敌人的行动可能提前。所以，我看咱们打的决心不变，但行动要提前，今天半夜就动手，争取在敌人援兵未到以前消灭敌人！不然，援兵一到，就失掉了战机，再打就困难了。"说完，他两眼看着季虹，意思是想听听她的意见。

季虹说："我同意今夜提前打！"

江志海转过头，冲着排长们问道："你们有什么意见？"

"同意！"排长们异口同声地说。

"好！那咱们就这样决定啦！"江志海果断地说。"季虹同志，你负责准备的战斗器材和炸药，在十一点钟以前能准备好吗？"

"除了炸药没搞到以外,其余的十一点钟以前都能送来。"

"好,不能失了战机,没有炸药也要打!"江志海看了一下怀表,"现在是九点半,确定十一点出发,这样还有一个钟头的准备时间。成龙同志,现在你就出发,到鳖盖岛上监视凤尾岛上敌人的活动,敌情若有变化,马上顺着我们去的航线回来报告。季虹同志,你还是留在家里坐镇,指挥打击登陆的敌人和照顾全面工作吧!"

"你还想不叫我去呀!"季虹显出一脸不同意的神气说,"这回我看咱俩应当合情合理地分工:你带着部队海战龟川,我带着民兵消灭岛上的敌人,你看怎么样?"

"好!就按你的意见办吧!"江志海半认真半开玩笑地说、"最后吃掉龟川这一仗,你这位女将出了马,保险旗开得胜,马到成功!哈哈哈……"

二

午夜,乌云满天,海面上漆黑一片,只听见海浪冲击着岸边的沙滩,发出"哗啦哗啦"的响声。

按规定的集合时间,孙勇提前把全排带到海边沙滩上。只见海边上停着二十多只渔船,每只船上站着两个摇橹的民兵。在海边的东南角,三排和一队整齐的民兵已经先来了,周大爷和刚参加民兵的周山,站在队伍的排头,两门土炮架在队前,向上扬着炮口,就像两只昂首蹲着的老虎一样。季虹身背匣子枪,雄赳赳地站在队前,正在进行战斗动员。

一排的战士们都光着头,上身穿着蓝色的小背心,下身穿着裤头,身上背着崭新的手榴弹,有的手拿挠钩,有的手持大枪,个个精神抖擞。

江志海带领大家刚要上船,于大娘和王桂芬领着十多个妇救会员,一手提着一泥罐子姜汤,一手拿着一小篓泥碗,匆匆忙忙地来到海边,见了战士们,二话没说,就拉着大伙喝姜汤。

于大娘一面端着碗往战士们手里送,一面嘱咐说:"同志呀,夜里水凉,喝点姜汤不闪着,好有精神打鬼子!"

李大成、毕大牛和刘海他们围着于大娘,一边喝着滚热的姜汤,嘴里感激地说:"大娘,你老人家太关心我们啦,我们这次打仗,一定抓个大铁船回来,给乡亲们开着去打鱼!"

"那敢情好啊!"于大娘望着这群生龙活虎般的小伙子,高兴得闭不上嘴。

喝完姜汤,部队和民兵上了船,小船排成一路纵队,徐徐离开海岸,向凤尾岛驶去。

江志海和季虹站在船头,观察着凤尾岛方向的动静。在这样紧急的时刻,指挥员的任何疏忽和大意,都可能给部队的战斗行动带来十分不利的后果。

四周十分安静,除了海浪撞击船头发出轻微而有节奏的"啪啪"声以外,别的什么声音都没有。江志海趴下身来,贴着海面向前看,忽然,他隐约听到从西南方向传来了巡逻艇的机器声。不大一会,借着海水的反光,影影绰绰地发现一只敌巡逻艇由凤尾岛北面朝着他们开来。看敌艇跑的劲头,好像已经发现了他们。江志海和季虹商量了几句,就命李大成升起篷帆向东南跑。指挥船一升篷帆,后头的船也都跟着把篷帆升了起来,飞快地向东南奔驰而去。

没跑多远,孙勇回头一看,只见敌艇沿着岛的东侧向南开去了。

于是,船队又跟着指挥船落下篷帆,掉转船头,跟在巡逻艇的后尾,继续向凤尾岛驶去。

季虹扭头对江志海说:"敌人这是心虚,怕我们进岛打他们,才围着岛转圈子壮胆。"

孙勇笑着接过话茬:"不!这是龟川给我们派的尖兵,领着我们进岛去收拾他!"

船队穿过凤尾岛和绿山岛之间的海面时,发现于成龙摇着小船迎面而来。江志海估计一定发生了什么新情况,便命李大成停船,整个船队也跟着在附近停泊下来。于成龙的小船像飞一样地驶到近前,他跳上指挥船,急忙向江志海和季虹报告了刚才发现的一些情况——

他按照江志海的指示,摇着小船到了鳖盖岛的前怀,下船刚上岛顶,就看见炮艇开出了凤尾岛的海湾,沿着岛西侧向寨前村的方向驶去。那只巡逻艇一直环岛巡逻,岸边上好像也加强了岗哨。为了搞清敌情,他游到岛西南角下,正想向岸上爬的时候,忽然听见附近传来了脚步声。他急忙隐蔽在靠岸边的一个石硼后边,打眼向岸上仔细一看,只见两个伪军岗哨,胳肢窝下挟着大枪,一边慢吞吞地走着,一边说着话:"半夜三更的,炮艇开出去干什么?"

"你没听见陈队长训话的时候说,龟川太君今天晚上要先给八路熏熏迷魂香,把他们迷糊住了,明天早晨山岛司令官和我们从两边一登陆,就把八路包饺子喽!"

"你他妈别光想吃人家的饺子,你就不怕八路的土水雷把咱们在海里下了饺子!"

"别说丧气话,不吉利。"

两个伪军走远了,于成龙赶紧游回鳖盖岛,摇船回来报信,正好在这里碰上了。

听完汇报,江志海估摸着说:"季虹同志,根据敌人炮艇北去,岛上的伪军没动,再加上两个岗哨说的这些话来判断,我看最大的可能是,敌人想先用炮火扰袭寨前村,造成我们的疲劳和错觉,以便为他们的登陆创造更好的条件。另外,也可能因为今夜是西南风,敌人把炮艇开到我们港汊子口门外边,等着抓南方来的商船……"他沉思了一下,"不过这个可能性比较小。"

季虹和孙勇都同意江志海的分析。根据变化了的情况,下边怎么办?现在船队正在海当中,若是按原定的计划打,炮艇不在，光消灭岛上的伪军，敌人听见枪声，把炮艇开回来，就会使我们处于极其不利的地位。不打吧，现在往回撤，又怕在海上遇着炮艇，木船和炮艇对抗，不用智取，光靠硬打，显然是要吃亏的。

三个人研究了一阵，最后决定：先把船摇到鳖盖岛前怀隐蔽下来，炮艇回来就打；炮艇不回来，就在拂晓以前，乘着顺风顺浪，把船队开到牛头山下登陆。

船队掉转方向，准备向鳖盖岛进发的时候，忽然从寨前村方向，传来了激烈的枪炮声。

船上的人都急忙扭头向北看，只见寨前村上空火光闪闪，被炮弹打着火的房子，火焰冲天而起，映红了半边天。

江志海咬了咬牙，仍然坚定地按照计划，带领船队驶到鳖盖岛前怀，停泊下来。船一停稳，他和季虹、孙勇三人登岸爬上岛顶，蹲在一块大石头旁边，观察起情况来：只见那只巡逻艇已由岛南转到岛西。在码头北边敌人住的渔行和还没修成的碉堡里，时隐时现地闪着萤火虫似的亮光。

这时候，寨前村方向的枪炮声已沉寂下来。大约过了一个钟头，敌炮艇开了回来。

孙勇小声问江志海："连长，现在打还来得及来不及？"

江志海抬头望了望东边的夜空，见启明星还没露头，便说："来得及，咱们争取速战速决，不要拖泥带水，以炸沉炮艇为主要目的。"他又转向季虹，"季虹同志，你的意见呢？"

"我没有意见。鬼子没有了炮艇，也就没有了海上优势，他封锁咱海口的计划就破产了。干吧！"

炮艇开进港湾，靠好了码头，关了机器。借着岸上昏黄的灯光，可以看见甲板上有两个黑影在晃动，显然是站岗的鬼子兵。在指挥台顶上，架着一盏探照灯，贼亮的光柱，一会扫过海面，一会扫过海岸……

又过了大约半个钟头，江志海掏出怀表凑到眼前看了看，然后对季虹说:"看样子敌人折腾累了,现在大概睡觉啦,咱们动手吧!"

季虹赞同地点了点头。

江志海立刻命令孙勇:"在接敌以前,为了不使敌人发觉我们的行动,你带着尖刀班,先游到海湾东南角,借着礁石的遮挡,休息一下,然后把海边上的岗哨摸掉,就开始进攻。你们一打响,我就带着突击队冲上去。只要先把炮艇打哑巴了,岸上的伪军就没有咒念了。"

"坚决完成任务!"孙勇坚定严肃地说。

"季虹同志,等尖刀班靠上炮艇的时候,你就带着三排和民兵,由岛的东南角登陆,把渔行里的伪军包围起来,先开展政治攻势,如果敌人不缴枪投降的话,再开始打。"

"好!"季虹满怀信心地说。

从岛顶上下来,孙勇命李大成、毕大牛和刘海在前头做尖刀尖,他带着手拿挠钩的尖刀班,鱼贯而入地钻入海中,向前游去。探照灯光柱掠过海面时,他们就潜游前进;探照灯光柱掠过海岸时,就蛙游前进。

李大成、毕大牛和刘海游到岸边,按照上次夜探凤尾岛上岸的经验,悄悄地爬上岸,顺利地把两个伪军岗哨干掉了。

接着,他们下水游到了炮艇跟前。刘海背着一块渔网,一直游到炮艇的后尾,把渔网缠到螺旋桨上,孙勇在后边看着李大成和毕大牛伸出了挠钩,但当挠钩刚钩上船舷边上的栏杆时,站岗的鬼子大概听见了响声,就手扶栏杆,探头向船舷下张望。李大成眼疾手快,唰啦一下举起挠钩,用钩爪钩住鬼子的脖子,使劲往下一拉,只听鬼子哇地叫了一声,就一头栽入海中。

在后甲板上站岗的鬼子,发现了李大成他们的活动,一边狼嚎一样地叫着,一边慌乱地打起枪来……

孙勇当机立断,大喊一声:"上!"

随着话音,李大成他们三个像闪电似的,把挠钩钩在铁栏杆上，抓着木杆，纵身翻上了甲板。跟着，孙勇也带着尖刀班翻了上去，并且指挥三个战士去抢占了指挥台，干掉了鬼子的舵手。

在几乎同一个时间里，江志海指挥突击队乘坐的三只小船，也飞快地向炮艇冲了上去……

孙勇指挥着李大成、毕大牛和刘海一个点地向后甲板投手榴弹，站岗的鬼子被手榴弹炸倒在甲板上，哇哇直叫。

战斗正紧张的时刻，炮艇突然发出刺耳的怪叫和一阵阵急促的机器声。

突击队登上了炮艇，江志海就指挥着战士们向后甲板和船舱里猛投手榴弹。

龟川在指挥舱里睡觉，他被第一批手榴弹的爆炸声惊醒，像触电似的滚到床铺底下，又仓皇地爬起来，一手从舱壁上摘下战刀，一手从皮盒里往外掏枪，指挥着舱里的鬼子往外冲。

舱里二十多个鬼子不顾手榴弹在舱口周围爆炸，从舱口里没命地往外爬，有的还没钻出舱口，就被炸倒了。

龟川光着头，上身穿着白衬衫，下身穿着裤头，一边狂吼着，一边亮着战刀，赶着鬼子向前甲板上冲。

孙勇一看，估计手拿战刀的这个家伙就是龟川，心想："龟川，你不要张牙舞爪，今天要喝你的鳖汤啦！"

前后甲板上，江志海带着战士和鬼子展开了激烈的战斗。鬼子有的被手榴弹炸死，有的被炸伤，有的一看不好，又钻到舱里。炮艇因为抛了锚，螺旋桨又被渔网缠住，机器虽然发动了，但却不能跑。

战斗警报一个劲儿地怪叫着，有的鬼子不顾手榴弹的爆炸，又从舱里爬了出来。李大成、毕大牛和刘海端着刺刀，向后甲板冲去，和鬼子展开了白刃格斗！

战斗打得正激烈的时候，突然从孙勇身旁的一个舱口里，钻出一个秃头的家伙，拾了一支被炸死的鬼子丢下的步枪，照着孙勇就要开火。江志海眼疾手快，飞起一脚踢掉了他手中的步枪，孙勇甩起匣子枪准备结果了他,只听这个家伙大叫:"八路别打我呀,我是被龟川押在舱里的,我叫武孝同啊!"说着扑向栏杆,就要往海里跳。

江志海一听,怒火升腾,骂道:"你这个汉奸,现在是向你讨还血债的时候了!"甩手一枪,把这个汉奸的脑袋打开了花。

龟川亮着战刀和毕大牛格斗。鬼子的机枪也搬上了后甲板,有两个战士被打倒了。整个甲板上,枪声、喊杀声和刺刀、战刀碰击的"铮铮"声,响成一团。江志海一面射击,一面大声喊:"快往机舱里投手榴弹!"

刘海刺倒了一个敌人,听江志海一喊,立刻匍匐爬到机舱口,把两颗手榴弹甩进机舱里。机舱里的油箱被炸破起火,浓烟从舱口"突突"地往外直冒。随着滚滚浓烟,火舌也呼呼地蹿出了舱口,烧着了指挥台……

江志海一看火势太猛,在艇上没法战斗,就一面命人把牺牲和负伤的同志先救下炮艇,放到小船上,一面指挥着继续战斗。恰好熊熊的烈火从炮艇中间把他们和敌人隔开了,他们和敌人就在甲板两头,展开了激烈的射击战。西南风把大火吹向后甲板,敌人被烧得像热锅上的蚂蚁似的团团乱转,在火光的照耀下,江志海看见龟川慌了神,举着战刀踩着脚狂叫:"跳海!"他带头"扑通"一声,先跳下海去,艇上剩下的十几个没被打死的鬼子,也紧跟着跳进了海里。

炮艇上的战斗停止了。敌人在海里像落网的鲨鱼一样乱扑腾,妄想挣扎逃命。

江志海命令孙勇说:"赶快上小船,收网抓鬼子!"

战士们跳上了小船,不大工夫,炮艇上发出"轰轰轰"的几声巨响,原来是大火烧着了艇上的弹药仓。一连串震耳欲聋的爆炸,震得小船直晃荡。

火越烧越旺,整个炮艇像个大火球,把附近海面照得一片明亮。

毕大牛和刘海站在船上，用挠钩像钩猪一样把一个鬼子拖上了船。他俩高兴地大喊："不用打枪，快用挠钩往上钩啊！抓活的！"

"这个办法好！"江志海被他们的高兴心情感染了，"昨天咱们是姜太公钓鱼，愿者上钩；现在咱们是海里抓龟川，不愿上钩就强迫他上钩！别叫龟川跑啦！"

江志海一声令下，战士们的喊声像雷鸣一般："快用挠钩挠啊！别叫龟川跑了，抓活的！"

覆灭的命运已经注定了，但龟川还想作最后挣扎，他挥舞着战刀，游着扑向江志海他们的船头。李大成在艇上的战斗中左手负伤，这时，他愤怒地忍着伤口的疼痛，使劲伸出挠钩去钩龟川。龟川见形势不好，举刀想去砍断挠钩杆，不想被李大成顺手一拨，把战刀打落海里。龟川手无寸铁，趁李大成再把挠钩伸过来之前，一头潜入水中，企图游上码头逃跑……

"连长，龟川想跑，我下海去把他抓上来！"毕大牛说着就要往海里跳。

江志海一把抓住他的手腕子说："不能再拖时间了。"

没过多大工夫，海面上露出一个白光光的大秃头。在火光的照耀下，只见江志海随着小船一起一伏地颠簸，他上身一侧，来了个海中探月的姿势，把大肚匣子一甩，朝着龟川的秃脑袋"叭叭"就是两枪，龟川肥胖的身躯在海里翻滚了两下，像条大鲨鱼似的沉到水里不见了。

跟着龟川跳到海里的十几个鬼子兵，除了被毕大牛和刘海用挠钩钩上来的一个活着以外，其余的也都和龟川一样，沉入海底喂王八去了。

这里战斗刚结束，在外面巡逻的那只巡逻艇，拉着一长声两短声的汽笛，直向海湾里开来。

江志海一听这信号，高兴地说："吴有顺同志押着巡逻艇投降来啦！咱们把船摇到码头上迎接他们去！"

江志海他们刚刚上岸，巡逻艇也慢慢地靠上了码头……

三

岸上，敌人的据点尚未修好，碉堡只修起两层，大部分伪军都住在渔行里。在碉堡和渔行周围，拉着带刺的铁丝网，铁丝网外面是壕沟，壕沟外面还有一层鹿寨。据点南面和西面紧靠着海边，只有从东面和北面，才能接近进行攻击。

和江志海他们开始向炮艇进攻的同时，季虹指挥着部队和民兵，从岛东南角上了岸。她命于成龙带着民兵从据点北面，命三排长带着全排和机枪班从据点东面，迅速将据点包围起来。等江志海他们那边一打响，她这里就向据点发起进攻。

这天下半夜，龟川坐着炮艇去扰袭寨前村去了，陈小鬼躺在碉堡里的木板床上，像驴打滚似的，翻过来覆过去，老是睡不着。自从龟川扣押了武孝同，命他代理中队长以来，在这一天两夜当中，他吃饭咽不下，睡觉不安稳，老是盼着龟川早些把武孝同枪毙了，他好把个代字去掉，当上正式的中队长。一会儿，他又盘算着明天早晨山岛带海军陆战队乘"海鹤号"小兵舰来增援时，把驻守寨前村的八路一消灭，他就武装整齐地去迎接山岛。瞅机会再奉承龟川几句，以换取山岛和龟川对他的欢心……他像黄鼠狼爬到房顶晒太阳一样，心里美滋滋地爬了起来，拿出一瓶酒和一包猪头肉，对着马灯，独酌起来。

几杯酒下肚，陈小鬼晕晕乎乎，好像自己升官的目的已经达到，不觉摇头晃脑，嘴里哼起："我本是卧龙岗散淡的人……"一句戏词没唱完，突然，一阵激烈的枪声把他从幻想的迷梦中吓醒了，他扔了酒盅，慌慌张张地趴在碉堡的枪眼上，向外察看……

这时候，季虹听江志海他们打响了，就命令开始向伪军展开政治攻势。于成龙举起喊话筒，朝着碉堡里的伪军喊道："伪军兄弟们，我们已经攻上了炮艇，鬼子完蛋啦！你们已经被包围啦，赶快投降吧！八路军宽待俘虏，缴枪不杀；不缴枪投降，只有死路一条！"

周山也接着喊道："不投降我们就开炮啦！叫你们坐土造飞机！"

陈小鬼一听喊话声和炮艇上的枪声，吓得头出冷汗，但仍壮着胆子，对刚爬起来正乱成一团的伪军们喊着："弟兄们，坚决守住碉堡，别听八路那一套。我们只要能打到天亮，山岛司令的援兵一到，八路就跑不了啦！"

碉堡里和渔行里的伪军乱喊乱叫着，有的从碉堡的枪眼里往外打枪，有的趴在渔行的院墙顶上，向外盲目地打枪……

季虹见伪军想进行顽抗，就命民兵用土炮向碉堡轰击，命三排用机枪瞄准院墙顶上扫射。土炮里装的铁沙子像雨点似的喷进碉堡的枪眼里，正在向外打枪的伪军有的被打瞎了眼，有的被打破了脑袋。趴在渔行院墙顶上向外打枪的伪军，被机枪一扫，有的中弹摔下墙去，有的又跑回渔行里，再也不敢露头了。

陈小鬼缩在碉堡角上，耷拉着脑袋，心急火燎地想盘算出一两个能救命的鬼点子来……

这时，外边又传来了周大爷的喊话声："伪军弟兄们，你们伸出头来看看，鬼子的炮艇起火啦！你们不要再犹豫了，你们是中国人，替鬼子送命是不值得的。"

伪军都面面相觑，碉堡里一片死静。忽然，有人大声喊起来："他妈的，我受够了鬼子和当官的气啦！再不给鬼子和当官的卖命了，我投降！"

"对！当官的不投降，我们投降。"伪军们骚动起来。

陈小鬼一看手下的兵土崩瓦解，心里更加恐慌起来。他瞪着一对惊慌的小眼睛，从碉堡的射击孔向海湾一看，炮艇上火光闪闪，浓烟滚滚，手榴弹的爆炸声响成一片。他知道大势已去，就像泥人见水一样，软瘫在碉堡里。他声音颤抖，对身旁的一个伪军说："你……你……你向八路喊话，请他们不要打枪打炮，等天亮了我们就投降。"

那个伪军把嘴对着枪眼,扯着嗓子朝外喊:"八路先生,你们别打枪打炮啦!陈队长说,等天亮了我们就投降。"

季虹知道这是陈小鬼想拖延时间,等山岛的援兵来救他的狗命,便立刻命令于成龙回话,要他们马上投降,不投降就再用炮轰。于成龙喊了一遍,听见里面在叽叽喳喳地议论,正好这时炮艇上传来震耳欲聋的爆炸声,伪军一看龟川完蛋了,纷纷从枪眼里扔下武器,举手出来当了俘虏。渔行里的伪军见碉堡里的伪军已经投降,也放下了武器。

这场战斗,只打了四土炮和两梭子机枪子弹,我军民没有一个伤亡,就胜利结束了。

在吴有顺押着三个垂头丧气的鬼子走下船的时候,季虹兴冲冲地跑了过来,她握着江志海的手,笑逐颜开地说:"江连长,祝贺你们海战的胜利!"

江志海也兴奋地说:"季虹同志,叫我说着了吧,你一上阵,就旗开得胜,马到成功啦!"

"哈哈哈哈……"码头上响起了一片胜利的欢笑声。

在凤尾岛顶上站岗的民兵,这时跑到季虹跟前报告说:"沙土岛方向有枪炮声,不知出了什么事。"

季虹笑着说:"那是山岛想在沙土岛登陆,从侧翼增援龟川,中了我们区中队和民兵的埋伏。你们注意严格监视东南海面,若是发现敌人的战艇向凤尾岛开来,立即鸣枪报告!"

岗哨答应一声,又向岛顶上跑去。

季虹转过身对江志海说:"山岛的行动,不出所料,他妄想从沙土岛登陆,必然被地雷炸得头破血流,狼狈而归!"

江志海哈哈笑着说:"山岛是为龟川吊丧而来,不让他哭着回去,不是太对不起龟川了吗?"

码头上又一次响起了朗朗的欢笑声。

一轮火红的太阳,从海里冉冉升起,霞光照着碧蓝的海面,闪烁着万道金光。成群的海鸥,在大海上空忽上忽下地飞翔……

凤尾岛的男女老少,在党支部委员徐生同志的率领下,敲锣打鼓前来祝贺胜利!

江志海和季虹迎上前去,和徐生同志紧紧地握着手,乡亲们拉着战士和民兵,亲热地打听战斗的经过。

不大会儿,妇救会的同志抬来了开水,老大娘还拿来了刚煮熟的鸡蛋,拉着战士们直往口袋里塞。

江志海问了徐生同志被捕后的情况,嘱咐他好生在家歇歇,便转身和季虹一同踏上渔行大门前的高台阶,用激昂的声音大声地说:"乡亲们,同志们,侵占凤尾岛的敌人,被我们部队和民兵全部彻底消灭了,海口的控制权终于被我们夺回来啦!"

台阶下,鼓掌声,欢呼声,响成一片。

"这次战斗的胜利,说明了我们八路军和广大民兵,在毛主席人民战争思想的指引下,在广大群众的积极支援下,不但能在陆地上消灭敌人,而且也能在海上用步枪和手榴弹打沉敌人的炮艇,消灭敌人的海军,这是毛主席人民战争思想的伟大胜利!"

"中国共产党万岁!毛主席万岁!"战士、民兵和群众一齐振臂纵情高呼着。

……

部队和民兵押着俘虏上了船。江志海、季虹、孙勇、周大爷、于成龙和吴有顺等,并排站在巡逻艇的甲板上,二十一只小渔船列成一路纵队,随后缓缓离岸向大陆驶去。徐生和乡亲们都站在岸边,频频向战士们挥着手,欢送他们凯旋。

船上,传来战士和民兵们雄壮豪迈的歌声:

  海水滔滔,波浪翻滚,
  抗日军民逞英豪……

一群海鸥,在船队上空,欢快地飞翔……